AtV

Peter Tremayne ist das Pseudonym eines anerkannten Historikers, der sich auf die versunkene Kultur der Kelten spezialisiert hat. In seinen im 7. Jahrhundert spielenden historischen Romanen löst Schwester Fidelma, eine irische Nonne von königlichem Geblüt und gleichzeitig Anwältin bei Gericht, auf kluge und selbstbewußte Art die schwierigsten Fälle. Wegen des großen internationalen Erfolg seiner Serie um Schwester Fidelma wurde Peter Tremayne 2002 zum Ehrenmitglied der Irish Literary Society auf Lebenszeit ernannt.

Bei AtV erschienen: *Tod im Skriptorium* (2001), *Der Tote am Steinkreuz* (2001), *Tod in der Königsburg* (2002), *Tod auf dem Pilgerschiff* (2002), *Nur der Tod bringt Vergebung* (2002), *Ein Totenhemd für den Erzbischo*f (2003) und *Das Kloster der toten Seelen* (2004).

Als Schwester Fidelma, eine irische Nonne königlichen Geblüts, in die Abtei Der Lachs aus den Drei Quellen kommt, wo sie den mysteriösen Mord an einer jungen Frau aufklären soll, trifft sie auf sehr befremdliche Zustände. Unter der wohlgeordneten Oberfläche scheinen sich allerlei Ränke, Eifersüchteleien, ja Haß zu verbergen. Noch viel undurchsichtiger ist das Verhältnis der Äbtissin zum Herrn der Festung in unmittelbarer Nähe. Was nimmt es da Wunder, daß die Äbtissin, gegenwärtig die Hauptverdächtige in dem Mordfall, eine regelrechte Hetzjagd auf eine behinderte Schwester zuläßt, die eine zweite Leiche in der Abtei findet, und daß Fidelma auf dem Weg zur Festung beinahe von einem Bogenschützen getötet wird. Doch dem logischen Verstand Fidelmas bleibt nichts verborgen, und ihrem furchtlosen Vorgehen entkommt auf die Dauer kein noch so raffinierter Übeltäter.

Peter Tremayne

Die Tote im Klosterbrunnen

Historischer Kriminalroman

Aus dem Englischen
von Bela Wohl

Aufbau Taschenbuch Verlag

Titel der Originalausgabe
The Subtle Serpent

ISBN 3-7466-2065-1

9. Auflage 2004

Einbandgestaltung gold, Fesel/Dietrich
unter Verwendung eines Gemäldes von F. Gerard,
akg-images/Erich Lessing
Druck und Binden Druckerei C. H. Beck, Nördlingen
Printed in Germany

www.aufbau-taschenbuch.de

Für Penny und David Durell aus Beál na Carraige, Beara, West Cork, in Dankbarkeit für ihre herzliche und großzügige Gastfreundschaft und für Pennys Ratschläge.

»Aber die Schlange war listiger als alle Tiere auf dem Felde, die Gott der HERR gemacht hatte.«

Genesis 3,1

Historische Anmerkung

Die *Annála Ulaidh*, Die Annalen von Ulster, eine der bedeutendsten Chroniken Irlands, wurden im Jahre 1498 von Cathal Mac Magnusa, dem Erzdiakon von Clogher, aus älteren historischen Schriften zusammengestellt und von anderen Schreibern bis ins siebzehnte Jahrhundert hinein immer wieder ergänzt. Sie dienten als eine der wichtigsten Quellen für die *Annála Ríoghachta Éireann*, die heute als »Annalen der Vier Meister« bekannt sind und zwischen 1632 und 1636 von zahlreichen Historikern unter Anleitung von Micheál Ó Cléirigh verfaßt wurden.

Für den Monat Januar des Jahres 666 A. D. findet sich dort eine Eintragung, die mit folgenden Worten beginnt: »Todesfälle in Irland. Die Schlacht von Aine zwischen den Arada und den Uí Fidgenti…«

Es handelt sich um die geschichtliche Darstellung der Ereignisse, die damals zum Zusammenstoß am Cnoc Áine, heute Knockainey, zwei Meilen westlich von Hospital in der Grafschaft Limerick führten und zu der Rolle, die Fidelma dabei spielte.

Schon in früheren Romanen verdeutlichte ich einige der Unterschiede zwischen der irischen Kirche des siebten Jahrhunderts, die heute allgemein als keltische Kirche bezeichnet wird, und Rom, beispielsweise ihre unterschiedlichen Liturgien und Philosophien. Der Gedanke des Zölibats für Geistliche war zur damaligen Zeit jedoch weder in der »keltischen« noch in der römischen Kirche verbreitet. Im Gegenteil, zu Fidelmas Zeiten kam es häufig vor, daß in den Klöstern beide Geschlechter zusammenlebten, untereinander heirateten und ihre Kinder im Dienste Christi gemeinsam aufzogen. Selbst Äbte und Bischöfe durften damals heiraten und taten dies auch. Die Kenntnis dieser Tatsache ist eine wesentliche Voraussetzung, um Verständnis für die Welt zu entwickeln, in der Fidelma lebte.

In der Annahme, daß das Irland des siebten Jahrhunderts den meisten LeserInnen ziemlich unbekannt ist, habe ich am Schluß des Buches eine Karte des Königreiches Muman beigefügt. Ich habe es vorgezogen, den historischen Namen beizubehalten, anstatt die unzeitgemäße Bezeichnung zu verwenden, die unter Hinzufügung der altnordischen Endung *stadr* im neunten Jahrhundert gebildet wurde und aus der sich schließlich der moderne Name Munster entwickelte. Da sicher auch viele irische Vornamen aus jener Zeit den LeserInnen nicht geläufig sind, habe ich dem Roman eine – hoffentlich hilfreiche – Liste der Hauptpersonen voranstellt.

Schließlich mögen sich einige LeserInnen erinnern, daß Fidelma ihre Tätigkeit im irischen Gesellschaftssystem des frühen Mittelalters ausübt und dabei das Gesetz vertritt, das als Fénechus-Gesetz oder allgemeiner als Gesetz der Brehons (von *breaitheamh* = Richter) bekannt ist. Fidelma ist eine ausgebildete Advokatin der Gerichtsbarkeit, eine Stellung, die für Frauen im damaligen Irland ganz und gar nicht ungewöhnlich war.

Hauptpersonen

Schwester Fidelma von Kildare, eine dálaigh oder Advokatin der Gerichtsbarkeit im Irland des siebten Jahrhunderts
Bruder Eadulf, ein sächsischer Mönch aus Seaxmund's Ham im Land des Südvolkes
Ross, Kapitän einer Küstenbark bzw. eines Segelschiffes
Odar, sein Steuermann

In der Abtei
Der Lachs aus den Drei Quellen

Äbtissin Draigen
Schwester Síomha, die *rechtaire* oder Verwalterin der Abtei
Schwester Brónach, die *doirseór* oder Pförtnerin der Abtei
Schwester Lerben, ein Mitglied der Gemeinschaft
Schwester Berrach, ein behindertes Mitglied der Gemeinschaft
Schwester Comnat, die Bibliothekarin
Schwester Almu, die Gehilfin der Bibliothekarin

In der Festung Dún Boí

Adnár, bó-aire, Häuptling des Bezirks
Bruder Febal, anam-chara, Seelenfreund Adnárs
Olcán, Sohn von Gulban, dem Falkenauge, dem Häuptling der Beara
Torcán, Sohn des Eoganán, des Prinzen der Uí Fidgenti, Adnárs Gast
Beccan, Oberster Brehon oder Richter vom Stamm der Corco Loígde
Bruder Cillín von Mullach
Máil, Krieger vom Stamm der Loígde
Barr, ein Bauer

Kapitel 1

Der Gong ertönte zwölf Mal, und seine Schläge rissen Schwester Brónach aus ihren Gedanken. Dann hörte sie einen weiteren Gongschlag, hell und durchdringend. Seufzend erhob sie sich, als sie sich der späten Stunde bewußt wurde, aus ihrer knieenden Haltung vor der Statue des Leidenden Christus. Hastig und ohne nachzudenken beugte sie die Knie, drehte sich um und verließ die *duirthech*, die aus Holz gebaute Kapelle der Abtei, auch Eichenhaus genannt.

In dem mit Steinen gepflasterten Gang vor der Kapelle hielt sie inne und lauschte. Sie hörte das seltsame Schlurfen lederbesohlter Sandalen auf dem Steinboden. Um die Ecke am anderen Ende des dämmrigen Korridors, der von qualmenden Fettkerzen in eisernen Kerzenhaltern an den Wänden erhellt wurde, bog eine Prozession von Vermummten, die, in dunkle Gewänder und Kapuzen gehüllt, in Zweierreihen näherkamen. Die Schwestern wurden von der imposanten, hochgewachsenen Gestalt der Oberin des Ordens angeführt und sahen aus wie Gespenster, die im Halbdunkel des Ganges ihr Unwesen trieben. Sie gehörten zur Gemeinschaft der Abtei Der Lachs aus den Drei Quellen – eine Umschreibung für den Namen Christi. Gesenkten Hauptes, ohne aufzublicken, schlurften sie an Schwester Brónach vorbei. Nicht einmal Äbtissin Draigen nahm von ihrer Anwesenheit Notiz. Die Schwestern betraten schweigend die Kapelle, um dort ihr Mittagsgebet zu verrichten. Die letzte hielt kurz inne und schloß hinter der Prozession die Tür.

Während sie an ihr vorbeischritten, hatte Schwester Brónach mit gefalteten Händen und ehrfürchtig gesenktem Kopf gewartet. Erst als die Kapellentür leise hinter ihnen ins Schloß fiel, blickte sie auf. Es war kein Zufall, daß Schwester Brónach, die Sorgenvolle, diesen Namen trug: ihre Miene wirkte tatsächlich zutiefst bekümmert. Niemand hatte die Nonne in mittleren Jahren je lächeln sehen, geschweige denn irgendeine Gefühlsregung bei ihr wahrgenommen. Die Linien ununterbrochener, schmerzlicher Betrachtungen schienen sich tief in ihre Gesichtszüge eingegraben zu haben. Unter ihren Mitschwestern kursierte die respektlose Redensart, wenn Brónach je lächelte, könne die Wiederkunft des Erlösers nicht mehr weit sein.

Seit fünf Jahren war Schwester Brónach die *doirseór*, die Pförtnerin der Gemeinschaft Der Lachs aus den Drei Quellen. Diese war vor mehreren Generationen von der Heiligen Necht, der Reinen, gegründet worden. Das Kloster lag am Fuß der Berge in einer schmalen, bewaldeten Meeresbucht auf einer entlegenen Halbinsel im Süden des irischen Königreiches Muman, dem südwestlichsten der fünf Königreiche von Éireann. Brónach war der Gemeinschaft vor dreißig Jahren beigetreten, als junge, schüchterne Frau mit wenig Unternehmungsgeist. Sie hatte hier Zuflucht gesucht, genau genommen eine Alternative zu dem harten und mühsamen Leben in ihrem abgelegenen Inseldorf. Jetzt, in mittleren Jahren, war Brónach noch genauso schüchtern und ohne

Unternehmungsgeist wie damals. Sie war es zufrieden, ihr Leben nach dem Gongschlag zu richten, der von dem kleinen Turm der Abtei ertönte, wo die Zeitnehmerin die Wasseruhr überwachte. Das Kloster war im ganzen Königreich berühmt für seine bemerkenswerte Methode der Zeitmessung. Immer, wenn der Gong geschlagen wurde, hatte die Pförtnerin bestimmte Pflichten zu erfüllen. Die Bezeichnung für ihr Amt, *doirseór*, klang zwar recht hochtrabend, bedeutete jedoch nicht viel mehr als ›Mädchen für alles‹. Dennoch schien Brónach mit ihrem Los zufrieden.

Der Gong hatte gerade die Mittagsstunde angekündigt, und es war nun Schwester Brónachs Pflicht und Schuldigkeit, Wasser aus dem Brunnen zu holen und in Äbtissin Draigens Gemächer zu bringen. Nach den Mittagsgebeten und der Mahlzeit nahm die Äbtissin gern ein heißes Bad. Deshalb pflegte sich Brónach, anstatt gemeinsam mit den anderen Schwestern dem Gottesdienst beizuwohnen, zurückzuziehen und um das Wasser zu kümmern.

Die Hände unter dem Gewand gefaltet und begleitet vom Klappern ihrer Ledersandalen auf den Granitsteinen eilte Schwester Brónach hinaus auf den großen Innenhof, um den herum die Wohngebäude der Gemeinschaft standen. Am frühen Morgen hatte es kurz geschneit, doch war der Schnee bereits geschmolzen, und das Pflaster unter dem Schneematsch war glitschig. Sie ging jedoch sicheren Schrittes über den Platz, vorbei an der bronzenen Sonnenuhr, die in seiner Mitte auf einem Sockel aus poliertem Schiefer stand.

Trotz des kalten, winterlichen Wetters war der Himmel von einem durchscheinenden Blau, und die blasse Sonne stand hoch oben inmitten einer Schar vereinzelt dahinschwebender Wölkchen. Am Horizont sammelten sich schwere, tiefhängende Schneewolken, und Brónach spürte die eisige Luft an den Ohren und zog ihre Kapuze schützend enger um den Kopf.

Am Ende des Hofes ragte ein hohes Granitkreuz auf, das dem Kloster geweiht war. Brónach schritt durch eine schmale Pforte dahinter und betrat ein kleines Felsplateau, von dem aus man die geschützte Bucht gut überblicken konnte. Auf diesem natürlichen Felsenthron, nur drei Meter oberhalb des steinigen Ufers, hatte die Heilige Necht in einer Öffnung des zerklüfteten Bodens eine sprudelnde Quelle entdeckt und sie geweiht. Das war auch dringend nötig gewesen, denn zahlreichen Überlieferungen zufolge galt der Brunnen in früheren Zeiten als heiliger Ort der Druiden, die dort Wasser zu schöpfen pflegten.

Schwester Brónach näherte sich der Quelle, die jetzt von einer niedrigen Steinmauer umschlossen war. Darüber hatten die Mitglieder der Gemeinschaft eine Vorrichtung gebaut, mit deren Hilfe man einen Eimer in das dunkle Wasser tief unten hinablassen und durch Drehen einer Kurbel, an der ein Seil befestigt war, wieder heraufziehen konnte. Schwester Brónach konnte sich noch an Zeiten erinnern, da man zwei bis drei Schwestern brauchte, um Wasser aus dem Brunnen zu ziehen, während jetzt, nachdem es die Vorrichtung gab, selbst eine ältere Schwester wie sie diese ohne große Mühe bedienen konnte.

Schwester Brónach hielt einen Augenblick schweigend inne und ließ ihren Blick über die Landschaft schweifen. Es war eine merkwürdig ruhige Tageszeit, eine Zeitspanne unerklärlicher Stille, in der kein Vogel singt, kein Lebewesen sich regt, in der das Leben stillzustehen scheint – eine Atmosphäre gespannter Erwartung. Ein Warten darauf, daß etwas passiert. Es war, als hätte die Natur beschlossen, den Atem anzuhalten. Der eisige Wind hatte sich gelegt und rauschte nicht einmal mehr zwischen den hochaufragenden Granitfelsen hinter der Abtei. Die Schafe zogen über ihre rauhen, steinigen Weiden wie wandernde weiße Findlinge, und einige kräftige schwarze Rinder nagten am harten Gras. In den Senken zwischen den Hügeln sah Schwester Brónach die geheimnisvollen blauen Schatten der tiefhängenden Wolken.

Es war nicht das erste Mal, daß Brónach angesichts der Umgebung und dieser geheimnisvollen Stunde erwartungsvoller Ruhe ein Gefühl von Ehrfurcht überkam. Die Welt schien stillzustehen, als harre sie auf das Signal der altertümlichen Hörner, die die uralten Götter Irlands herbeiriefen, auf daß sie sich zeigten und von den umliegenden, schneebedeckten Berggipfeln herabstiegen. Und die großen grauen Granitfindlinge, hie und da an den Berghängen verstreut wie geduckte menschliche Gestalten im kristallklaren Licht, würden sich plötzlich in Kriegshelden aus längst vergangener Zeit verwandeln. Sie würden sich erheben und mit ihren Speeren, Schwertern und Schilden hinter den Göttern hermarschieren, und sie würden eine Erklärung dafür verlangen, warum die Kinder von Éire, der Göttin der Herrschaft und der Fruchtbarkeit, nach der dieses Land vor Urzeiten benannt worden war, sich vom alten Glauben und den Traditionen abgewandt hatten.

Schwester Brónach schluckte heftig und warf rasch einen schuldbewußten Blick in die Runde, als könnten ihre Glaubensgefährtinnen ihre frevlerischen Gedanken hören. Hastig beugte sie die Knie, als wolle sie Abbitte für ihre Sünde leisten – ihre sündhaften Gedanken an die alten, heidnischen

Götter. Dennoch konnte sie ihre Gefühle nicht verleugnen. Ihre eigene Mutter – möge sie in Frieden ruhen – hatte sich nicht zum Christentum bekehren lassen, sondern am althergebrachten Glauben festgehalten. Suanach! Sie hatte schon lange nicht mehr an ihre Mutter gedacht, und sie bereute es sogleich. Die Erinnerung traf sie wie eine scharfe, wütende Klinge, auch wenn Suanachs Tod schon zwanzig Jahre zurücklag. Was hatte diese Erinnerung eigentlich ausgelöst? Ach ja, ihr Nachsinnen über die alten Götter. Dieser kurze Moment, in dem die Anwesenheit der uralten Gottheiten spürbar wurde. Dies war für die Heiden die Stunde der Trauer, der Melancholie aus den tiefsten Tiefen der menschlichen Seele, der Sehnsucht nach längst vergangenen Zeiten, des Klagegesangs für die verlorenen Generationen des Volkes von Éire.

Aus der Ferne ertönte der Gong der Abtei.

Schwester Brónach zuckte zusammen.

Eine volle *pongc*, die irische Zeiteinheit für eine Viertelstunde, war seit dem Mittagsgebet verstrichen. Nach jeder *pongc* wurde der Gong einmal geschlagen; jede volle Stunde wurde durch die entsprechende Anzahl von Gongschlägen angekündigt; alle sechs Stunden wurde das Tagesviertel, das *cadar*, ebenfalls durch die entsprechende Anzahl von Schlägen verkündet. Dann war es auch Zeit für die Wachablösung an der Wasseruhr, denn keine Zeitnehmerin durfte diese beschwerliche Aufgabe länger als ein *cadar* ausüben.

Brónach fiel ein, wie sehr Äbtissin Draigen Nachlässigkeit verabscheute, und sie gab sich einen Ruck und sah sich nach dem Eimer um. Er stand nicht an seinem üblichen Platz. Erst jetzt bemerkte sie, daß das Seil bereits im Brunnen hing. Ärgerlich runzelte sie die Stirn. Jemand hatte den Eimer an den

Haken gehängt und hinuntergelassen, ihn dann jedoch aus unerfindlichen Gründen nicht wieder hochgezogen. Eine derartige Vergeßlichkeit war unverzeihlich.

Seufzend unterdrückte Brónach ihren Unmut und packte die Kurbel. Sie fühlte sich eiskalt an und erinnerte sie an die Kälte des winterlichen Tages. Zu ihrer Überraschung ließ sie sich so schwer drehen, als sei ein Gewicht an ihr befestigt. Brónach unternahm einen erneuten Versuch, doch trotz Aufbietung ihrer ganzen Kraft ließ sich die Kurbel kaum bewegen, und nur langsam, unendlich langsam, konnte sie das Seil aufwickeln.

Nach einer Weile hielt sie inne, blickte sich um und hoffte, eine ihrer Gefährtinnen in der Nähe zu entdecken, damit sie sie um Unterstützung bitten könnte. Noch nie war ihr ein Eimer voll Wasser so schwer erschienen wie dieser. Wurde sie etwa krank? Ließen ihre Kräfte nach? Nein, sie fühlte sich gesund und stark wie eh und je. Sie warf einen flüchtigen Blick auf die fernen Berge und schauderte, allerdings nicht vor Kälte, sondern vor Angst wegen ihrer abergläubischen Gedanken. Wollte Gott sie für ihre ketzerischen Betrachtungen über die alte Religion bestrafen?

Ängstlich schaute sie zum Himmel empor, bevor sie sich, ein Bußgebet murmelnd, wieder zu ihrer Arbeit beugte.

»Schwester Brónach!«

Eine hübsche junge Nonne eilte von den Gebäuden der Abtei herüber in Richtung Brunnen.

Schwester Brónach stöhnte insgeheim, als sie Schwester Síomha erkannte, die tyrannische *rechtaire* oder Verwalterin der Gemeinschaft, ihre unmittelbare Vorgesetzte. Schwester Síomhas Auftreten paßte ganz und gar nicht zu den großen Unschuldsaugen in ihrem schönen Gesicht. Trotz ihrer

Jugend galt Síomha unter den Schwestern als strenge Aufseherin, und das aus gutem Grund.

Schwester Brónach hielt erneut inne und lehnte sich mit ihrem ganzen Gewicht gegen die Kurbel, um sie in ihrer Position zu halten. Dem deutlichen Mißfallen der gerade Eingetroffenen begegnete sie mit höflicher Miene. Schwester Síomha blieb stehen und rümpfte mißbilligend die Nase.

»Ihr seid spät dran mit dem Wasser für unsere Äbtissin, Schwester Brónach«, schimpfte die jüngere Schwester. »Sie mußte mich extra losschicken, um Euch zu erinnern, wie spät es ist. *Tempori parendum.*«

Brónachs Miene blieb unverändert.

»Ich weiß sehr wohl, wie spät es ist«, erwiderte sie in unterwürfigem Tonfall. Daß ihr jemand erzählen wollte, ›man müsse der Zeit gehorchen‹, wo doch ihr ganzes Leben von den Schlägen der Wasseruhr bestimmt wurde, wirkte selbst auf eine so ängstliche Person wie sie als Provokation. Eine solche Erwiderung aus ihrem Munde bedeutete die höchstmögliche Auflehnung, zu der sie fähig war. »Ich kann den Eimer nicht hochziehen. Irgend etwas scheint ihn zu blockieren.«

Schwester Síomha rümpfte erneut die Nase, war sie doch überzeugt, Schwester Brónach suche nur nach einer Ausrede für ihre Säumigkeit.

»Unsinn. Ich habe heute Vormittag Wasser geholt und hatte keinerlei Schwierigkeiten mit der Kurbel. Der Eimer läßt sich ganz leicht hochziehen.«

Sie trat vor, und schon ihre Körpersprache genügte, damit die ältere Schwester ihr Platz machte. Ihre zarten und doch kräftigen Hände ergriffen die Kurbelstange und drückten dagegen. Verwundert blickte sie auf, als sie den Widerstand spürte.

»Ihr habt recht«, räumte sie voller Staunen ein. »Vielleicht schaffen wir beide es zusammen. Kommt und drückt, wenn ich's Euch sage.«

Nun versuchten sie es mit vereinten Kräften, doch obwohl sie sich auf das Äußerste anstrengten, begann sich der Griff nur langsam zu drehen. Sie mußten häufig innehalten und Atem schöpfen, der dann als weiße Wölkchen in die kristallklare Luft stieg und verschwand. In die Vorrichtung war eine Bremse eingebaut, um das Seil, wenn es ganz hochgezogen war, befestigen zu können. Man konnte so den Eimer vom Haken nehmen, ohne befürchten zu müssen, daß sein Gewicht ihn wieder in den Brunnen hinuntersausen ließ. Die beiden Schwestern zerrten und zogen, bis das Seil ganz aufgewickelt war; dann betätigte Schwester Síomha die Bremse.

Als sie zurücktrat, sah sie auf der sonst stets mißmutigen Miene ihrer Gefährtin einen merkwürdigen Ausdruck. Noch nie hatte jemand so entgeistert und entsetzt dreingeschaut wie jetzt Schwester Brónach, die auf den Überbau des Ziehbrunnens hinter Síomha starrte. Tatsächlich hatte sie niemals etwas anderes als ergebenen Gehorsam in der ausdrucklosen Miene der älteren Schwester wahrgenommen. Schwester Síomha drehte sich langsam um und fragte sich, worauf Brónach wohl so entsetzt starren mochte.

Was sie dann sah, ließ sie die Hand vor den Mund schlagen, als wolle sie einen Schreckensschrei unterdrücken.

An dem Seil, das normalerweise den Eimer trug, hing, an einem Knöchel festgebunden, der nackte Körper einer Frau. Er hing – weiß und glänzend von der Nässe des eiskalten Brunnenwassers – mit dem Kopf nach unten, so daß Oberkörper, Kopf und Schultern hinter der Umrandung des Brunnens ihren Blicken verborgen blieben. Dennoch ließen die Körperpartien, die sie sehen konnten – sie waren bleich und leblos, mit widerlichem rotem Schlamm beschmiert, den das Eintauchen in den Brunnen nicht hatte abwaschen können, und über und über mit Striemen bedeckt –, keinen Zweifel daran, daß es sich um eine Leiche handelte.

Schwester Síomha beugte langsam die Knie.

»Gott beschütze uns vor allem Bösen!« flüsterte sie. Dann trat sie einen Schritt vor. »Schnell, Schwester Brónach, helft mir, diese arme Unglückliche abzuschneiden.«

Schwester Síomha ging zum Brunnenrand, spähte hinein und wollte die Tote aus dem Brunnen heben. Mit einem schrillen Schrei und schreckensbleicher Miene wandte sie sich ab.

Neugierig trat Schwester Brónach vor und spähte ebenfalls in die Tiefe. Im Dämmerlicht sah sie, daß dort, wo der Kopf der Leiche hätte sein sollen, nichts war. Man hatte die Tote enthauptet. Hals und Schultern – oder das, was davon übrig war – waren mit dunklem Blut beschmiert.

Sie wandte sich unvermittelt ab und würgte, um den aufkommenden Brechreiz zu unterdrücken.

Schwester Brónach begriff, daß Síomha zu bestürzt war, um weitere Entscheidungen zu treffen. Also riß sie sich zusammen, bezwang ihren Abscheu und versuchte, die Leiche zum Rand des Brunnens zu ziehen, doch war dieses Vorhaben für sie allein nicht zu bewerkstelligen.

Sie blickte rasch zu Schwester Síomha hinüber.

»Ich brauche Eure Hilfe, Schwester. Wenn Ihr die Leiche festhaltet, werde ich das Seil durchschneiden, an dem die Unglückliche hängt«, gab sie behutsam Anweisung.

Schwester Síomha schluckte heftig und versuchte, ihre Selbstbeherrschung zurückzugewinnen. Dann nickte sie und faßte den kalten, nassen Körper widerwillig um die Taille. Sie konnte ihren Ekel nicht verhehlen, als sie das starre, leblose Fleisch berührte.

Mit einem kleinen Messer, das die Schwestern der Abtei stets bei sich trugen, durchschnitt Brónach die Fesseln, mit denen der Knöchel der Toten am Brunnenseil befestigt war. Dann half sie Schwester Síomha, den kopflosen Körper über die niedrige Schutzmauer des Brunnens zu hieven und auf den Boden zu legen. Eine Weile starrten die beiden Nonnen auf den Leichnam – unschlüssig, was als nächstes zu tun sei.

»Ein Gebet für die Tote«, murmelte Brónach voller Unbehagen. Gemeinsam begannen sie zu beten, ohne sich jedoch der Bedeutung der Worte bewußt zu werden. Danach verfielen sie in längeres Schweigen.

»Wer konnte so etwas bloß tun?« flüsterte Schwester Síomha schließlich.

»Es gibt viel Böses in der Welt«, erwiderte Schwester Brónach philosophisch. »Aber eine zweckdienlichere Frage wäre jetzt – wer ist die arme Unglückliche? Es handelt sich um den Körper einer jungen Frau, fast noch ein junges Mädchen.«

Endlich gelang es Schwester Brónach, den Blick von der blutigen, übel zugerichteten Stelle abzuwenden, an der der Kopf hätte sitzen müssen. Der Anblick der blutigen Masse wirkte auf sie faszinierend und abstoßend zugleich. Es handelte sich eindeutig um den Körper einer jungen und vor kurzem noch gesunden Frau, die gerade erst der Pubertät entwachsen war. Die einzige Verunstaltung, von dem fehlenden Kopf einmal abgesehen, war eine Wunde in der Brust. Oberhalb des Herzens zeigte sich ein bläulicher Bluterguß und, bei näherem Hinsehen, eine deutliche Stichwunde, wo die Spitze einer scharfen Klinge oder eines ähnlichen Tatwerkzeuges tief ins Herz gedrungen war. Die Wunde hatte schon vor langer Zeit aufgehört zu bluten.

Schwester Brónach zwang sich, eine Hand der Toten zu ergreifen, um ihre Arme auf dem Leib übereinanderzulegen, bevor die Leichenstarre ein solches Unterfangen unmöglich machte. Plötzlich ließ sie den Arm fallen und keuchte vernehmlich, als habe sie einen Schlag auf den Solarplexus erhalten.

Alarmiert folgte Schwester Síomha mit den Augen Brónachs ausgestreckter Hand, die auf den linken Arm der Leiche deutete. Dort war etwas festgebunden, was ihnen bisher durch die Lage des Körpers verborgen geblieben war: ein kurzer Holzstab mit eingeritzten Kerben. Auf den ersten Blick erkannte Schwester Brónach die altertümliche irische Schrift, Ogham, die seit der Einführung des lateinischen Alphabetes in Irland nicht mehr allgemein gebräuchlich war. Doch die Bedeutung der Zeichen verstand sie nicht.

Als sie sich niederbeugte, um den Stab zu untersuchen, fiel ihr Blick auf einen Gegenstand in der anderen Hand der Toten. Ein schmales, abgewetztes Lederband war um das rechte Handgelenk gewickelt und führte in die geballte Faust. Schwester Brónach wappnete sich erneut für ihr Unterfangen, kniete neben der Leiche nieder und ergriff die kleinen, weißen Hände. Sie konnte die leblosen Finger nicht mehr auseinanderbiegen, denn die Totenstarre hatte sie bereits für immer zur Faust geschlossen. Sie waren jedoch gerade so weit gespreizt, daß Brónach am Ende des Lederbändchens ein kleines, metallenes Kruzifix erkennen konnte.

Sie stöhnte leise auf und warf einen Blick über die Schulter, wo Schwester Síomha sich mit starrer Miene vorbeugte, um zu erspähen, was sie Neues entdeckt hatte.

»Was hat das zu bedeuten?« fragte Schwester Síomha streng, beinahe schroff.

Schwester Brónachs Gesicht war wie versteinert. Sie hatte ihr Mienenspiel inzwischen wieder unter Kontrolle.

Sie atmete tief durch, bevor sie bedächtig antwortete und dabei auf das nicht sehr kunstvoll geschmiedete Kruzifix aus poliertem Kupfer starrte. Niemand von Rang und Namen würde ein so billiges Stück besitzen.

»Es bedeutet, daß wir jetzt Äbtissin Draigen herbeirufen sollten, gute Schwester. Wer auch immer dieses arme, kopflose Mädchen war, ich bin überzeugt, daß es sich um eine der Unsrigen handelte. Um eine Schwester im Glauben.«

Aus der Ferne, von dem winzigen Turm, der sich über ihrer Abtei erhob, hörten sie das Schlagen des Gongs, der das Verstreichen einer weiteren Zeitspanne verkündete. Die Wolken wurden plötzlich dichter und verdeckten den Himmel. Eisiger Schnee trieb über die Berge.

Kapitel 2

Die *Foracha*, die Bark von Kapitän Ross aus Ros Ailithir, kam auf ihrer Reise entlang der Südküste des irischen Königreiches Muman flott voran. Ihre Segel blähten sich im eisigen Ostwind, der das Schiff fast zum Beidrehen zwang und der durch die Seile der Takelage pfiff, als spiele er auf dem straff gespannten Tauwerk wie auf den Saiten einer Harfe. Der Tag versprach sehr schön zu werden, abgesehen von den stürmischen Winden, die von der fernen Küste übers Meer heranbrausten. Ein Schwarm Seevögel umkreiste das kleine Schiff und peitschte mit den Flügeln gegen die Sturmböen an, um nicht weggeweht zu werden. Möwen stießen ihre seltsam traurigen Klageschreie aus. Kormorane, unempfindlich gegen die Kälte, stürzten sich in die Wellen und tauchten mit ihrer Beute wieder auf, ohne die eifersüchtigen Schreie der Möwen und Sturmschwalben zu beachten. Unter den Seevögeln befanden sich auch einige Exemplare der Spezies, nach der die *Foracha* benannt war – Lummen mit ihren dunkelbraunen Ober- und leuchtendweißen Unterseiten. In strenger Formation inspizierten sie das Schiff und drehten dann zu ihren dichtbevölkerten Kolonien an den steilen Hängen der Klippen ab.

Neben dem Steuermann an der Ruderpinne stand breitbeinig Ross, der Kapitän des Schiffes, und hielt sich mühelos im Gleichgewicht, während der Wind die Wellen gegen die kleine *barc* peitschte, die nach Steuerbord krängte und allmählich immer stärker ins Schlingern geriet, bis sie unausweichlich in die Katastrophe zu treiben schien. Doch dann hob sich ihr Bug jedes Mal über die Welle, sackte nach unten und richtete sie wieder nach Backbord auf. Trotz der schlingernden Bewegungen des Schiffes stand Ross freihändig da. Vierzig Jahre auf See hatten ihn gelehrt, jedes Stampfen und Rollen mit einer automatischen Verschiebung des Körpergewichts auszugleichen, ohne sich von der Stelle zu bewegen. An Land reagierte Ross oft launisch und gereizt, auf dem Wasser dagegen war er in seinem Element: er spürte selbst die kleinsten Stimmungsschwankungen des Meeres und wurde so zum lebenden Bestandteil seiner schnell dahinsegelnden *barc*. In seinen tiefgrünen Augen spiegelten sich die wechselhaften Launen der See, und ihr Blick ruhte anerkennend auf den sechs Männern seiner Besatzung, die unbeirrbar ihre Arbeit verrichteten.

Seinen hellen Augen entging nichts, weder unten im Wasser noch oben am Himmel. Einige der hoch über ihm flatternden Vögel bekam man im Winter nur selten zu sehen, und Ross führte ihre späte Anwesenheit auf das milde Herbstwetter zurück, das erst vor kurzem der winterlichen Kälte gewichen war.

Kapitän Ross war ein kleiner, untersetzter Mann mit leicht ergrautem, kurzgeschnittenem Haar, und der Seewind hatte seine Haut tief gebräunt. Er war ein mürrischer Mensch, der sogleich losbrüllte, wenn ihm etwas mißfiel.

Der hochgewachsene Steuermann neben ihm, dessen knotige Hände beinahe zärtlich auf der Ruderpinne lagen, kniff plötzlich die Augen zusammen und warf einen Blick zu Ross hinüber.

»Käpt'n...«, begann er.

»Ich sehe es, Odar«, entgegnete Ross, bevor der andere auch nur ausreden konnte. »Ich habe es schon seit einer halben Stunde beobachtet.«

Odar, der Steuermann, schluckte und schaute seinen Kapitän überrascht an. Bei dem Gegenstand, über den sie sprachen, handelte es sich um ein hochseetüchtiges Schiff mit hohen Masten, das etwa eine Meile von der kleineren *barc* entfernt dahinsegelte. Es war schon seit geraumer Zeit in Sichtweite gewesen, doch erst vor wenigen Minuten war dem Steuermann aufgefallen, daß irgend etwas mit dem Schiff nicht stimmte: es fuhr mit vollen Segeln und ragte auffallend hoch aus dem Wasser heraus. Nicht viel Ballast an Bord, hatte er bei sich gedacht, doch das Merkwürdigste war, daß es scheinbar ziellos dahinfuhr und schon zwei Mal so plötzlich und unberechenbar den Kurs geändert hatte, daß Odar befürchtete, es werde gleich kentern. Ihm war auch nicht entgangen, daß das Topsegel nicht ordnungsgemäß befestigt war und beliebig in alle Richtungen schwenkte, so daß er sich entschloß, den Kapitän darauf aufmerksam zu machen.

Es war beileibe keine eitle Angeberei, wenn Ross behauptete, das Schiff schon seit einer halben Stunde beobachtet zu haben. Als er es bemerkte, war ihm fast augenblicklich klar gewesen, daß es entweder von unfähigen Seeleuten gesteuert wurde oder daß an Bord etwas nicht stimmte. Mit jedem neuen Windstoß blähten sich die Segel und fielen wieder in sich zusammen, ohne daß jemand den Kurs des Schiffes korrigierte.

»Wenn es weiter in diese Richtung fährt, Käpt'n«, brummte Odar, »wird es bald auf die Felsen auflaufen.«

Ross antwortete nicht, denn er war bereits zu dem gleichen Schluß gelangt. Er wußte, daß etwa eine Meile entfernt, halb vom Wasser bedeckt, schwarze Granitfelsen lagen, an denen die Gischt schäumend ablief, wenn die Wellen mit Donnertosen über ihnen zusammenschlugen. Unter Wasser waren die Granitsäulen von einem Ring von Riffen umgeben, die ein Schiff mit geringem Tiefgang, wie seine *barc*, leicht passieren konnte, während das Hochseeschiff dort keine Chance hatte.

Ross seufzte leise.

»Haltet Euch klar zum Beidrehen, Odar«, knurrte er den Steuermann an und schrie dann seiner Mannschaft zu: »Alles klar zum Losmachen des Hauptsegels!«

Gewandt und präzise änderte die *Foracha* ihren Kurs, so daß sie vor dem Wind segelte und regelrecht über die Wellen flog. Sie raste auf das riesige Schiff zu, bis sie nur noch eine Taulänge entfernt war. Dann trat Ross vorn an die Reling und formte mit den Händen einen Trichter vor dem Mund.

»Ahoi!« schrie er. »Ahoi!«

Von dem hoch aufragenden, dunklen Schiff kam keine Antwort.

Plötzlich, ohne Vorwarnung, drehte der Wind. Der hohe, dunkle Bug des Hochseeschiffes schwenkte genau in ihre Richtung, die Segel blähten sich, und es hielt auf sie zu wie ein rasendes Seeungeheuer.

Ross schrie dem Steuermann zu: »Hart nach Steuerbord!«

Mehr konnte er nicht tun, während er hilflos zusehen mußte, wie das größere Schiff unbarmherzig auf sie zukam.

Mit quälender Langsamkeit, gleichsam widerwillig, drehte der Bug der *Foracha* bei, und das Hochseeschiff krachte gegen die Steuerbordseite der Bark und scheuerte daran entlang, so daß sie sich schlingernd auf die Seite legte und schließlich im Kielwasser des vorbeifahrenden Schiffes schaukelte.

Ross stand vor Wut zitternd da und starrte dem Schiff hinterher. Der Wind hatte sich unversehens gelegt, die Segel des größeren Schiffes waren erschlafft, und es kam allmählich zum Stillstand.

»Möge der Käpt'n dieses Schiffes weder den Kuckuck noch den Wachtelkönig jemals wiedersehen! Möge die Seekatze ihn holen! Möge er brüllend sterben! Möge er in seinem Grab verfaulen!«

Die Flüche sprudelten nur so aus Ross hervor, als er wutentbrannt dastand und mit der Faust zu dem Schiff hinüber drohte.

»Einen Tod ohne Priester für ihn in einer Stadt ohne Geistlichen...«

»Kapitän!« Die Stimme, die seinen Redefluß unterbrach, war weiblich und ruhig, aber bestimmt. »Ich glaube, Gott hat vorläufig genug Flüche gehört und weiß, daß Ihr aufgebracht seid. Was ist der Grund für Euer Fluchen?«

Ross wirbelte herum. Er hatte vollkommen vergessen, daß unten in der Hauptkajüte der *Foracha* eine Mitreisende untergebracht war.

Nun stand auf dem Achterdeck neben Odar, dem Steuermann, eine hochgewachsene Nonne und betrachtete ihn mit mißbilligendem Stirnrunzeln. Die junge Frau war groß und wohlproportioniert – eine Tatsache, die selbst die düstere Farbe ihrer Kleidung und der mit Biberpelz besetzte wollene Umhang, der sie fast vollständig verhüllte, nicht verbergen konnten. Widerspenstige Strähnen roten Haares schossen unter ihrer Kopfbedeckung hervor und flatterten im Seewind. Ihre blassen Gesichtszüge waren ebenmäßig und ihre Augen hell, doch ließ sich nur schwer bestimmen, ob sie blau oder grün waren, so sehr veränderten sie je nach Gefühlslage ihre Farbe.

Zu seiner Verteidigung deutete Ross auf das andere Schiff.

»Es tut mir leid, wenn ich Euch gekränkt habe, Schwester Fidelma«, murmelte er. »Aber dieses Schiff dort hätte uns beinahe versenkt.«

Ross wußte, daß es sich bei seiner Mitreisenden nicht um eine gewöhnliche Nonne handelte, sondern um die Schwester von Colgú, dem König von Muman. Sie war, wie er aus früheren Begegnungen wußte, eine *dálaigh*, eine Advokatin der Gerichtsbarkeit der fünf Königreiche von Éireann, mit dem Rang einer *anruth*, der zweithöchsten Qualifikation, die die Universitäten und kirchlichen Hochschulen verleihen konnten.

»Ihr habt mich nicht gekränkt, Ross«, antwortete Fidelma lächelnd. »Obschon Eure Verwünschungen Gott gekränkt haben mögen. Meiner Meinung nach verschwendet man beim Fluchen häufig Energie, die für etwas Sinnvolleres eingesetzt werden könnte.«

Ross nickte widerwillig. In Gesellschaft von Frauen fühlte er sich stets unbehaglich und hatte sich – wohl nicht zuletzt deshalb – für ein Leben auf See entschieden. Einmal war er verheiratet gewesen, doch am Ende hatte seine Frau ihn und ihre gemeinsame Tochter verlassen. Doch selbst seine Tochter, um die er sich fortan kümmerte und die jetzt etwa in Fidelmas Alter sein mußte, hatte ihm den Umgang mit dem anderen Geschlecht nicht erleichtert. In Gesellschaft der jungen Nonne war ihm besonders unwohl. Durch ihr ruhiges, bestimmtes Auftreten fühlte er sich zuweilen wie ein Kind, dessen Benehmen ständig beurteilt wird. Das Schlimmste war, daß sie auch noch recht hatte: den unbekannten Kapitän zu verwünschen half niemandem weiter.

»Was ist der Grund für Euer Fluchen?« wiederholte Fidelma ihre Frage.

Ross gab ihr rasch eine Erklärung und deutete dabei auf das große Hochseeschiff, das jetzt in eine Flaute geraten war.

Fidelma musterte das Schiff neugierig.

»An Bord scheint sich nicht das geringste zu regen, Ross«, bemerkte sie. »Habe ich nicht gehört, wie Ihr gerufen habt?«

»Doch«, erwiderte Ross, »aber ich erhielt keine Antwort.«

Tatsächlich war Ross selbst gerade erst zu dem Schluß gekommen, daß eigentlich jemand an Bord des Schiffes seine *barc* bemerkt oder seinen Ruf erwidert haben müßte. Brummend wandte er sich an Odar: »Versucht, uns längsseits zu manövrieren.«

Der Steuermann nickte, wendete langsam den Bug der *barc* und betete, daß es windstill bleiben möge, bis er die gewünschte Position erreicht hatte. Odar war ein schweigsamer Mann und an den Küsten Mumans für seine Geschicklichkeit bekannt. Es dauerte nicht lange, bis sie mit dem Rumpf gegen das größere Schiff stießen und Ross' Männer nach den Seilen griffen, die an den Seiten herunterhingen.

Schwester Fidelma lehnte auf der anderen Seite der *Foracha*, wo sie nicht im Wege stand, an der Reling und blickte mit sachlichem Interesse zu dem hochaufragenden Schiff hinauf.

»Dem Aussehen nach zu urteilen ein gallisches Handelsschiff«, rief sie Ross zu. »Hängt das Topsegel nicht gefährlich schief?«

Widerwillig warf Ross ihr einen anerkennenden Blick zu. Er hatte es aufgegeben, sich über das Wissen zu wundern, das die junge Advokatin an den Tag legte. Dies war das zweite Mal, daß er sie auf seinem Schiff mitnahm, und inzwischen hatte er sich daran gewöhnt, daß sie über Kenntnisse verfügte, die für ihr Alter höchst ungewöhnlich waren.

»Es stammt aus Gallien, ganz richtig«, bestätigte er. »Die schweren Spanten und die Takelage sind typisch für die Bauweise in den Häfen von Morbihan. Und das Topsegel ist, wie Ihr richtig bemerkt habt, nicht ordnungsgemäß befestigt.«

Er schaute besorgt gen Himmel.

»Verzeiht, Schwester, aber wir müssen an Bord gehen und nachsehen, was da nicht stimmt, bevor wieder Wind aufkommt.«

Fidelma hob die Hand zum Zeichen der Einwilligung.

Ross bedeutete Odar, das Ruder einem anderen Besatzungsmitglied zu überlassen und ihn mit einigen seiner Männer zu begleiten. Behende schwangen sie sich über die Außenseiten, kletterten die Seile hinauf und verschwanden oben an Deck. Fidelma wartete. Sie konnte sie an Bord des größeren Schiffes rufen hören und sah, wie Ross' Männer eilends in die Takelage stiegen und die Segel einholten, offensichtlich für den Fall, daß wieder Wind aufkam. Bald darauf erschien der Kapitän an der Außenseite des Schiffes, schwang sich hinüber und landete katzengleich auf dem Deck der *Foracha*. Fidelma bemerkte seinen verwirrten Gesichtsausdruck.

»Was ist los, Ross?« fragte sie. »Wütet etwa eine Krankheit an Bord?«

Ross trat einen Schritt vor. Verriet sein Blick nicht nur Bestürzung, sondern auch heimliche Furcht?

»Schwester, würde es Euch etwas ausmachen, mich auf das gallische Schiff zu begleiten? Ich möchte, daß Ihr es Euch anseht.«

»Ich bin kein Seemann, Ross. Wozu sollte ich es mir ansehen? Wütet irgendeine Krankheit an Bord?« wiederholte sie stirnrunzelnd.

»Nein, Schwester.« Ross zögerte einen Augenblick. Ihm war äußerst unbehaglich zumute. »Um ehrlich zu sein… es ist niemand dort.«

Nur ihr Blinzeln verriet Fidelmas Überraschung. Schweigend folgte sie Ross zur Außenseite des Schiffes.

»Laßt mich vorausklettern, Schwester, dann kann ich Euch an diesem Tau hinaufziehen.«

Er deutete auf ein Seil, das er zu einer Schlinge band, während er sprach.

»Stellt einfach Euern Fuß in die Schlinge und haltet Euch fest, wenn ich's Euch sage.«

Er drehte sich um und kletterte am Tau hinauf auf das Deck des Handelsschiffes. Fidelma wurde ohne Zwischenfälle die kurze Strecke hochgezogen. Tatsächlich, an Deck des Schiffes befand sich niemand außer Ross und seiner

Mannschaft, die inzwischen die Segel festgezurrt hatte. Einer von Ross' Männern war an der Ruderpinne postiert, um das Schiff unter Kontrolle zu halten. Fidelma sah sich auf dem verlassenen, aber ordentlichen und sauber geschrubbten Deck neugierig um.

»Seid Ihr sicher, daß niemand an Bord ist?« fragte sie mit einem Anflug von Ungläubigkeit in der Stimme.

Ross nickte.

»Meine Männer haben überall nachgesehen, Schwester. Welche Erklärung gibt es für dieses Rätsel?«

»Ich habe nicht genügend Informationen, um das auch nur erraten zu können, mein Freund«, erwiderte Fidelma und musterte weiterhin prüfend das saubere, gepflegte Erscheinungsbild des Schiffes. Sogar die Taue waren ordentlich aufgerollt. »Gibt es denn gar kein Durcheinander an Bord? Kein Anzeichen dafür, daß das Schiff gezwungenermaßer verlassen wurde?«

»Mittschiffs ist sogar noch ein Rettungsboot befestigt«, erwiderte Ross kopfschüttelnd. »Gleich, als ich das Schiff erblickte, fiel mir auf, daß es hoch aus dem Wasser ragte und nichts darauf hindeutete, daß es zu sinken drohte. Soweit ich feststellen kann, hat es nirgendwo ein Leck. Nein, es gibt keinen Hinweis darauf, daß es verlassen wurde, weil man befürchtete, es könne sinken. Die Segel waren alle ordnungsgemäß gehißt, vom Topsegel einmal abgesehen. Was mag bloß mit der Besatzung geschehen sein?«

»Was ist mit dem Topsegel?« fragte Fidelma. »Es war nicht richtig befestigt und hätte von einem heftigen Windstoß abgerissen werden können.«

»Noch lange kein Grund, ein Schiff zu verlassen«, erwiderte Ross.

Fidelma spähte hinauf zu dem Mast, an dem das Topsegel jetzt festgezurrt war. Sie runzelte die Stirn und rief Odar, der die Segel gerefft hatte.

»Was ist das da oben für ein Stück Stoff, dort in der Takelage, ungefähr sieben Meter über uns?« fragte sie.

Odar warf Ross einen raschen Blick zu, bevor er antwortete.

»Ich weiß es nicht, Schwester. Wünscht Ihr, daß ich es hole?«

Es war Ross, der ihn an ihrer Stelle anwies, nach oben zu steigen.

Mit geübter Leichtfüßigkeit kletterte Odar die Takelage hinauf und war einen Augenblick später bereits wieder unten, ein zerrissenes Stück Stoff in der Hand.

»Es ist an einem Nagel im Mast hängengeblieben, Schwester«, erklärte er.

Fidelma sah, daß es sich um ein Stück einfaches Leinen handelte, einen Stoffetzen, der von einem Hemd stammen könnte. Sie interessierte vor allem die Tatsache, daß er stellenweise voller Blut war und daß es sich um relativ frische Blutflecken handelte, noch nicht völlig braun und eingetrocknet, sondern von deutlich erkennbarem Rot.

Fidelma blickte einen Augenblick gedankenvoll nach oben, trat unter die Takelage und spähte zu dem eingerollten Topsegel hinauf. Als sie sich umdrehte, fiel ihr Blick auf die Reling – auf einen verschmierten Abdruck getrockneten Blutes, der deutlich eine Handfläche erkennen ließ. Nachdenklich starrte sie darauf. Wer auch immer diesen Abdruck hinterlassen hatte, mußte die Reling von der Seeseite her umklammert haben. Sie seufzte leise und steckte das abgerissene Stück Leinen in ihr *marsupium*, den großen Beutel, den sie stets an ihrem Gürtel trug.

»Bringt mich in die Kapitänskajüte«, bat Fidelma, als ihr klar wurde, daß es auf Deck nichts Neues mehr herauszufinden gab.

Ross wandte sich zum Heck des Schiffes, zur Hauptkajüte unterhalb des erhöhten Achterdecks. Eigentlich gab es dort zwei Kajüten. Beide wirkten ordentlich aufgeräumt, die Kojen waren gemacht, und in einer der Kajüten war der Tisch gedeckt. Teller und Tassen waren allerdings ein wenig durcheinandergeraten, und Ross, der Fidelmas fragenden Blick bemerkte, erklärte, die Ursache hierfür sei wahrscheinlich das unberechenbare Schwanken des Schiffes, als es ohne Steuermann vor dem Wind schwoite.

»Es ist ein Wunder, daß es bisher noch nicht an den Felsen zerschellt ist«, fügte er hinzu. »Gott weiß, wie lange es schon ohne steuernde Hand über die Meere treibt. Und es fährt unter vollen Segeln, so daß ein heftiger Windstoß genügt, wenn niemand da ist, die Segel zu bergen oder zu reffen.«

Nachdenklich preßte Fidelma die Lippen aufeinander.

»Man hat fast den Eindruck, als sei die Besatzung einfach verschwunden«, fuhr Ross fort. »Als hätte man sie weggezaubert...«

Fidelma hob zynisch eine Augenbraue.

»Solche Dinge passieren nicht in der wirklichen Welt, Ross. Es gibt für alles eine logische Erklärung. Zeigt mir den Rest des Schiffes.«

Ross führte sie hinaus.

Unter Deck wich der frische, scharfe Salzgeruch des Meeres dem drückenden Gestank, der sich entwickelt, wenn Männer jahrelang auf engstem Raum zusammenleben. Der Abstand zwischen den Decks war so gering, daß Fidelma sich bücken mußte, um sich den Kopf nicht an den Balken zu stoßen. Kein noch so intensives Schrubben mit Salzwasser konnte den schalen Schweißgeruch und den bittersüßen Uringestank beseitigen, der sich in den Aufenthaltsräumen der Besatzung festgesetzt hatte. Das einzig Positive war, daß es dort unten wärmer war als oben auf dem kalten, zugigen Deck.

Dennoch wirkten die Mannschaftsquartiere recht reinlich, wenn auch nicht ganz so gepflegt wie die Kajüten, die vermutlich den Offizieren vorbehalten waren. Es gab jedoch auch hier keinerlei Anzeichen von Unordnung oder hastigem Aufbruch. Die Ausrüstung war fein säuberlich verstaut.

Anschließend führte Ross sie in den großen Laderaum des Schiffes. Dort stach Fidelma ein anderer Geruch in die Nase – nach dem muffigen, beißenden Gestank in den Mannschaftsquartieren ein neuer Sinnesreiz. Fidelma hielt inne, runzelte die Stirn und versuchte, den Duft, der in ihre Nasenlöcher drang, einzuordnen: eine Mischung aus verschiedenen Gewürzen, vor allem aber der Geruch von abgestandenem Wein. Suchend schaute sie sich im Dämmerlicht des Laderaums um. Er schien leer zu sein.

Ross hantierte mit Feuerstein und Zunder und zündete eine Öllampe an, damit sie den Innenraum besser sehen konnten. Er seufzte leise.

»Wie ich bereits sagte, das Schiff ragte hoch aus dem Wasser heraus, wodurch es bei einem Unwetter doppelt anfällig ist. Ich dachte mir schon, daß der Laderaum leer sein muß.«

»Warum hatten sie keine Ladung an Bord?« fragte Fidelma, während sie sich umsah.

Ross war sichtlich ratlos.

»Ich habe keine Ahnung, Schwester.«

»Das Handelsschiff kommt aus Gallien, sagtet Ihr?«

Der Seemann nickte.

»Könnte das Schiff ohne Ladung von Gallien losgesegelt sein?«

»Ah«. Ross verstand sofort, worauf sie hinauswollte. »Nein, es wäre sicher nur mit Ladung losgefahren. Und genauso wahrscheinlich hätte es eine Ladung aus einem irischen Hafen auf die Rückreise mitgenommen.«

»Also haben wir keine Ahnung, wann die Besatzung es verlassen hat? Es könnte auf dem Weg nach Irland oder auf dem Rückweg nach Gallien gewesen sein? Und es könnte auch sein, daß die Besatzung die Ladung mitnahm, als sie das Schiff verließ?«

Ross kratzte sich nachdenklich die Nase.

»Das sind gute Fragen. Allerdings haben wir keine Antworten darauf.«

Fidelma betrat den leeren Laderaum und begann im Dämmerlicht mit ihrer Untersuchung.

»Was hat ein Schiff wie dieses normalerweise geladen?«

»Wein, Gewürze und andere Waren, die in unserem Land nicht so leicht zu finden sind, Schwester. Seht her, hier sind Regale für die Weinfässer, aber sie sind alle leer.«

Ihr Blick folgte seiner ausgestreckten Hand. Neben den leeren Regalen türmte sich allerlei Gerümpel am Boden, darunter abgesplittertes Holz und ein mit Eisen beschlagenes Wagenrad mit einer gebrochenen Speiche. Und noch etwas lag dort, was sie verwundert betrachtete. Es ähnelte einem großen Holzzylinder, der fest mit einer groben, dicken Schnur umwickelt war. Der Zylinder war gut einen halben Meter lang und hatte einen Durchmesser von etwa fünfzehn Zentimetern. Sie bückte sich und berührte die Schnur, und ihre Augen weiteten sich erstaunt. Die Schnur bestand aus einem Strang tierischer Gedärme.

»Was ist das, Ross?« fragte sie.

Der Seemann bückte sich, untersuchte den Gegenstand und zuckte die Achseln.

»Keine Ahnung. Ich wüßte an Bord eines Schiffes keine Verwendung dafür, auch nicht, um irgend etwas festzubinden. Der Strang ist zu nachgiebig, er würde sich dehnen, sobald er unter Spannung stünde.«

Fidelma, die noch immer kniete, hatte noch etwas anderes entdeckt: Bröckchen von rotbraunem Lehm, die auf den Planken des Laderaums verstreut lagen.

»Was ist das, Schwester?« fragte Ross und hielt die Lampe hoch über sie.

Fidelma nahm ein paar Lehmbröckchen in die Hand und untersuchte sie eingehend.

»Nichts. Nur roter Lehm. Vermutlich wurde er beim Verstauen der Ladung vom Strand hereingetragen. Es gibt hier eine ganze Menge davon.«

Sie erhob sich und ging durch den kahlen Lagerbereich hinüber zu einer Luke auf der anderen Seite, Richtung Bug. Plötzlich hielt sie inne und drehte sich zu Ross um.

»Gibt es eine Möglichkeit, sich unter diesem Deck zu verstecken?« fragte sie und deutete auf den Decksboden.

Im Dämmerlicht verzog Ross das Gesicht.

»Nur für Wasserratten. Hier drunter liegt nur noch der Kielraum.«

»Trotzdem, ich halte es für das beste, das ganze Schiff zu durchsuchen.«

»Ich werde das sofort veranlassen«, stimmte Ross zu. Er akzeptierte ihre natürliche Autorität ohne Murren.

»Gebt mir die Lampe, dann mache ich hier weiter.« Fidelma nahm die Laterne und trat durch die Luke in den vorderen Teil des Schiffes, während Ross, der wie alle Seeleute ausgesprochen abergläubisch war, ängstlich um sich blickte und schließlich nach einem seiner Besatzungsmitglieder rief.

Das Licht von Fidelmas Lampe fiel auf eine schmale Stiege; sie führte über ein Kabelgatt, in dem der Anker des großen Schiffes verstaut war. Am Ende der Treppe lagen zwei weitere Kajüten, auch sie leer und peinlich sauber wie die anderen. Erst jetzt fiel Fidelma auf, was hier eigentlich fehlte. Alles war aufgeräumt – zu aufgeräumt, ohne die geringste Spur von persönlichen Dingen, die dem Kapitän, der Mannschaft oder etwaigen Mitreisenden gehört haben mochten, es gab weder Kleidung noch Rasierzeug, nichts außer einem blitzblanken Schiff.

Sie drehte sich um und ging einen kurzen Niedergang hinauf an Deck, um Ross zu suchen. Dabei glitt ihre Handfläche über das polierte Geländer, und sie spürte, wie sich dessen Beschaffenheit veränderte. Bevor sie sich näher damit befassen konnte, hörte sie jemanden an Deck nach ihr rufen. Sie trat ans Tageslicht.

Ross stand mit finsterer Miene neben der Tür zum Niedergang und kam sogleich auf sie zu.

»Im Kielraum ist niemand, Schwester, außer Ratten und Unrat, wie zu erwarten war. Auf jeden Fall keine Menschen«, berichtete er grimmig. »Weder lebend noch tot.«

Fidelma starrte auf ihre Handfläche. Sie war verfärbt, wie mit einem blaßbraunen Gewebe überzogen. Sie wußte sofort, worum es sich handelte, und streckte sie Ross entgegen.

»Getrocknetes Blut. Vor nicht allzu langer Zeit vergossen. Das ist die zweite Blutspur auf diesem Schiff. Kommt mit.«

Fidelma lenkte ihre Schritte wieder zu den Kajüten hinunter, Ross folgte dicht hinter ihr. »Vielleicht sollten wir in den Kabinen darunter nach einer Leiche suchen?«

Sie hielt auf der Treppe inne und hob die Lampe. Das Geländer war blutverschmiert, die Treppenstufen mit getrocknetem Blut und die Seitenwände mit Blutspritzern bedeckt. Dieses Blut war älter als das auf dem Stück Leinen und das am Handlauf des Schiffes.

»Es gibt keine Blutflecken auf Deck«, bemerkte Ross. »Wer auch immer verletzt war, muß auf dieser Treppe verletzt worden und dann nach unten gegangen sein.«

Fidelma spitzte nachdenklich die Lippen.

»Beziehungsweise wurde unten verletzt und kam hier herauf, wo er jemandem begegnete, der die Wunde verband oder auf andere Weise verhinderte, daß das Blut aufs Deck tropfte. Trotzdem, laßt uns nachsehen, wohin die Spur führt.«

Am Ende des Niedergangs bückte sich Fidelma, um die Decksplanken im Lichtschein der Laterne zu untersuchen. Plötzlich kniff sie die Augen zusammen und unterdrückte einen Aufschrei.

»Hier unten sind noch mehr Spuren getrockneten Blutes.«

»Das gefällt mir gar nicht, Schwester«, murmelte Ross und blickte erneut ängstlich um sich. »Vielleicht spukt das Böse auf diesem Schiff herum?«

Fidelma richtete sich auf.

»Das einzig Böse ist, wenn überhaupt, das Böse, das von den Menschen kommt«, wies sie ihn zurecht.

»Aber Menschen allein könnten nicht eine ganze Besatzung samt Schiffsladung wegzaubern«, protestierte Ross.

Fidelma lächelte matt.

»Allerdings, das könnten sie. Und sie haben ihre Arbeit

nur stümperhaft erledigt. Sie haben Blutflecken hinterlassen, die uns verraten, daß hier in der Tat Menschen am Werk waren. Geister, ob böse oder nicht, haben es nicht nötig, Blut zu vergießen, wenn sie Menschen vernichten wollen.«

Sie hob die Laterne und machte kehrt, um die beiden Kajüten am unteren Ende des Niedergangs in Augenschein zu nehmen.

Jemand hatte dem oder der Verwundeten – sie nahm an, daß das viele Blut von einem Schwerverletzten stammte – mit einem Messer oder einer anderen scharfen Waffe eine klaffende Wunde beigebracht, und zwar entweder am Fuße des Niedergangs oder in einer der Kajüten. Sie wandte sich der ersten zu, während Ross ihr widerwillig folgte.

Auf der Schwelle hielt sie inne, blickte sich um und versuchte, einen Schlüssel zu dem Geheimnis zu entdecken.

»Käpt'n!«

Einer von Ross' Männern kletterte zu ihnen hinunter.

»Käpt'n, Odar schickt mich, um Euch zu sagen, daß wieder Wind aufkommt und daß die Strömung uns gegen die Felsen treibt.«

Ross wollte schon wieder fluchen, doch als sein Blick dem Fidelmas begegnete, begnügte er sich mit einem Knurren.

»Also gut. Befestigt ein Seil am Bug des Schiffes und sagt Odar, er soll sich bereithalten, es zu steuern. Ich werde es zu einem sicheren Ankerplatz schleppen.«

Der Mann eilte hinaus, und Ross wandte sich wieder an Fidelma.

»Am besten, Ihr kommt mit hinüber auf die *barc*, Schwester. Es wird nicht leicht sein, dieses Schiff zum Ufer zu manövrieren. Auf meiner Bark ist es sicherer.«

Fidelma wollte ihm gerade zögernd folgen, da fiel ihr Blick

auf etwas, was ihr vorher entgangen war. Die offene Kajütentür hatte es verdeckt, solange sie mitten im Raum stand. Jetzt, da sie sich zum Gehen wandte, sah sie an einem Haken hinter der Tür etwas Ungewöhnliches hängen. Ungewöhnlich insofern, als es sich um eine *tiag liubhair* handelte, eine lederne Büchertasche. Fidelma war erstaunt, ausgerechnet in einer Schiffskajüte einen solchen Gegenstand zu entdecken. In Irland bewahrte man Bücher nicht in Regalen auf, sondern in Taschen, die an Haken oder Gestellen entlang der Wände der Bibliotheken aufgehängt waren und jeweils einen oder mehrere handgeschriebene Bände enthielten. Solche Taschen wurden auch benutzt, um Bücher von einem Ort zum anderen zu transportieren, zum Beispiel auf einer Missionsreise. Ein Missionar benötigte immer Evangelien, Gottesdienstordnungen und andere Schriften. Die *tiag liubhair*, die hinter der Kajütentür hing, wurde an einem Riemen um die Schulter getragen.

Fidelma merkte nicht, daß Ross am Fuße des Niederganges ungeduldig wartete.

Sie nahm die Tasche vom Haken und griff hinein. Darin befand sich eine kleine Pergamenthandschrift.

Plötzlich begann ihr Herz zu rasen, ihr Mund wurde trocken, sie blieb wie angewurzelt stehen. Das Blut hämmerte gegen ihre Schläfen. Einen Augenblick lang glaubte sie sich einer Ohnmacht nahe. Das Buch mit den pergamentenen Seiten war eine kleine, unscheinbare Handschrift, in schweres Kalbsleder gebunden, das mit hübschen Mustern aus Spiralen und Kreisen geprägt war. Fidelma wußte, daß es sich um ein Meßbuch handelte, noch bevor sie die Titelseite aufschlug. Sie wußte auch, welche Widmung sie dort finden würde.

Es war jetzt über zwölf Monate her, daß Schwester Fidelma dieses Buch zum letzten Mal in ihren Händen gehalten hatte: an einem warmen Sommerabend in Rom, in dem von Kräuterduft erfüllten Garten des Lateranpalastes. Es war der Abend, bevor sie Rom verließ und nach Irland zurückkehrte. Sie hatte das Buch Bruder Eadulf von Seaxmund's Ham überreicht, ihrem Freund und wagemutigen Gefährten, einem Sachsen aus dem Land des Südvolkes. Bruder Eadulf, der ihr geholfen hatte, den rätselhaften Mord an Äbtissin Etain in Whitby aufzuklären und danach, in Rom, den Mord an Wighard, dem designierten Erzbischof von Canterbury.

Das Buch, das sie nun hier, auf diesem geheimnisvollen, verlassenen Schiff, wiedergefunden hatte, war ihr Abschiedsgeschenk an ihren engsten Freund und Gefährten. Ein Geschenk, das ihnen beiden so viel bedeutet hatte, damals, bei jenem traurigen Abschied.

Fidelma spürte, wie die Kajüte zu schwanken und sich zu drehen begann. Sie versuchte, die Gedanken, die ihr durch den Kopf schossen, zu besänftigen und der fürchterlichen Angst, die ihr den Atem nahm, mit vernünftigen Argumenten zu begegnen. Benommen taumelte sie rückwärts und brach unvermittelt über der Koje zusammen.

KAPITEL 3

»Schwester Fidelma! Alles in Ordnung?«

Ross' Gesicht näherte sich dem Fidelmas, als sie die Augen aufschlug. Sie blinzelte. Sie war nicht wirklich ohnmächtig geworden, bloß... sie blinzelte erneut und schalt sich insgeheim dafür, Schwäche gezeigt zu haben. Das war aber auch eine böse Überraschung! Was hatte dieses Buch, ihr Abschiedsgeschenk für Bruder Eadulf damals in Rom, jetzt in der Kajüte eines verlassenen gallischen Handelsschiffes vor der Küste von Muman zu suchen? Sie wußte, daß Eadulf sich nicht so ohne weiteres davon trennen würde. Und wenn dem so war, dann mußte er hier in der Kajüte gewesen sein, als Passagier auf diesem Handelsschiff.

»Schwester Fidelma!«

Ross' Stimme überschlug sich vor Aufregung.

»Es tut mir leid«, erwiderte Fidelma langsam und erhob sich vorsichtig. Ross beugte sich vor, um ihr zu helfen.

»Ist Euch schwindelig geworden?« erkundigte er sich.

Sie schüttelte den Kopf. Erneut schalt sie sich dafür, daß sie ihre Gefühle so deutlich gezeigt hatte. Doch wäre es nicht ein noch größerer Selbstbetrug, sie zu verleugnen? Seit ihrem Abschied von Eadulf von Seaxmund's Ham hatte sie ihre Gefühle für ihn unterdrückt. Er blieb damals als Sekretär von Theodor von Tarsus, dem neu ernannten Erzbischof von Canterbury, in Rom, während sie in ihre Heimat zurückkehrte.

Doch das vergangene Jahr war erfüllt gewesen von den Erinnerungen an ihn, von Einsamkeit und von Sehnsucht, von einer Art Heimweh nach ihm. Sie war wieder zu Hause, in ihrer Heimat, bei ihrem Volk, doch sie vermißte Eadulf. Sie vermißte ihre Streitgespräche, die Art, wie sie ihn wegen ihrer gegensätzlichen Ansichten und Weltanschauungen necken konnte, die Art, wie er ihr in seiner Gutmütigkeit immer wieder auf den Leim ging. Es gab zwischen ihnen heftige Meinungsverschiedenheiten, jedoch keinerlei Feindseligkeit.

Eadulf von Seaxmund's Ham hatte in Irland studiert, in

Durrow und später in Tuaim Brecain, bevor er sich in Glaubensfragen der Vorherrschaft Roms unterwarf und die Lehren des Heiligen Columban ablehnte.

Er war der einzige Mann in ihrem Alter, in dessen Gesellschaft sie sich wirklich wohlfühlte und sich ungezwungen verhalten konnte, ohne sich hinter ihrem Rang und dem Amt, das sie bekleidete, zu verstecken und ohne eine bestimmte Rolle spielen zu müssen, wie eine Schauspielerin in einem Theaterstück.

Eines wurde ihr jetzt klar: ihre Gefühle für Eadulf waren nicht nur rein freundschaftlicher Natur.

Ihr Abschiedsgeschenk an ihn nun herrenlos auf einem verlassenen Schiff vor der Küste Irlands zu entdecken löste in ihr heftigste Panik aus.

»Ross, dieses Schiff birgt ein Geheimnis.«

Ross verzog das Gesicht.

»Ich dachte, darüber hätten wir uns bereits geeinigt.«

Fidelma streckte ihm das Meßbuch entgegen, das sie in der Hand hielt.

»Das gehörte einem Freund von mir, den ich vor über einem Jahr in Rom zum letzten Mal gesehen habe. Einem guten Freund.«

Ross betrachtete es verlegen und kratzte sich am Kopf.

»Ein Zufall?« murmelte er undeutlich.

»Ein Zufall, in der Tat«, bestätigte Fidelma ernst. »Was mag mit den Leuten auf diesem Schiff geschehen sein? Ich muß es herausfinden. Ich muß herausfinden, was mit meinem Freund geschehen ist.«

Ross blickte verlegen drein.

»Wir müssen zurück auf die *barc*, Schwester. Der Wind wird wieder stürmischer.«

»Ihr wollt das Schiff zum Ufer schleppen?«

»Genau.«

»Dann werde ich es gründlicher durchsuchen, sobald wir in ruhigeren Gewässern sind. Wohin wollt Ihr es bringen?«

Ross rieb sich das Kinn.

»Nun, der nächste Hafen liegt genau bei Euerm Reiseziel, Schwester. Vor der Abtei Der Lachs aus den Drei Quellen.«

Fidelma atmete leise aus. Ihre Entdeckung hatte sie vorübergehend vergessen lassen, warum sie eigentlich auf Ross' Schiff unterwegs war. Gestern morgen hatte der Abt von Ros Ailithir, bei dem sie sich gerade aufhielt, eine Nachricht von der Äbtissin dieser kleinen Gemeinschaft erhalten. Man hatte in der Abtei, die an der Spitze einer Halbinsel im äußersten Westen von Muman lag, eine unbekannte Tote entdeckt und fürchtete, es könnte sich um eine Nonne handeln, auch wenn es kaum eine Möglichkeit der Identifizierung gab. Der Kopf der Leiche fehlte. Die Äbtissin bat um die Unterstützung eines Brehon, eines Beamten der irischen Gerichtsbarkeit, der ihr helfen sollte, die Identität der Toten festzustellen und herauszufinden, wer für diesen Mord verantwortlich war.

Die Gemeinschaft gehörte zum Gerichtsbezirk von Abt Brocc von Ros Ailithir, und der hatte Fidelma gebeten, die Untersuchung durchzuführen. Die Abtei Der Lachs aus den Drei Quellen lag nur eine Tagesreise mit dem Schiff entfernt, und so kam es, daß Fidelma nun auf Ross' *barc* die zerklüftete Küste entlangfuhr.

Die Entdeckung des verlassenen gallischen Handelschiffes und der Büchertasche, die ihr Abschiedsgeschenk für Bruder Eadulf enthielt, hatte jeden Gedanken an den Anlaß ihrer Reise vorübergehend aus ihrem Gedächtnis verdrängt.

»Schwester«, sagte Ross noch einmal, »wir müssen auf die *barc* zurück.«

Widerwillig stimmte sie zu, verstaute das Meßbuch in der Ledertasche und schwang sie sich über die Schulter.

Ross' Männer hatten Taue vom Bug des gallischen Schiffes an das Heck ihres kleineren Fahrzeugs gebunden. Odar und ein weiterer Matrose blieben an Bord, während Ross und Fidelma mit den anderen Besatzungsmitgliedern auf die *Foracha* zurückkehrten.

Fidelma war ganz in Gedanken versunken. Ross gab Anweisungen, um seine Bark von dem größeren Schiff zu lösen und vor den Wind zu drehen. Bald strafften sich die Abschleppseile, und das kleinere Schiff nahm Fahrt auf und zog das größere, das sich durch die kabbelige See wühlte, hinter sich her. Der Wind war wieder stürmisch, und zweifellos wäre das gallische Schiff ohne Ross' Eingreifen schon längst an den nahegelegenen, versteckten Felsen und Riffen gesunken.

Ross ließ die straffgespannten Seile und das große, schlingernde Schiff hinter ihnen nicht aus den Augen. Doch Odar war ein ausgezeichneter Steuermann und hielt das Schiff geschickt unter Kontrolle, so daß Ross den Kurs bestimmen konnte: er steuerte eine der großen Buchten an, die von zwei felsigen, sich nach Südwesten erstreckenden Halbinseln gebildet wurde, und hielt auf eine der langgestreckten Landzungen zu, auf der sich in der Ferne, über den Gipfeln einer hohen Bergkette, eine gewaltige Felskuppel erhob. Vor der Halbinsel tauchte der gedrungene, knollenförmige Umriß einer großen Insel auf, und Ross befahl seinem Steuermann, die *barc* in die Meerenge zwischen diesem Eiland und der Küste der Halbinsel hineinzumanövieren.

Fidelma hatte sich am Heck auf die Reling gesetzt, mit verschränkten Armen und gesenktem Kopf, und hing ihren Gedanken nach, so daß sie weder die näherkommende Küste noch die atemberaubende Landschaft bemerkte. Genausowenig schien sie das Stampfen und Schlingern der *barc* zu beachten, die vor dem Wind trieb und ihre Beute hinter sich herschleppte.

»Bald erreichen wir ruhigere Gewässer«, sagte Ross besänftigend. Er hatte Mitleid mit ihr, denn sie vermochte den Kummer, den ihre Entdeckung ihr bereitete, kaum zu verhehlen.

»Könnten es Sklavenhändler gewesen sein?« fragte sie plötzlich, ohne Vorrede.

Ross überlegte einen Augenblick. Es war bekannt, daß Plünderer auf der Suche nach Sklaven häufig in irische Gewässer vordrangen und gelegentlich sogar Küstendörfer oder Fischerboote überfielen und die Einheimischen verschleppten, um sie auf den Sklavenmärkten in den sächsischen Königreichen zu verkaufen, manchmal sogar weiter weg in Iberien, Franken und Germanien.

»Vielleicht haben Sklavenhändler das Handelsschiff überfallen und alle Anwesenden mitgenommen?« hakte Fidelma nach, als er zögerte.

Ross schüttelte den Kopf.

»Mit Verlaub, Schwester, aber das glaube ich nicht. Wenn, wie Ihr meint, Sklavenhändler das Handelsschiff gekapert hätten, warum haben sie dann nicht einfach ein Prisenkommando an Bord gelassen, um es in ihren Heimathafen zurückzusegeln? Warum sollten sie die Besatzung und, was noch merkwürdiger ist, die Ladung mitnehmen und das Schiff zurücklassen? Sie würden dafür doch genausoviel, wenn nicht noch mehr Geld bekommen als für die Besatzung und die Ladung.«

Fidelma konnte dieser Logik nicht widersprechen. In der Tat, warum sollten sie das gepflegte, gut in Schuß gehaltene Schiff zurücklassen? Sie seufzte hörbar, da sie auf die vielen Fragen, die in ihrem Kopf herumschwirrten, nicht sofort Antworten fand.

Die junge Nonne bemühte sich, nicht noch mehr Energie darauf zu verschwenden, Fragen zu stellen, die sie unmöglich beantworten konnte. Ihr Mentor, Brehon Morann von Tara, hatte sie gelehrt, daß es nutzlos war, Antworten für Probleme zu suchen, bevor sie die Fragen kannte, die zu stellen waren. Doch es gelang ihr nicht, einen klaren Gedanken zu fassen, selbst dann nicht, als sie in der Kunst des *dercad* Zuflucht suchte, einer Art Meditation, die schon zahllosen Generationen von irischen Mystikern geholfen hatte, nebensächliche Überlegungen und nervliche Überreizung zu bezwingen.

Fidelma beschloß, sich auf die näherkommende Küstenlandschaft zu konzentrieren. Sie hatten jetzt die Einfahrt der großen Bucht erreicht und segelten nah am Südufer der bergigen Halbinsel entlang. Die kalten Windböen und unberechenbaren Wellen ebbten allmählich ab, während sie in die geschützteren Gewässer einfuhren. Als sie die knollenförmige Insel an ihrer Backbordseite liegen sahen, wurde das Meer wesentlich ruhiger, denn das Festland schützte sie nun vor der vollen Wucht des Windes. Nur wenige Wolken zeigten sich am zartblauen Himmel, in dem hoch oben die blaßgelbe Sonnenscheibe hing, ohne die geringste Wärme abzugeben. Die Landschaft schien in durchsichtigen Pastelltönen gemalt zu sein.

»Weiter vorne öffnet sich eine große Meerenge«, kündigte Ross an. »Dort liegt die Abtei Der Lachs aus den Drei Quellen. Dort, in den ruhigen Gewässern, werden wir vor Anker gehen.«

Trotz ihrer Sorge um Bruder Eadulfs Schicksal war Fidelma nicht ganz unempfänglich für die Ruhe und die heitere Schönheit der Meerenge. Sie war auf allen Seiten von Eichenwald umgeben, der sich an den Berghängen hinaufzog und von Nadelgehölzen der verschiedensten Art umsäumt war. Im Sommer mußte es hier atemberaubend aussehen: all die farbenprächtigen Blumen, all die Bäume in den unterschiedlichsten Grüntönen. An den Ufern der Durchfahrt erhoben sich die Berge. Ihre kahlen Gipfel waren mit Schnee bestäubt und ihre Abhänge mit Granitbrocken übersät. Ein tosender Bach ergoß sich in die Bucht, genau dort, wo sich auf einer Landzunge eine kleine, runde Festung erhob. Beim Anblick seines glitzernden, kristallklaren Wassers schauderte Fidelma schon allein bei der Vorstellung, wie kalt es sein mochte.

»Dort liegt die Festung von Adnár, dem *bó-aire* dieses Bezirks.« Ross deutete mit dem Daumen hinüber.

Ein *bó-aire* war, wörtlich verstanden, ein Kuh-Häuptling, ein Häuptling ohne Landbesitz, dessen Vermögen nach seinem Viehbestand bemessen wurde. In ärmeren Gegenden fungierte der Kuh-Häuptling auch als eine Art Friedensrichter. Er hatte den mächtigeren Häuptlingen gegenüber loyal zu sein und ihnen für seine Stellung und seinen Rang einen Tribut zu zahlen.

Fidelma versuchte mit aller Gewalt, ihre Gedanken zurück zu dem Auftrag zu lenken, dessentwegen sie aufgebrochen war.

»Die Festung von Adnár?« wiederholte sie und formulierte den Satz als Frage, um sicherzugehen, daß sie den Namen richtig verstanden hatte.

»Ja. Sie heißt *Dún Boí* – die Festung der *Boí*, der Göttin der Kühe.«

»Und wo liegt die Gemeinschaft der Gläubigen?« fragte Fidelma. »Die Abtei Der Lachs aus den Drei Quellen?«

Ross deutete auf eine zweite kleine Landzunge am anderen Ufer des Flüßchens, genau gegenüber von Adnárs Festung. »Zwischen den Bäumen dort oben auf dem Bergrücken. Ihr könnt von hier aus nur den Turm des Klosters sehen und da hinten einen kleinen Kai, der zu einem Felsabsatz führt, auf dem ihr vielleicht den Hauptbrunnen der Abtei ausmachen könnt.«

Fidelmas Blick folgte seinen Angaben. Auf dem Kai bewegte sich etwas.

»Käpt'n!« rief der Steuermann leise zu Ross hinüber. »Käpt'n, dort legen gerade zwei Boote ab – eins von der Festung und eins von der Abtei.«

Ross befahl seiner Besatzung, mit dem Zusammenrollen der Segel zu beginnen, bevor die *Foracha* vor Anker ging. Er wandte sich um und bedeutete Odar auf dem gallischen Schiff, ebenfalls Anker zu werfen, damit die beiden Schiffe nicht zusammenstießen. Man hörte das Krachen der großen Segel, als sie niedergeholt wurden, das Klatschen, als die Anker auf die ruhige Wasseroberfläche aufschlugen, und die erschrockenen Schreie der Seevögel, die von der unerwarteten Heftigkeit des Geräusches überrascht wurden. Dann – Stille.

Einen Augenblick stand Fidelma reglos da und war sich der plötzlichen Stille in der geschützten Meerenge bewußt und auch der Schönheit dieses Ortes – mit den Blau-, Grün-,

Braun- und Grautönen der Berge, die sich dahinter erhoben, mit dem Himmel, der das Wasser um sie herum hellblau färbte, so daß es im Licht des frühen Nachmittags glitzerte und schimmerte und einem Spiegel glich, so still und klar war seine Oberfläche. Am Ende der Meerenge, von den Gezeiten unberührt, erstreckten sich das Graugrün eines Seegrasgürtels, das Weiß und Grau der Felsen, die vielfältigen Grün- und Brauntöne der Bäume entlang des Ufers und dazwischen die Farbtupfer des plötzlich aufschießenden Kreuzkrauts und der weißen Blüten des Hirtentäschel. Hie und da wuchsen Stechpalmen. Die Stille verstärkte das leiseste Geräusch… zum Beispiel den trägen Flügelschlag des Graureihers, der seine Kreise um die Schiffe zog und sich den langen, biegsamen Hals vor Neugier zu verrenken schien, bevor er sich lässig und scheinbar unbeteiligt gen Himmel schwang und weiter die Küste hinunter flog, ruhigeren Fischgründen entgegen. Dann hörte Fidelma auf dem stillen Gewässer die rhythmischen Ruderschläge der herangleitenden Boote.

Sie seufzte tief. Ein so vollkommener Friede war wie ein Deckmantel, eine Verschleierung der Realität. Es gab so viel zu tun.

»Ich werde an Bord des Handelsschiffes zurückkehren und es noch einmal gründlich durchsuchen, Ross«, verkündete sie.

Ross starrte sie erschrocken an.

»Bei allem Respekt, Schwester, ich würde damit lieber noch ein Weilchen warten«, schlug er vor.

Ärgerlich runzelte sie die Stirn.

»Ich verstehe nicht…«

Ross unterbrach sie, indem er mit dem Kopf auf die beiden sich nähernden Boote wies.

»Ich glaube nicht, daß der Besuch mir gilt, Schwester.«

Fidelma zauderte und verstand noch immer nicht.

»In einem der Boote sitzt der *bó-aire* der Festung, in dem anderen Äbtissin Draigen.«

Fidelma staunte und hob wortlos die Augenbrauen. Dann widmete sie ihre Aufmerksamkeit der Besatzung der herannahenden Boote. Eines wurde von zwei Nonnen gerudert, während eine dritte kerzengerade im Heck saß, eine hochgewachsene Frau mit einem schönen Gesicht, größer als Fidelma, in ein Gewand aus Fuchspelz gehüllt. In dem anderen Boot, das von der Festung her auf sie zuschoß, legten sich zwei stämmige Krieger in die Riemen, und im Heck saß ein großer, schwarzhaariger Mann. Er trug einen Umhang aus Dachspelz und eine silberne Amtskette, die seine gehobene Stellung deutlich kennzeichnete. Immer wieder blickte er besorgt zu dem anderen Boot hinüber und trieb seine Männer mit bellenden Befehlen, die selbst auf diese Entfernung zu verstehen waren, zu größerer Eile an, als ginge es ihm darum, Ross' *barc* als erster zu erreichen.

»Sie sehen aus, als veranstalteten sie ein Wettrennen«, bemerkte Fidelma trocken.

Ross' antwortete ohne jede Spur von Humor.

»Bei dem Wettrennen, wie Ihr es nennt, will jeder von beiden als erster bei Euch eintreffen. Was auch immer dahintersteckt, ich glaube nicht, daß sie einander freundschaftlich verbunden sind.«

Es war das Boot der Abtei, das die *barc* als erstes erreichte, und die attraktive Nonne kletterte mit erstaunlicher Behendigkeit an Bord und betrat das Schiff gerade, als das zweite Boot längsseits anlegte und der große Mann mit dem schwarzen Haarschopf hinter ihr aufs Deck sprang.

Die Frau, die Ross als die Äbtissin der Gemeinschaft vorgestellt hatte, war von imposanter Größe. Ihr Umhang öffnete sich und enthüllte Gewänder aus grobem Tuch, doch ihr kunstvoll gearbeitetes Kruzifix – ein prachtvolles Exemplar aus Rotgold, mit Halbedelsteinen reich verziert – offenbarte, daß sie noch nicht vollends entschlossen war, dem Reichtum zu entsagen und in Armut und Gehorsam zu leben. Sie war Mitte dreißig. Ihr Gesicht mit den roten Lippen und den hohen Wangenknochen wirkte befehlsgewohnt. Es strahlte eine merkwürdige Mischung aus Schönheit und Ungeschliffenheit aus. Ihre Augen waren dunkel. In ihnen blitzte ein verborgenes Feuer, ein kaum verhohlener Zorn, als sie über die Schulter zu dem schwarzbärtigen Mann blickte, der hinter ihr hereilte.

Sie erspähte Ross sofort. Es war unverkennbar, daß sie ihm schon begegnet war. Fidelma wußte, daß Ross häufig Handelsreisen entlang der Küste von Muman unternahm und offensichtlich mit der Gemeinschaft hier bereits geschäftlich zu tun gehabt hatte.

»Ah, Ross, ich habe Euer Schiff erkannt, sobald es in die Meerenge einfuhr«, begrüßte sie ihn ohne eine Spur von Herzlichkeit in der Stimme. »Ich nehme an, Ihr kommt direkt von Abt Brocc aus Ros Ailithir? Ich hoffe, Ihr habt den Brehon mitgebracht, um den ich ihn ersuchte?«

Bevor Ross antworten konnte, gesellte sich der große, schwarzhaarige Häuptling zu ihr. Er schnaufte ein wenig vor Anstrengung. Er war Mitte Vierzig, ein gutaussehender Mann mit gefälligen Gesichtszügen, dessen Augen den blitzenden dunklen Augen der Äbtissin verblüffend ähnelten. Fidelma bemerkte sein liebenswürdiges, aber auch besorgtes Lächeln, als er auf Ross zutrat.

»Wo ist der Brehon? Wo ist er, Ross? Ich muß ihn unbedingt zuerst sprechen.«

Die Äbtissin drehte sich schnell und mit unverhohlener Feindseligkeit zu ihrem unwillkommenen Mitstreiter um.

»Ihr habt hier keinerlei Befugnisse, Adnár«, fauchte sie und bestätigte damit Ross' Annahme, daß es sich bei dem Mann um den Friedensrichter des Bezirks handelte.

Adnár errötete vor Wut.

»Ich habe jede Befugnis, hier zu sein. Bin ich nicht *bó-aire* in diesem Bezirk? Mein Wort…«

»Euer Wort wird von Gulban, dem Häuptling der Beara, diktiert«, höhnte die Frau. »Wenn er nichts sagt, habt Ihr auch nichts zu sagen. Ich habe Abt Brocc von Ros Ailithir gebeten, einen Brehon zu schicken, der ausschließlich dem König von Cashel gegenüber verantwortlich ist, dem auch Euer Oberhaupt, Gulban, Rechenschaft ablegen muß.« Sie wandte sich wieder an Ross. »Wo ist er, Ross? Wo ist der Brehon, den Abt Brocc geschickt hat?«

Ross warf einen Blick zu Fidelma hinüber und hob entschuldigend die Schultern, als wolle er sich dadurch von jeglicher Verantwortung für das Verhalten der Besucher freisprechen.

Seine Geste lenkte die Aufmerksamkeit der Neuankömmlinge auf Fidelma. Die streng dreinblickende Äbtissin schien sie zum ersten Mal wahrzunehmen und runzelte die Stirn.

»Und wer seid Ihr, Schwester?« fauchte sie gebieterisch. »Seid Ihr gekommen, um unserer Gemeinschaft beizutreten?«

Fidelma gelang ein mattes Lächeln.

»Ich glaube, ich bin die, nach der Ihr fragtet, Mutter Oberin«, erwiderte sie gelassen. »Abt Brocc von Ros Ailithir hat Euerm Gesuch entsprochen und mich hierhergeschickt.«

Ein Ausdruck ungläubigen Staunens huschte über das Gesicht der Äbtissin.

Ein heiseres Lachen ließ sie alle herumfahren. Adnár schüttelte sich vor Heiterkeit.

»Ihr bittet um einen Brehon, und Brocc schickt Euch diese halbe Portion! Ha! Euer ehrenwerter Abt hält wohl doch nicht so große Stücke auf Euch!«

Die Äbtissin bemühte sich nach Kräften, den Zorn zu beherrschen, der in ihren Augen funkelte, und starrte Fidelma mit zusammengepreßten Lippen an.

»Ist das so etwas wie eine Belustigung für Abt Brocc?« fragte sie betont kühl. »Will er mich auf diese Art beleidigen?«

Fidelma schüttelte müde den Kopf.

»Ich glaube nicht, daß mein Cousin« – hier legte Fidelma eine kurze Pause ein, um dadurch das Wort hervorzuheben –, »ich glaube nicht, daß mein Cousin, der Abt, sich durch derartiges Benehmen zu belustigen pflegt.«

Die Miene der Äbtissin wollte sich gerade zu einem höhnischen Grinsen verziehen, doch Ross, der spürte, daß er als Kapitän des Schiffes nun eingreifen mußte, trat schnell hinzu.

»Gestattet mir, Mutter Oberin, Euch Schwester Fidelma vorzustellen, eine Advokatin der Gerichtsbarkeit mit dem Rang einer *anruth*.«

Die Augen der Äbtissin weiteten sich unmerklich, während Adnárs Lachen abrupt verstummte. Der Rang einer *anruth* war immerhin die zweithöchste Qualifikation, die die Universitäten und kirchlichen Hochschulen Irlands zu verleihen hatten.

Es entstand eine Pause, bevor die Äbtissin das Wort ergriff: »Wie, sagtet Ihr, ist Euer Name?«

»Ich bin Fidelma, augenblicklich in der Gemeinschaft von Kildare.«

Die funkelnden Augen der Äbtissin zogen sich erneut zusammen.

»Von Kildare? Kildare liegt im Königreich von Laigin. Dennoch behauptet Ihr, mit Abt Brocc von Ros Ailithir verwandt zu sein. Was hat das zu bedeuten?«

Fidelma kostete die Situation genüßlich aus.

»Mein Bruder ist Colgú, der König von Cashel.« Fidelma konnte nicht umhin, einen flüchtigen Blick in Richtung Adnár zu werfen, um sich seine Reaktion nicht entgehen zu lassen. Sie wurde prompt belohnt: mit offenem Mund und glotzenden Augen sah er aus wie ein Fisch, der gerade aus dem Wasser gezogen wird. »Ich bin in erster Linie eine Dienerin des Glaubens, und der reicht bekanntlich weit über die Grenzen irdischer Königreiche hinaus.«

Die Äbtissin stieß einen tiefen Seufzer aus, bevor sie Fidelma die Hand reichte. Ihre Herrschsucht schien verraucht, und auf ihrer Miene zeigte sich ein Ausdruck reumütiger Abbitte. Ob er echt war oder nicht, konnte Fidelma nicht beurteilen.

»Laßt mich Euch in unserer Gemeinschaft willkommen heißen, Schwester Fidelma. Ich bin Äbtissin Draigen, die Vorsteherin des Klosters Der Lachs aus den Drei Quellen.« Sie wies mit einer Hand zum Ufer, als wolle sie Fidelma ihre Gemeinschaft dort zeigen. »Ich bedaure meine ungehobelte Begrüßung. Wir leben in schwierigen Zeiten. Ich hatte erwartet, daß mir Brocc jemanden schicken würde mit praktischer Erfahrung in, in…«

Fidelma lächelte freundlich, als sie zögerte.

»In der Aufklärung von Gewaltverbrechen? Im Lösen von

Rätseln? Macht Euch darüber keine Sorgen, Mutter Oberin. Es gibt ein Sprichwort – *usus multas res docet.* Erfahrung lehrt viele Dinge. Durch meine Erfahrungen als Advokatin der Gerichtsbarkeit habe ich eine gewisse Befähigung für die Aufgabe erworben, an die Ihr denkt.«

Mit einem Grunzen trat Adnár vor. Er bemühte sich, sein Selbstvertrauen zurückzugewinnen, doch sobald ihm Fidelmas funkelnde grüne Augen begegneten, senkte er den Blick. In seiner Verlegenheit wirkte er ziemlich unbeholfen.

»Willkommen, Schwester Fidelma. Ich bin Adnár.«

Fidelma musterte ihn eingehend. Sie war nicht sicher, ob sie mochte, was sie sah. Der Mann sah zweifelsohne gut aus, doch sie fühlte sich stets unwohl, wenn sie mit stattlichen, selbstsicheren Männern konfrontiert war.

»Ich habe von Euch gehört. Ihr seid der *bó-aire* dieses Bezirks.« Fidelmas Stimme klang eisig. Tatsächlich genoß sie sein offensichtliches Unbehagen und schalt sich insgeheim dafür, sich an den Qualen eines anderen zu weiden. Das entsprach ganz und gar nicht den Lehren des Glaubens – aber schließlich war sie auch nur ein Mensch.

»Ich wollte Euch nicht, das heißt, ich…«, begann Adnár.

»Ihr wolltet mich sprechen?« fragte Fidelma mit Unschuldsmiene.

Adnár blickte verdrießlich zu Äbtissin Draigen hinüber. Er schien seine Worte sorgfältig zu wählen, als er sich an Fidelma wandte.

»Schwester, ich bin hier *bó-aire*. Ich bin Ortsvorsteher und Friedensrichter im Zuständigkeitsbereich meines Häuptlings Gulban. Niemand in diesem Bezirk muß in Rechtsfragen um Unterstützung von außerhalb ersuchen. Wie dem auch sei, dies ist weder Zeit noch Ort, um solche Dinge zu besprechen. Dort seht Ihr meine Festung.« Er wies mit der Hand hinüber. »Ich möchte Euch einladen, heute abend mit mir zu speisen.«

Äbtissin Draigen überspielte einen Ausruf des Protestes durch lautes Husten.

»Ihr werdet heute abend in der Abtei erwartet, Schwester Fidelma, damit ich Euch ausführlich erklären kann, warum ich nach Euch geschickt habe«, sagte sie hastig.

Fidelma starrte von der Äbtissin zum Häuptling und schüttelte dann heftig den Kopf.

»Es ist wahr, meine erste Pflicht gilt der Abtei, Adnár«, erklärte sie ihm. »Aber ich komme morgen früh zu Euch zum Morgenmahl.«

Adnár wurde zornesrot und warf einen wütenden Blick auf die Äbtissin, deren Miene sich zu einem zufriedenen Lächeln verzogen hatte. Er nickte Fidelma kurz zu.

»Ich werde Euch erwarten, Schwester«, sagte er widerstrebend. Er wollte gerade gehen, zögerte jedoch und starrte hinüber zu dem gallischen Handelsschiff, als sehe er es jetzt zum ersten Mal. »Ihr pflegt einen merkwürdigen Umgang, Ross. Was ist mit dem Schiff, daß sein Kapitän Euch gebeten hat, es in diesen Hafen zu schleppen?«

Ross trat von einem Fuß auf den anderen.

»Ich bin nicht sicher, daß ich verstehe, was Ihr mit merkwürdigem Umgang meint?«

»Ihr pflegt Umgang mit einem gallischen Schiff. Ich habe Euer Abschleppseil gesehen, als Ihr in unseren Hafen einlieft. Was ist mit dem Kapitän? Kann er nicht alleine segeln? Egal, ich werde hinüberrudern und mit ihm reden.«

»Ihr werdet ihn nicht an Bord finden«, erwiderte Ross.

»Nicht an Bord?«

»So ist es«, bestätigte Fidelma. »Das Schiff wurde draußen vor der Küste entdeckt – verlassen.«

Wieder spiegelte sich Verblüffung in Adnárs Miene.

»Dann haben wir sogar zwei Angelegenheiten zu besprechen, wenn Ihr morgen kommt.« Mit einem kurzen Nicken verabschiedete er sich von der Äbtissin und von Ross und kletterte rasch in sein Boot. Sie hörten, wie seine Männer ihre Ruder ins Wasser tauchten, und beobachteten schweigend, wie das Boot wieder zurück zur Küste glitt.

»Ein lästiger Kerl«, seufzte die Äbtissin. »Trotzdem, Ihr habt die richtige Entscheidung getroffen, Schwester. Gestattet mir, Euch hinüber zur Abtei zu rudern und Euch alles zu erklären.«

Über ihre anmutigen Züge huschte ein Ausdruck der Verblüffung, als Fidelma den Kopf schüttelte.

»Ich komme erst heute abend in die Abtei, zur Abendmahlzeit, Mutter Oberin. Vorher muß ich mich noch um andere Dinge kümmern.«

»Andere Dinge?«

In Äbtissin Draigens Stimme schwang ein gefährlich mürrischer Unterton mit.

»Ich komme heute abend an Land«, wiederholte Fidelma ohne weitere Erklärung.

»Wie Ihr wünscht«, näselte die Äbtissin säuerlich. »Ihr werdet unsere Glocke zum Abendangelus läuten hören. Wir pflegen die Mahlzeit im Anschluß an die Gebete einzunehmen. Der Gong ertönt zwei Mal, bevor das Mahl beginnt.«

Ohne noch ein Wort zu verlieren, ging sie und kletterte in ihr Boot.

Ross verzog das Gesicht, beugte sich über die Reling und

beobachtete, wie die Nonnen ihre Äbtissin über die Meerenge zurückruderten.

»Tja, Schwester, ich glaube nicht, daß Ihr viel Zuneigung geweckt habt, weder im Herzen der Äbtissin noch in dem des *bó-aire*.«

»Es ist nicht meine Aufgabe, Zuneigung zu wecken, Ross«, erwiderte Fidelma leise. »Und nun laßt uns auf das gallische Schiff zurückkehren.«

Gemeinsam mit Ross verbrachte Fidelma zwei Stunden auf dem Handelsschiff und durchsuchte es erneut von oben bis unten. Abgesehen von den getrockneten Blutflecken fanden sie keine weiteren Hinweise darauf, warum Besatzung und Ladung spurlos verschwunden waren. Nur Odar, der Steuermann, hatte noch etwas entdeckt. Gleich nachdem Fidelma und Ross an Bord auftauchten, sprach er sie an.

»Ich bitte um Verzeihung, Käpt'n, aber da ist etwas, was Ihr vielleicht sehen möchtet...«, begann er zögernd.

»Was denn?« Ross' Tonfall klang nicht gerade ermutigend, doch Odar ließ nicht locker.

»Ich hörte Euch und die Schwester hier«, er deutete auf Fidelma, »darüber sprechen, wie gepflegt und ordentlich alles an Bord dieses Schiffes ist. Nun, zwei Dinge sind nicht in Ordnung.«

Fidelma wurde augenblicklich hellhörig.

»Erklärt Euch, Odar«, forderte sie ihn auf.

»Die Befestigungstaue, Schwester. Vorn und achtern. Die Befestigungstaue sind durchgeschnitten.«

Ross führte sie sofort zum nächsten Eichenpoller am Bug des Schiffes.

»Ich habe die Taue hier hängenlassen, damit Ihr Euch

selbst ein Bild davon machen könnt«, erklärte Odar. »Ich habe sie erst bemerkt, als wir vor kurzem festmachten.«

Ross beugte sich zu der Stelle, an der das dicke Tauwerk aus Flachsfasern am Poller befestigt war, und begann das lose Tau, das über die Schiffswand baumelte, hochzuziehen. Nach etwa sechs Metern erschien das in zahllose Stränge zerfranste Tauende. Fidelma nahm es Ross aus der Hand und untersuchte es sorgfältig. Es war zweifelsfrei durchgeschnitten worden, wahrscheinlich mit einer Axt durchtrennt, zumindest schloß sie das aus der Art, wie die Flachsstränge ausgefranst waren, und aus der Stärke des Schiffstaues.

»Was ist mit dem anderen Vertäuungsseil?« fragte sie Odar. »Sieht es genauso aus wie dieses?«

»Ja, aber schaut es Euch selbst an, Schwester«, antwortete der Seemann.

Fidelma dankte ihm, daß er sie darauf aufmerksam gemacht hatte, und ging nach hinten, um sich auf die Heckreling zu setzen. Niedergeschlagen starrte sie in die Ferne. Ross, der neben ihr stand, musterte sie verwundert. Er wußte, wann es besser war zu schweigen.

Schließlich stieß Fidelma einen Seufzer aus.

»Laßt uns zusammenfassen, was wir wissen«, begann sie.

»Was nicht sehr viel ist«, warf Ross ein.

»Trotzdem… erstens, wir wissen, daß dies ein Handelsschiff aus Gallien ist.«

Ross nickte entschieden.

»Richtig. Das ist ungefähr das einzige, was wir mit Sicherheit sagen können. Ich kann beschwören, daß seine Bauweise der Technik der Schiffsbauer von Morbihan entspricht.«

»Was folglich vermuten läßt, daß es von dort ausgelaufen ist?«

»Wieder richtig«, stimmte Ross zu. »Schiffe wie dieses transportieren häufig Waren an unsere Küste.«

»Sie bringen meistens Wein und tauschen ihn bei uns gegen andere Güter?«

»So ist es.«

»Die Tatsache, daß keine Ladung an Bord war, könnte nahelegen, daß dieses Schiff seine Ladung bereits in einem irischen Hafen gelöscht hatte?«

Ross rieb sich das Kinn.

»Vielleicht.«

»Euer ›vielleicht‹ in Ehren. Nichtsdestotrotz, falls die Ladung umgeladen wurde – und wir gehen davon aus, daß das auf See geschah –, dann muß das bei Weinfässern ein schwieriges Unterfangen gewesen sein. Wäre es nicht eine plausiblere Annahme, daß die Fässer bereits in einem irischen Hafen abgeliefert wurden und das Schiff sich auf dem Rückweg nach Gallien befand, entweder ohne Ladung oder mit Waren, die auf See leichter umzuladen wären?«

»In Eurer Vermutung liegt eine gewisse Logik«, gab Ross zu.

»Dann machen wir, glaube ich, Fortschritte«, erklärte Fidelma triumphierend. »Nun laßt uns überlegen, was wir sonst noch wissen. Es gibt Blut auf diesem Schiff, Blut unter Deck und frischeres Blut auf einem Leinenfetzen, der sich in der Takelage verfangen hatte, und auf dem Geländer unterhalb der Takelage. Das dort verschmierte Blut ist zwar getrocknet, aber noch nicht alt, und wurde wahrscheinlich in den letzten zwölf bis vierundzwanzig Stunden vergossen. Das Blut könnte von einem Mitglied der Besatzung stammen oder…«, sie hielt inne und versuchte, nicht an Eadulf zu denken, »oder von einem Passagier.«

»Warum nicht von einem der Plünderer?« wollte Ross wissen. »Von einem von denen, die die Ladung oder die Besatzung mitnahmen?«

Fidelma dachte über diesen Einwand nach und räumte auch diese Möglichkeit ein.

»Schon denkbar. Aber wer kann mit Sicherheit behaupten, daß es überhaupt Plünderer gab? Vielleicht hat die Besatzung selbst die Ladung mitgenommen und das Schiff verlassen?« Sie hob die Hand, als Ross etwas entgegnen wollte. »Schon gut. Das Wichtigste ist, daß das Blut allem Anschein nach in der Zeit vergossen wurde, als die Besatzung verschwand: als das, was ihr zustieß – was immer es war –, gerade geschah.«

Ross wartete, während sie die Ereignisse noch einmal Revue passieren ließ.

»Die Vertäuung des Schiffes wurde vorn und achtern durchtrennt, wahrscheinlich mit einer Axt. Das bedeutet, daß es irgendwo festgemacht haben muß und nicht einfach in einem Hafen vor Anker lag, denn der Anker ist noch an seinem Platz, nur die Verankerungstaue sind abgeschnitten. Warum? Warum die Taue nicht einfach lösen? Hatte jemand an Bord es so eilig, von irgendwo wegzukommen? Oder wurde das Schiff an einem anderen Schiff vertäut und dann losgemacht?«

Ross blickte Fidelma voll Bewunderung an, während sie die verschiedenen Möglichkeiten hervorsprudelte.

»Wie lange war es schon in Sichtweite, als wir an Bord gingen?« fragte sie plötzlich.

»Ich bemerkte es etwa eine halbe Stunde, bevor Odar mich darauf aufmerksam machte. Wir brauchten eine weitere halbe Stunde, um es einzuholen.«

»Das bedeutet, daß sich das Schiff möglicherweise in

Küstennähe befand, als sich die geheimnisvollen Ereignisse zutrugen. Stimmt Ihr mir zu?«

»Warum das?«

»Das Schiff muß innerhalb der letzten zwölf bis vierundzwanzig Stunden, bevor wir es entdeckten, überfallen worden sein.« Plötzlich richtete sie sich auf. »Ihr kennt diese Küste gut, nicht wahr, Ross?«

»Ich kenne sie«, räumte er ohne prahlerischen Unterton ein. »Ich segle seit vierzig Jahren in diesen Gewässern.«

»Könntet Ihr anhand von Wind und Strömungen berechnen, von wo aus das Schiff zu der Stelle gesegelt ist, an der Ihr es zuerst gesichtet habt?«

Ross blickte in Fidelmas aufgeregtes Gesicht. Er wollte sie nicht enttäuschen.

»Das ist schwierig, selbst wenn man die Strömungen kennt. Und der Wind hier ist wechselhaft und unbeständig.«

Fidelma zog enttäuscht die Mundwinkel nach unten.

Als er ihre Unzufriedenheit sah, fügte er hastig hinzu: »Aber vielleicht gelingt mir eine gute Schätzung. Ich halte es für vertretbar zu behaupten, daß es zwei mögliche Stellen gibt. An der Einfahrt zu dieser Bucht, oder weiter unten an der Südspitze der Halbinsel. Die Strömungen dort würden das Schiff mit Sicherheit zu der Stelle treiben, wo wir es zuerst entdeckten.«

»Damit haben wir ein riesiges Gebiet.« Fidelma war noch nicht zufrieden.

»Dieser Freund, dem die Büchertasche gehört…« Ross wechselte das Thema und fragte zögernd: »Dieser Freund… war er ein guter Freund?«

»Ja.«

Ihm entging die Anspannung in ihrer Stimme nicht, als sie

die einsilbige Antwort hervorstieß. Er wartete einen Augenblick und sagte dann leise: »Ich habe eine Tochter in Eurem Alter, Schwester. Sie lebt an Land und ist verheiratet. Ihre Mutter ist mit einem anderen Mann zusammen. Ich kann nicht von mir behaupten, die Frauen zu verstehen. Aber eines weiß ich: der Mann meiner Tochter ist auf See verschollen. An dem Morgen, als die Nachricht Ros Ailithir erreichte, sah ich in ihren Augen denselben Ausdruck von Schmerz und Qual, den ich jetzt in Eurem Blick erkenne.«

Abwehrend, mit einem ärgerlichen Schnauben, riß Fidelma sich zusammen.

»Bruder Eadulf ist lediglich ein Freund von mir, weiter nichts. Falls er in Schwierigkeiten ist, werde ich alles daransetzen, ihm zu helfen.«

Ross nickte verständnisvoll.

»Schon recht«, sagte er ruhig. Sie wußte, daß er sich von ihrem Protest keineswegs täuschen ließ.

»Und im Augenblick«, fuhr sie fort, »habe ich anderes zu tun. Zunächst bin ich Äbtissin Draigen verpflichtet. Ich bleibe möglicherweise mehrere Tage in der Abtei, bevor ich Zeit zum Suchen finde. Und nach was soll ich eigentlich suchen?«

»Selbstverständlich kommt zuerst Eure Pflicht«, bestätigte Ross. »Dennoch, wenn es Euch weiterhilft, Schwester, könnte ich, während Ihr Euch in der Abtei aufhaltet, mit meiner *barc* zu den Stellen segeln, die ich genannt habe, um zu sehen, ob sich dort irgendwelche Hinweise zur Lösung dieses Rätsels finden. Ich werde Odar und einen zweiten Mann zurücklassen, um das gallische Schiff zu bewachen. Ihr könnt Euch an sie wenden, wann immer Ihr sie benötigt.«

Fidelma errötete. Dann beugte sie sich plötzlich vor und drückte dem alten Seemann einen Kuß auf die Wange.

»Seid gesegnet, Ross.« Ihre Stimme geriet ins Stocken, ohne daß sie das überspielen konnte.

Ross lächelte verlegen.

»Nicht der Rede wert. Wir segeln mit der Flut frühmorgens los und kehren innerhalb von ein bis zwei Tagen zurück, nicht später. Falls wir etwas entdecken…«

»Kommt und benachrichtigt mich als erste.«

»Wie Ihr wünscht«, willigte der Seemann ein.

Von jenseits des dunkler werdenden Wassers der Meerenge hörten sie das Läuten einer Glocke.

»Zeit für mich, zur Abtei zu fahren.« Fidelma trat vor an die Reling. Sie hielt inne und warf einen raschen Blick über die Schulter. »Möge Gott über Eure Reise wachen, Ross.« Ihr Gesichtsausdruck war ernst. »Ich fürchte, hier sind böse Menschen am Werk. Ich möchte Euch nicht verlieren.«

Kapitel 4

»Und nun, Schwester, möchtet Ihr vermutlich den Leichnam inspizieren?«

Schwester Fidelma zuckte bei Äbtissin Draigens Vorschlag überrascht zusammen. Sie traten gerade aus dem Refektorium der Abtei Der Lachs aus den Drei Quellen, wo die Nonnen, mit wenigen Ausnahmen, gemeinsam ihre Abendmahlzeit eingenommen hatten.

Die Nacht war bereits über die kleine Abtei hereingebrochen, und die Gebäude lagen im Dunkeln, auch wenn an zentralen Stellen auf dem Gelände Lampen angezündet worden waren, um den Schwestern die Orientierung zu erleichtern. Es versprach wieder eine kalte Nacht zu werden, und der Boden war schon mit weißem Reif überzogen wie mit einer Schneedecke. Holzfeuer qualmten zwischen den Gebäuden, die, soweit Fidelma bisher hatte erkennen können, um einen mit Granit gepflasterten Innenhof herum angeordnet waren. In der Mitte des Hofes stand ein hohes Kreuz, und genau gegenüber einem großen, hölzernen Gebäude – *duirthech* oder Eichenhaus genannt –, das die Kapelle der Abtei beherbergte, lag der Kreuzgang. Überhaupt war die Mehrzahl der Häuser aus Holz gebaut, hauptsächlich aus Eichenholz, denn in der Umgebung wuchsen riesige Eichenwälder. Die wenigen Gebäude aus Stein dienten, so vermutete Fidelma zumindest, als Vorratsräume. An einem Ende der *duirthech* erhob sich ein gedrungener Turm mit steinernem Fundament und hölzernem Aufbau, der alle anderen Häuser überragte.

Die Abtei Der Lachs aus den Drei Quellen unterschied sich kaum von vielen anderen, die Fidelma überall in den fünf Königreichen gesehen hatte. Es gab jedoch keine Außenmauern wie in den bedeutenderen Abteianlagen, zum Beispiel in Ros Ailithir. Während der Mahlzeit – bei der es gestattet war, sich leise zu unterhalten, ganz im Gegensatz zu anderen Klöstern, in denen ein *lector* Abschnitte aus den Evangelien vorlas – hatte Fidelma erfahren, daß die Gemeinschaft aus nur fünfzig Schwestern bestand. Unter der Leitung von Äbtissin Draigen widmeten sie sich hauptsächlich dem Betreiben einer Wasseruhr, mit deren Hilfe genau festgestellt werden konnte, wieviel Zeit verstrichen war. Die Abtei war außerdem stolz auf ihre Bibliothek, und ein Teil der Schwestern fertigte Kopien von Büchern für andere Abteien an. Man lebte hier ruhig und beschaulich und beschäftigte sich friedlich mit Studien und religiösen Betrachtungen.

»Nun, Schwester«, fragte die Äbtissin erneut, »möchtet Ihr den Leichnam sehen?«

»Ja«, stimmte Fidelma zu. »Obwohl ich überrascht bin, daß Ihr ihn noch nicht begraben habt. Wie viele Tage ist es her, seit er entdeckt wurde?«

Die Äbtissin geleitete Fidelma vom Refektorium über den Innenhof zu der hölzernen Kapelle.

»Vor sechs Tagen haben wir die Unglückliche aus unserem Brunnen gezogen. Hätte Eure Ankunft sich verzögert, dann hätten wir die Tote selbstverständlich begraben müssen. Es ist jedoch jetzt im Winter kalt genug, um den Leichnam eine Zeitlang aufzubewahren. Er liegt in einem kühlen Raum unter der Kapelle, einem *subterraneus*, der normalerweise zur Lagerung von Lebensmitteln dient. Angeblich befinden sich unter den Abteigebäuden noch weitere Höhlen. Doch selbst unter diesen Bedingungen könnten wir die Tote nicht ewig dort liegenlassen. Wir haben daher Vorkehrungen getroffen, sie morgen früh auf unserem Friedhof zu beerdigen.«

»Habt Ihr die Identität der Unglücklichen festgestellt?«

»Ich hatte gehofft, daß Ihr dieses Problem lösen werdet.«

Die Äbtissin führte sie durch den mit Steinen gepflasterten Kreuzgang, vorbei an der Kapelle zum Eingang eines kleinen Gebäudes, dessen Wände als Trockenmauern errichtet worden waren, indem man roh behauene Granitblöcke einfach übereinandergeschichtet hatte, ohne sie mit Mörtel zu verbinden. Bei dem Steinhaus, das als Anbau mit dem hölzernen Turm verbunden war, handelte es sich offensichtlich um einen Vorratsraum. Der durchdringende Geruch von getrockneten Kräutern und Gewürzen stach Fidelma in die Nase und raubte ihr den Atem, auch wenn der Duft angenehm erfrischend war.

Äbtissin Draigen ging hinüber zu einem Regal und holte einen Krug heraus. Dann nahm sie von einem Stapel zwei viereckige Leintücher und tränkte sie mit der Flüssigkeit aus dem Gefäß. Fidelma atmete den würzigen Duft von Lavendel ein. Mit ernster Miene reichte Äbtissin Draigen ihr das durchtränkte Tuch.

»Ihr werdet es brauchen, Schwester.«

Sie geleitete sie zu einer Ecke des Raumes, von wo eine Steintreppe hinunterführte in eine geräumige Höhle, etwa zehn Meter lang, sieben Meter breit und unter der gewölbten Decke über drei Meter hoch. Fidelma erblickte am Eingangsbogen Spuren, die sie zunächst für Schrammen hielt. Dann erkannte sie jedoch, daß es sich um die eingeritzten Umrisse eines Stieres handelte. Nein, das war kein Stier, eher ein Kalb. Äbtissin Draigen bemerkte ihren prüfenden Blick.

»Soviel wir wissen, diente dieser Ort früher als heidnische Kultstätte. Das gilt auch für den Brunnen, den Necht gesegnet hat. Es gibt hier noch Überreste aus uralten Zeiten, zum Beispiel die Zeichnung einer Kuh oder dergleichen.«

Fidelma bestätigte wortlos, daß sie das Gesagte zur Kenntnis genommen hatte. Unmittelbar jenseits des bogenförmigen Eingangs entdeckte sie eine andere Treppe, die nach oben ins Dunkel führte.

»Über diese Treppe gelangt man direkt hinauf in den Turm«, erklärte die Äbtissin, noch bevor Fidelma die naheliegende Frage formulieren konnte. »Dort befinden sich unsere bescheidene Bibliothek und – im obersten Stockwerk – unser ganzer Stolz… eine Wasseruhr.«

Sie gingen weiter und betraten die Höhle. Hier herrschte Eiseskälte. Nach Fidelmas Schätzung mußte der *subterraneus* an dieser Stelle unter dem Meeresspiegel liegen. Der Raum war beleuchtet. Das flackernde Licht stammte von vier großen Kerzen, die an den vier Ecken eines Tisches am anderen Ende der Höhle aufgestellt waren.

Niemand mußte Fidelma erklären, was dort auf dem Tisch unter dem Leinentuch lag. Der Umriß war leicht zu erkennen, wirkte jedoch verkürzt. Sie trat vorsichtig näher. Die Höhle war fast leer, nur vor einer Wand stapelten sich Kisten, und daneben standen Reihen von *amphorae* und irdenen Behältern, deren schwache Ausdünstungen darauf schließen ließen, daß sie zur Lagerung von Wein und Spirituosen benutzt wurden.

Mochte es auch noch so kalt sein – Äbtissin Draigen hatte recht. Fidelma konnte das Stück lavendelgetränkten Tuches gut gebrauchen. Obzwar Kräuter und andere Duftpflanzen um die Tote herum aufgestellt waren, war der beißende Gestank, der von dem bereits verwesenden Körper aufstieg, unverkennbar. Fidelma hielt unwillkürlich die Luft an und hob das Leintuch vor die Nase. Trotz des winterlichen Frostes roch der Leichnam stark nach Verwesung.

Äbtissin Draigen stand auf der anderen Seite der Toten und lächelte gequält hinter ihrem lavendelgetränkten Tuch hervor.

»Die Trauerfeier findet morgen bei Tagesanbruch statt, Schwester, das heißt, falls Ihr die Leiche nicht noch länger für Eure Untersuchung benötigt. Je schneller das erledigt ist desto besser.« Das war eher eine Feststellung als eine Frage.

Fidelma antwortete nicht, sondern riß sich zusammen und schlug das Leintuch zurück.

Wie oft Fidelma dem Tod auch begegnete – und gewaltsamer Tod war ihr keineswegs fremd –, jedes Mal verspürte sie Abscheu ob seiner Grausamkeit. Sie bemühte sich immer wieder, Leichen als etwas Abstraktes zu betrachten und sie sich nicht als lebende, empfindende Wesen vorzustellen, die geliebt, gelacht und das Leben genossen hatten. Sie preßte die Lippen fest zusammen und zwang sich, das weiße, verfaulende Fleisch in Augenschein zu nehmen.

»Wie Ihr feststellen werdet, Schwester«, betonte die Äbtissin überflüssigerweise, »wurde der Kopf abgetrennt. Deshalb war es uns auch nicht möglich, die Unglückliche zu identifizieren.«

Fidelmas Augen waren sofort zu der Wunde über dem Herzen gewandert.

»Zuerst wurde die Frau erstochen«, sagte sie halb zu sich selbst. »Der leichte Bluterguß beweist, daß ihr die Wunde nicht erst nach dem Tod zugefügt wurde. Sie wurde ins Herz gestochen und hinterher enthauptet.«

Äbtissin Draigen beobachtete die junge *dálaigh* mit teilnahmsloser Miene.

Fidelma zwang sich, das durchtrennte Fleisch um den Hals zu untersuchen. Dann trat sie zurück und betrachtete die Tote ganz.

»Eine junge Frau. Kaum über das Alter der Reife hinaus. Ich schätze, sie war höchstens achtzehn. Vielleicht jünger.«

Ihr Blick fiel auf eine Verfärbung der Haut am rechten Knöchel. Stirnrunzelnd untersuchte sie die Stelle genauer.

»War sie hier an das Brunnenseil gebunden?« fragte sie.

Äbtissin Draigen schüttelte den Kopf.

»Die Schwestern, die die Leiche gefunden haben, sagten, sie habe am linken Knöchel gehangen und sei dort festgebunden gewesen.«

Fidelma wandte ihre Aufmerksamkeit dem linken Knöchel zu und entdeckte dort leichte Schrammen und Dellen. In der

Tat, die Kratzer sahen mehr nach Seilwunden aus, und es gab keine Blutergüsse, was bewies, daß das Seil unzweifelhaft erst nach dem Tod dort befestigt worden war. Nun untersuchte sie den rechten Knöchel nochmals eingehend. Nein, diese Abschürfungen waren noch zu Lebzeiten entstanden, aber nicht durch ein Seil oder eine Schnur. Um das Bein zog sich ein gleichmäßiger, etwa fünf Zentimeter breiter, verfärbter Streifen, dessen Haut eindeutig geschädigt wurde, solange das Mädchen noch lebte.

Sie wandte sich nun den Füßen zu. Die Fußsohlen waren dick mit Hornhaut bedeckt und wiesen zahllose Schnitte und Wunden auf. Offensichtlich hatte die Tote zu Lebzeiten nicht gerade ein müßiges Dasein geführt und wahrscheinlich nicht sehr oft Schuhe getragen. Die Zehennägel wirkten ungepflegt, einige waren eingerissen oder abgebrochen. Merkwürdigerweise hatte sich darunter Schmutz abgelagert. Man hatte die Tote zwar gewaschen, doch dieser Schmutz – sonderbar rötlich, fast wie dunkelroter Lehm – schien sich an den Zehen in den Poren festgesetzt zu haben.

»Ich nehme an, daß der Leichnam gewaschen wurde, nachdem man ihn aus dem Brunnen zog?« fragte Fidelma und blickte auf.

»Selbstverständlich.« Die Äbtissin schien durch die Frage verärgert. Nach altem Brauch pflegte man Tote vor der Beerdigung zu waschen.

Fidelma machte keine weitere Bemerkung, sondern wandte ihre Aufmerksamkeit den Beinen und dem Rumpf zu. Dort konnte sie nichts erkennen, außer daß das Mädchen zu Lebzeiten über einen wohlproportionierten Körper und schlanke Gliedmaßen verfügt hatte. Als nächstes widmete sie sich den Händen. Überrascht stellte sie fest, daß ihr Zustand dem der Füße in keiner Weise entsprach. Sie waren weich, ohne Schwielen, mit sauberen, gepflegten Fingernägeln. An der rechten Hand entdeckte sie eine merkwürdige blaue Färbung, an der Außenseite des kleinen Fingers und entlang der Handkante sowie an Daumen und Zeigefinger. Sie untersuchte die andere Hand, fand dort jedoch keinerlei Farbspuren. Die Hände waren nicht die eines Menschen, der körperliche Arbeit gewöhnt war. Dies stand allerdings in völligem Gegensatz zu den Füßen des Mädchens.

»Mir wurde berichtet, daß die Tote mehrere Gegenstände umklammert hielt. Wo sind sie?« fragte Fidelma schließlich.

Die Äbtissin zögerte verlegen.

»Als die Schwestern den Leichnam wuschen und vorbereiteten, wurden die Gegenstände entfernt. Ich verwahre sie in meinen Gemächern.«

Fidelma schluckte die mißbilligende Entgegnung, die ihr auf der Zunge lag, herunter. Was sollte denn die ganze Untersuchung, wenn möglicherweise entscheidende Hinweise entfernt worden waren? Sie besann sich jedoch eines Besseren und sagte: »Dann seid wenigstens so gut und erklärt mir genau, wo die Tote die Gegenstände hatte.«

Äbtissin Draigen schnaubte gefährlich. Sie war offensichtlich nicht gewohnt, Anweisungen zu befolgen, schon gar nicht die einer jungen Nonne.

»Schwester Síomha und Schwester Brónach, die den Leichnam entdeckten, werden Euch Näheres darüber sagen können.«

»Ich spreche später mit ihnen«, erwiderte Fidelma geduldig. »Jetzt würde ich gerne wissen, wo die Gegenstände gefunden wurden.«

Die Äbtissin preßte die Lippen zusammen, atmete tief

durch und antwortete steif: »Mit der rechten Hand umklammerte die Tote ein schäbiges Kruzifix aus Kupfer an einem Lederriemen, der um das Handgelenk gewickelt war.«

»Schien es ihr in die Hand hineingelegt worden zu sein?«

»Nein; die Finger waren fest darum geschlossen. Die Schwestern mußten erst zwei Finger brechen, um es herauszuziehen.«

Fidelma zwang sich, die Hand genau zu untersuchen, um sich von der Richtigkeit dieser Angaben zu überzeugen.

»Abgesehen davon, daß die Finger gebrochen wurden – hat man, als die Tote gewaschen wurde, den Händen besondere Aufmerksamkeit gewidmet? Wurden sie besonders sorgfältig manikürt?«

»Ich weiß es nicht. Die Tote wurde gesäubert und gewaschen, wie es Sitte ist.«

»Habt Ihr eine Vermutung, woher die blaue Färbung stammt?«

»Nicht die geringste.«

»Und was war der andere Gegenstand, der bei ihr gefunden wurde?«

»Am linken Arm hing ein Holzstab mit einer Inschrift in Ogham«, fuhr die Äbtissin fort. »Er war am Unterarm festgebunden und konnte leichter abgenommen werden.«

»Festgebunden? Und Ihr habt ihn noch? Und die Schnur auch?« hakte Fidelma nach.

»Selbstverständlich.«

Fidelma trat zurück und sah die Leiche prüfend an.

Nun kam der unangenehmste Teil ihrer Aufgabe.

»Ich brauche Hilfe, um den Leichnam umzudrehen, Äbtissin Draigen«, sagte sie. »Würdet Ihr so freundlich sein?«

»Ist das denn wirklich notwendig?«

»Ja. Ihr könnt nach einer anderen Schwester schicken, wenn Ihr wünscht.«

Die Äbtissin schüttelte den Kopf. Sie atmete noch einmal tief den Lavendelduft ein, bevor sie das Stück Stoff in ihren Ärmel stopfte, trat einen Schritt vor und half Fidelma, die Leiche umzudrehen, zunächst auf die Seite und dann auf den Bauch, so daß der Rücken sichtbar wurde. Die Spuren frischer Striemen waren nicht zu übersehen. Sie liefen kreuz und quer über die weiße Haut, als sei die Unglückliche noch kurz vor ihrem Tod gezüchtigt worden. An manchen Stellen war die Haut sogar aufgeplatzt und hatte, als sie noch lebte, geblutet.

Fidelma atmete tief ein, bereute es jedoch sofort, denn durch den Verwesungsgestank mußte sie würgen und husten. Sie tastete nach ihrem Lavendeltuch.

»Habt Ihr genug gesehen?« fragte die Äbtissin mit eisiger Stimme.

Fidelma nickte zwischen ihren Hustenanfällen.

Gemeinsam drehten sie die Leiche in ihre Ausgangslage zurück.

»Ich nehme an, jetzt wünscht Ihr die Gegenstände zu sehen, die bei der Leiche gefunden wurden?« fragte die Äbtissin, während sie in den großen Vorratsraum vorausging.

»Was ich zuerst wünsche, Mutter Oberin«, erwiderte Fidelma bedächtig, »ist, mich zu waschen.«

Äbtissin Draigen verzog den Mund zu einem fast boshaften Grinsen.

»Selbstverständlich. Folgt mir hier entlang. Unser Gästehaus verfügt über eine Badewanne, und um diese Zeit nehmen die Schwestern normalerweise ihr Bad, so daß das Wasser gerade heiß sein dürfte.«

Man hatte Fidelma das *tech-óired*, das Gästehaus der Abtei, wo sie während ihres Aufenthaltes in der Gemeinschaft wohnen würde, bereits gezeigt. Es war ein langgestrecktes, niedriges Holzhaus, aufgeteilt in ein halbes Dutzend Kammern, mit einem Badezimmer in der Mitte. In einem bronzenen Behälter wurde das Wasser über einem Holzfeuer erhitzt und anschließend in eine hölzerne *dabach* oder Badewanne geschüttet.

Die Mitglieder der Gemeinschaft hatten sich offenbar der in Irland weitverbreiteten Mode angeschlossen, allabendlich nach der Abendmahlzeit ein Vollbad zu nehmen, das *fothrucud*, und sich am Morgen als erstes Gesicht, Hände und Füße zu waschen, eine Reinigungszeremonie, die man *indlut* nannte. Das tägliche Baden war für die Bewohner der fünf Königreiche mehr als nur eine Sitte, es hatte sich immer mehr zu einem religiösen Ritual entwickelt. Jede irische Herberge verfügte über ein Badehaus.

Die Äbtissin verabschiedete Fidelma am Eingang zum Gästehaus und vereinbarte, sie eine Stunde später in ihren Gemächern zu treffen. Zur Zeit wohnte sonst niemand im *tech-óired*, so daß Fidelma das ganze Haus für sich hatte. Sie wollte gerade in ihre Kammer eintreten, als sie Geräusche aus dem Badezimmer hörte.

Mit gerunzelter Stirn ging sie den düsteren Korridor hinunter und öffnete die Tür.

Eine Schwester in mittleren Jahren schürte das Feuer unter dem bronzenen Kessel, in dem das Wasser schon dampfte, und richtete sich nun auf. Bei Fidelmas Erscheinen senkte sie hastig den Blick, faltete die Hände unter ihrem Gewand und neigte unterwürfig den Kopf.

»*Bene vobis*«, grüßte sie leise.

Fidelma betrat den Raum.

»*Deus vobiscum*«, erwiderte sie auf die lateinische Begrüßungsformel.

»Ich wußte nicht, daß es hier noch andere Gäste gibt.«

»Oh, die gibt es auch nicht. Ich bin die *doirseór* der Abtei, aber ich kümmere mich auch um das Gästehaus. Ich habe Euer Bad vorbereitet.«

Fidelmas Augen weiteten sich kaum merklich.

»Das ist sehr freundlich von Euch, Schwester.«

»Es ist meine Pflicht«, erwiderte die Ältere, ohne aufzublicken.

Fidelma ließ ihren prüfenden Blick durch das peinlich saubere Badezimmer schweifen. Die hölzerne Wanne stand bereit und war schon fast mit heißem Wasser gefüllt, und das Holzfeuer verbreitete wohlige Wärme im Raum. Die Luft war durchtränkt vom Duft frischer Kräuter. Ein Lappen aus Leinen war bereitgelegt, ebenso ein Stück *sléic*, parfümierte Seife. Daneben lagen ein Spiegel und ein Kamm sowie Tücher zum Abtrocknen. Alles wirkte gepflegt und ordentlich. Fidelma lächelte.

»Ihr erfüllt Eure Pflicht vorbildlich, Schwester. Wie ist Euer Name?«

»Ich bin Schwester Brónach«, entgegnete die andere.

»Brónach? Dann seid Ihr eine der beiden Schwestern, die den Leichnam gefunden haben.«

Die Augen der Nonne mieden Fidelmas Blick.

»Das stimmt, Schwester. Ich und Schwester Síomha fanden die Leiche.« Sie beugte rasch die Knie.

»Dann kann ich etwas Zeit sparen, Schwester, wenn Ihr mir darüber berichtet, während ich bade.«

»Während Ihr badet?« wiederholte sie mit mißbilligendem Unterton.

Fidelma wurde neugierig.

»Habt Ihr etwas dagegen?«

»Ich...? Nein.«

Die Frau drehte sich um, hob mit erstaunlicher Kraft den bronzenen Kessel vom Feuer und goß das heiße Wasser in die halbvolle, dampfende Holzwanne.

»Euer Bad ist jetzt fertig, Schwester.«

»Sehr gut. Ich habe saubere Kleidung dabei und meinen *cíorbholg*.« Der *cíorbholg* war, wörtlich genommen, ein Kamm-Beutel, für irische Frauen ganz unentbehrlich, denn darin bewahrten sie nicht nur Kämme auf, sondern auch andere Toilettenartikel. Die alten Gesetze im *Buch von Acaill* legten sogar fest, daß eine Frau bei bestimmten Streitigkeiten nicht belangt wurde, wenn sie ihren »Kamm-Beutel« vorzeigen konnte und ihren Spinnrocken, einen gespaltenen Stock von etwa einem Meter Länge, von dem Wolle oder Flachs abgewickelt wurden. Die beiden Gegenstände galten als Symbole der Weiblichkeit.

Fidelma ging, um frische Kleider aus ihrer Tasche zu holen. Sie war sehr anspruchsvoll, was persönliche Reinlichkeit betraf, und hätte ihre Kleidung gerne regelmäßig gewaschen. Auf Ross' kleinem Schiff hatte sie keine Möglichkeit dazu gehabt, so daß sie jetzt die Gelegenheit nutzte, um wenigstens die Kleider zu wechseln. Als sie zurückkehrte, erhitzte Schwester Brónach erneut Wasser auf dem Feuer.

»Wenn Ihr mir Eure getragenen Sachen reicht, Schwester«, erbot sie sich, »werde ich sie waschen, während Ihr badet. Sie können dann vor dem Feuer trocknen.«

Fidelma dankte ihr, doch wieder gelang es ihr nicht, Blickkontakt mit der bekümmerten Nonne aufzunehmen. Sie entledigte sich ihrer Kleidung, schauderte trotz des Feuers vor Kälte, glitt rasch in das verschwenderisch warme Badewasser und stieß einen tiefen Seufzer der Behaglichkeit aus.

Dann griff sie nach der *sléic* und begann sich einzuseifen. Schwester Brónach sammelte ihre abgelegten Kleidungsstücke ein und warf sie in den Bronzekessel.

»Also«, begann Fidelma, während sie im Schaum der parfümierten Seife schwelgte, »Ihr wolltet gerade erzählen, wie Ihr und Schwester Síomha die Tote gefunden habt?«

»So ist es, Schwester.«

»Und wer ist Schwester Síomha?«

»Sie ist die Verwalterin der Abtei, die *rechtaire* oder *dispensator*, wie das Amt in einigen der größeren Abteien auf Latein bezeichnet wird.«

»Erzählt mir, wann und wie Ihr die Tote gefunden habt.«

»Die Gemeinschaft war gerade beim Mittagsgebet, und der Gong verkündete den Beginn des dritten *cadar*.«

Das dritte Viertel des Tages begann am Mittag.

»Um diese Uhrzeit habe ich stets dafür zu sorgen, daß die persönliche Badewanne der Äbtissin rechtzeitig gefüllt wird. Sie zieht es vor, mittags zu baden. Das Wasser wird aus dem Hauptbrunnen geschöpft.«

Fidelma lehnte sich in der Wanne zurück.

»Hauptbrunnen?« fragte sie stirnrunzelnd. »Gibt es hier denn mehr als einen Brunnen?«

Brónach nickte düster.

»Sind wir nicht die Gemeinschaft *Eo na d Trí d Tobar*?« fragte sie.

»Der Lachs aus den Drei Quellen«, wiederholte Fidelma interessiert. »Aber das ist doch nur ein Sinnbild für den Namen Christi.«

»Selbst wenn, Schwester, es gibt an diesem Ort tatsächlich

drei Quellen. Den geweihten Brunnen der Heiligen Necht, der Gründerin dieser Gemeinschaft, sowie zwei kleinere Quellen im Wald hinter der Abtei. Zur Zeit wird das gesamte Wasser von den Quellen im Wald geholt, denn Äbtissin Draigen hat noch nicht alle Reinigungszeremonien für den Hauptbrunnen ausgeführt.«

Fidelma war froh über diese Mitteilung, denn schon allein bei dem Gedanken, das Wasser zu trinken, in dem die enthauptete Tote gelegen hatte, ekelte es sie.

»Ihr gingt also zum Brunnen, um Wasser zu schöpfen?«

»Ja. Aber ich konnte die Seilwinde nur äußerst mühsam betätigen. Sie war schwer zu drehen. Später wurde mir klar, daß das am Gewicht der Toten lag. Als ich mich gerade nach Kräften mühte, den Wassereimer hochzuziehen, kam Schwester Síomha, um mich für meine Säumigkeit zu tadeln. Sie glaubte mir sicher nicht, daß ich Schwierigkeiten hatte.«

»Warum nicht?« fragte Fidelma aus der Wanne.

Die Nonne hörte auf, den großen Kessel mit Fidelmas Kleidern umzurühren, und dachte nach.

»Sie sagte, sie hätte dort erst vor kurzem Wasser geschöpft, und mit der Seilwinde sei alles in Ordnung gewesen.«

»Hatte sonst jemand an diesem Vormittag den Brunnen benutzt – entweder vor Schwester Síomha oder bevor Ihr dort Wasser holen wolltet?«

»Nein, das glaube ich nicht. Es gab vor dem Mittag keinen Grund, frisches Wasser zu schöpfen.«

»Erzählt weiter.«

»Nun, wir zogen beide mit aller Kraft, bis der Leichnam auftauchte.«

»Ihr wart natürlich beide sehr erschrocken?«

»Natürlich. Schließlich fehlte der Kopf. Wir hatten Angst.«

»Ist Euch sonst noch etwas an der Leiche aufgefallen?«

»Das Kruzifix? Ja. Und natürlich der Espenstab.«

»Der Espenstab?«

»Am linken Unterarm war ein Stab aus Espenholz festgebunden, in den Buchstaben in Ogham eingeritzt waren.«

»Und was habt Ihr Euch dabei gedacht?«

»Dabei gedacht?«

»Was bedeuteten die Zeichen? Ihr habt doch sicherlich genau erkannt, was dort stand.«

Brónach hob die Schultern.

»Ich kann zwar erkennen, daß es sich um Buchstaben der Oghamschrift handelt, wenn ich welche sehe, aber lesen kann ich sie nicht.«

»Hat Schwester Síomha sie gelesen?«

Brónach schüttelte den Kopf, hob den bronzenen Kessel vom Feuer, fischte die einzelnen Kleidungsstücke mit einem Stock heraus und legte sie in eine Wanne mit kaltem Wasser.

»Also war keine von Euch beiden in der Lage, die Inschrift zu lesen oder ihren Sinn zu entziffern?«

»Ich sagte der Äbtissin, daß ich sie für eine Art heidnisches Symbol hielt. Haben unsere Vorfahren nicht Zweige an Verstorbenen festgebunden, um sie vor den rachsüchtigen Seelen der Toten zu schützen?«

Fidelma musterte die ältere Schwester prüfend, doch wandte ihr diese den Rücken zu und bückte sich, um das Wasser aus den Kleidern zu schlagen.

»Davon habe ich noch nie gehört, Schwester Brónach. Was meinte die Äbtissin zu Eurer Idee?«

»Äbtissin Draigen behält ihre Meinung meistens für sich.«

Irrte Fidelma, oder klang die Antwort tatsächlich ein wenig schnippisch?

Fidelma erhob sich aus der Wanne und griff nach dem Trockentuch, bevor sie hinauskletterte. Energisch rieb sie sich ab und genoß das belebende Prickeln in ihren Gliedern. Sie fühlte sich erfrischt und entspannt und schlüpfte in die sauberen Kleider. Seit ihrer Rückkehr aus Rom frönte sie dem Luxus, Unterhemden aus weißer *sída* – Seide – zu tragen, die sie von dort mitgebracht hatte. Ihr entging nicht, daß Schwester Brónach einen Blick auf ihre Unterkleider warf, einen fast neidischen Blick, die erste Gefühlsregung, die Fidelma in ihrem ansonsten so unbewegten Gesicht feststellen konnte. Über die Unterwäsche zog Fidelma ihr braunes *inar* oder Überkleid, das fast bis zu den Füßen reichte und von einer mit Troddeln geschmückten Schnur um die Taille zusammengehalten wurde. Dann schlüpfte sie in ihre wohlgeformten, spitz zulaufenden Lederschuhe, *cuaran*, die am Spann mit einer Ziernaht versehen waren und paßten, ohne daß man sie mit Riemen zubinden mußte.

Nun wandte sie sich zum Spiegel und vollendete ihre Toilette, indem sie ihr langes, widerspenstiges rotes Haar in Ordnung brachte.

Schwester Brónach war still geworden und noch mit dem Waschen von Fidelmas Kleidern beschäftigt.

Fidelma belohnte sie mit einem Lächeln.

»Na also, Schwester. Jetzt fühle ich mich wieder wie ein Mensch.«

Schwester Brónach beschränkte sich darauf, ohne weiteren Kommentar zu nicken.

»Gibt es noch irgend etwas, was Ihr mir sagen solltet?« drängte Fidelma. »Zum Beispiel, was geschah, nachdem Ihr und Schwester Síomha den Leichnam aus dem Brunnen gezogen hattet?«

Schwester Brónach hielt den Kopf gesenkt.

»Wir sprachen ein Gebet für die Tote, und dann ging ich die Äbtissin holen, während Schwester Síomha bei der Leiche blieb.«

»Und Ihr kehrtet unverzüglich mit der Äbtissin zurück?«

»Sobald ich sie gefunden hatte.«

»Und Äbtissin Draigen nahm die Sache in die Hand?«

»Selbstverständlich.«

Fidelma ergriff ihre Tasche und wandte sich zur Tür. Dort hielt sie einen Augenblick inne und warf einen Blick zurück.

»Ich bin Euch sehr dankbar, Schwester Brónach. Ihr führt Euer Gästehaus sehr gut.«

Schwester Brónach hielt ihren Blick gesenkt.

»Ich tue nur meine Pflicht«, erwiderte sie knapp.

»Damit jedoch die Pflicht einen Sinn bekommt, muß man sie gerne tun«, entgegnete Fidelma. »Mein Mentor, Brehon Morann von Tara, sagte einmal: wenn Pflicht nur noch Zwang ist, hört das Vergnügen auf, denn die oberste Pflicht ist die Pflicht, glücklich zu sein. Gute Nacht, Schwester Brónach.«

In ihrem Gemach musterte Äbtissin Draigen Fidelma – das Gesicht noch gerötet, die Haut noch prickelnd von der Wärme des Bades – mit neidvoller Anerkennung. Die Äbtissin saß an ihrem Tisch, vor sich ein in Leder gebundenes Evangelium, in dem sie gerade gelesen hatte.

»Setzt Euch, Schwester«, lud sie Fidelma ein. »Möchtet Ihr mit mir ein Glas Glühwein trinken, um die abendliche Kühle zu vertreiben?«

Fidelma zögerte nur einen Augenblick.

»Ja, vielen Dank, Mutter Oberin«, sagte sie. Auf dem Weg

hierher, als eine junge Novizin, die sich als Schwester Lerben vorstellte und als persönliche Dienerin der Äbtissin, sie über den Innenhof begleitete, hatte es geschneit, und Fidelma wußte, daß der Abend noch eisiger werden würde.

Die Äbtissin erhob sich und nahm einen Krug vom Regal. Ein Eisenstab wurde bereits im Feuer erhitzt, und Äbtissin Draigen wickelte ein Stück Leder darum, zog ihn heraus und senkte seine rotglühende Spitze in den Krug. Dann goß sie die warme Flüssigkeit in zwei Keramikbecher und reichte einen davon Fidelma.

»Nun, Schwester«, sagte sie, nachdem beide mehrmals dankbar an der Flüssigkeit genippt hatten, »hier sind die Gegenstände, die Ihr sehen wolltet.«

Sie ergriff ein in Tuch gewickeltes Päckchen, legte es auf den Tisch, setzte sich gegenüber auf ihren Platz und begann in kleinen Schlucken von ihrem Wein zu trinken, während sie Fidelma über den Becherrand beobachtete.

Fidelma stellte ihren Becher ab und wickelte das Tuch auf. Es enthielt ein kleines Kruzifix aus Kupfer an einem Lederbändchen.

Sie starrte lange auf den polierten Gegenstand, bevor sie sich plötzlich an ihren Glühwein erinnerte und eilig daran nippte.

»Nun, Schwester«, fragte die Äbtissin, »was haltet Ihr davon?«

»Von dem Kruzifix nicht viel«, erwiderte Fidelma. »Es ist nichts Besonderes. Armselige Handwerkskunst, ein billiges Stück, wie es sich die Mehrzahl der Schwestern leisten kann. Es könnte von einem hiesigen Handwerker stammen. Falls es dem Mädchen gehörte, dessen Leichnam gefunden wurde, bedeutet das, daß es sich um eine Glaubensschwester handelte.«

»Darin pflichte ich Euch bei. Die meisten Nonnen in unserer Gemeinschaft besitzen ähnlich gearbeitete Kruzifixe aus Kupfer. Das ist hier in der Gegend reichlich vorhanden, und die hiesigen Handwerker stellen jede Menge solcher Kruzifixe her. Doch das Mädchen scheint nicht von hier zu sein. Ein Bauer aus der Umgebung dachte, es könnte sich um seine vermißte Tochter handeln. Er kam, um sich die Leiche anzusehen, doch sie war es nicht. Seine Tochter hatte eine Narbe, die der Leichnam nicht aufwies.«

Fidelma unterbrach ihre Betrachtung des Kruzifixes und hob den Kopf.

»Oh? Wann war der Bauer denn hier?«

»Einen Tag, nachdem wir die Tote gefunden hatten. Sein Name ist Barr.«

»Woher wußte er von der Leiche?«

»In diesem Teil der Welt verbreiten sich Neuigkeiten schnell. Jedenfalls verbrachte Barr reichlich Zeit damit, den Körper zu untersuchen. Er wollte offenbar ganz sichergehen. Der Leichnam könnte aber von einer Nonne aus einem anderen Bezirk stammen.«

In der Tat, dachte Fidelma, der Zustand der Hände der Toten ließ vermuten, daß sie einer religiösen Gemeinschaft angehörte. Wer keine Feldarbeit verrichten mußte, war stolz auf ordentlich gepflegte Hände. Die Fingernägel wurden stets sorgfältig geschnitten und gefeilt. Ungepflegte Nägel zu haben war eine Schande, und zwar für Angehörige beiderlei Geschlechts. Der Ausdruck *créchtingnech* oder ›abgebrochene Nägel‹ galt als eine der schlimmsten Beleidigungen.

Das paßte jedoch nicht zu den zerschundenen Füßen, den Spuren einer Fußfessel und den Peitschenstriemen auf dem Rücken des Mädchens.

Die Äbtissin hatte ein zweites Stück Tuch ergriffen und es vorsichtig auf den Tisch gelegt.

»Dies ist der Espenstab, der an ihrem linken Unterarm festgebunden war«, kündigte sie an, während sie vorsichtig den Stoff zurückschlug.

Fidelma starrte auf den etwa vierzig Zentimeter langen Stab aus Espenholz. Als erstes fiel ihr auf, daß er in regelmäßigen Abständen eingekerbt war und daß auf einer Seite eine Zeile in Ogham stand, der althergebrachten irischen Schrift. Die Buchstaben waren neueren Datums als die Kerben. Sie betrachtete sie genau, und ihre Lippen formten die Worte.

»Begrabt sie gut. Die Morrígan ist erwacht!«

Sie erbleichte, richtete sich auf und begegnete dem Blick der Äbtissin, die sie spöttisch musterte.

»Ihr wißt, was das ist?« fragte Draigen leise.

Fidelma nickte bedächtig. »Es ist ein *fé*.«

Ein *fé* oder Espenstab, gewöhnlich mit einer Inschrift in Ogham, war das Maß, mit dem die Größe von Leichen und Gräbern ermittelt wurde. Der *fé* war das Werkzeug des Leichenbestatters und wurde mit äußerstem Entsetzen betrachtet, so daß ihn niemand, unter gar keinen Umständen, in die Hand nehmen oder berühren würde, außer demjenigen natürlich, dessen Beruf es war, Leichen und Gräber zu vermessen. Seit den Tagen der alten Götter galt ein *fé* als Symbol des Todes und des Unheils. Noch heute war die schlimmste Verwünschung, die man gegen jemanden aussprechen konnte: »Möge Euch der *fé* bald vermessen.«

Es war still, während Fidelma dasaß, den Blick starr auf das Espenholz gerichtet.

Erst als sie einen leisen, aber gereizten Seufzer vernahm, regte sie sich, hob die Augen und sah die Äbtissin an.

Offensichtlich wußte Draigen genau, was der Stock zu bedeuten hatte, denn ihre Miene wirkte besorgt.

»Versteht Ihr jetzt, Fidelma von Kildare, warum ich dem hiesigen *bó-aire* nicht gestatten konnte, in dieser Angelegenheit seines Amtes als Friedensrichter zu walten? Versteht Ihr jetzt, warum ich Abt Brocc eine Nachricht sandte, damit er einen *dálaigh* der Brehon-Gerichtsbarkeit schickt, der niemand anderem verantwortlich ist als dem König von Cashel?«

Fidelma erwiderte ihren Blick mit ernsten Augen.

»Ich verstehe, Mutter Oberin«, sagte sie ruhig. »Es gibt viel Böses hier. Viel Böses.«

Fidelma brauchte eine Weile, bis sie einschlafen konnte. Draußen fiel dichter Schnee, doch diesmal war es nicht die eisige Kälte in ihrer Kammer, die ihr das Einschlafen erschwerte. Es war auch nicht das Geheimnis der Toten ohne Kopf, das ihre Gedanken nicht zur Ruhe kommen ließ und sie wachhielt, während sie versuchte, ihre beklemmende Furcht zu beschwichtigen. Zweimal nahm sie das kleine Meßbuch vom Nachttisch, drehte es immer wieder um und um und starrte darauf, als wisse es die Antworten auf all ihre Fragen.

Was war mit Eadulf von Seaxmund's Ham geschehen?

Vor mehr als zwölf Monaten hatte sie sich in Rom auf dem Kai nahe der Brücke von Probi von Eadulf verabschiedet und ihm dieses kleine Meßbuch geschenkt. Auf der ersten Seite stand ihre Widmung.

Zweimal hatte das Schicksal sie und Eadulf zusammengeführt, um den Tod von Mitgliedern ihrer jeweiligen Kirche zu untersuchen. Sie hatten festgestellt, daß sie trotz entgegengesetzter Charaktereigenschaften eine gegenseitige

Anziehung verspürten und daß sich ihre Stärken bei der Suche nach Lösungen für die Probleme, die ihnen gestellt wurden, gut ergänzten. Dann kam für sie die Zeit, getrennte Wege zu gehen. Fidelma mußte in ihre Heimat zurückkehren, und Eadulf wurde zum *scriptor* und Berater von Theodor von Tarsus berufen, dem neu ernannten Erzbischof von Canterbury, Roms wichtigstem Vertreter in den sächsischen Königreichen. Theodor, selbst Grieche und erst vor kurzem zur Römischen Kirche übergetreten, brauchte jemanden, der ihn in die Feinheiten seiner neuen Aufgaben als Geistlicher einweihte. Obwohl Fidelma damals geglaubt hatte, sie werde Eadulf niemals wiedersehen, mußte sie feststellen, daß ihre Gedanken immer häufiger um ihre Erinnerungen an den sächsischen Mönch kreisten. Sie hatte sich einsam gefühlt und sich erst vor kurzem eingestanden, daß sie Eadulfs Gesellschaft vermißte.

Jetzt war sie mit einem Geheimnis konfrontiert, das für sie weitaus schlimmer war als alle anderen Rätsel, mit deren Lösung man sie bisher beauftragt hatte.

Warum hatte sich dieses kleine Meßbuch, ihr Abschiedsgeschenk für Eadulf, auf einem verlassenen gallischen Handelsschiff befunden, in einem ganz anderen Teil der Welt, vor der Südwestküste von Irland? War Eadulf als Passagier auf diesem Schiff gewesen? Wenn ja, wo war er jetzt? Wenn nicht, in wessen Besitz war das Buch zuletzt? Und warum sollte sich Eadulf von ihrem Geschenk getrennt haben?

Endlich, trotz der bohrenden Fragen in ihrem Kopf, wurde Fidelma vom Schlaf überwältigt.

Kapitel 5

Als Schwester Brónach Fidelma weckte, war es noch dunkel, doch am Himmel zeigten sich bereits die Vorboten der herannahenden Morgendämmerung. Eine Schüssel warmes Wasser war für ihre Morgentoilette bereitgestellt, und eine brennende Kerze sollte ihr diese Verrichtung erleichtern. Zu dieser frühen Stunde war es schneidend kalt. Fidelma hatte sich kaum angekleidet, da hörte sie langsames, harmonisches Glockenläuten, die traditionelle »Totenglocke«, die nach altem Brauch das Dahinscheiden einer christlichen Seele verkündete. Einen Augenblick später kehrte Schwester Brónach zurück, den Kopf gesenkt, die Augen zu Boden gerichtet.

»Zeit für die Totenmesse, Schwester«, flüsterte sie.

Fidelma nickte und folgte ihr aus dem Gästehaus in die *duirthech*, wo sich die Gemeinschaft vollständig versammelt zu haben schien. Sie war überrascht, daß der Schnee vom Vorabend auf dem Abteigelände geschmolzen war, die umliegenden Wälder und Hügel jedoch unter einer dünnen Schneedecke lagen. Ein weißes Leuchten tauchte den frühen Morgen in ein unheimliches Licht.

Im Inneren der hölzernen Kapelle war es so kalt, daß man ein Feuer angezündet hatte, das in einer Kohlenpfanne im Hintergrund flackerte. Von dem mit Steinplatten ausgelegten Boden stiegen Feuchtigkeit und Kälte auf. Äbtissin Draigen kniete hinter dem Altar mit seinem großen, ungemein prunkvollen goldenen Kreuz, das fast bis an die Decke der Kapelle reichte. Vor dem Altar, genau vor den Versammelten, stand die *fuat*, die Totenbahre mit dem Leichnam des unbekannten Mädchens.

Fidelma nahm in der letzten Bank neben Schwester

Brónach Platz. Sie war dankbar für die Wärme des ganz in der Nähe brennenden Kohlenfeuers. Anerkennend betrachtete sie die verschwenderische Einrichtung der Kapelle. Passend zur Pracht des Altarkreuzes waren auch die Wände mit zahlreichen Ikonen geschmückt, und ihre Goldverzierungen waren überall zu sehen. Sie nahm an, daß das Leichenbegängnis seit dem Vorabend abgehalten worden war. Jetzt war der Leichnam in ein *racholl*, ein weißes, linnenes Totenhemd, gehüllt. An jeder Ecke der Bahre flackerte eine Kerze in der leichten Morgenbrise.

Äbtissin Draigen erhob sich und begann nach Art der traditionellen *lámh-comairt*, der Totenklage, langsam in die Hände zu klatschen. Dann stimmten die Schwestern ein leises Wehklagen an – den *caoine*, den Klagegesang. Im Dämmerlicht des frühen Morgens klang er bedrückend, und Fidelma bekam Gänsehaut, obwohl sie ihn schon so oft gehört hatte. Das Beweinen der Toten war ein Brauch aus uralten Zeiten, lange bevor das Christentum die Verehrung der alten Gottheiten verdrängt hatte.

Nach zehn Minuten brach der *caoine* ab.

Äbtissin Draigen trat vor. An dieser Stelle der Zeremonie folgte gewöhnlich das *amra* oder Klagegedicht.

Da ertönte plötzlich ein seltsames Geräusch unter dem Steinfußboden der Kapelle. Ein leises, sonderbares Kratzen, ein dumpf dröhnendes Poltern, als stießen zwei Holzboote gegeneinander. Die Mitglieder der Gemeinschaft blickten sich furchtsam an.

Äbtissin Draigen hob Ruhe gebietend ihre schlanke Hand.

»Schwestern, Ihr vergeßt Euch«, mahnte sie.

Dann beugte sie den Kopf, um mit der Messe fortzufahren.

»Schwestern, wir haben eine Tote zu beklagen, die wir

noch nicht einmal kennen, und können deshalb kein Klagegedicht anläßlich ihres Dahinscheidens sprechen. Eine unbekannte Seele hat sich in Gottes heilige Umarmung verabschiedet. Gott aber kennt sie, und das genügt. Die Hand, die dieses Leben ausgelöscht hat, ist Gott mit Sicherheit ebenfalls bekannt. Wir beklagen das Dahinscheiden dieser Seele, sind jedoch froh über die Gewißheit, daß sie sich nun in Gottes Obhut befindet.«

Auf ein Zeichen der Äbtissin traten sechs Schwestern vor, hoben die Totenbahre auf ihre Schultern und verließen, von Draigen angeführt, die Kapelle, während der Rest der Gemeinschaft ihnen in Zweierreihen folgte.

Fidelma wartete, um sich dem Ende des Zuges anzuschließen. Ihr fiel auf, daß noch eine Nonne, offenbar in der gleichen Absicht, ebenfalls zögerte: Schwester Brónach. Sie blieb an ihrem Platz, um gemeinsam mit einer anderen Außenseiterin dem Trauerzug zu folgen. Zuerst dachte Fidelma, die Frau sei besonders klein gewachsen, doch dann bemerkte sie, daß sie einen Stock umklammerte und sich mit einem sonderbar schaukelnden Gang fortbewegte. Ihre Beine waren mißgestaltet, ihr Oberkörper jedoch wohlgeformt. Mit Bedauern stellte Fidelma fest, daß sie noch jung war, ein breites, eher nichtssagendes Gesicht hatte und wässrige blaue Augen. Sie schaukelte von einer Seite zur anderen, zog sich mit Hilfe ihres Schwarzdornsteckens vorwärts und konnte so mit der Prozession gut Schritt halten. Fidelma empfand Mitleid mit dem Unglück der jungen Schwester und fragte sich, welches Mißgeschick ihre Gehbehinderung verursacht haben mochte.

Inzwischen war es hell geworden, hell genug, damit der Trauerzug sich seinen Weg zwischen den Gebäuden der

Abtei und hinaus in den dahinterliegenden Wald bahnen konnte. Eine der Schwestern begann mit leiser Sopranstimme in Latein zu rezitieren, während die anderen Schwestern den Chor anstimmten:

Cantemus in omni die
concinentes uarie,
conclamantes Deo dignum
hymnum sanctae Mariae

Fidelma übersetzte sich die Worte flüsternd, während sie weiterschritten: »Laßt uns singen jeden Tag, laßt uns vor Gott vielstimmig jauchzen, laßt uns lobsingen der heiligen Maria.«

Sie hielten auf einer kleinen Lichtung, wo, nach den zahlreichen Gedenksteinen und Kreuzen zu urteilen, eine Grabstätte für die Gemeinschaft angelegt worden war. Der Boden war hie und da mit Schneeflocken bestäubt. Die Äbtissin hatte die Prozession zu einer entlegenen Ecke des Friedhofs dirigiert. Hier hoben die Schwestern, die die Bahre äußerst geschickt getragen hatten – so, als seien sie sehr geübt darin –, den Leichnam herunter und senkten ihn in das Grab hinab, das offensichtlich schon am Vortag vorbereitet worden war.

Fidelma wußte, was als nächstes kam. Es war ein uralter Brauch. Die hölzerne Bahre, auf der die Tote gelegen hatte, wurde von zwei Schwestern mit Hämmern kurz und klein geschlagen. Entsprechend einem alten Aberglauben, den das Christentum bisher noch nicht hatte ausmerzen können, mußte die Bahre vollständig zerstört werden, sonst könnten die Geister sie benutzen, um den Leichnam bei ihren nächtlichen Streifzügen fortzutragen. War die Bahre vernichtet, ließen sie die Toten in Ruhe.

Eine ungewöhnlich junge Schwester von anmutiger Erscheinung trat näher. Sie trug ein riesiges Bündel grüner, buschiger Birkenzweige. Fidelma erkannte in ihr Schwester Lerben, die Novizin, die sie am vergangenen Abend zum Gemach der Äbtissin geführt hatte. Neben dem Grab stellten sich die Schwestern in einer Reihe vor ihr auf, und jede, die an ihr vorbeiging, nahm einen kleinen Zweig entgegen, blieb an der offenen Grube stehen und warf ihn hinein. Fidelma und die gehbehinderte Nonne, der Schwester Brónach behilflich war, standen als letzte in der Reihe an. Mit freundlichem Lächeln ließ Fidelma den beiden anderen den Vortritt, bevor sie einen der restlichen Zweige von Schwester Lerben entgegennahm, ihn in das Grab legte und an ihren Platz zurückkehrte. Der Birkenzweig wurde *ses sofais* genannt und diente nicht nur dazu, die Toten zu bedecken, bevor die Erde ins Grab geschaufelt wurde, sondern nach alter Überlieferung auch zum Schutz des Leichnams vor bösen Mächten.

Äbtissin Draigen trat vor, um den letzten Birkenzweig in die offene Grube zu legen. Während zwei Schwestern das Grab mit Erde zu füllen begannen, stimmte die Äbtissin Psalm 118 an, der auf Irisch *Biait* genannt wurde, *Dankbares Bekenntnis*, nach dem Wort ›Danket‹ aus dem ersten Vers. Er galt als die machtvollste Fürbitte für die Erlösung der leidenden Seele. Äbtissin Draigen brachte das *Dankbare Bekenntnis* jedoch nicht in seiner vollen Länge zu Gehör, sondern trug nur ausgewählte Verse vor:

In der Angst rief ich den HERRN an; / und der HERR erhörte mich und tröstete mich.

Der HERR ist mit mir, darum fürchte ich mich nicht; / was können mir Menschen tun?

Der HERR ist mit mir, mir zu helfen; / und ich will meine Lust sehen an meinen Feinden.

Es ist gut, auf den HERRN zu vertrauen / und nicht sich verlassen auf Menschen.

Es ist gut, auf den HERRN zu vertrauen / und nicht sich verlassen auf Fürsten.

Fidelma runzelte die Stirn angesichts der ungestümen Heftigkeit, mit der die Äbtissin die Worte hervorstieß, als hätten sie noch eine andere, tiefere Bedeutung.

Dann war der Pflicht Genüge getan. Der arme, kopflose Leichnam war begraben, die angemessenen Gebete und Segenssprüche waren gesprochen, alles gemäß den Riten des Christentums.

Die Sonne stand inzwischen höher am Himmel, und Fidelma konnte die milde Wärme ihrer frühmorgendlichen Winterstrahlen auf ihrem Antlitz spüren. Die Wälder waren zum Leben erwacht, das melodische Zwitschern der Vögel, das leise Rascheln trockener Blätter und das Knacken von Zweigen, die in der Morgenbrise ihre Schneelast abwarfen, verwandelten die Förmlichkeit der Zeremonie in freudige Heiterkeit.

Fidelma bemerkte, daß die Schwestern sich langsam auf den Rückweg zur Abtei begaben und daß die gehbehinderte Nonne in Begleitung von Schwester Brónach mit ihrem Stecken den Pfad entlang hinter den anderen hereilte. Ein heiseres Husten ließ sie herumfahren, und sie erblickte die Äbtissin und neben ihr die junge Nonne, die während der gesamten Zeremonie zu ihrer Rechten gestanden hatte.

»Guten Morgen, Schwester«, grüßte Draigen und trat näher.

Fidelma erwiderte den Gruß.

»Was war das für ein merkwürdiges Geräusch in der Kapelle?« fragte sie ohne Umschweife. »Die Schwestern wirkten ziemlich beunruhigt.«

Äbtissin Draigen verzog verächtlich das Gesicht.

»Sie müßten es eigentlich besser wissen. Ich habe Euch unser *subterraneus* gezeigt.«

»Ja, aber Geräusche von dort wären doch in der Kapelle sicherlich nicht zu hören? Die Höhle erstreckt sich doch nicht bis unterhalb der *duirthech*.«

»Das stimmt. Es soll jedoch, wie ich Euch erzählt habe, unter der Abtei noch weitere Höhlen geben. Abgesehen von unserer Vorratshöhle haben wir ihre Eingänge bis heute nicht gefunden. Zweifellos liegt unter der Kapelle ein Hohlraum, der wahrscheinlich von Zeit zu Zeit überflutet wird. Dabei entsteht das Geräusch, das wir gehört haben.«

Fidelma gab zu, daß das durchaus möglich war.

»Ihr habt es also schon früher gehört?«

Äbtissin Draigen wirkte plötzlich ungeduldig.

»Mehrere Male während der Wintermonate. Aber das ist doch ganz unwichtig.« Es lag auf der Hand, daß sie von dem Thema genug hatte. Sie wandte sich zu ihrer Begleiterin um. »Das ist Schwester Síomha, meine Verwalterin, die zusammen mit Schwester Brónach den Leichnam entdeckt hat.«

Fidelma betrachtete die ebenmäßigen Gesichtszüge Schwester Síomhas mit einiger Überraschung. Sie hatte das Antlitz eines jungen, engelhaften Mädchens und konnte sicher nicht über die Erfahrung verfügen, die Fidelma bei einer *rechtaire*, der Verwalterin einer Gemeinschaft, voraussetzte. Mit einem verspäteten Lächeln versuchte Fidelma, ihre Überraschung zu überspielen, spürte jedoch im Gegenzug keinerlei Wärme, als die junge Verwalterin das Wort an sie richtete: »Ich habe meine Pflichten zu erledigen, Schwester. Womöglich könntet Ihr mir Eure Fragen deshalb gleich hier stellen.« Das klang beinahe unwirsch und wurde in einem Tonfall gesagt, den Fidelma von dem liebreizend aussehenden Mädchen nicht erwartet hatte, so daß sie zusammenzuckte und im ersten Moment sprachlos war.

»Das wird leider nicht gehen«, erwiderte sie schließlich mit ausdrucksloser Stimme.

Zu ihrer klammheimlichen Freude sah sie so etwas wie Fassungslosigkeit über Schwester Síomhas Antlitz huschen.

Fidelma wandte sich um und schloß sich den anderen Nonnen an.

»Wie bitte, Schwester?« Síomhas Stimme war eine Spur lauter geworden und klang verdrossen, während sie Fidelma zögernd einen Schritt folgte.

Fidelma blickte über die Schulter.

»Ich kann Euch heute mittag empfangen. Ihr findet mich im Gästehaus.« Fidelma setzte ihren Weg fort, bevor Schwester Síomha antworten konnte.

Die Äbtissin eilte ihr gleich darauf hinterher und schloß sich ihr an. Sie war etwas außer Atem geraten.

»Ich verstehe nicht, Schwester«, sagte sie mit zusammengezogenen Augenbrauen. »Ich dachte, Ihr hättet gestern abend den Wunsch geäußert, mit meiner Verwalterin zu sprechen.«

»Das möchte ich auch, Mutter Oberin«, erwiderte Fidelma. »Doch habe ich, wie Ihr Euch sicher erinnern werdet, Adnár versprochen, heute früh mit ihm die Morgenmahlzeit einzunehmen. Die Sonne ist bereits aufgegangen, und ich muß sehen, wie ich zu seiner Festung übersetzen kann.«

Draigen blickte mißbilligend drein.

»Ich glaube nicht, daß Euer Besuch bei Adnár notwendig ist. Diese Angelegenheit fällt nicht in seine Zuständigkeit, und dafür danke ich Gott.«

»Warum das, Mutter Oberin?« erkundigte sich Fidelma.

»Weil er ein boshafter, gehässiger Mann ist und zu jeder Verleumdung fähig.«

»Meint Ihr Verleumdungen Eurer Person?«

Äbtissin Draigen zuckte die Achseln.

»Ich weiß es nicht, und ich mache mir auch nichts daraus. Adnárs Geschwätz interessiert mich wenig. Aber ich glaube, er kann es kaum erwarten, Euch seinen Klatsch und Tratsch mitzuteilen.«

»Ist er deshalb bei der Ankunft von Ross' Schiff mit Euerm Boot um die Wette gefahren?«

»Warum denn sonst? Er ist bestimmt gekränkt darüber, daß er als *bó-aire*, als Friedensrichter in dieser Angelegenheit nichts zu sagen hat. Er hätte gern Macht über unsere Gemeinschaft.«

»Warum das?«

Äbtissin Draigen schürzte zornig die Lippen.

»Weil er eitel ist, darum. Er liebt sein kleines bißchen Autorität.«

Fidelma blieb plötzlich stehen und musterte eingehend das Gesicht der Äbtissin.

»Adnár ist Häuptling in diesem Gebiet. Seine Festung liegt genau am anderen Ufer der Meerenge, und deshalb muß die Gemeinschaft Abgaben an ihn entrichten. Dennoch spüre ich eine große Feindseligkeit zwischen der Abtei und Adnár.«

Fidelma war bemüht, das Problem nicht mit der Person der Äbtissin gleichzusetzen.

Äbtissin Draigen errötete.

»Ich habe keinen Einfluß auf Eure Gedanken, Schwester, oder auf Eure Deutung der Dinge, die Ihr hier seht.« Sie wollte sich gerade abwenden, hielt jedoch inne. »Wenn Ihr vorhabt, heute mit Adnár das Morgenmahl einzunehmen, steht Euch ein langer Fußmarsch bevor, am Ufer entlang bis zu der Landzunge, auf der seine Festung steht. An unserem Kai ist jedoch ein kleines Boot festgemacht, das Ihr benutzen könnt, wenn Ihr wollt. Es dauert nur zehn Minuten, von dort über die Bucht zu rudern.«

Fidelma wollte ihr gerade danken, da war die Äbtissin schon verschwunden.

Äbtissin Draigen hatte recht: es war eine kurze, angenehme Überfahrt, vorbei an der Mündung des kleinen Flusses, der sich in die Meerenge ergoß – genau zwischen der Landzunge, auf der die Abtei errichtet worden war, und dem kahlen Felsvorsprung, auf dem die runde, aus Stein erbaute Festung Adnárs stand. Wie hatte Ross sie genannt? Die Festung der Kuh-Göttin – *Dún Boí.* Fidelma konnte nicht umhin, die Weitsicht ihrer Erbauer zu bewundern, denn der Vorsprung, auf dem sie errichtet war, beherrschte nicht nur die offene Durchfahrt zum Meer, sondern die gesamte Meerenge mit ihrer Breite von mehreren Meilen. Die Wälder auf dem Felsvorsprung waren gerodet worden, so daß man einen ungehinderten Blick über die Bucht hatte, und nach den Holzgebäuden zu urteilen, die hinter den grauen Granitmauern sichtbar wurden, waren die gefällten Bäume beim Bau der Festung sinnvoll genutzt worden.

Als Fidelma über die seichte Bucht ruderte, hörte sie Rufe. Sie warf einen kurzen Blick über die Schulter und sah eine dunkle Gestalt auf der Festungsmauer und eine zweite Gestalt, die davonrannte. Ihre Ankunft war offensichtlich bemerkt worden und wurde Adnár nun unverzüglich gemeldet.

Tatsächlich, als Fidelma mit ihrem kleinen Boot längsseits des hölzernen Piers unterhalb der Festung anlegte, stand dort Adnár höchstpersönlich mit einigen seiner Krieger, um sie willkommen zu heißen. Er verbeugte sich lächelnd und war die Höflichkeit selbst, während er ihr aus dem Boot half.

»Willkommen, Schwester. War die Überfahrt nicht anstrengend?«

Fidelma erwiderte sein Lächeln.

»Überhaupt nicht. Es ist nur eine kurze Entfernung«, fügte sie, auf das Offensichtliche verweisend, hinzu.

»Ich dachte, ich hätte heute morgen eine Totenglocke läuten hören?« Die Bemerkung war eher als Frage formuliert.

»In der Tat, das habt Ihr«, bestätigte Fidelma. »Es war die Totenmesse für den Leichnam, der gefunden wurde.«

Adnár wirkte verblüfft.

»Soll das heißen, daß Ihr die Identität der Toten festgestellt habt?«

Fidelma schüttelte den Kopf. Für einen kurzen Moment fragte sie sich, ob im Tonfall des Häuptlings nicht eine Spur Besorgnis mitgeschwungen hatte.

»Die Äbtissin kam zu dem Schluß, daß die Tote ohne Namen beerdigt werden sollte. Hätte sie noch länger gezögert, wäre daraus eine Gefahr für die Gesundheit der Gemeinschaft entstanden.«

»Eine Gefahr?« Adnár schien eine Weile mit seinen eigenen Gedanken beschäftigt, doch dann begriff er, was sie meinte. »Ah, ich verstehe. Also seid Ihr in der Angelegenheit bisher noch zu keinen Schlußfolgerungen gelangt?«

»Nein.«

Adnár drehte sich um und wies mit der Hand den kurzen Pfad hinauf, der vom Pier zu einem kleinen Holztor in der grauen Festungsmauer führte.

»Laßt mich vorausgehen, Schwester. Ich freue mich, daß Ihr gekommen seid – ich war mir gar nicht so sicher.«

Fidelma runzelte die Stirn.

»Ich sagte Euch doch, daß ich heute das Morgenmahl mit Euch einnehmen würde. Und was ich verspreche, das halte ich auch.«

Der großgewachsene, schwarzhaarige Häuptling breitete entschuldigend die Arme aus, als er beiseite trat, um sie als erste durch das Tor gehen zu lassen.

»Ich wollte Euch nicht beleidigen, Schwester. Es ist nur so, daß Äbtissin Draigen mich nicht gerade liebt.«

»Das kann ich seit gestern höchstpersönlich bezeugen«, erwiderte Fidelma.

Adnár schritt eine kurze Steintreppe hinauf zu einem großen Holzgebäude aus mächtigen Eichenbalken. Die Flügeltüren waren mit Schnitzereien reich verziert. Die beiden Krieger, die sie unauffällig begleitet hatten, bezogen jetzt am Fuß der Treppe Posten, während Adnár die Tür aufstieß.

Der Anblick, der sich Fidelma zur Begrüßung bot, verschlug ihr fast den Atem. Adnárs Festsaal war gut geheizt, in einer großen Feuerstelle prasselte ein riesiges Feuer. Der ganze Raum war reich geschmückt und weitaus prunkvoller, als sie das bei einem einfachen *bó-aire*, einem Kuh-Häuptling ohne Landbesitz, erwartet hätte. Das Gebäude bestand überwiegend aus Eiche, doch die Wände waren mit Paneelen aus poliertem Eibenholz getäfelt. Überall hingen brünierte Schutzschilde aus Bronze und Silber zwischen kostbaren Wandteppichen aus aller Herren Länder. Es gab sogar mehrere Büchertaschen sowie ein Lesepult, um die Bücher zu lesen. Felle von Ottern, Hirschen und Bären lagen auf dem Boden verstreut. Ein runder Tisch war bereits für das Mahl gedeckt, überladen mit Früchten, Fleisch und Käse und mit Krügen voll Wasser und Wein.

»Ihr führt einen ausgezeichneten Haushalt, Adnár«, bemerkte Fidelma und starrte dabei auf den großzügig gedeckten Tisch.

»Das tut er nur, wenn er weiß, daß erlesene Gäste sich bei Tisch die Ehre geben, Schwester.«

Fidelma drehte sich beim Klang der angenehmen, dunklen Männerstimme jäh um.

Ein schmalgesichtiger junger Mann hatte den Raum betreten. Fidelma empfand augenblicklich eine Abneigung gegen ihn. Er war frisch rasiert, doch die nachwachsenden Bartstoppeln lagen wie ein blauer Schatten auf seinen hageren Wangen. Sein ganzer Körper war mager, die Nase spitz, der Mund rot und schmal wie ein Schlitz. Seine Augen, zwei große, schwarze Kugeln, standen nie länger als ein paar Sekunden still, sondern zuckten ständig hin und her und verliehen ihm einen hinterhältigen Gesichtsausdruck. Über seinem safrangelben Hemd trug er ein ärmelloses Wams aus Schaffell mit einem Gürtel um die Taille. Eine Kette aus Rotgold zierte seinen Hals. Fidelma entging nicht, daß er an der Seite einen juwelenbesetzten Dolch in einer ledernen Scheide trug. Nur jemand von hohem Rang durfte einen Dolch in einen Festsaal mitbringen, wo normalerweise keine größeren Waffen zugelassen waren.

Der junge Mann war noch nicht lange über das Alter der Reife hinaus. Fidelma schätzte ihn auf achtzehn, im Höchstfall vielleicht neunzehn Jahre.

Adnár trat einen Schritt vor.

»Schwester Fidelma, gestattet mir, Euch Olcán vorzustellen, den Sohn von Gulban, dem Falkenauge, dem Prinzen und Oberhaupt der Beara, auf deren Gebiet Ihr Euch hier befindet.«

Die Hand, die der junge Mann ihr reichte, war feucht und schlaff. Fidelma spürte, wie ein leichtes Schaudern ihren Körper durchlief, als sich ihre Hände zur Begrüßung berührten. Ihr war, als berührte sie einen Leichnam.

Fidelma wußte, daß es falsch war, lediglich aufgrund seines Äußeren Abneigung gegen Olcán zu empfinden. Wie lautete noch gleich der Vers von Juvenal? *Fronti nulla fides*. Auf die Erscheinung kann man sich nicht verlassen. Von allen Menschen sollte doch gerade sie sich vor übereilten Beurteilungen hüten, die nur auf bloßem Augenschein beruhten.

»Willkommen, Schwester. Willkommen. Adnár hat mir berichtet, daß Ihr eingetroffen seid und warum.«

Sie war Olcán noch nie begegnet, doch sie wußte, daß sein Vater Gulban seinen Stammbaum bis zu Ailill Olum, dem großen König von Muman, zurückverfolgen konnte, der vor drei oder vier Jahrhunderten regierte und von dem auch ihre Familie abstammte. Aufgrund dieser Herkunft saß nun ihr Bruder auf dem Thron von Cashel. Gulban war lediglich Häuptling eines einzelnen Clans des größeren Stammes der Loígde.

»Ich hatte keine Ahnung, daß Ihr hier wohnt, Olcán«, sagte sie.

Der junge Mann schüttelte rasch den Kopf.

»Ich wohne nicht hier. Ich bin nur zu Besuch und genieße Adnárs Gastfreundschaft. Ich bin zum Fischen und Jagen hierhergekommen.«

Er wandte sich halb um, als ein gekünsteltes Hüsteln aus dem Halbschatten ertönte.

Hinter ihm erschien ein breitschultriger, gutaussehender Mann, etwa Anfang bis Mitte vierzig, im Habit eines Mönchs. Fidelma registrierte seine angenehmen Gesichtszüge. Die helleren Strähnen seines rotgoldenen Haares blitzten wie poliertes Metall in der Sonne, die durch die Fenster fiel. Er trug die johanneische Tonsur: der vordere Teil des Kopfes war völlig kahlrasiert. Seine Augen waren groß und blau, die Nase etwas vorstehend, der Mund jedoch rot und humorvoll. Seine Erscheinung wirkte dennoch ein wenig unheimlich, denn er hatte sich – einem alten Brauch folgend, der angeblich noch aus den Zeiten der Druiden stammte – die Augenlider mit Beerensaft schwarz gefärbt. Wie er übernahmen viele irische Mönche diese Sitte, besonders, wenn sie als Missionare andere Länder bereisten.

Wieder war es Adnár, der rasch vortrat und sie miteinander bekanntmachte.

»Das ist Bruder Febal, Schwester«, verkündete er. »Er ist mein *anam-chara* und kümmert sich um die religiösen Bedürfnisse meiner Gemeinschaft.«

In der irischen Kirche hatten alle Gläubigen einen »Seelen-Freund«, dem sie ihre geistlichen Probleme und Verwirrungen anvertrauten. Darin unterschied sie sich von der Kirche Roms, wo die Gläubigen dazu angehalten wurden, ihre Sünden einem Priester zu beichten. In Irland war der *anam-chara* jedoch eher ein Vertrauter und geistiger Führer als jemand, der einfach nur Strafen für die Übertretung religiöser

Vorschriften verhängte. Der stattliche Glaubensbruder lächelte freundlich, sein Händedruck war kräftig und sicher. Dennoch, gestand sich Fidelma ein, hatte der Mann etwas an sich, was ihr wenig vertrauenswürdig erschien. Etwas, was sie an die Schlafgemächer von Damen erinnerte und an Türgriffe, die sich kaum merklich drehten. Sie versuchte, den Gedanken abzuschütteln.

Olcán schien die Rolle des Gastgebers in Adnárs Festsaal übernommen zu haben und bedeutete Fidelma, neben ihm Platz zu nehmen, während sich Adnár und Bruder Febal ihnen gegenüber an den runden Tisch setzten. Sobald sie sich niedergelassen hatten, eilte ein junger Diener herbei, um ihnen Wein einzuschenken.

»Geht es Eurem Bruder Colgú gut?« fragte Olcán. »Wie kommt unser neuer König denn so zurecht?«

»Es ging ihm gut, als ich ihn zuletzt in Ros Ailithir sah«, erwiderte Fidelma vorsichtig. »Er kehrte nach Cashel zurück, kurz bevor ich abreiste.«

»Ah, Ros Ailithir!« Olcán warf ihr einen anerkennenden Blick zu. »Ganz Muman war entzückt von der Nachricht, daß Ihr dort den geheimnisvollen Mord an dem Ehrwürdigen Dacán aufklären konntet.«

Fidelma wurde vor Verlegenheit unruhig. Sie mochte es nicht, wenn man ihre Arbeit für etwas Außergewöhnliches hielt.

»Es ging lediglich darum, ein Rätsel zu lösen. Als Advokatin der Gerichtsbarkeit ist es meine Aufgabe, Geheimnisse aufzuklären und die Wahrheit zu erkennen. Wie dem auch sei, Ihr sagtet, *ganz* Muman war entzückt. Ich bezweifle, daß dies auch auf Euer Volk zutrifft, die Loígde? Salbach, Euer früherer Häuptling, ist nicht besonders gut dabei weggekommen.«

»Salbach war ein ehrgeiziger Narr.« Ob ihrer Entgegnung verzog Olcán mürrisch die Lippen. »Mein Vater Gulban hatte bei den Stammesversammlungen häufig Auseinandersetzungen mit ihm. Salbach war in diesem Land nicht gern gesehen.«

»Dennoch ist das Volk der Beara ein Stamm der Loígde«, betonte Fidelma.

»Zu allererst sind wir Gulban zur Untertanentreue verpflichtet, und er wiederum ist dem Häuptling treu ergeben, der in Cuan Dóir residiert. Wie dem auch sei, unser Häuptling heißt jetzt nicht mehr Salbach, sondern Brann Finn Mael Ochtraighe. Ich persönlich interessiere mich überhaupt nicht für Politik. Deshalb haben mein Vater und ich...«, er grinste, »uns entfremdet. Meiner Ansicht nach soll man das Leben genießen, und welch besseren Zeitvertreib gibt es als die Jagd...?« Er wollte schon weitersprechen, zögerte jedoch und sagte dann abschließend: »Ihr tatet wohl daran, unser Volk von einem ehrgeizigen Nichtskönner zu befreien.«

»Wie ich bereits sagte, ich habe lediglich meine Pflicht als Advokatin erfüllt.«

»Eine Aufgabe, für die nicht jeder das Geschick hat. Ihr habt Euch den Ruf erworben, äußerst beschlagen zu sein. Adnár erzählte mir, ein ähnliches Rätsel habe Euch auch hierhergeführt. Ist das wahr?«

Er reichte ihr einen Teller mit Fleisch, den sie dankend ablehnte; sie bediente sich lieber aus einer Schüssel mit Getreideflocken und Nüssen und nahm danach einen Apfel.

»So ist es«, mischte sich Adnár schnell ein.

Bruder Febal schien sich nicht für das Gespräch zu interessieren und konzentrierte sich mit gesenktem Kopf auf seine Mahlzeit.

»Ich bin auf Ersuchen von Äbtissin Draigen gekommen«, bestätigte Fidelma. »Sie bat Abt Brocc, einen *dálaigh* in ihre Abtei zu entsenden.«

»Oh«, seufzte Olcán laut und studierte den letzten Schluck Wein in seinem Pokal, als fessle dieser seine ganze Aufmerksamkeit. Dann sah er Fidelma unverwandt an. »Ich habe gehört, die Äbtissin genießt hierzulande einen gewissen Ruf. Sie gilt nicht gerade als, wie soll ich mich ausdrücken, ›geistig hochstehend‹. Ist es nicht so, Bruder Febal?«

Febal hob jäh den Kopf, zögerte, ließ seine blauen Augen zu Fidelma wandern und sah sie einen Augenblick an, bevor er wieder auf seinen Teller hinunterstarrte.

»Es ist, wie Ihr sagt, mein Prinz. Es heißt, Äbtissin Draigen habe unnatürliche Neigungen.«

Fidelma beugte sich vor, und ihre Augen verengten sich, als sie sich Bruder Febal direkt zuwandte.

»Vielleicht seid Ihr so gut und drückt Euch etwas deutlicher aus, Bruder?«

Verblüfft riß Bruder Febal den Kopf hoch und blickte nervös zu Olcán und Adnár. Dann setzte er seinen maskenhaften Gesichtsausdruck wieder auf.

»*Sua cuique sunt vitia*«, rezitierte er.

»In der Tat, wir alle haben unsere Laster«, pflichtete ihm Fidelma bei, »aber vielleicht erzählt Ihr uns, welches aus Eurer Sicht die Laster der Äbtissin sind?«

»Ich glaube, wir alle wissen, was Bruder Febal meint«, unterbrach Adnár sie gereizt, als ärgere er sich über ihre Begriffsstutzigkeit. »Also, wenn in der Abtei der Leichnam einer jungen Frau gefunden würde und ich die Untersuchung durchzuführen hätte, ich würde den Täter innerhalb der Abtei suchen, und als Tatmotiv käme ausschließlich primitive, pervertierte Leidenschaft in Betracht.«

Schwester Fidelma lehnte sich zurück und musterte Adnár neugierig.

»Habt Ihr mich zu Euch eingeladen, um mir das zu sagen?«

Adnár nickte bestätigend.

»Ursprünglich habe ich Euch eingeladen, um dagegen zu protestieren, daß die Kirche jemanden aus ihren eigenen Reihen geschickt hat, um den Fall aufzuklären, und das auch noch auf Ersuchen der Hauptverdächtigen. Ich dachte, Ihr waret gekommen, um die Äbtissin zu entlasten.«

»Und jetzt habt Ihr Eure Meinung geändert?« Fidelma war die sorgfältige Wortwahl des *bó-aire* nicht entgangen.

Adnár warf einen unbehaglichen Blick zu Olcán hinüber.

»Olcán hat mir von Euerm ausgezeichneten Ruf berichtet und mir versichert, daß Ihr das Vertrauen des Oberkönigs sowie von Königen und Prinzen anderer Länder genießt. Ich bin deshalb einverstanden, den Fall in Euren Händen zu lassen, und vertraue darauf, daß Ihr niemanden deckt, den anzuklagen sich geziemte.«

Fidelma musterte ihr Gegenüber eingehend und bemühte sich, ihre Überraschung zu verbergen. Daß eine derartige Beschuldigung gegen das Oberhaupt einer religiösen Gemeinschaft vorgebracht wurde, war eine schwerwiegende Angelegenheit.

»Laßt mich eines klarstellen, Adnár«, sagte sie langsam und deutlich. »Ihr behauptet in aller Öffentlichkeit, daß Äbtissin Draigen für den Mord an diesem jungen Mädchen verantwortlich ist und daß sie ihn beging, um ihre sexuellen Neigungen zu verschleiern?«

Adnár setzte gerade zu einer Antwort an, als Olcán sich einmischte.

»Nein, ich glaube nicht, daß Adnár eine offizielle Anklage vorbringt. Er weist nur darauf hin, daß die Richtung, die Eure Nachforschungen nehmen sollten, auf der Hand liegt. In dieser Gegend scheint weit und breit bekannt zu sein, daß Äbtissin Draigen eine Vorliebe für attraktive junge Nonnen hat und sie zum Eintritt in ihre Abtei ermuntert. Das ist jedoch nur allgemeines Gerede. Jetzt wurde dort der Leichnam einer jungen Frau gefunden. Meiner Meinung nach will Adnár Euch lediglich darauf hinweisen, daß Ihr gut daran tut, zu untersuchen, ob innerhalb der Abteimauern unstatthafte Dinge geschehen sind.«

Fidelma musterte den jungen Mann. Er schien mit aufrichtiger Überzeugung und Offenheit zu sprechen, war aber auch klug genug, Adnár von einem gefährlichen Weg abzubringen, auf dem er wegen Verleumdung der Äbtissin juristisch belangt werden konnte. Bruder Febal machte den Eindruck, als ginge ihn die ganze Angelegenheit nichts an, und aß in aller Ruhe weiter. Olcán schien es lediglich darum zu gehen, sie über die ganze Tragweite der Situation zu informieren.

Fidelma seufzte.

»Na schön. Die Unterhaltung bleibt unter uns«, erklärte sie sich schließlich einverstanden. »Ich werde jeder Spur nachgehen, die zu dem Schuldigen führen könnte, und zwar ohne Rücksicht auf Amt und Stellung der Verdächtigen.«

Erleichtert lehnte Olcán sich zurück.

»Das ist alles, worum es Euch geht, nicht wahr, Adnár?«

Der Häuptling nickte.

»Ich bin sicher, Ihr werdet hier in der Gegend jede Menge

Leute finden, die unsere Ansichten über Äbtissin Draigen teilen. Bruder Febal spricht als ein Mann der Kirche. Er ist äußerst beunruhigt wegen der Geschichten, die ihm über die Äbtissin zu Ohren kommen, und um den guten Ruf des Christentums besorgt.«

Fidelma sah den Mönch scharf an.

»Kursieren denn viele Geschichten?«

»Einige«, bestätigte Bruder Febal.

»Und gibt es Beweise?«

Bruder Febal hob gleichgültig die Schultern.

»Es kursieren einige Geschichten«, wiederholte er. »*Valeat quantum valere potest.*«

Das war ein Satz, den man stets hinzufügte, wenn man unbewiesene Informationen weitergab: »Nehmt es für das, was es wirklich ist.«

Fidelma schnaufte mißtrauisch.

»Na schön. Doch sollte Eure Beschuldigung zutreffen, müßt Ihr davon ausgehen, daß in der Abtei ein stillschweigendes Einverständnis mit der Äbtissin herrscht. Die logische Schlußfolgerung daraus lautet: falls die Äbtissin eine Affäre mit dem ermordeten Mädchen hatte, muß jemand davon gewußt haben. Und falls die Tote ein Mitglied der Gemeinschaft war, wußte mit Sicherheit jemand in der Abtei darüber Bescheid, handelte jedoch in heimlichem Einverständnis. Andernfalls stammte das Mädchen entweder hier aus der Gegend, und warum ist ihr Verschwinden dann nicht Euch, Adnár, als *bó-aire* gemeldet worden? Oder sie war eine Fremde, vermutlich ein Gast der Abtei. Auch davon hätte die Gemeinschaft gewußt.«

Bruder Febals Augen zuckten unruhig.

»Wir dürfen gerade eine Probe Eurer Fähigkeiten im

Schlußfolgern miterleben, Schwester«, bemerkte er in freundlichem Ton. »Meine Gebieter verlangen doch nur, daß Ihr Euer Talent unvoreingenommen einsetzt, um den Schuldigen zu finden. *Res in cardine est.*«

Fidelma fühlte sich durch den herablassenden Tonfall des Bruders allmählich provoziert. Auch seine fragwürdigen lateinischen Redensarten ärgterten sie. Die Floskel ›die Angelegenheit liegt auf einer Türangel‹ sollte wohl darauf hinweisen, daß Fidelma die Wahrheit sehr bald herausfinden würde. Er hatte jedoch bewußt ihre Unvoreingenommenheit angezweifelt, und sie beschloß, diese Beleidigung nicht unwidersprochen zu lassen.

»Noch nie hat jemand die Gültigkeit meines Eides als Advokatin der irischen Gerichtsbarkeit in Frage gestellt«, erwiderte sie angriffslustig.

Olcán legte sofort beruhigend seine Hand auf ihren Arm.

»Werte Schwester, ich glaube, Bruder Febal hat sich bloß etwas ungeschickt ausgedrückt. Ich bin überzeugt, er möchte in dieser Situation nur seine Besorgnis zum Ausdruck bringen. Tatsächlich sind auch Adnár und ich äußerst beunruhigt. Schließlich ist der Mord in Adnárs Bezirk geschehen, und Ihr werdet sicher nicht abstreiten, daß er als Friedensrichter zu Recht alarmiert ist. Adnár ist ein ergebener Untertan meines Vaters Gulban, dessen Interessen ich zu vertreten habe. Daher teile auch ich seine Befürchtungen.«

Fidelma seufzte insgeheim. Sie wußte, daß ihr Zorn manchmal allzu leicht mit ihr durchging.

»Selbstverständlich«, erwiderte sie und zwang sich zu einem kurzen Lächeln. »Ich muß jedoch sehr auf meinen Ruf achten, wenn es um Recht und Gesetz geht.«

»Wir schätzen uns glücklich, die Angelegenheit in Euren

fähigen Händen zu wissen«, bestätigte Olcán. »Ich bin sicher, Bruder Febal bedauert es, falls seine Worte schlecht gewählt waren…?«

Bruder Febal setzte ein gewinnendes Lächeln auf.

»*Peccavi*«, murmelte er und legte seine Hand aufs Herz, um zu unterstreichen, daß er, wie sein lateinischer Ausspruch besagte, gesündigt hatte. Fidelma machte sich nicht die Mühe, darauf zu antworten.

Olcán überspielte die peinliche Situation.

»Nun, laßt uns über andere Dinge sprechen. Ist dies Euer erster Besuch im Land der Beara?«

Fidelma bejahte die Frage, denn sie war noch nie auf der Halbinsel gewesen.

»Es ist ein schönes Land, selbst mitten im Winter. In diesem Land hat unser Volk seinen Ursprung«, schwärmte Olcán. »Wußtet Ihr, daß dies hier die Küste ist, wo Míl, der erste Kelte, landete, und wo Amairgen, der Druide, den drei Göttinnen vom Volk der Danu – Banba, Fodhla und Éire – versprach, daß das Land in alle Ewigkeit nach ihnen benannt sein werde?«

Fidelma empfand plötzlich Belustigung ob der Begeisterung des jungen Mannes für seine Heimat.

»Vielleicht kann ich, wenn ich hier fertig bin, Euer Land noch etwas besser kennenlernen«, erwiderte sie ernst.

»Dann wird es mir eine Ehre sein, Euch zu begleiten«, erbot sich Olcán. »Vom Abhang des Berges dort hinter uns kann ich Euch die ferne Insel zeigen, wo Donn, der Herr der Toten, die Seelen der Verblichenen versammelte und von wo er sie auf seinem großen schwarzen Schiff gen Westen mitnahm, in die Anderwelt. Adnár kennt sich in der Geschichte dieser Gegend auch sehr gut aus, nicht wahr, Adnár?«

Der Häuptling nickte steif.

»Wie Olcán schon sagte: solltet Ihr den Wunsch verspüren, die Stätten unserer Altvorderen zu besuchen, dann wäre es uns ein Vergnügen, Euch unsere Begleitung anzubieten.«

»Ich freue mich schon darauf«, erwiderte Fidelma, denn die alten irischen Legenden faszinierten sie sehr. »Doch jetzt sollte ich besser zur Abtei zurückkehren und mit meiner Untersuchung fortfahren.«

Sie erhob sich vom Tisch, und die anderen folgten zögernd ihrem Beispiel.

Olcán schob seine Hand vertraulich unter Fidelmas Ellbogen und geleitete sie aus dem Festsaal. Bruder Febal schien es zufrieden, ohne Abschiedsgruß wieder Platz zu nehmen und seine Mahlzeit fortzusetzen, während Adnár ihnen hinterhereilte.

»Es war uns ein Vergnügen, Euch kennenzulernen, Fidelma«, sagte Olcán, als sie die Außentreppe erreichten und für einen Augenblick stehenblieben. »Allerdings ist es sehr bedauerlich, daß diese Begegnung von einem so schrecklichen Ereignis herbeigeführt wurde.« Die Meerenge lag im fahlen Sonnenlicht. Olcán blickte hinüber zu der Stelle, wo das gallische Handelsschiff ankerte, das einzige in der Bucht. »Ist dies das Schiff, mit dem Ihr von Ros Ailithir gekommen seid?« fragte er und betrachtete seinen fremdartigen Umriß mit plötzlich erwachtem Interesse.

Fidelma schilderte ihm den rätselhaften Vorfall in groben Zügen.

Dann wurden sie von Adnár unterbrochen.

»Heute nachmittag schicke ich meine Männer zu dem gallischen Schiff hinüber«, erklärte er entschlossen.

Fidelma wandte sich erstaunt zu ihm um.

»Wozu?«

Adnár setzte ein selbstgefälliges Lächeln auf.

»Sicher seid Ihr vertraut mit den Bergegesetzen?«

Auf seinen Tonfall reagierte Fidelma sofort ungehalten.

»Falls Ihr sarkastisch werden wollt, Adnár, würde ich Euch davon abraten. Im Streit ist Sarkasmus der Logik stets unterlegen«, erwiderte sie kalt. »Ich kenne die Bergegesetze und frage Euch noch einmal, auf welcher Grundlage Ihr vorhabt, Eure Männer hinüberzuschicken und Anspruch auf das gallische Schiff zu erheben?«

Olcán lächelte ironisch über Adnárs Verlegenheit, die ihm das Blut ins Gesicht trieb.

Grollend preßte Adnár die Lippen zusammen.

»Ich stütze mich auf die Texte des *Mur-Bretha*, Schwester. In diesen Fragen kenne ich mich aus, schließlich bin ich hier der Friedensrichter. Sämtliches Bergegut, das an den Stränden dieser Küste anlandet, gehört mir…«.

Olcán wandte sich mit einem entschuldigenden Lächeln an Fidelma.

»Wo er recht hat, hat er recht, nicht wahr, Schwester? Aber nur, wenn der Wert des Bergegutes auf höchstens fünf *séts* oder Kühe geschätzt wird. Ist der Wert höher, wird der Überschuß geteilt: ein Drittel für den *bó-aire*, ein Drittel für den Herrscher über dieses Gebiet, meinen Vater, und ein Drittel für die Oberhäupter der größten Stämme in der Gegend.«

Fidelma musterte den triumphierenden Gesichtsausdruck Adnárs und wandte sich mit nachdenklicher Miene wieder Olcán zu.

»Bei Eurer Auslegung des Seefahrtsrechtes vergaßt Ihr hinzuzufügen, daß Euer Vater ebenfalls ein Viertel seines

Anteils an den König dieser Provinz, meinen Bruder, abzugeben hätte, und der König der Provinz wiederum müßte ein Viertel des Anteils an den Oberkönig weiterleiten. So jedenfalls schreibt es das Bergegesetz vor.«

Olcán lachte laut und zeigte damit seine Anerkennung für Fidelmas genaue Kenntnis der gesetzlichen Bestimmungen.

»Bei meiner Seele, Ihr haltet, was Euer Ruf verspricht, Schwester Fidelma.«

Um bei der Wahrheit zu bleiben, Fidelma hatte die Texte des *Mur-Bretha* erst vor kurzem gelesen, als sie den Fall in Ros Ailithir untersuchte. Damals hatte sie festgestellt, daß ihr Wissen über die Gesetze, die die Seefahrt betrafen, erbärmliche Lücken aufwies. Nur dank ihrer kürzlichen Lektüre konnte sie jetzt so sicher auftreten.

»Dann wird Euch auch bekannt sein«, fügte Adnár mit einer Dreistigkeit, die fast schon an Gerissenheit grenzte, hinzu, »daß ich als *bó-aire* eine Geldstrafe gegen Ross verhängen muß, weil er mich und die Häuptlinge dieses Bezirks nicht unverzüglich unterrichtet hat, als er das Schiff als Bergegut in unseren Hafen brachte. Auch das steht in dem Gesetz.«

Fidelma musterte Adnárs grinsendes Gesicht, blieb jedoch ernst. Sie schüttelte langsam den Kopf und beobachtete dabei, wie sich seine Miene veränderte und er immer fassungsloser dreinblickte.

»Ihr müßt Eure Gesetze über *frith-fairrgi* oder ›Funde auf See‹ genauer studieren.«

»Warum das?« fragte Adnár mit einer Stimme, die angesichts ihrer ruhigen Zuversicht nicht mehr ganz so selbstsicher klang.

»Weil Ihr, wenn Ihr den Text sorgfältig gelesen hättet,

wüßtet, daß jeder, wenn er einen wertvollen Gegenstand, der auf See trieb, mitbringt – und das gilt für ein Schiff ebenso wie für einfaches Treibgut und über Bord geworfenes Gut –, und wenn dieser Gegenstand mehr als neun Wellen von der Küste entfernt geborgen wurde, ein Anrecht darauf hat, das ihm niemand, nicht einmal der Oberkönig, streitig machen kann. Deshalb gehört dieses Schiff Ross und keinem anderen. Nur wenn die Bergung innerhalb einer Entfernung von neun Wellen vor der Küste stattgefunden hätte, könntet Ihr einen Anspruch anmelden.«

Die Länge von neun Wellen entsprach der Länge eines Maßes, das man *forrach* nannte, und ein *forrach* wiederum entsprach einer Länge von etwa fünfzig Metern. Folglich hatte Ross' Begegnung mit dem gallischen Schiff weit außerhalb der Küstengewässer auf hoher See stattgefunden.

Die Entfernung von neun Wellen hatte eine symbo-lische Bedeutung, die bis in die heidnische Zeit zurückreichte. Noch heute wurde das magische Symbol der neun Wellen selbst von zahlreichen Anhängern des christlichen Glaubens fraglos anerkannt. Vor zwei Jahren, als die furchteinflößende Gelbe Pest in den fünf Königreichen wütete, war Colmán, der bedeutendste Gelehrte der Universität des Heiligen Finbarr in Cork, mit seinen Studenten auf eine Insel geflohen, um neun Wellen Abstand zum irischen Festland zu gewinnen. Er hatte behauptet, »die Pest reist nicht weiter als neun Wellen«.

Adnár starrte Fidelma entgeistert an.

»Treibt Ihr Scherze mit mir?« stieß er zwischen zusammengebissenen Zähnen hervor.

Olcán sah, wie sich Fidelmas Augenbrauen zusammenzogen. »Natürlich nicht, Adnár«, sagte er lachend. »Kein

Beamter der Gerichtsbarkeit treibt jemals Scherze mit dem Gesetz. Ihr, mein verehrter *bó-aire*, seid einfach falsch informiert.«

Adnár drehte sich empört zu dem jungen Prinzen um.

»Aber…«, wollte er gerade protestieren, wurde jedoch durch einen kurzen, wütenden Blick von Olcán zum Schweigen gebracht.

»Genug! Ich bin der Sache ebenso überdrüssig wie vermutlich Schwester Fidelma.« Er lächelte sie freundlich an. »Wir müssen sie jetzt zur Abtei zurückkehren lassen. Werdet Ihr den Rat von Adnár und Bruder Febal beherzigen? Ja, das werdet Ihr«, fuhr er fort, bevor sie antworten konnte. »Wie auch immer, wenn Ihr während Eures Aufenthaltes im Land der Beara irgendeinen Wunsch habt, braucht Ihr ihn nur zu äußern. Ich spreche damit nicht nur in meinem Namen, sondern auch in dem meines Vaters Gulban.«

»Das ist gut zu wissen, Olcán«, erwiderte Fidelma ernst. »Und jetzt werde ich meine Aufmerksamkeit drängenderen Problemen zuwenden. Ich danke Euch für Eure Gastfreundschaft, Adnár… und für Euern Rat.«

Sie war sich bewußt, daß die beiden ihr von den Festungsmauern aus mit den Blicken folgten, als sie zum Pier hinunterschritt, wo ihr ein wortkarger Krieger ins Boot half. Sie sah, wie sie sie immer noch beobachteten, während sie sich in die Riemen legte und das kleine Boot mit rhythmischen Schlägen über die Bucht zur Abtei zurückruderte. Fidelma fühlte sich unbehaglich. Ihr Besuch in Adnárs Festung bereitete ihr Kopfzerbrechen.

Adnár und Olcán waren durchaus angenehme Gesellschafter. Sie konnte ihre spontane Abneigung gegen die beiden nicht ganz begreifen. Olcáns Äußeres fand sie zwar eher abstoßend, doch war er keineswegs unfreundlich. Adnár hatte versucht, sie hinsichtlich der Bergung des gallischen Schiffes auszustechen, aber sie sollte ihm das nicht zum Vorwurf machen. Was ihr die größte Sorge bereitete, war ihre fast irrationale Aversion gegen die beiden. Da war etwas, was ihr tiefstes Mißtrauen weckte und wogegen sie sich augenblicklich sträubte. Vielleicht nahm sie ihnen übel, daß sie sich zusammentaten und Gerüchte über Draigen verbreiteten. Sie würde bald herausfinden, ob die Geschichten über die Äbtissin der Wahrheit entsprachen. Und falls dem so war, bedeutete das dann nicht zwangsläufig eine Mitschuld der Schwestern in der Abtei? Denn falls Draigen Schuld auf sich geladen hatte, war es unmöglich, daß die gesamte Gemeinschaft nichts davon wußte.

Sie steuerte das Boot längsseits des hölzernen Anlegestegs der Abtei und fragte sich erneut, ob die Anschuldigungen wahr sein konnten.

Als sie das Boot festmachte und an Land kletterte, hörte sie das Schlagen des Gongs.

Kapitel 6

Als Schwester Síomha eine halbe Stunde nach der Mittagszeit – der Zeit, zu der Fidelma sie um ihr Erscheinen gebeten hatte – noch immer nicht im Gästehaus aufgetaucht war, beschloß Fidelma, sich auf die Suche nach der Verwalterin zu begeben. Sie überprüfte die Uhrzeit an der prunkvollen bronzenen Sonnenuhr, die in der Mitte des Innenhofes stand und deren lateinische Inschrift ostentativ verkündete: ›*Horas non numero nisi serenas* – Ich zähle nicht die Stunden, es sei denn, sie sind heiter.‹ Es war ein kalter Tag, aber die nächtlichen Schneewolken waren weitergezogen, und der Himmel war strahlend und klar.

Die hübsche junge Schwester Lerben, die auf Fidelma wirkte wie die persönliche Dienerin der Äbtissin, schickte Fidelma zum Turm hinter der hölzernen Kirche und erklärte ihr, sie werde Schwester Síomha im oberen Stockwerk finden, wo sie die Wasseruhr beaufsichtige. Der Turm war ein großes Gebäude direkt neben dem gemauerten Vorratsraum, den Fidelma am vergangenen Abend betreten hatte. Sein Fundament bestand aus Steinen, die oberen Stockwerke waren aus Holz gebaut, und er ragte etwa zwölf Meter in die Höhe. Oben auf dem flachen Dach war die Hauptglocke zu sehen, die die Gemeinschaft zu den Gebeten rief.

Während Fidelma vom Erdgeschoß aus die hölzernen Stufen hinaufstieg, spürte sie zunehmenden Ärger über die Arroganz der Verwalterin, die ihre Vorladung einfach ignoriert hatte. Wenn ein *dálaigh* das Erscheinen eines Zeugen verlangte, dann hatte der Zeuge dem nachzukommen. Andernfalls drohte ihm eine Geldbuße. Fidelma beschloß, dafür zu sorgen, daß die eingebildete Schwester Síomha diese Lektion lernte.

Der quadratische Turm war so konstruiert, daß die Räume übereinanderlagen und mit einer Treppe verbunden waren; die Fußböden bestanden aus Birkendielen, die auf starken Eichenbalken ruhten. Jeder Raum hatte vier Fenster, die einen Ausblick nach allen vier Himmelsrichtungen boten. Dennoch wirkten die Räume nicht lichtdurchflutet, sondern lagen eher im Zwielicht. Der Turm, zumindest die beiden unteren Stockwerke, beherbergte das *Tech-screptra*, das ›Haus der Handschriften‹, die Bibliothek der Gemeinschaft. Holzgestelle mit Reihen von Haken füllten den Raum, und an jedem Haken hing eine *tiag liubhar* oder Büchertasche.

Fidelma war erstaunt über die stattliche Sammlung, die die Abtei Der Lachs aus den Drei Quellen in ihrem Besitz hatte. Es mußten mindestens fünfzig oder mehr Büchertaschen sein, die in den beiden ersten Stockwerken an den Haken hingen. Einige davon nahm sie sorgfältig in Augenschein und fand zu ihrer weiteren Verblüffung unter anderem Kopien der Werke des berühmten irischen Gelehrten Longarad von Sliabh Marga. Eine andere Büchertasche enthielt die Werke von Dallán Forgaill von Connacht, der zu seiner Zeit den Vorsitz bei den Großen Bardenversammlungen geführt hatte und vor siebzig Jahren ermordet worden war. Der Verdacht fiel damals auf Guaire den Gastfreundlichen, den König von Connacht, doch man konnte ihm nie etwas nachweisen. Das war eines der großen Geheimnisse, über die Fidelma häufig nachdachte, und sie wünschte, sie hätte zu jener Zeit gelebt, um das Rätsel um Dalláns Tod lösen zu können.

Sie schaute in die nächste Büchertasche und fand eine Kopie der *Teagasc Rí*, der Anweisungen des Königs. Der Autor dieses Handbuches war Oberkönig Cormac Mac Art, der im Jahre 254 A.D. in Tara gestorben war. Er hatte sich zwar nicht zum Christentum bekehren lassen, wurde aber dennoch als einer der weisesten und mildtätigsten Herrscher Irlands gerühmt. In seinem Werk waren Anweisungen zu Lebensführung, Gesundheit, Ehe und Benehmen zusammengestellt. Fidelma lächelte, als sie sich an ihren ersten Unterrichtstag bei ihrem Mentor, Brehon Morann von Tara, erinnerte. Sie war sehr schüchtern gewesen und hatte kaum zu reden gewagt, doch Morann hatte ihr einen Satz aus Cormacs Buch vorgelesen: »Bist Du zu redselig, wird niemand Dich achten; bist Du zu schweigsam, wird niemand Dich beachten.«

Sie zog die Augenbrauen zusammen, während sie die Pergamentseiten des Buches durchblätterte. Viele waren mit rötlichem Schmutz befleckt. Wie konnte ein guter Bibliothekar zulassen, daß ein solches Kleinod derart verwahrloste? Sie nahm sich vor, mit der Bibliothekarin über den Zustand des Buches zu sprechen, und steckte es in seine Tasche zurück, während sie sich Vorwürfe machte, weil sie sich von dem Zweck ihres Besuches im Turm hatte ablenken lassen.

Widerstrebend verließ sie die Bibliothek und stieg in den dritten Stock hinauf. Dort befand sich das Skriptorium, wo die Schreiberinnen und Kopistinnen arbeiteten. Auf den Schreibtischen lagen Stapel von Gänse–, Schwanen- und Krähenfedern, die darauf warteten, angespitzt zu werden. Schreibrahmen standen bereit, bespannt mit Pergament oder den Häuten von Schafen, Ziegen oder Kälbern, sowie Gefäße mit tiefschwarzer Tinte, die aus Kohlenstoff hergestellt und äußerst haltbar war.

Jetzt war das Skriptorium leer. Vermutlich nahmen die Schreiberinnen gerade ihre Mahlzeit ein, die dem mittäglichen Angelus folgte. Durch das Süd- und das Westfenster warf die fahle Sonne einen scharf umrissenen Strahl durchsichtigen Lichtes in den Raum, der ihn erhellte und ihn trotz der eisigen Luft warm und anheimelnd wirken ließ. Was für ein geräumiger und sicherer Ort zum Arbeiten, dachte Fidelma. Der Ausblick war atemberaubend. Durch die Fenster sah sie im Süden und Westen das schimmernde Meer und die Landzungen, die die Meerenge umschlossen. Das gallische Schiff lag noch immer vor Anker. Die Segel waren eingerollt, doch von Odar und seinen Männern war nichts zu sehen.

Vermutlich ruhten sie sich aus oder nahmen ihr Mittagsmahl ein. Das Wasser rund um das Schiff glitzerte und spiegelte das zarte Blau des klaren Himmels wider. Genau im Westen konnte sie Adnárs Festung erkennen, und wenn sie sich nach Norden und Osten wandte, lagen vor ihr die Wälder und die hohen, schneebedeckten Gipfel der Berge, die sich auf der Halbinsel dahinzogen wie das gezackte Rückgrat einer Echse.

Sie trat zum Nordfenster und spähte hinaus. Unter ihr gruppierten sich die Abteigebäude um die große Lichtung auf der tiefliegenden Landspitze. Jetzt wirkte alles verlassen und bestätigte Fidelmas Vermutung, daß die Schwestern gerade ihre Mittagsmahlzeit im Refektorium einnahmen. Die Abtei Der Lachs aus den Drei Quellen war zweifellos wunderschön gelegen. Das hohe Kreuz stand prachtvoll und weiß im Sonnenlicht. Direkt unter ihr befand sich der Innenhof mit der Sonnenuhr in der Mitte. Zahlreiche einzeln stehende Gebäude begrenzten den Hof an den Seiten, und die große Holzkirche, die *duirthech*, bildete den südlichen Abschluß des gepflasterten Platzes. Hinter den Hauptgebäuden, die den Innenhof umschlossen, standen noch weitere Häuser aus Holz sowie einige aus Stein, in denen die Nonnen wohnten und arbeiteten.

Fidelma wollte sich gerade umdrehen, als ihr eine kaum merkliche Bewegung ins Auge fiel. Auf einem Pfad, der sich etwa eine halbe Meile von der Abtei entfernt aus den Bergen hinunterschlängelte und am Waldrand zu verschwinden schien und der wahrscheinlich zu Adnárs Festung führte, erspähte sie ein Dutzend Reiter, die ihre Pferde behutsam lenkten. Sie kniff die Augen zusammen, um besser sehen zu können. Den Reitern folgten Männer zu Fuß. Fidelma hatte

Mitleid mit ihnen. Auf dem abschüssigen, felsigen Boden konnten sie nur unter großer Anstrengung mit den Berittenen Schritt halten.

Sie vermochte wenig zu erkennen, nur, daß die vordersten Reiter prunkvoll ausstaffiert waren. Die Sonne beschien ihre farbenprächtige Kleidung und funkelte und glühte auf ihren polierten Schilden. An der Spitze des Zuges trug einer der Reiter einen langen Stab mit einem Banner. Die wallende Seide flatterte so heftig im Wind, daß sie das Wappen darauf aus der Entfernung nicht ausmachen konnte. Auf den Schultern eines Reiters entdeckte sie etwas Sonderbares. Aus der Entfernung sah es auf den ersten Blick so aus, als hätte der Mann zwei Köpfe. Nein! Der seltsame Umriß bewegte sich, und Fidelma begriff, daß auf der Schulter des Reiters ein großer Falke saß. Reiter und Fußvolk verschwanden schließlich hinter dem Waldrand und damit aus ihrem Blickfeld.

Fidelma blieb noch ein Weilchen stehen und wartete gespannt, ob sie sie noch einmal zu sehen bekäme, doch der dichte Eichenwald rundherum verbarg sie nun, nachdem sie den Abhang hinter sich gelassen hatten, vor ihrem Blick. Sie fragte sich, wer die Männer wohl waren. Doch es hatte keinen Sinn, Zeit mit Fragen zu verschwenden, wenn sie keine Möglichkeit hatte, die Antwort zu finden.

Fidelma wandte sich vom Fenster ab und ging hinüber zur Treppe, die in das vierte und höchstgelegene Stockwerk des Turms führte.

Sie betrat den oberen Raum durch die Klappe im Boden, ohne vorher anzuklopfen oder ihr Kommen anderweitig anzukündigen.

Schwester Síomha war über ein großes Bronzebecken gebeugt, das dampfend auf einer steinernen Feuerstelle stand.

Die *rechtaire* der Gemeinschaft blickte verärgert auf und verzog das Gesicht, als sie Fidelma erkannte.

»Ich habe mich schon gefragt, wann Ihr endlich kommen würdet«, begrüßte sie die *dálaigh* gereizt.

Fidelma war sprachlos, und das geschah nicht sehr oft. Unwillkürlich weiteten sich ihre Augen.

Schwester Síomha rückte eine kleine Kupferschale zurecht, die oben auf dem dampfenden Bronzebecken schwamm. Dann erst richtete sie sich auf und drehte sich um.

Erneut fiel es Fidelma nicht leicht, dieses engelhafte, herzförmige Gesicht mit der verantwortungsvollen Stellung und den Aufgaben einer *rechtaire* in Einklang zu bringen. Sie musterte Síomha eingehend und bemerkte ihre großen bernsteinfarbenen Augen. Die Lippen waren voll, und hie und da lugte eine Strähne braunen Haares unter ihrer Kopfbedeckung hervor. Ihre Sommersprossen und die großen Augen wirkten entwaffnend und unschuldig. Dennoch funkelte etwas tief in diesen Bernsteinaugen, ein Ausdruck, den Fidelma nur mit Mühe deuten konnte – rastloser, alles verzehrender Haß.

Fidelma zog die Augenbrauen zusammen und versuchte, ihren Ärger von vorhin wieder zu spüren.

»Wir sind übereingekommen, uns zur Mittagszeit im Gästehaus zu treffen«, begann sie, doch zu ihrer Überraschung schüttelte die junge Schwester entschieden den Kopf.

»Wir sind nicht übereingekommen«, entgegnete sie schroff. »Ihr habt mir befohlen, mittags dort zu sein, und seid dann fortgegangen, bevor ich antworten konnte.«

Fidelma war perplex. Das war zweifellos eine mögliche Lesart ihres Wortwechsels. Man durfte jedoch die arrogante Anmaßung nicht vergessen, die das junge Mädchen von

Anfang an an den Tag legte und die Fidelma zu ihrer Reaktion veranlaßt hatte, um ihrer Unverschämtheit und Respektlosigkeit zu begegnen. Doch offensichtlich hatte sie daraus keinerlei Schlußfolgerungen gezogen und Fidelma völlig falsch verstanden.

»Habt Ihr eigentlich begriffen, Schwester Síomha, daß ich eine Bevollmächtigte der Gerichtsbarkeit bin und über gewisse Rechte verfüge? Ich habe Euch als Zeugin vorgeladen, und wer meiner Vorladung nicht Folge leistet, wird nach dem Gesetz mit einer Geldbuße bestraft.«

Schwester Síomha schnaubte hochmütig.

»Ich interessiere mich nicht für Euer Gesetz. Ich bin Verwalterin dieser Abtei, und meine Aufgaben hier erfordern meine gesamte Aufmerksamkeit. In erster Linie bin ich meiner Äbtissin verpflichtet und den Regeln meiner Gemeinschaft.«

Fidelma schluckte sichtbar.

Sie wußte nicht genau, ob die junge Schwester sie aus Naivität behinderte oder ob sie einfach halsstarrig war.

»Dann habt Ihr noch viel zu lernen«, erwiderte sie schließlich schneidend. »Ihr werdet die Geldbuße zahlen, die ich festlege, und um sicherzustellen, daß Ihr meinen Anordnungen in Zukunft Folge leistet, soll dies in Anwesenheit von Äbtissin Draigen geschehen. Jetzt werdet Ihr mir erst einmal berichten, wie es kam, daß Ihr bei Schwester Brónach wart und mit ihr zusammen den Leichnam aus dem Brunnen geborgen habt.«

Schwester Síomha öffnete den Mund, als wolle sie mit Fidelma streiten, doch sie besann sich eines Besseren. Sie ging zu einem Stuhl und ließ sich darauf nieder. Ihre Bewegungen hatten wenig mit denen einer Nonne gemein: keine ruhige

Ausgeglichenheit, kein bescheidenes Händefalten, keine beschauliche Ergebenheit. Ihr Körper strotzte nur so vor Aggression und Arroganz.

Der Stuhl war die einzige Sitzgelegenheit im Zimmer, und Fidelma blieb nichts anderes übrig, als vor dem sitzenden Mädchen stehenzubleiben. Sie blickte sich rasch um. Auch dieser Raum hatte vier Fenster, doch waren sie größer als in den unteren Stockwerken. An einer Wand waren Holzscheite und Zweige aufgestapelt, gegenüber befand sich die steinerne Feuerstelle, deren Rauch durch das Westfenster entwich. Wenn der Wind umschlug, wurde der Qualm wohl manchmal auch in den Raum hineingeweht, denn es roch durchdringend nach Holzfeuer. Das einzige andere Möbelstück im Zimmer war ein kleiner Tisch mit Schreibtafeln und mehreren *graib*, metallenen Schreibgriffeln, darauf. Vor dem Nordfenster stand ein großer, kupferner Gong mit einem Stock.

Über eine Leiter in einer anderen Ecke gelangte man auf das Flachdach des Turmes, auf dem sich, wie sie wußte, das Gestell mit der großen bronzenen Glocke befand. Jeweils pünktlich zur Stunde der Andacht und des Gebetes stieg eine Schwester hinauf und läutete sie.

All dies erfaßte Fidelma mit einem kurzen Blick. Dann wandte sie sich wieder Schwester Síomha zu.

»Ihr habt meine Frage nicht beantwortet«, sagte sie ruhig.

»Schwester Brónach hat Euch zweifellos erzählt, was geschehen ist«, erwiderte Síomha stur.

In Fidelmas Miene glomm ein gefährliches Feuer.

»Und nun werdet Ihr es mir erzählen.«

Die Verwalterin unterdrückte einen Seufzer. Sie antwortete mit monotoner Stimme, wie ein Kind, das eine altbekannte Lektion herunterleiert.

»Es ist Schwester Brónachs Aufgabe, Wasser aus dem Brunnen zu schöpfen. Wenn Äbtissin Draigen vom Mittagsgebet aus der Kirche zurückkehrt, hat Schwester Brónach normalerweise in ihrem Gemach schon Wasser für sie bereitgestellt. An jenem Tag war jedoch weder von dem Wasser noch von Schwester Brónach etwas zu sehen. Die Äbtissin beauftragte mich als Verwalterin, Brónach suchen zu gehen…«

»Schwester Brónach bekleidet das Amt der Pförtnerin dieser Abtei, nicht wahr?« schaltete sich Fidelma ein, die die Antwort zwar genau kannte, jedoch nach einer Möglichkeit suchte, den eintönigen Vortrag zu unterbrechen.

Síomha wirkte einen Augenblick verwirrt und nickte dann. »Sie ist seit vielen Jahren hier und ist älter als die meisten anderen Mitglieder der Gemeinschaft, abgesehen von unserer Bibliothekarin, die die Älteste ist. Sie bekleidet dieses Amt mehr dank ihres Alters als dank ihrer Fähigkeiten.«

»Ihr könnt sie nicht leiden, nicht wahr?« schlußfolgerte Fidelma.

»Leiden?« Das junge Mädchen schien ob der Frage überrascht. »Hat nicht Äsop geschrieben, daß es wenig Zuneigung gibt, wo keine Gleichheit herrscht? Zwischen Schwester Brónach und mir herrscht noch nicht einmal Ähnlichkeit.«

»Man muß nicht gleich seelenverwandt sein, um Zuneigung füreinander zu empfinden.«

»Mitleid ist keine Grundlage für Zuneigung«, erwiderte das Mädchen. »Und das ist das einzige Gefühl, das ich für Schwester Brónach aufbringen kann.«

Fidelma wurde klar, daß es Schwester Síomha trotz all ihrer Eitelkeit nicht an Intelligenz mangelte. Sie verfügte über eine bemerkenswerte Redegewandtheit, mit deren Hilfe sie ihre innersten Gedanken zu verbergen vermochte. Doch immerhin hatte Fidelma ihren Widerstand, der in ihrem monotonen Vortrag zum Ausdruck kam, gebrochen. Aus einer lebhafteren Stimme konnte man weitaus mehr Schlüsse ziehen. Sie beschloß, eine andere Richtung einzuschlagen.

»Ich habe den Eindruck gewonnen, daß Ihr in dieser Gemeinschaft mit fast niemandem freundschaftlichen Umgang pflegt. Ist das richtig?«

Sie hatte den Hinweis von Schwester Brónach aufgeschnappt, war jedoch überrascht, als Schwester Síomha das nicht abstritt.

»Als Verwalterin ist es nicht meine Aufgabe, es jedem rechtzumachen. Ich habe viele Entscheidungen zu treffen, und nicht alle gefallen meinen Schwestern im Glauben. Doch ich bin hier die *rechtaire* und bekleide eine verantwortungsvolle Position.«

»Aber Ihr trefft Eure Entscheidungen doch sicherlich mit Billigung der Äbtissin?«

»Ich genieße ihr uneingeschränktes Vertrauen.« In der Stimme des Mädchens lag ein prahlerischer Unterton.

»Ich verstehe. Nun, laßt uns auf die Entdeckung der Toten zurückkommen. Also, auf Verlangen der Mutter Oberin machtet Ihr Euch auf die Suche nach Schwester Brónach?«

»Sie war am Brunnen, hatte jedoch Schwierigkeiten, das Seil hochzuziehen. Ich dachte zuerst, sie wolle nur ihre Säumigkeit vertuschen.«

»Ach ja? Warum denn das?«

»Ich hatte nur ein, zwei Stunden zuvor dort Wasser geschöpft und dabei keinerlei Probleme gehabt.«

Fidelma beugte sich rasch nach vorn. »Erinnert Ihr Euch genau, um welche Zeit Ihr Wasser aus dem Brunnen holtet?«

Schwester Síomha legte den Kopf auf die Seite und schien über die Frage nachzudenken.

»Höchstens zwei Stunden vorher.«

»Und zu diesem Zeitpunkt ist Euch natürlich nichts Außergewöhnliches aufgefallen?«

»Wäre dem so gewesen«, erwiderte Síomha spöttisch, »hätte ich etwas gesagt.«

»Selbstverständlich hättet Ihr das. Aber laßt mich eines klarstellen – Euch ist nichts Ungewöhnliches am Brunnen aufgefallen? Kein Durcheinander, keine Blutflecken im Schnee?«

»Nichts.«

»War jemand bei Euch?«

»Wozu denn?«

»Egal. Ich wollte lediglich den Zeitraum eingrenzen, in dem die Tote in den Brunnen gehängt wurde. Es scheint, daß man den Leichnam erst kurz vor seiner Entdeckung dort versteckte. Das würde bedeuten, wer immer das tat, tat es am hellichten Tag, selbst auf die Gefahr hin, von jemandem aus der Abtei beobachtet zu werden. Findet Ihr das nicht merkwürdig?«

»Das kann ich nicht beurteilen.«

»Na schön. Fahrt fort.«

»Mühselig und langsam kurbelten wir das Seil nach oben. Dann fanden wir den Leichnam, der daran festgebunden war. Wir schnitten ihn ab und holten die Äbtissin.«

Die Einzelheiten stimmten mit dem Bericht von Schwester Brónach überein.

»Habt Ihr die Tote erkannt?«

»Nein. Wie sollte ich auch?« Ihre Stimme klang schneidend.

»Wird irgend jemand aus dieser Gemeinschaft vermißt?«

Die großen Bernsteinaugen von Schwester Síomha weiteten sich merklich, und einen Augenblick lang war Fidelma sicher, in ihren unergründlichen Tiefen Angst aufflackern zu sehen.

»Jemand aus Eurer Gemeinschaft ist verschwunden – um wen handelt es sich?« fragte sie schnell, in der Hoffnung, den kurzen Moment, in dem Síomha zumindest den Anflug eines Gefühls zeigte, ausnutzen zu können.

Doch Schwester Síomha blinzelte und hatte sich augenblicklich wieder unter Kontrolle.

»Ich habe keine Ahnung, wovon Ihr redet«, erwiderte sie. »Aus unserer Gemeinschaft ist niemand *verschwunden*.« Fidelma entging die kaum merkliche Veränderung der Betonung nicht. »Falls Ihr damit andeuten wollt, daß es sich bei der Toten um eine unserer Schwestern handelt, dann irrt Ihr Euch.«

»Denkt noch einmal nach und vergeßt nicht, welche Strafen Euch für das Verschweigen der Wahrheit vor einem Beamten der Gerichtsbarkeit drohen.«

Schwester Síomha sprang mit wütender Miene auf.

»Ich habe es nicht nötig zu lügen. Was werft Ihr mir eigentlich vor?«

»Ich werfe Euch gar nichts vor… bis jetzt«, erwiderte Fidelma, unbeeindruckt von dieser Zurschaustellung unverhohlener Mißachtung. »Ihr behauptet also, daß niemand aus der Gemeinschaft verschwunden ist? Ihr könnt über all Eure Schwestern Rechenschaft ablegen?«

»Ja.«

Fidelma war das kurze Zögern vor Schwester Síomhas Antwort nicht entgangen, doch erschien es ihr sinnlos, die

Verwalterin unter Druck zu setzen. Sie fuhr fort: »Als Ihr die Äbtissin holtet, deutete sie da in irgendeiner Weise an, daß sie den Leichnam erkannte?«

Die Verwalterin starrte sie an, als versuche sie, die Motive für diese Frage zu ergründen.

»Wie sollte die Äbtissin die Tote denn erkennen? Sie hatte doch keinen Kopf.«

»Also war Äbtissin Draigen beim Anblick des Leichnams überrascht und entsetzt?«

»Genau wie wir alle, ja.«

»Und Ihr habt keine Ahnung, wer die Tote war?«

»Bei meiner Seele!« stieß das Mädchen hervor. »Das habe ich doch schon gesagt. Ich finde Eure Fragerei äußerst widerwärtig und werde Äbtissin Draigen davon berichten.«

Fidelma lächelte verkniffen.

»Ach, genau. Äbtissin Draigen. Wie ist eigentlich Euer Verhältnis zu ihr?«

Der funkelnde Blick der Verwalterin wurde unsicher.

»Ich verstehe nicht ganz, was Ihr meint.« Ihre Stimme klang eisig und bekam einen drohenden Unterton.

»Ich dachte, meine Worte waren deutlich genug.«

»Ich genieße das Vertrauen der Äbtissin.«

»Seit wann seid Ihr hier *rechtaire*?«

»Genau seit einem Jahr.«

»Wann seid Ihr in die Gemeinschaft eingetreten?«

»Vor zwei Jahren.«

»Ging das nicht alles ein bißchen schnell: kaum gehörtet Ihr der Gemeinschaft an, wurde Euch auch schon das zweitwichtigste Amt in der Abtei übertragen?«

»Äbtissin Draigen vertraut mir eben.«

»Danach habe ich nicht gefragt.«

»Ich erledige meine Arbeit einwandfrei. Wenn jemand für eine Aufgabe geeignet ist, dann spielt das Alter doch wohl keine Rolle, oder?«

»Dennoch, nach normalen Maßstäben ist eine bemerkenswert kurze Zeit vergangen zwischen dem Zeitpunkt Eures Eintritts in das Kloster und dem Zeitpunkt Eurer Ernennung für Euer Amt.«

»Ich habe keinen Vergleich, um das zu beurteilen.«

»Wart Ihr in einer anderen religiösen Gemeinschaft, bevor Ihr hierherkamt?«

Schwester Síomha schüttelte den Kopf.

»In welchem Alter seid Ihr also hier eingetreten?«

»Mit achtzehn Jahren.«

»Dann seid Ihr erst zwanzig?«

»In einem Monat werde ich einundzwanzig«, antwortete das Mädchen abwehrend.

»Dann muß Euch Äbtissin Draigen tatsächlich uneingeschränkt vertrauen. Von Eurer Eignung für Eure Aufgaben einmal abgesehen – Ihr seid ausgesprochen jung für das Amt einer *rechtaire*«, sagte Fidelma ernst, und bevor Schwester Síomha etwas entgegnen konnte, fügte sie hinzu: »Und Ihr wiederum vertraut Äbtissin Draigen selbstverständlich auch?«

Das Mädchen runzelte die Stirn und konnte der Richtung von Fidelmas Fragen offenbar nicht folgen.

»Natürlich vertraue ich ihr. Sie ist meine Äbtissin, das Oberhaupt dieser Abtei.«

»Und mögt Ihr sie?«

»Sie ist eine weise und verläßliche Beraterin.«

»Ihr habt nichts gegen sie vorzubringen?«

»Was sollte ich vorbringen?« stieß Schwester Síomha

hervor. »Ich muß erneut feststellen, daß mir Eure Fragen nicht gefallen.«

Das Mädchen betrachtete Fidelma mit einer Mischung aus Mißtrauen und Verärgerung.

»Bei Fragen geht es nicht darum, ob sie einem gefallen oder nicht. Wenn sie von einer *dálaigh* der Brehon-Gerichtsbarkeit gestellt werden, muß man sie beantworten.« Erneut hatte Fidelma beschlossen, dem Mädchen, das ihre Autorität immer wieder mißachtete, mit einer angriffslustigen Antwort zu begegnen.

Schwester Síomha zuckte zusammen. Sie war es nicht gewohnt, von jemandem so herausgefordert zu werden.

»Ich... ich habe keine Ahnung, warum Ihr mir diese Fragen stellt, aber Ihr scheint damit irgendeine Kritik an mir und nun auch an der Äbtissin andeuten zu wollen.«

»Warum sollte ich Euch kritisieren?«

»Versucht Ihr jetzt, mir das Wort im Mund umzudrehen?«

»Das Wort im Mund umzudrehen?« wiederholte Fidelma überrascht. »Ich versuche keineswegs, Euch das Wort im Mund umzudrehen. Ich stelle lediglich Fragen, um mir ein Bild davon zu machen, was hier passiert ist. Beunruhigt Euch das so sehr?«

»Das beunruhigt mich überhaupt nicht. Je eher das Geheimnis aufgeklärt ist, desto eher können wir zu unserem normalen Alltag zurückkehren.«

Schwester Fidelma gab auf. Sie hatte versucht, Síomha ihren Hochmut auszutreiben, war dabei jedoch kläglich gescheitert.

»Na schön. Ihr seid meiner Meinung nach eine urteilsfähige und intelligente Person, Schwester Síomha. Ihr behauptet, die Tote ohne Kopf stamme nicht aus dieser Gemeinschaft. Was glaubt Ihr, woher sie kam?«

Schwester Síomha zuckte die Achseln.

»Ist es nicht Eure Aufgabe, das herauszufinden?« fragte sie sarkastisch.

»Und ich tue mein Bestes, um diese Aufgabe zu erfüllen. Wie dem auch sei, Ihr habt mir versichert, daß es sich nicht um ein Mitglied Eurer Gemeinschaft handelt. Könnte es sich denn um jemanden aus der Gegend hier handeln?«

»Die Tote war ohne Kopf. Ich habe Euch doch schon gesagt, daß ich sie nicht erkannt habe.«

»Aber sie könnte doch aus der Gegend hier stammen. Vielleicht gehörte das Mädchen zu Adnárs Gemeinschaft jenseits der Bucht?«

»Nein!« Die Antwort kam so scharf und schnell, daß Fidelma überrascht die Augenbrauen hob.

»Ach? Kennt Ihr Adnárs Gemeinschaft denn so genau?«

»Nein... nein; es ist nur so, daß ich nicht glaube...«

»Ah«, Fidelma lächelte. »Wenn Ihr nur *glaubt*, daß es so ist oder nicht so ist, dann wißt Ihr es nicht. Ist dem nicht so? Also vermutet Ihr es lediglich, Schwester Síomha. Wenn Ihr in diesem Fall von Vermutungen ausgeht, habt Ihr das bei den Antworten auf meine vorherigen Fragen vielleicht auch nur getan?«

Schwester Síomha war empört.

»Wie könnt Ihr unterstellen...!«

»Entrüstung ist keine Antwort«, erwiderte Fidelma selbstgefällig. »Und Arroganz ist keine Lösung für...«

Ein schüchternes Klopfen ertönte. Schwester Brónach trat durch die Bodenklappe ein.

»Was gibt es?« fuhr Schwester Síomha sie an.

Die ältere Nonne zuckte angesichts der barschen Begrüßung zusammen.

»Die Mutter Oberin schickt mich. Sie verlangt Euch unverzüglich zu sehen.«

Schwester Síomha atmete langsam aus.

»Soll ich denn die Wasseruhr alleinlassen?« fragte sie in verbittertem, sarkastischem Tonfall und deutete auf die Schale hinter ihr.

»Ich werde mich darum kümmern«, erwiderte Schwester Brónach ruhig.

Schwester Síomha erhob sich und starrte Fidelma einen Augenblick an.

»Ich nehme an, ich habe Eure Erlaubnis, jetzt zu gehen? Ich habe Euch alles gesagt, was ich über diese Angelegenheit weiß.«

Fidelma neigte wortlos den Kopf, und die junge Verwalterin stapfte in unverhohlenem Zorn hinaus. Fidelma machte sich den Vorwurf, daß sie ihrem temperamentvollen Gegenüber gestattet hatte, den Ton der Befragung zu bestimmen. Sie hatte gehofft, ihr scharfer, unnachgiebiger Fragestil könnte Schwester Síomhas Hochmut bezwingen, doch sie hatte sich geirrt.

Schwester Brónach brach das Schweigen.

»Sie ist verärgert«, bemerkte sie leise, während sie zur Feuerstelle hinüberging und das Becken mit dem dampfenden Wasser kontrollierte.

Genau in diesem Augenblick sank die schwimmende Kupferschale plötzlich unter Wasser, und Schwester Brónach trat unverzüglich zu dem großen Gong am offenen Fenster, ergriff den Stock und schlug den Gong so kräftig, daß es auf dem ganzen Abteigelände zu hören war. Dann beeilte sie sich, die Schale aus dem Wasser zu nehmen und auszuleeren, so daß sie wieder auf der Wasseroberfläche schwamm. Sie hantierte dabei geschickt mit einer etwa einen halben Meter langen hölzernen Zange, damit sie nicht mit dem heißen Wasser in Berührung kam.

Fidelma war von dem Vorgang fasziniert und vergaß darüber zeitweilig sogar Schwester Síomha. Sie hatte bisher erst ein- oder zweimal gesehen, wie eine Wasseruhr funktionierte.

»Erzählt mir etwas über die Wasseruhr«, forderte sie Brónach mit ehrlichem Interesse auf.

Schwester Brónach warf Fidelma einen unsicheren Blick zu, als überlege sie, ob hinter ihrer Frage eine verborgene Absicht steckte. Offenbar kam sie zu dem Schluß, daß dem entweder nicht so war oder daß sie es andernfalls doch nicht feststellen konnte, und deutete auf die Vorrichtung.

»Man muß die Wasseruhr oder die Klepsydra, wie wir sie nennen, ununterbrochen überwachen.«

»Das kann ich mir vorstellen. Erklärt mir den Mechanismus.«

»Dieses Becken«, Schwester Brónach deutete auf die große bronzene Schüssel, die auf dem Feuer stand, »ist mit Wasser gefüllt. Das Wasser wird ständig erhitzt, und obenauf schwimmt eine kleine, leere Kupferschale, die im Boden ein winziges Loch hat.«

»Ich sehe es.«

»Das heiße Wasser dringt durch das Loch im Boden der Schale und füllt sie allmählich, bis sie schließlich auf den Grund sinkt. Wenn das passiert, ist eine Zeitspanne von fünfzehn Minuten verstrichen. Wir nennen das eine *pongc*. Sobald die Schale auf den Grund des Beckens sinkt, muß die Aufseherin den Gong schlagen. Es gibt vier *pongc* pro *uair*, und sechs *uair* sind ein *cadar*. Nach jeder vierten *pongc* machen wir nach dem Gongschlag eine Pause und schlagen dann die Zahl der *uair*; nach jeder sechsten *uair* machen wir wiederum eine Pause und schlagen dann die Zahl der *cadar*, der Tagesviertel, an. Eigentlich eine sehr einfache Methode.«

Schwester Brónachs Erklärung wurde immer lebhafter, und zum ersten Mal in Fidelmas kurzen Begegnungen mit ihr wirkte sie richtig lebendig.

Fidelma schwieg einen Augenblick, in Gedanken versunken, und hatte plötzlich eine Idee, wie sie noch mehr in Erfahrung bringen könnte.

»Und die Wasseruhr ermöglichte Euch, den genauen Zeitpunkt anzugeben, zu dem Ihr den Leichnam gefunden habt?«

Schwester Brónach nickte abwesend, während sie die Wassertemperatur kontrollierte und das Feuer unter dem großen Becken schürte.

»Es ist also ein recht umständliches Geschäft, die Wasseruhr zu beaufsichtigen?«

»Ziemlich umständlich«, stimmte die Schwester zu.

»Um so mehr hat es mich verwundert, die *rechtaire* bei der Verrichtung dieser Aufgabe anzutreffen«, bemerkte Fidelma spitzfindig.

Brónach antwortete mit einem Kopfschütteln.

»Ganz und gar nicht. Wir sind sehr stolz auf die Genauigkeit unserer Klepsydra. Jedes Mitglied der Gemeinschaft erklärt sich beim Eintritt in die Abtei damit einverstanden, sich an der Beaufsichtigung der Uhr zu beteiligen. So steht es in unseren Regeln. Schwester Síomha ist immer sehr darauf bedacht, daß diese Regeln eingehalten werden. In den letzten Wochen hat sie sogar darauf bestanden, die meisten Nachtwachen selbst zu übernehmen – das heißt von Mitternacht bis zum morgendlichen Angelus. Sogar unsere Mutter Oberin übernimmt manchmal die Aufsicht, wie alle anderen auch. Niemand darf die Uhr länger als ein *cadar*, also länger als sechs Stunden, beaufsichtigen.«

Fidelma runzelte plötzlich die Stirn.

»Wenn Schwester Síomha heute Nacht Dienst tut, was hatte sie dann jetzt, kurz nach der Mittagszeit, hier zu suchen?«

»Ich habe nicht gesagt, daß sie alle Nachtwachen übernimmt. Das wäre auch nicht erlaubt, schließlich muß jede Schwester mal die Uhr beaufsichtigen. Sie übernimmt allerdings die meisten Nachtdienste, und sie ist eine äußerst penible Person.«

»Und hatte Síomha auch Dienst in der Nacht, bevor der Leichnam entdeckt wurde?«

»Ja, ich glaube schon.«

»Ein ziemlich langweiliger Dienst: immer nur darauf warten, daß die Schale sinkt, und sich dann erinnern, wie oft der Gong geschlagen werden muß«, bemerkte Fidelma.

»Nicht, wenn man ein kontemplativer Mensch ist«, erwiderte Schwester Brónach. »Es gibt nichts Entspannenderes, als das erste *cadar* zu übernehmen, von Mitternacht bis zum morgendlichen Angelus. Diese Zeit mag ich am liebsten. Wahrscheinlich ist das auch der Grund, warum Schwester Síomha gern den Nachtdienst übernimmt. Man kann in aller Ruhe seinen Gedanken nachhängen.«

»Aber Gedanken können sich selbständig machen«, erklärte Fidelma unbeirrt. »Ihr könntet vergessen, wieviel Zeit bereits verstrichen ist und wie oft der Gong geschlagen werden muß.«

Schwester Brónach ergriff eine Tafel, die aus einem Holzrahmen bestand, der eine Schicht weichen Lehms umschloß.

Daneben lag ein Griffel. Sie machte mit dem Griffel ein Zeichen und reichte Fidelma die Tafel.

»Gelegentlich kommt das vor«, gestand sie. »Doch wir müssen gewisse Rituale einhalten. Jedesmal, wenn wir den Gong anschlagen, müssen wir *pongc*, *uair* und *cadar* hier verzeichnen.«

»Aber Fehler sind möglich?«

»O ja. In der Nacht, von der Ihr spracht, in der Nacht, bevor wir den Leichnam entdeckten, hatte sich sogar Schwester Síomha verrechnet.«

»Verrechnet?«

»Zeitnehmerin zu sein ist eine äußerst anspruchsvolle Aufgabe, aber sollten wir einmal vergessen, wie oft wir den Gong schlagen müssen, dann brauchen wir nur auf der Tafel nachzuschauen, und wenn sie voll ist, streichen wir sie einfach wieder glatt und beginnen von vorne. Schwester Síomha muß mehrere Zeiträume falsch berechnet haben, denn als ich sie am Morgen ablöste, war die Lehmtafel verwischt und ungenau.«

Fidelma musterte die Tafel eingehend. Sie interessierte sich weniger für die Zahlen, die dort verzeichnet waren, als vielmehr für die Beschaffenheit des Lehms. Er war von einem sonderbaren Rot, das ihr bekannt vorkam.

»Stammt der Lehm aus dieser Gegend?«

Schwester Brónach nickte.

»Und woher kommt diese merkwürdige rote Färbung?«

»Oh, das. Ganz in der Nähe gibt es Kupferminen, und dieser Lehm ist typisch für die Gegend hier: er ist eine Mischung aus Kupfer, Lehm und Wasser, daher die auffallende rote Tönung. Der Lehm ist einfach ideal für unsere Schreibtafeln. Die Oberfläche bleibt länger weich als bei normalem

Lehm, so daß wir keine anderen Schreibmaterialien verschwenden müssen. Für die Aufzeichnungen über die Klepsydra gibt es nichts Besseres.«

»Kupfer«, flüsterte Fidelma nachdenklich. »Kupferminen.«

Sie fuhr mit einem Finger über die Oberfläche des weichen, feuchten Lehms, grub ihren Fingernagel tief hinein und hob ein Lehmbröckchen heraus.

»Vorsicht, Schwester«, protestierte Brónach, »zerstört doch nicht die Aufzeichnungen.«

Schwester Brónach wirkte etwas ungehalten, als sie Fidelma die Schreibtafel freundlich aus der Hand nahm und die weiche Oberfläche sorgfältig wieder glattstrich.

»Es tut mir leid.« Fidelma lächelte abwesend. Fasziniert betrachtete sie die rötliche Substanz an ihren Fingerspitzen.

Kapitel 7

Schwester Fidelma verließ den Turm durch die Bibliothek. Sie wollte gerade den Innenhof der Abtei überqueren, als sie auf halber Strecke eine untersetzte Gestalt bemerkte, die mit Hilfe eines Stocks auf sie zugeschwankt kam. Es war die gehbehinderte Nonne, die sie bei dem Begräbnis zusammen mit Schwester Brónach gesehen hatte, und sie versuchte offensichtlich, die *dálaigh* abzufangen. Fidelma blieb stehen und wartete, bis die Schwester sie eingeholt hatte. Wieder verspürte sie Mitleid, während sie das breite, ziemlich nichtssagende Gesicht des Mädchens mit den blassen, wässrigen Augen betrachtete. Trotz allem – es war ein junges, intelligentes Gesicht. Als die Schwester anfing zu sprechen, bemerkte Fidelma neben ihrer anderen Behinderung auch noch ein nervöses Stottern. Sie verzerrte den Mund und sämtliche Muskeln, als sei das Sprechen für sie eine schmerzhafte Übung.

»Schwes... Schwester Fidelma? Schwes... Schwes... Lerben su... sucht nach Euch... Die Mu... Mu... Mutter Oberin... bittet Euch, unverz... unverzüglich in ihrem Ge... Gemach zu erscheinen.«

Fidelma versuchte, sich nichts anmerken zu lassen, verspürte jedoch eine grimmige Genugtuung. Sie hatte schon vermutet, daß sich Schwester Síomha auf der Stelle bei Äbtissin Draigen über sie beschweren würde. Es lag auf der Hand, weshalb die Äbtissin sie zu sehen wünschte.

»Sehr wohl. Würdet Ihr mir den Weg zeigen? Ich habe vergessen, wo das Gemach der Äbtissin liegt, Schwester...?«

Fragend hob sie ihre Augenbrauen.

»Ich bin Schwes... Schwes... Schwester Berrach«, antwortete das Mädchen.

»Vielen Dank, Schwester Berrach. Wenn Ihr mir den Weg zeigen würdet?«

Die junge Nonne nickte mehrmals eifrig, bevor sie sich umdrehte und – auf den kurzen, mißgebildeten Beinen hin und her schaukelnd – über den Innenhof vorausging, hinüber zu der Ansammlung von Steinhäusern, in denen sich Äbtissin Draigens Gemächer befanden. Vor einer schweren Eichentür blieb sie stehen und klopfte zaghaft mit ihrem Stock dagegen. Dann öffnete sie die Tür.

»Schwes... Schwes... Schwester Fidelma, Mu... Mutter Oberin«, keuchte das Mädchen, drehte sich sichtlich erleichtert um, als sei sie froh, ihren Auftrag erledigt zu haben, und verschwand.

Fidelma trat ein und schloß die Tür hinter sich.

Äbtissin Draigen war allein und saß an ihrem dunklen Arbeitstisch aus Eiche. Der Raum war düster, durch die Fenster drang nur wenig Licht. Obwohl es erst früher Nachmittag war, brannte auf dem Tisch eine Talgkerze, in deren Schein die Äbtissin las. Die Miene, mit der sie Fidelma begrüßte, wirkte im Licht der flackernden Kerze unfreundlich und verhärmt.

»Mir wurde berichtet, daß Ihr Euch meiner *rechtaire* gegenüber äußerst unhöflich verhalten habt. Eine Hausverwalterin verdient Respekt. Sicherlich muß ich Euch daran nicht erst erinnern?«

Fidelma trat vor und nahm gegenüber der Äbtissin Platz. Zunächst zeigte sich Erstaunen auf Äbtissin Draigens Gesicht, dann Entrüstung.

»Schwester, Ihr scheint Euch zu vergessen. Ich habe Euch nicht aufgefordert, Platz zu nehmen.«

Normalerweise respektierte Fidelma Regeln und legte keinen allzu großen Wert auf Förmlichkeiten, doch wenn sie spürte, daß es ihr dienlich war, ihre Stellung zu betonen und dadurch einen Vorteil zu erzielen, war sie sich keineswegs zu schade dafür.

»Äbtissin Draigen, ich bin nicht in der Stimmung, über Formalien zu streiten. Muß ich Euch daran erinnern, daß ich den Rang einer *anruth* innehabe und deshalb sogar in Gegenwart von Unterkönigen sitzen und gleichberechtigt mit ihnen debattieren darf? Selbst der Oberkönig kann mich einladen, in seiner Gegenwart Platz zu nehmen, wenn er das wünscht. Ich bin nicht hier, um Fragen des guten Benehmens zu erörtern, sondern um einen Fall rechtswidriger Tötung zu untersuchen.«

Falls Äbtissin Draigen beabsichtigt hatte, Fidelma ihre Autorität zu demonstrieren, so hatte diese ihr einen Strich durch die Rechnung gemacht. Fidelmas betont kühle Antwort schien der Äbtissin die Sprache verschlagen zu haben. Sie starrte Fidelma wortlos an, und ihre Miene drückte Feindseligkeit aus.

Fidelma verspürte plötzlich Gewissensbisse ob ihres Benehmens. Sie wußte, daß sie es an Respekt fehlen ließ, auch wenn ihr dies als *dálaigh* durchaus zustand, doch ihr ging so vieles durch den Kopf, daß sie für die peinlich genaue Beachtung von Anstandsregeln einfach nicht die Zeit hatte. Sie beschloß, die Förmlichkeit ein wenig abzulegen, beugte sich vertraulich vor und schenkte der Äbtissin ein freundliches Lächeln.

»Äbtissin Draigen, laßt mich offen sprechen, denn die Dringlichkeit der Angelegenheit verbietet jedes säumige Vorgehen. Ich habe mich gegenüber Schwester Síomha schroff verhalten, weil ich ihre Eitelkeit durchbrechen mußte, um Antworten auf meine Fragen zu erhalten. Sie ist sehr jung für das Amt der Verwalterin. Vielleicht zu jung?«

Äbtissin Draigen schwieg einen Augenblick und erwiderte dann eisig: »Wollt Ihr meine Wahl der Hausverwalterin in Frage stellen?«

»Ihr wißt am besten, wie Ihr zu entscheiden habt, Mutter Oberin«, entgegnete Fidelma. »Ich stelle lediglich fest, daß Schwester Síomha noch sehr jung ist und wenig Lebenserfahrung hat. Ihre Unerfahrenheit macht sie hoffärtig. Andere Mitglieder Eurer Gemeinschaft wären doch sicher genauso befähigt, das Amt der *rechtaire* zu bekleiden? Schwester Brónach zum Beispiel?«

Äbtissin Draigen kniff die Augen zusammen.

»Schwester Brónach? Sie ist in sich gekehrt und ungeschickt. Ich habe mir meine Wahl gründlich überlegt. Ihr mögt zwar eine *dálaigh* der Gerichtsbarkeit sein, doch hier bin ich die Äbtissin, und ich treffe die Entscheidungen.«

Fidelma breitete beschwichtigend die Hände aus.

»Es würde mir im Traum nicht einfallen, mich einzumischen. Doch ich sage, was ich denke. Schwester Síomhas Selbstüberschätzung und ihre Überheblichkeit haben mich zu meinem Verhalten veranlaßt.«

Äbtissin Draigen rümpfte die Nase.

»Ihr schient andeuten zu wollen, daß es eine Verbindung zwischen Schwester Síomha und der Toten gibt. Das hat doch wohl kaum etwas mit ihrer Persönlichkeit zu tun.«

Fidelma mußte lächeln. Schwester Síomha war nicht dumm und hatte Draigen zweifellos einen lückenlosen Bericht erstattet.

»Sie gab mir einige Antworten, mit denen ich nicht zufrieden war«, räumte sie ein. »Und da wir gerade darüber sprechen – ich würde Euch ebenfalls gerne ein paar Fragen stellen.«

Äbtissin Draigens Lippen wurden schmal.

»Ich bin noch nicht fertig mit den Beschwerden von Schwester Síomha.«

»Wir kommen gleich darauf zurück«, versicherte ihr Fidelma mit einer abweisenden Handbewegung. »Wie lange seid Ihr hier schon Äbtissin?«

Angesichts dieser unvermittelten Wende des Gespräches zuckte die Äbtissin verblüfft zusammen und musterte Fidelma eingehend. Als sie deren ruhige Entschlossenheit sah, lehnte sie sich in ihrem Sessel zurück.

»Ich bin seit sechs Jahren Äbtissin dieser Gemeinschaft. Davor war auch ich hier *rechtaire*.«

»Wie lange?«

»Vier Jahre.«

»Und davor?«

»Lebte ich schon über zehn Jahre in dieser Abtei.«

»Also seid Ihr hier insgesamt seit zwanzig Jahren? Stammt Ihr aus diesem Teil Irlands?«

»Ich verstehe nicht, was das mit der Angelegenheit zu tun hat, die Ihr untersucht?«

»Es geht lediglich darum, etwas über Euren Hintergrund zu erfahren«, redete ihr Fidelma begütigend zu. »Stammt Ihr aus dieser Gegend?«

»Ja. Mein Vater war ein *óc-aire*, ein freier Hofbauer und Mitglied eines Stammes hier in der Nähe; er besaß zwar eigenes Land, doch warf es kaum genug ab, um davon leben zu können.«

»Also tratet Ihr in diese Gemeinschaft ein?«

Äbtissin Draigens Augen funkelten vor Zorn.

»Ich war nicht dazu gezwungen, falls Ihr das andeuten wollt! Ich konnte frei entscheiden, was ich mit meinem Leben anfangen wollte.«

»Ich habe nichts Derartiges behauptet.«

»Mein Vater war ein stolzer Mann. Man nannte ihn Adnár Mhór – Adnár den Großen.«

Äbtissin Draigens Mund klappte zu, als sei ihr gerade bewußt geworden, daß sie zuviel gesagt hatte.

»Adnár?« Fidelma rutschte auf ihrem Stuhl nach vorn und musterte Draigen prüfend. Jetzt begriff sie, was ihr in den Gesichtern der Äbtissin und ihres Nachbarn, des *bó-aire*, von Anfang an aufgefallen war.

»Adnár von Dún Boí ist Euer Bruder?«

Äbtissin Draigen stritt das nicht ab.

»Ihr versteht Euch nicht gerade gut mit ihm.«

Es war nur eine Feststellung, doch Äbtissin Draigen versuchte nicht, ihren Abscheu zu verbergen.

»Mein Bruder Adnár wird seinem Namen in keiner Hinsicht gerecht«, stieß sie zwischen zusammengepreßten Lippen hervor.

Fidelma lächelte verständnisvoll. Der Name Adnár bedeutete »der Bescheidene«.

»Da Ihr so auf die Bedeutung von Namen achtet, nehme ich an, Ihr wart die Stütze Eurer Familie?«

Draigens Mund verzog sich zu einem schiefen Lächeln. Ihr Name bedeutete »Schwarzdorn«, und sie mußte zugeben, daß Fidelma ihr, wenn es um Wortspiele ging, eine ebenbürtige Gegnerin war.

»Mein Bruder Adnár ließ meinen Vater genau in dem Moment im Stich, als er dringend Hilfe bei der Landarbeit brauchte. Meine Mutter war gestorben, und meinen Vater hatten die Kräfte verlassen… und auch der Wille, den Kampf gegen den kargen Boden weiterzuführen und sich davon zu ernähren. Adnár ging fort, um dem Häuptling von Beara zu dienen – Gulban, dem Falkenauge, der gegen die Stämme im Norden kämpfte. Als er zurückkam und einen beachtlichen Viehbestand mitbrachte – die Belohnung für seine Dienste –, war mein Vater bereits tot. Ich war inzwischen in diese Gemeinschaft eingetreten, das Land meines Vaters war verkauft und der Erlös der Abtei gestiftet worden. Deshalb wurde mein Bruder *bó-aire* – ein Vieh-Häuptling, ein Häuptling ohne Land, doch mit einem gewissen Wohlstand, den er durch seine Dienste für Gulban zu mehren weiß.«

Draigens Erregung verriet, daß sie diese Geschichte noch nie erzählt hatte und daß Fidelma ihr zum ersten Mal die Gelegenheit bot, der Wut über ihren Bruder freien Lauf zu lassen.

»Ich kann in Euerm Bericht keinen Grund erkennen, warum Ihr und Adnár Euch so unerbittlich hassen solltet, es sei denn, es hätte Streit über den Verkauf des väterlichen Landes gegeben?«

Draigen leugnete ihre feindseligen Gefühle gegenüber ihrem Bruder nicht.

»Hassen? Haß ist vielleicht ein zu krasses Wort. Ich verachte Adnár. Mein Vater und meine Mutter hätten auf ihrem Grund und Boden zusammen alt werden und erleben sollen, wie ihr Sohn sie für seine Gesundheit und die Geborgenheit seiner Kindheit belohnte, indem er weiterhin das Land bestellte, das sie der Natur mühsam abgerungen hatten. Doch sie sind viel zu früh gestorben. Die Plackerei, für die er nicht mehr kräftig genug war, hat meinen Vater umgebracht. Aber die Feindschaft zwischen uns begann erst, als Adnár bei seiner Rückkehr Anspruch auf das Land unserer Eltern erhob.«

»Also gebt Ihr Eurem Bruder die Schuld am Tode Eures Vaters? Und er gibt Euch die Schuld für den Verlust des Landes, das seiner Meinung nach ihm zustand?«

»Über Adnárs Forderung wurde vor einem Brehon-Gericht verhandelt. Sein Anspruch wurde zurückgewiesen.«

»Aber Ihr gebt ihm die Schuld am Tod Eures Vaters. Ist das denn logisch?«

»Logik? Das ist doch nur eine trostlose Gefängniszelle für menschliche Gefühle.«

Fidelma schüttelte den Kopf.

»Logik ist der Mechanismus, der der Wahrheit zum Sieg verhilft. Ohne sie lebten wir in einer nicht erklärbaren Welt.«

»Mit Gefühlen kann ich ohne Probleme leben – auch mit denen für meinen Bruder«, teilte ihr Draigen mit.

»Ah... *facilis descensus Averno*«, seufzte Fidelma.

»Ich habe es nicht nötig, mir Zitate aus Vergils *Aeneis* anzuhören. Mich braucht man nicht davor zu warnen, wie leicht man in die Hölle kommt. Predigt Euer Latein doch lieber meinem Bruder.«

»Es tut mir leid«, entschuldigte sich Fidelma. »Die Worte sind mir einfach in den Sinn gekommen. Ich bedaure Euch, Draigen. Im Haß wird soviel Energie verschwendet. Ihr habt Eure Gründe genannt, Euren Bruder zu hassen… zu verachten«, korrigierte sie sich, als sie Draigens Gesichtsausdruck bemerkte, »ihn zu verachten, aber erklärt mir nun, warum er Euch so haßt?«

Sie fragte sich, ob sie Draigen von Adnárs Behauptung erzählen sollte, seine Schwester unterhalte Beziehungen zu jüngeren Mitgliedern der Gemeinschaft; daß er sogar so weit ging zu unterstellen, Draigen könnte eine ihrer früheren Geliebten ermordet haben, um die Affäre zu vertuschen. Sie fragte sich, wie ein Bruder in so erbitterter Feindschaft mit seiner Schwester leben konnte, daß er eine solche Anschuldigung vorbrachte. Doch sicher nicht nur wegen eines Streits um Landbesitz?

»Ich kümmere mich nicht um seinen Haß. Er und sein sogenannter Seelen-Freund – mögen sie qualvoll dahinsiechen. Ich bete, daß Unglück über das Haus meines Bruders komme!«

»Ihr kennt also Bruder Febal?«

»Ihn kennen?« Äbtissin Draigen stieß ein hohles Lachen hervor. »Ihn kennen? Er war mein Mann.«

Zum zweiten Mal in kurzer Zeit war Fidelma schockiert. Daß Adnár Draigens Bruder war, hatte sie überrascht. Daß Febal sich nun als ihr früherer Ehemann entpuppte, war fast schon absurd. Hier verbarg sich ein weit tieferes Geheimnis.

Äbtissin Draigen hatte sich wieder ganz in der Gewalt und sagte kalt: »Ich denke, Ihr habt jetzt genug in meinem Privatleben herumgeschnüffelt, Schwester. Wie Ihr selbst so treffend sagtet: Ihr seid hier, um einen Mord zu untersuchen. Dabei scheint Ihr ein Talent zu entwickeln, Unbeteiligte zu belästigen, einschließlich meiner Verwalterin und mir. Vielleicht widmet Ihr Euch jetzt endlich Euren Ermittlungen.«

Fidelma zögerte, denn sie wollte die Lage nicht noch weiter zuspitzen. Dann kam sie zu dem Schluß, daß sie alle Hinweise verfolgen mußte, die sich aus ihren Nachforschungen ergaben.

»Ich war durchaus der Meinung, Äbtissin Draigen, daß ich mich den Ermittlungen widme. Vielleicht interessiert es Euch, daß sowohl Euer Bruder als auch Febal unterstellen, Ihr könntet in den Mord an dem Mädchen, das in Eurem Brunnen entdeckt wurde, verwickelt sein.«

Die Augen der Äbtissin funkelten vor Zorn.

»Ach ja? Und warum?«

»Sie deuteten an, daß Ihr in einem gewissen Ruf steht.«

»In einem Ruf?«

»Über Eure sexuellen Vorlieben. Sie mutmaßten, daß das Verbrechen möglicherweise begangen wurde, um gewisse Fehltritte zu vertuschen.«

Äbtissin Draigen konnte den Ausdruck von Abscheu auf ihrem Gesicht nicht verbergen.

»Das hätte ich mir denken können – mein Bruder und sein Speichellecker. Zur Hölle mit ihnen! Mögen sie ersaufen wie junge Katzen!«

»Mutter Oberin, für jemanden in Eurer Stellung geziemt es sich nicht, solcherlei Flüche auszustoßen. Ich muß meine Frage wiederholen: aus welchem Grund sollten Euer Bruder und Febal derartige Beschuldigungen gegen Euch vortragen oder solche Gerüchte über Euch verbreiten? Eure Reaktion legt nahe, daß sie jeglicher Grundlage entbehren.«

»Fragt doch Adnár und seinen Speichellecker Febal, wenn es Euch interessiert. Ich bin sicher, sie werden eine passende Geschichte erfinden.«

»Mutter Oberin, seit meiner Ankunft hier stoße ich immer wieder auf Arroganz und Falschheit, auf abgrundtiefen Haß und drohendes Unheil. Wenn es noch etwas gibt, was ich über den Hintergrund dieser Angelegenheit wissen sollte, ersuche ich Euch dringend, es mir jetzt zu sagen. Am Ende finde ich es doch heraus. Das kann ich Euch versichern.«

Äbtissin Draigens Miene war wie versteinert.

»Und ich kann Euch versichern, Schwester Fidelma, daß die Entdeckung eines unbekannten Leichnams in dieser Abtei nicht das Geringste mit der gegenseitigen Abneigung zwischen meinem Bruder, mir und meinem früheren Mann, Bruder Febal, zu tun hat.«

Fidelma versuchte, in Draigens ausdrucksloser Miene zu lesen, konnte jedoch nichts entdecken.

»Ich muß all diese Fragen stellen«, sagte sie, während sie sich erhob. »Ansonsten kann ich meine Aufgabe hier nicht erfüllen.«

Draigen folgte ihr mit den Augen.

»Ihr mögt tun, was Ihr für nötig haltet, Schwester. Ich begreife jetzt, wozu Ihr Schwester Síomha Fragen stelltet, die mich betrafen. Ich kann Euch versichern, daß ich keines Verbrechens schuldig bin. Sonst hätte ich sicherlich nicht Brocc, den Abt von Ros Ailithir, gebeten, einen Anwalt der Gerichtsbarkeit hierherzuschicken, um den Mord zu untersuchen.«

»Ich kann Eurer Argumentation durchaus folgen, Mutter

Oberin, aber Ihr könnt Euch gar nicht vorstellen, welch raffinierte Methoden Menschen manchmal entwickeln, um den Verdacht von sich abzulenken.«

Draigen schnaubte angewidert.

»Dann müßt Ihr tun, was Ihr für richtig haltet. Weder ich noch Schwester Síomha haben die Wahrheit zu fürchten.«

Schwester Fidelma hatte die Tür schon fast erreicht, als der letzte Satz der Äbtissin sie innehalten ließ. Sie wirbelte herum und sah Äbtissin Draigen ins Gesicht.

»Da Ihr es nun erwähnt: ich habe in Schwester Síomhas Augen Angst gesehen. Als ich sie fragte, ob sie den kopflosen Leichnam erkannt hat…«

Sie brachte Draigen, die sofort Einwände erheben wollte, mit einer Handbewegung zum Schweigen.

»Man kann Tote auch erkennen, wenn der Kopf nicht vorhanden ist.«

»Ich bin sicher, Schwester Síomha erkannte sie nicht.«

»Das hat sie mir gesagt. Aber warum sollte sie diese Frage fürchten?«

Äbtissin Draigen zuckte mit den Achseln.

»Das ist nicht meine Angelegenheit.«

»Natürlich nicht. Ihre Angst verstärkte sich noch, als ich fragte, ob Ihr über alle Schwestern dieser Gemeinschaft Rechenschaft ablegen könnt.«

Äbtissin Draigen stieß erneut ihr kehliges Lachen aus.

»Ihr glaubt, daß es sich bei der kopflosen Toten um eine unserer Schwestern handelt? Kommt schon, Schwester Fidelma, Ihr beherrscht Euer Handwerk doch sicher besser, als daß Ihr annehmen könntet, wir wüßten nichts davon, wenn eine unserer Schwestern ermordet, enthauptet und dann in unseren Trinkwasserbrunnen geworfen worden wäre!«

»Das wäre eine logische Annahme. Andererseits sind Mitglieder einer religiösen Gemeinschaft nicht so ohne weiteres in der Lage, einen nackten Körper ohne Kopf wiederzuerkennen, da sie normalerweise nur die Gesichter der anderen zu sehen bekommen.«

»Das ist wahr. Aber wir können über alle hier Rechenschaft ablegen«, bestätigte Äbtissin Draigen.

»Also befinden sich alle Mitglieder der Gemeinschaft auf dem Gelände der Abtei?«

Äbtissin Draigen zögerte.

»Nein. Das habe ich nicht gesagt. Ich habe gesagt, daß wir über alle Mitglieder der Gemeinschaft Rechenschaft ablegen können.«

Fidelma fühlte, wie ihr Blutdruck plötzlich stieg.

»Ich begreife nicht ganz, was diese Feinheiten in der Wortwahl zu bedeuten haben.«

»Mitglieder unserer Gemeinschaft sind häufig in einer Mission zu anderen Abteien unterwegs.«

»Ah.« Fidelma straffte sich. »Also sind Mitglieder Eurer Gemeinschaft zur Zeit unterwegs?«

»Nur zwei.«

»Warum hat mir das niemand gesagt?«

»Ihr habt die entsprechende Frage nicht gestellt, Schwester«, erwiderte die Äbtissin.

Fidelma preßte sie Lippen zusammen.

»Es gibt in diesem Mordfall schon genügend Ungereimtheiten, auch ohne Spielchen wie Gedankenlesen und Wortklaubereien. Erklärt mir, wer sich zur Zeit nicht in der Abtei aufhält und warum.«

Angesichts der Schärfe in Fidelmas Stimme zuckte Äbtissin Draigen zusammen.

»Schwester Comnat und Schwester Almu. Sie sind mit einem Auftrag unterwegs zur Abtei des Heiligen Brendan in Ard Fhearta.«

»Wann sind sie aufgebrochen?«

»Vor drei Wochen.«

»Warum?«

Äbtissin Draigen antwortete gereizt: »Ihr wißt vielleicht nicht, daß wir in dieser Abtei für unsere Schreibkunst recht berühmt sind. Wir kopieren auch Bücher für andere Klöster. Die Schwestern haben gerade eine Kopie von Murchús Lebensgeschichte des Heiligen Patrick von Ard Macha fertiggestellt. Schwester Comnat ist unsere *leabhar coimedach*, unsere Bibliothekarin, Almu ihre Gehilfin. Sie wurden damit betraut, die Kopie des Buches nach Ard Fhearta zu bringen.«

»Warum hat Schwester Síomha mir nichts davon erzählt?« stieß Fidelma hervor.

»Vermutlich, weil...«

»Ich bin es leid, Vermutungen zu hören, Äbtissin Draigen«, fiel Fidelma ihr ins Wort. »Laßt Schwester Síomha rufen, sofort.«

Die Äbtissin hielt einen Augenblick inne, als müsse sie zunächst ihre Reaktion auf Fidelmas Wut mäßigen, dann biß sie die Zähne zusammen und läutete mit einer kleinen silbernen Glocke, die auf ihrem Tisch stand. Schwester Lerben trat gleich darauf ein, und die Äbtissin trug ihr auf, die *rechtaire* um ihr sofortiges Erscheinen zu ersuchen.

Kurz darauf war ein Klopfen zu vernehmen, die Tür schwang auf und Schwester Síomha trat ein. Als sie Fidelma sah, verzog sich ihr Mund zu einem Grinsen unverhohlener Verachtung.

»Ihr habt mich rufen lassen, Mutter Oberin?«

»Ich habe Euch vorgeladen«, antwortete Fidelma barsch.

Schwester Síomha starrte sie verblüfft an, und ihr selbstgefälliger Gesichtsausdruck verschwand.

»Vor kurzem habe ich Euch gefragt, ob Ihr über alle Mitglieder der Gemeinschaft Rechenschaft ablegen könnt. Ihr sagtet, daß dem so sei. Nun erfahre ich, daß dies bei zwei Schwestern keineswegs zutrifft: Schwester Comnat und Schwester Almu. Warum wurde ich falsch informiert?«

Schwester Síomha war errötet und blickte schnell zur Äbtissin hinüber, die kaum merklich zu nicken schien.

»Ihr müßt die Mutter Oberin nicht um Erlaubnis bitten, bevor Ihr meine Fragen beantwortet«, belehrte sie Fidelma mit schneidender Stimme.

»Wir können über alle Mitglieder unserer Gemeinschaft Rechenschaft ablegen«, verteidigte sich Schwester Síomha. »Ich habe Euch nicht falsch informiert.«

»Ihr habt mir nichts von Comnat und Almu erzählt.«

»Was hätte ich Euch auch erzählen sollen? Sie sind in einer Mission nach Ard Fhearta unterwegs.«

»Sie sind nicht in der Abtei.«

»Aber wir können über sie Rechenschaft ablegen.«

Fidelma stöhnte verzweifelt auf.

»Spitzfindigkeiten!« spottete sie. »Ist Euch die Wissenschaft der Bedeutungsunterschiede, sind Euch Wortbildung und -beugung denn wichtiger als die Wahrheit?«

»Ihr habt nicht…«, begann Schwester Síomha, doch diesmal war es Äbtissin Draigen, die ihr ins Wort fiel.

»Wir müssen Schwester Fidelma helfen, so gut wir können, Schwester Síomha«, sagte sie, woraufhin ihr die junge Schwester einen überraschten Blick zuwarf. »Sie ist schließlich eine *dálaigh* der Gerichtsbarkeit.«

Es entstand eine kurze Pause.

»Wie Ihr meint, Mutter Oberin«, entgegnete Schwester Síomha und senkte den Kopf.

»Nun, soweit ich verstanden habe«, begann Fidelma entschlossen, »halten sich zwei Mitglieder der Gemeinschaft zur Zeit nicht in der Abtei auf?«

»Ja.«

»Und sie sind die beiden einzigen Nonnen, über die Ihr keine Rechenschaft ablegen könnt?«

»Wir können über sie Rechenschaft…«, setzte Schwester Síomha an, unterbrach sich jedoch, als sie den auflodernden Zorn in Fidelmas Miene bemerkte. »Es hält sich zur Zeit sonst niemand außerhalb der Abtei auf«, bestätigte sie.

»Ich habe gehört, daß sie vor drei Wochen nach Ard Fhearta aufgebrochen sind.«

»Ja.«

»Sicher dauert die Reise dorthin und zurück nicht so lange? Wann wurde ihre Rückkehr erwartet?«

Es war Äbtissin Draigen, die gestand: »Es ist wahr, Schwester. Sie sind überfällig.«

»Überfällig?« Fidelma hob verächtlich eine Augenbraue. »Und niemand dachte daran, mich davon in Kenntnis zu setzen?«

»Es ist in dieser Angelegenheit nicht von Belang«, warf die Äbtissin ein.

»Ich beurteile, was in dieser Angelegenheit von Belang ist und was nicht«, entgegnete Fidelma mit eisiger Stimme. »Habt Ihr seit ihrer Abreise irgendeine Nachricht von den Schwestern erhalten?«

»Nein«, antwortete Schwester Síomha.

»Und wann wurden sie zurückerwartet?«

»Nach zehn Tagen.«

»Habt Ihr den zuständigen *bó-aire* informiert?« Die Frage war an Äbtissin Draigen gerichtet. »Was immer Ihr von Adnár haltet mögt, er ist hier der Friedensrichter.«

»Er wäre uns keine Hilfe«, verteidigte sich Draigen. »Aber Ihr habt natürlich trotzdem recht. Wir werden ihn über ihr Verschwinden informieren. Zwischen seiner Festung und der von Gulban, die auf dem Weg nach Ard Fhearta liegt, sind häufig Boten unterwegs.«

»Ich werde Adnár in Kürze treffen, um mich mit ihm über die Angelegenheit zu unterhalten, die wir vorhin angesprochen haben, Äbtissin. Ich werde ihn über die überfällige Rückkehr der zwei Schwestern in Kenntnis setzen. Könnt Ihr so freundlich sein und mir die beiden beschreiben?«

»Schwester Comnat ist seit mindestens dreißig Jahren hier. Sie ist über sechzig und seit fünfzehn Jahren unsere Bibliothekarin und beste Kalligraphin. Sie ist eine Expertin auf ihrem Gebiet.«

»Ich brauche eher eine Art Personenbeschreibung«, beharrte Fidelma.

»Sie ist klein und schlank«, erwiderte Draigen. »Ihr Haar ist grau, doch ihre Augenbrauen sind noch so schwarz wie in jungen Jahren, und ihre Augen sind ebenfalls dunkel. Sie hat eine auffällige Narbe auf der Stirn, die von einem Schwertstreich stammt.«

In Gedanken schloß Fidelma aus, daß es sich bei der Toten ohne Kopf um die Bibliothekarin handeln könnte.

»Und Schwester Almu?«

»Sie sollte Schwester Comnat nicht nur deshalb begleiten, weil sie ihre Gehilfin ist, sondern auch, weil sie jung ist und stark. Sie ist etwa achtzehn. Blond und blauäugig, mit einem hübschen Gesicht. Nicht sehr groß.«

Fidelma schwieg einen Augenblick.

»Die Tote ohne Kopf könnte achtzehn Jahre alt gewesen sein. Sie wirkte eher hellhäutig und war von kleinem Wuchs.«

»Wollt Ihr etwa behaupten, daß es sich bei der Leiche ohne Kopf um Schwester Almu handelt?« fragte die Äbtissin ungläubig.

»Sie ist es nicht!« stieß Schwester Síomha hervor.

»Almu war eine enge Freundin meiner Verwalterin«, erklärte Draigen. »Ich bin sicher, daß sie Almus Körper erkennen würde.«

Fidelma verschränkte entschlossen die Arme.

»Da wir so gern mit Worten spielen, Mutter Oberin, laßt mich eines festhalten: ich behaupte, es könnte Schwester Almu sein. Ihr sagt, Almu ist die Gehilfin der Bibliothekarin, und ihre Arbeit besteht darin, Bücher zu kopieren?«

»Ja. Schwester Almu könnte eine unserer besten Schreiberinnen werden. Sie ist ausgesprochen tüchtig und versteht ihr Handwerk.«

»Die Finger des Leichnams wiesen blaue Verfärbungen auf. Wäre das nicht ein Hinweis darauf, daß die Tote mit einer Schreibfeder gearbeitet hat?«

»Verfärbungen?« fiel Schwester Síomha ihr ärgerlich ins Wort. »Was für Verfärbungen?«

»Wollt Ihr damit sagen, Ihr habt die blaue Färbung an Daumen und Zeigefinger und entlang der Kante des kleinen Fingers, wo er auf dem Papier aufliegt, nicht bemerkt? Das Schwarzblau der Tinte? Genau die Art von Färbung, die man bei einer Schreiberin vorfinden könnte?«

»Aber Schwester Almu ist mit Schwester Comnat in Ard Fhearta«, protestierte die Äbtissin.

»Sie ist jedenfalls nicht unter den Anwesenden in der Abtei, soviel steht fest«, bemerkte Fidelma trocken. »Seid Ihr sicher, daß niemand die Tote erkannt hat?«

»Wie kann jemand einen Leichnam ohne Kopf erkennen?« wollte Schwester Síomha wissen. »Wenn es Almu wäre, müßte ich das doch wissen. Sie war eine gute Freundin von mir, wie die Äbtissin schon sagte.«

»Vielleicht habt Ihr recht«, räumte Fidelma ein. »Aber was das Erkennen eines Leichnams ohne Kopf betrifft, nun, eine Methode der Identifikation habe ich Euch gerade erläutert. Ich gebe zu, das Gesicht ist das erste und normalerweise einzige, was man innerhalb einer religiösen Gemeinschaft von den Schwestern oder Brüdern im Glauben zu sehen bekommt. Aber ist Euch – besonders, da die Rückkehr der beiden Schwestern überfällig ist und bei der Leiche Anzeichen für ihre Zugehörigkeit zum Christentum gefunden wurden – denn niemals der Gedanke gekommen, daß immerhin die Möglichkeit besteht, bei der Toten könnte es sich um Eure Bibliotheksgehilfin handeln?«

»Nicht im Traum«, erwiderte Schwester Síomha steif. »Auch Eure Andeutung ändert daran nichts. Ihr habt keinen einzigen Beweis dafür, daß es sich um Almus Leichnam handelt.«

»Da habt Ihr recht«, stimmte Fidelma zu. »Im Augenblick kann ich nur Hypothesen aufstellen anhand der Dinge, die ich bis jetzt erfahren habe. Dinge, die…«, sie fixierte Äbtissin Draigen und wandte sich dann Schwester Síomha zu, die die Augen senkte, »Dinge, die Ihr mir freimütig hättet erzählen müssen, anstatt durch unverzeihliche Rücksicht auf Euch selbst meine Zeit zu verschwenden.«

»Warum sollte jemand Schwester Almu erstechen und enthaupten und ihre Leiche in einen Brunnen werfen?« wollte die Äbtissin wissen. »Falls es sich überhaupt um ihren Leichnam handelt, heißt das.«

»Bis jetzt konnten wir nicht beweisen, daß es sich um Almu handelt. Das können wir zweifellos auch nicht, bevor wir nicht den anderen Teil des Leichnams finden.«

»Ihr meint ihren Kopf?« fragte die Äbtissin.

»Mir wurde berichtet, daß nach dem Bergen der Toten aus dem Brunnen niemand dort Wasser schöpfen durfte und daß Ihr seither die anderen Quellen in der Umgebung benutzt?«

Äbtissin Draigen nickte.

»Ist jemand unten im Brunnenschacht gewesen, um nachzusehen, ob auch der Kopf dort liegt?«

Die Äbtissin blickte in Schwester Síomhas Richtung.

»Die Antwort lautet – ja«, erwiderte Síomha. »Als Verwalterin gehörte es zu meinen Pflichten, mich um die Reinigung des Brunnens zu kümmern. Ich habe eines unserer kräftigsten Mädchen hinuntergeschickt.«

»Wen denn?«

»Schwester Berrach.«

Fidelmas Gesicht war ein einziges Fragezeichen.

»Aber Schwester Berrach ist…«. Sie biß sich auf die Zunge und bereute, was sie gerade hatte sagen wollen.

»Ein Krüppel?« ergänzte Schwester Síomha. »Ihr habt sie also kennengelernt?«

»Ich habe nur bemerkt, daß Schwester Berrach gehbehindert ist. Wie kann sie da so kräftig sein?«

»Berrach lebt seit ihrem dritten Lebensjahr hier in der Abtei«, erklärte die Äbtissin. »Kurz bevor ich hierherkam, wurde sie von der Gemeinschaft aufgenommen. Trotz der Wachstumsstörung ihrer Beine entwickelte sie in den Armen und im Rumpf eine erstaunliche Kraft.«

»Hat sie denn im Brunnen irgendwas gefunden? Vielleicht sollte sie mir das selbst erzählen?«

Äbtissin Draigen läutete erneut die Glocke.

»Dann fragt sie doch, Schwester.«

Wieder öffnete Schwester Lerben, die hübsche Novizin, fast augenblicklich die Tür.

»Lerben«, befahl die Äbtissin, »holt Schwester Berrach.«

Die Novizin nickte und verschwand. Kurz darauf war ein schüchternes Klopfen zu hören, und als Äbtissin Draigen antwortete, spähte Berrach argwöhnisch um den Türpfosten.

»Kommt herein, Schwester«, sprach Draigen sie beinahe tröstend an. »Ihr braucht Euch nicht zu ängstigen. Kennt Ihr Schwester Fidelma? Ja, natürlich kennt Ihr sie.«

»W… W… Wie kann ich hel… helfen?« stotterte Berrach und kam mit ihrem schweren Schwarzdornstecken hereingewankt.

»Ganz einfach«, schaltete sich Schwester Síomha ein. »Ich war dafür verantwortlich, den Brunnen der Heiligen Necht zu untersuchen, nachdem der Leichnam daraus entfernt worden war. Ihr werdet Euch erinnern, Berrach, daß ich Euch dabei um Eure Hilfe bat, nicht wahr?«

Berrach nickte eifrig, als sei sie vor allen Dingen darauf bedacht, die anderen zufriedenzustellen.

»Ihr habt mich gebeten, mich mit einer Laterne in den Brunnen abseilen zu lassen. Ich sollte die Brunnenwände abwaschen und mit dem Wasser reinigen, das von unserer Mutter Oberin gesegnet worden war.«

Sie formulierte ihre Sätze wie eine häufig wiederholte Lektion. Fidelma bemerkte, daß ihr Stottern während des Vortrags verschwand. Sie fragte sich, ob Schwester Berrach wirklich so einfältig war, wie sie vorgab – eine erwachsene Frau mit mißgestaltetem Körper und kindlichem Gemüt.

»So ist es«, bestätigte Schwester Síomha beifällig. »Und wie war es im Brunnen?«

Schwester Berrach schien einen Augenblick zu überlegen und lächelte, als ihr die Antwort einfiel.

»D… d… dunkel. Ja, es war sehr d… dunkel d… dort unten.«

»Aber Ihr hattet etwas, um die Dunkelheit zu erhellen«, sagte Fidelma in ermutigendem Tonfall und trat auf das Mädchen zu. Sie legte ihm freundlich eine Hand auf den Arm und fühlte unter dem Ärmel des Gewandes seine Stärke und Muskelkraft. »Ihr hattet eine Laterne, nicht wahr?«

Das Mädchen blickte nervös zu ihr auf und erwiderte ihr Lächeln.

»O ja, man gab mir eine La… Laterne, und da… da… damit k… konnte ich ganz gut sehen. Aber es war n… n… nicht richtig hell d… d… dort unten.«

»Ja. Ich verstehe, was Ihr meint, Schwester Berrach«, sagte Fidelma. »Und als Ihr den Grund des Brunnens erreichtet, habt Ihr dort etwas gesehen, das… nun ja… etwas, das dort unten nicht hingehörte?«

Das Mädchen neigte den Kopf zur Seite und dachte gründlich nach.

»D… dort unten n… ni… nicht hingehörte?« wiederholte es langsam.

Schwester Síomha konnte ihre Ungeduld nicht länger zügeln.

»Den Kopf der Leiche«, erklärte sie unverblümt.

Schwester Berrach zitterte heftig.

»Es war ni… nichts weiter d… dort unten als die Dunkelheit und das Wasser. Ich habe n… ni… nichts gesehen.«

»Vielen Dank«, lächelte Fidelma. »Ihr könnt jetzt gehen.«

Nachdem Schwester Berrach draußen war, lehnte sich die Äbtissin zurück und musterte Fidelma prüfend.

»Was jetzt, Schwester Fidelma? Glaubt Ihr immer noch, daß es sich bei der Toten um Schwester Almu handelt?«

»Das habe ich nicht behauptet«, widersprach Fidelma. »In diesem Stadium der Untersuchung kann ich nur Vermutungen und Hypothesen aufstellen. Die Tatsache, daß Schwester Comnats und Schwester Almus Rückkehr in die Abtei überfällig ist, mag durchaus reiner Zufall sein. Trotzdem muß ich über sämtliche Vorfälle informiert werden, sonst komme ich nicht weiter. Ich dulde keine Spielchen mehr. Wenn ich Fragen stelle, erwarte ich wahrheitsgemäße Antworten.«

Sie blickte zu Schwester Síomha hinüber, ihre Worte waren jedoch an Äbtissin Draigen geichtet. Sie sah, wie ein wütender Ausdruck über das Gesicht der *rechtaire* der Gemeinschaft Der Lachs aus den Drei Quellen huschte.

»Das versteht sich von selbst, Schwester«, erwiderte die Äbtissin angespannt. »Könnten wir nun, da all unseren verletzten Eitelkeiten und dünkelhaften Wehwehchen Genüge getan wurde, endlich zu unseren jeweiligen Obliegenheiten zurückkehren?«

»Gern«, stimmte Schwester Fidelma zu. »Nur eine Sache noch…«

Äbtissin Draigen wartete mit hochgezogenen Augenbrauen.

»Mir wurde berichtet, daß es hier in der Gegend Kupferminen gibt?«

Die Äbtissin hatte diese Frage nicht erwartet und wiederholte überrascht: »Kupferminen?«

»Ja. Stimmt das etwa nicht?«

»Doch. Ja, auf dieser Halbinsel gibt es viele Kupferminen.«

»Wo liegen sie, von der Abtei aus gesehen?«

»Die nächstgelegenen befinden sich jenseits der Berge in südwestlicher Richtung.«

»Und wem gehören sie?«

»Sie gehören zu den Ländereien von Gulban, dem Falkenauge«, erwiderte Draigen.

Fidelma hatte diese Antwort erwartet und nickte nachdenklich.

»Vielen Dank. Ich will Euch nun nicht länger aufhalten.«

Als sie sich zum Gehen wandte, sah sie, wie Schwester Síomha ihr sichtlich erregt hinterherschaute. Wenn Blicke töten könnten, dachte sie beinahe belustigt, dann wäre sie jetzt nicht mehr am Leben.

KAPITEL 8

Fidelma beschloß, noch am gleichen Nachmittag zu Adnárs Festung zurückzukehren, ohne den Häuptling jedoch vorzuwarnen, indem sie die Bucht zwischen der Gemeinschaft Der Lachs aus den Drei Quellen und der Festung von Dún Boí per Boot überquerte. Statt dessen wollte sie dem Pfad durch den Wald folgen und sich der Festung von der Landseite her nähern. Der Weg war zwar weiter, aber sie war so lange mit Ross' Schiff unterwegs gewesen, daß sie sich nach einem geruhsamen Waldspaziergang sehnte, um ihre Gedanken zu ordnen. Hier war genau die richtige Landschaft zum Wandern. Der Wald mit seinen wuchtigen Eichen erstreckte sich entlang der Küste und über die Ausläufer des hohen Berges dahinter.

Fidelma hatte Schwester Brónach über ihre Absicht informiert und verließ die Abtei am Nachmittag. Es war immer noch angenehm draußen, und die milden Sonnenstrahlen, die durch die meist kahlen Äste sickerten, wärmten die Haut. Hoch oben, über den schneebedeckten Baumkronen, war der Himmel von einem zarten Blau, durchsetzt mit weißen, flauschigen Wölkchen, die in der leichten Brise dahinzogen. Der Boden war hart. Die winterliche Kälte ließ die weiche Erde gefrieren, und die Sonne hatte sie noch nicht mit ihrer Wärme durchdrungen. Die trockenen Blätter, die vor vielen Wochen abgefallen waren, raschelten unter Fidelmas Schritten.

Von den Toren der Abtei führte der Waldweg um die Bucht herum, jedoch so weit vom Strand entfernt, daß die große Meerenge meist vor den Blicken der Reisenden, die diese Route nahmen, verborgen blieb. Nur hier und dort konnte man durch die kahlen Bäume einen flüchtigen Blick auf das Blau erhaschen, das im Sonnenlicht funkelte. Nicht einmal die Geräusche des Meeres waren zu hören, so gut wurden sie abgeschirmt durch den Schutzwall aus hohen Eichen und Haselnußsträuchern, die zwischen den mächtigen, uralten Bäumen ums Überleben kämpften. Dazwischen ragten ganze Hecken aus Stechpalmen mit ihren gezackten, immergrünen Blättern, den kurzen Stämmen und den ineinander verschlungenen Ästen meterhoch in den Himmel.

Dann und wann, wenn einer der größeren Bewohner des Waldes auf der Suche nach Futter vorsichtig umherstreifte, hörte Fidelma ein Rascheln im Unterholz; das Knacken von Zweigen und Ästen, wenn ein Hirsch beim Geräusch ihrer Schritte erschrocken davonsprang; das Knistern trockenen Laubes, wenn ein neugieriges Eichhörnchen sich zu erinnern suchte, wo es sein Futter gehortet hatte. Wer mit der Natur vertraut war, konnte die zahllosen Geräusche leicht unterscheiden.

Bald stieß Fidelma auf eine nahegelegene Straße, die zu den in der Ferne aufragenden Bergen führte, und sah, daß hier erst vor kurzem Pferde entlanggekommen waren. Der Boden war zwar hartgefroren, doch die Spuren von Pferdemist waren eindeutig. Sie erinnerte sich an den Zug von Reitern und Fußvolk, der sich am Morgen von den Bergen heruntergeschlängelt hatte, und begriff, daß er an dieser Stelle auf die Straße gestoßen sein mußte.

Aus irgendeinem Grund kam ihr plötzlich wieder Eadulf von Seaxmund's Ham in den Sinn, und sie fragte sich, warum? Sie hätte zu gern gewußt, ob Ross etwas über die Herkunft des verlassenen Schiffes in Erfahrung hatte bringen können. Das war viel verlangt. Ein ganzer Ozean und eine Küste von mehreren hundert Meilen Länge – und kein Anhaltspunkt, wo Hinweise auf die Geschehnisse an Bord zu finden sein könnten.

Vielleicht war Eadulf gar nicht auf dem Schiff gewesen?

Sie schüttelte den Kopf und verwarf diese Theorie. Er hätte das Meßbuch niemals jemand anderem gegeben – freiwillig jedenfalls nicht.

Doch was, wenn man es ihm abgenommen hatte, nachdem er bereits tot war? Fidelma erschauerte und preßte die Lippen zusammen. Wer immer ihm etwas angetan hatte, dachte sie entschlossen, würde der Gerechtigkeit nicht entgehen. Dafür würde sie schon sorgen.

Plötzlich blieb sie stehen.

Vor ihr machte ein Schwarm Vögel mit seinem Geschrei einen solchen Lärm, daß die anderen Geräusche des Waldes davon übertönt wurden. Sie schimpften ihr eigenartiges ›kaaarg-kaaarg‹. Einige Vögel flatterten zu den oberen, kahlen Ästen einer Eiche hinauf, und Fidelma sah, daß es Eichelhäher waren. In einem nahegelegenen Erlengebüsch hatte ein Schwarm kleinerer Vögel mit spitzen Schnäbeln und aufgeplustertem Federkleid an den braunen, holzigen Zäpfchen herumgepickt. Nun begannen alle aufgeregt zu zwitschern.

Irgend etwas beunruhigte sie.

Fidelma trat zögernd einen Schritt vor.

Das rettete ihr das Leben.

Sie spürte den Luftzug eines Pfeiles, der ihren Kopf nur um wenige Zentimeter verfehlte, und hörte den dumpfen Schlag, mit dem er sich in den Baumstamm hinter ihr bohrte.

Instinktiv ließ sie sich auf die Knie fallen und hielt gleichzeitig Ausschau nach einer besseren Deckung.

Während sie sich zusammenkauerte, noch unentschlossen, was sie tun sollte, vernahm sie einen durchdringenden Schrei, und zwei hochgewachsene Krieger mit Vollbart und glänzender Rüstung brachen durch das Unterholz und packten ihre Arme wie Schraubstöcke, bevor sie auch nur Zeit hatte, zur Besinnung zu kommen. Einer von ihnen hob sein Schwert, als wolle er zustoßen. Fidelma wich zurück und wartete auf den Hieb.

»Halt!« rief eine Stimme. »Irgendwas stimmt da nicht!«

Der Krieger ließ zögernd die Waffe sinken.

Da tauchte vor ihnen aus dem Dämmerlicht des Waldes auch schon ein Reiter auf, in der einen Hand einen kurzen Bogen, in der anderen die Zügel eines Schlachtrosses. Offensichtlich war er verantwortlich dafür, daß sie dem Tod nur knapp entronnen war.

Fidelma hatte keine Zeit, zu reagieren und ihrer Verblüffung oder ihrem Protest Ausdruck zu verleihen, denn schon wurde sie zu dem Berittenen geschleift. Als sie vor ihm stand, beugte er sich in seinem Sattel vor und musterte eingehend ihr Gesicht.

»Wir haben uns getäuscht«, rief er entrüstet aus.

Fidelma warf den Kopf zurück, um seinen prüfenden Blick zu erwidern. Der Fremde war beeindruckend. Sein Gesicht war lang und dem eines Adlers ähnlich, seine Stirn breit. Die Nase mit dem schmalen, hakenförmig gebogenen Nasenbein erinnerte an einen Schnabel. Das Haar wuchs an den Schläfen nur spärlich, wurde am Hinterkopf jedoch zunehmend länger und dichter und fiel mit einem roten, kupferfarbenem Schimmer auf seine Schultern. Über seiner rotgoldenen Haarpracht trug er einen Stirnreif aus poliertem Kupfer, in dem wertvolle Steine glitzerten. Die Lippen waren schmal und rot und, wie Fidelma fand, ziemlich grausam. Seine Augen waren groß und beinahe violett, die Pupillen waren kaum zu erkennen, doch konnte dies auch an den Lichtverhältnissen liegen.

Er war nicht älter als dreißig. Ein muskulöser Krieger. Schon seine Kleidung – Seide und pelzbesetztes Leinen – verriet seine gesellschaftliche Stellung, auch ohne den Kupferreif auf seiner Stirn, der ihn als Würdenträger kennzeichnete. An seinem Gürtel hing ein Schwert, dessen Griff ebenfalls mit kostbaren Metallen und Edelsteinen geschmückt war. Am vorderen Sattelknauf war ein Köcher mit Pfeilen befestigt, und der Bogen, den er nach wie vor in der Hand hielt, stammte von einem Meister seines Handwerks.

Er musterte Fidelma noch immer mit gerunzelter Stirn.

»Wer ist das?« fragte er die Männer, die sie festhielten, mit schneidender Stimme.

Einer der Krieger stieß ein trockenes Lachen hervor.

»Eure Jagdbeute, mein Gebieter.«

»Noch so eine Nonne aus dem Kloster hier in der Nähe«, schaltete sich der andere ein. Dann fügte er mit einer sonderbaren Betonung, deren Bedeutung Fidelma nicht verstand, hinzu: »Mein Gebieter, sie muß das Wild verscheucht haben, hinter dem wir her waren.«

Schließlich fand Fidelma ihre Sprache wieder.

»Da war gar kein Wild, jedenfalls nicht im Umkreis von zweihundert Metern!« rief sie mit kaum verhohlenem Zorn. »Sagt Euern Männern, sie mögen mich loslassen, oder, beim lebendigen Gott, Ihr werdet noch von mir hören.«

Der Berittene hob überrascht die Augenbrauen.

Die beiden Krieger, die ihre Arme umklammerten, verstärkten lediglich ihren zermalmenden Druck. Einer von ihnen begann anzüglich zu lachen.

»Die hat Schneid, die Kleine, mein Gebieter.« Dann drehte er sich um und näherte sein Gesicht, seinen übelriechenden Atem dem ihren: »Schweig, Mädel! Weißt Du überhaupt, mit wem Du da sprichst?«

»Nein«, stieß Fidelma zwischen den Zähnen hervor, »denn keiner von Euch hat den Anstand besessen, mir Euern Gebieter vorzustellen. Aber laßt Euch sagen, mit wem Ihr redet… Ich bin Fidelma, *dálaigh* der Gerichtsbarkeit, und die Schwester von Colgú, dem König von Cashel. Genügt Euch das, um mich loszulassen? Vor dem Gesetz habt Ihr Euch schon der tätlichen Drohung schuldig gemacht!«

Zunächst herrschte Schweigen, dann befahl der Berittene den beiden Kriegern in scharfem Ton: »Laßt sie sofort los! Laßt sie frei!«

Unverzüglich lösten sie ihren Griff, wie zwei wohlerzogene

Hunde, die ihrem Herrn aufs Wort gehorchen. Fidelma spürte, wie das Blut wieder in ihre Unterarme und Hände strömte.

Das Hufgetrappel eines Pferdes, das durch den winterlichen Wald preschte, ließ ihre Köpfe herumfahren. Ein zweiter Reiter kam herangaloppiert, einen Bogen in der Hand. Fidelma erkannte Olcáns junges, gerötetes Gesicht. Er zog die Zügel an und starrte auf sie herab. Seine Miene drückte Bestürzung aus, als er Fidelma erkannte. Da war er auch schon vom Pferd geglitten und eilte ihr mit ausgestreckten Händen entgegen.

»Schwester Fidelma, seid Ihr verletzt?«

»Ein wenig, dank dieser Krieger, Olcán«, stieß sie hervor und rieb sich die Arme.

Der erste Reiter wandte sich mit einer ärgerlichen Handbewegung an seine Männer.

»Geht schon mal zur Festung voraus«, herrschte er sie an, und die beiden drehten sich wortlos um und trotteten von dannen. Unterdessen verneigte sich der hochgewachsene Mann in seinem Sattel steif vor Fidelma.

»Ich bedaure diesen Zwischenfall außerordentlich.«

Olcán blickte stirnrunzelnd zwischen der Schwester und dem Berittenen hin und her. Schließlich besann er sich auf seine guten Manieren.

»Fidelma, gestattet mir, Euch meinen Freund Torcán vorzustellen. Torcán, das ist Fidelma von Kildare.«

Fidelmas Augen wurden schmal, als sie den Namen hörte.

»Torcán, der Sohn von Eoganán von den Uí Fidgenti?«

Der hochgewachsene Mann verbeugte sich erneut von seinem Sattel aus, schien sich jedoch durch diese förmliche Geste eher über sie lustig zu machen.

»Ihr kennt mich?«

»Ich habe von Euch gehört«, erwiderte Fidelma. »Ihr seid weit entfernt vom Gebiet der Uí Fidgenti.«

Die Uí Fidgenti bewohnten den Nordwesten des Königreiches von Muman. Sie wußte von ihrem Bruder, daß es sich um eines seiner unruhigsten Völker handelte. Eoganán war ein überaus ehrgeiziger Prinz, skrupellos in seinem Verlangen, die anderen Stämme in der Umgebung zu beherrschen und seinen Machtbereich auszuweiten.

»Und Ihr seid zweifellos weit entfernt von Kildare, Schwester Fidelma«, konterte ihr Gegenüber.

»Als Advokatin der Gerichtsbarkeit ist es mein Los, kreuz und quer durchs Land zu reisen und für Gerechtigkeit zu sorgen«, antwortete Fidelma. »Und was ist der Grund für Eure Reise in diesen Winkel des Königreiches?«

Olcán schaltete sich eilig ein.

»Torcán weilte als Gast bei meinem Vater Gulban und genießt zur Zeit gemeinsam mit mir Adnárs Gastfreundschaft.«

»Und warum war es nötig, auf mich zu schießen?«

Olcán wirkte schockiert.

»Schwester…«, begann er, doch Torcán lächelte Fidelma von oben herab spöttisch an.

»Schwester, ich habe nicht mit Absicht auf Euch geschossen«, protestierte er. »Eigentlich habe ich auf einen Hirsch gezielt, zumindest dachte ich das. Ich muß jedoch zugeben, daß die Manieren meiner Männer sehr zu wünschen übrig ließen. Ich entschuldige mich dafür.«

Torcán war entweder kurzsichtig oder ein geschickter Lügner, denn Fidelma wußte, daß kein Tier in der Nähe gewesen war, als der Pfeil abgeschossen wurde. Außerdem konnte kein erfahrener Jäger ihre Bewegungen mit denen eines Hirsches verwechselt haben – jedenfalls nicht hier, zwischen den kahlen Bäumen und Sträuchern. Wie dem auch sei, es gab Situationen, in denen eine Auseinandersetzung zu nichts führte, und deshalb beschloß Fidelma vorzugeben, daß sie seine Erklärung akzeptierte. Sie stieß einen leisen Seufzer aus.

»Na schön, Torcán, ich werde Eure Entschuldigung annehmen und Euch nicht gerichtlich dafür belangen, daß Ihr mir Todesangst eingejagt habt. Ich akzeptiere, daß es sich um ein Versehen handelte. Das Verhalten Eurer Krieger war allerdings kein Versehen. Für sie ist eine Geldstrafe von je zwei *séts* zu entrichten, da sie mich mißhandelt und beleidigt und meine Todesangst weiter geschürt haben. Die Geldbußen habe ich, wie Ihr feststellen werdet, nach den Vorgaben des *Bretha Déin Chécht* festgelegt.«

Torcán betrachtete sie mit gemischten Gefühlen, doch schien allmählich eine widerwillige Bewunderung für ihre unerschrockene Haltung die Oberhand zu gewinnen.

»Nehmt Ihr die Geldstrafe im Namen Eurer Krieger an?«

Torcán stieß ein heiseres Lachen aus.

»Ich werde ihre Strafe entrichten, aber ich werde dafür sorgen, daß sie dafür bezahlen.«

»Gut. Das Bußgeld soll als Spende in die Kasse der Abtei Der Lachs aus den Drei Quellen fließen, um wohltätige Werke zu unterstützen.«

»Ihr habt mein Wort, daß es gezahlt wird. Morgen früh wird einer meiner Männer das Geld in die Abtei bringen.«

»Euer Wort genügt mir. Und jetzt wäre ich Euch sehr verbunden, wenn Ihr mir gestattet, meinen Weg fortzusetzen.«

»Wohin seid Ihr denn unterwegs, Schwester?« fragte Olcán.

»Ich bin auf dem Weg zu Adnárs Festung.«

»Dann erlaubt mir, meinen Sattel mit Euch zu teilen«, bot Torcán an.

Fidelma lehnte das Angebot ab, hinter dem Sohn des Prinzen der Uí Fidgenti im Sattel zu sitzen.

»Ich ziehe es vor, zu Fuß weiterzugehen.«

Torcán kniff die Lippen zusammen und zuckte die Achseln.

»Ganz wie Ihr wünscht, Schwester. Vielleicht treffen wir uns nachher in der Festung.«

Er wendete sein Pferd, hieb ihm mit der Seite des Bogens, den er noch immer in der Hand hielt, auf die Flanke und ritt in leichtem Galopp den Waldweg entlang davon. Olcán blieb einen Augenblick zögernd stehen und sah aus, als wolle er noch etwas sagen, aber dann bestieg er sein Pferd und hob eine Hand zum Abschied, bevor er ebenfalls wendete und seinem Gast eilends folgte. Fidelma stand reglos da und blickte ihnen eine Weile nachdenklich hinterher. Sie versuchte zu ergründen, was diese Begegnung zu bedeuten hatte – falls sie überhaupt eine Bedeutung hatte. Das konnte doch nicht nur bloßer Zufall sein? Sie konnte einfach nicht glauben, daß Torcán sie mit einem Hirsch verwechselt hatte, schon gar nicht in diesem winterlichen Wald mit seinen günstigen Sichtverhältnissen. Und wenn es sich tatsächlich um ein Versehen handelte, warum hatte er dann seinen Männern gestattet, sie so grob zu behandeln? Die logische Schlußfolgerung daraus war, daß er eine andere erwartet hatte – sobald sie ihm ihren Namen und Rang nannte, hatte er ja sofort Befehl gegeben, sie freizulassen. Wen also hatte er an dieser Straße treffen wollen? Eine Frau? Eine Nonne? Daran bestand jedenfalls kein Zweifel, denn durch die charakteristischen Gewänder, die sie trug, waren ihr Geschlecht und ihr Beruf unverkennbar. Warum aber sollte der Sohn des Prinzen der Uí Fidgenti, der zu Besuch in dieser Gegend weilte, eine Nonne töten wollen?

Plötzlich bekam sie eine Gänsehaut.

Eine Nonne war bereits getötet worden. Jemand hatte sie enthauptet und ihren Leichnam in den Brunnen der Abtei gehängt. Fidelma war sicher, daß es sich bei der Toten ohne Kopf um eine Glaubensschwester handelte. Das sagten ihr ihr Instinkt und die Beweise, die sie bisher gesammelt hatte. Sie erschauerte. War sie nahe daran gewesen, dem namenlosen Leichnam ins Jenseits zu folgen?

Unvermittelt wurde Fidelma aus ihren Gedanken gerissen. Sie hob den Kopf: erneut drang Hufgetrappel an ihr Ohr. Kehrte Torcán noch einmal zurück? Fidelma stand reglos da und spähte den Weg entlang. Der Reiter mußte gleich bei ihr sein. Da tauchte er schon aus dem dämmrigen Unterholz auf. Es war Adnár.

Der stattliche schwarzhaarige Häuptling schwang sich mühelos vom Pferd, noch bevor das Tier stehengeblieben war. Er begrüßte Fidelma mit besorgten Blick.

»Olcán hat mir berichtet, daß ihr ihn und Torcán hier auf der Straße durch den Wald getroffen habt und daß Ihr auf dem Weg zu meiner Festung seid. Er erzählte auch etwas von einem sehr bedauerlichen Vorfall. Ist das wahr?« Adnár musterte sie fragend.

»Ein Beinahe-Unfall«, verbesserte ihn Fidelma steif.

»Seid Ihr verletzt?«

»Nein. Es ist nichts passiert. Wie dem auch sei, ich war tatsächlich auf dem Weg zu Euch. Euer Kommen erspart mir die Mühe, meine Reise fortzusetzen.« Sie drehte sich um und deutete auf einen umgestürzten Baumstamm. »Setzen wir uns ein Weilchen dort hin.«

Adnár band die Zügel seines Pferdes an einen gekrümmten Ast des toten Baumes und gesellte sich zu ihr.

»Ihr seid mir gegenüber nicht ganz ehrlich gewesen, Adnár«, eröffnete Fidelma das Gespräch.

Der Häuptling zuckte vor Verblüffung zusammen.

»In welcher Hinsicht?« verteidigte er sich.

»Ihr habt mir weder etwas davon gesagt, daß Äbtissin Draigen Eure leibliche Schwester ist, noch hat Bruder Febal erwähnt, daß er früher mit Draigen verheiratet war.«

Fidelma hatte nicht mit dem amüsierten Blick gerechnet, der Adnárs sympathisches Gesicht erhellte. Er schien eine ganz andere Anschuldigung erwartet zu haben und ließ nun erleichtert die Schultern sinken.

»*Ach, das*!« rief er in wegwerfendem Tonfall.

»Ist es für Euch nicht von Bedeutung?«

»Kaum«, gab Adnár zu. »Meine Verwandtschaft mit Draigen ist nichts, womit ich mich zu rühmen wünsche. Glücklicherweise hat sie das rote Haar unseres Vaters geerbt, ich dagegen die schwarze Mähne unserer Mutter.«

»Glaubt Ihr nicht, daß die Erwähnung Eures Verwandtschaftsverhältnisses für mich wichtig gewesen wäre?«

»Hört zu, Schwester, es ist mein Unglück und vielleicht auch Draigens Unglück, daß wir dem gleichen Schoß entstammen. Was Febal betrifft, so will ich nicht an seiner Stelle sprechen.«

»Dann sprecht für Euch. Haßt Ihr Eure Schwester wirklich so sehr, wie es den Anschein hat?«

»Sie ist mir gleichgültig.«

»Gleichgültig genug, um zu behaupten, sie habe widernatürliche Affären mit ihren Untergebenen?«

»Das entspricht nur der Wahrheit.«

Adnár sagte das ernst und ohne Zorn. Fidelma war bereits Zeugin seines aufbrausenden Temperaments geworden und war überrascht, wie ruhig er jetzt wirkte, während er, eine Hand zwischen die Knie geklemmt, auf dem Baumstamm saß und verdrossen vor sich hin starrte.

»Vielleicht solltet Ihr mir die Geschichte ganz erzählen?«

»Sie ist für Eure Untersuchung nicht von Bedeutung.«

»Und doch behauptet Ihr, daß Draigens sexuelle Neigungen bedeutsam sind. Wie soll ich mir denn ein Urteil bilden, wenn ich nicht die ganze Wahrheit kenne?«

Adnár hob kaum merklich die Schultern, als wolle er mit den Achseln zucken, überlegte es sich dann aber anders.

»Hat sie Euch erzählt, daß unser Vater, dessen Namen ich trage, ein *óc-aire* war, ein ganz normaler Bauer, der sein eigenes Stückchen Acker bestellte, jedoch nicht über genügend Land- oder sonstigen Besitz verfügte, um seine Familie damit ernähren zu können? Sein Leben lang bearbeitete er ein kleines Fleckchen unfruchtbaren Bodens an einem felsigen Berghang. Unsere Mutter half ihm dabei, und zur Erntezeit brachte sie unsere mageren Erträge ein, während mein Vater sich bei dem örtlichen Häuptling verdingen mußte, damit er überhaupt genug verdiente, um unser Überleben zu sichern.«

Adnár hielt einen Augenblick inne und fuhr dann fort: »Draigen war die jüngere von uns beiden, ich war zwei Jahre älter als sie. Wir mußten unseren Eltern auf ihrem winzigen Flecken Land von klein auf zur Hand gehen, und für unsere Ausbildung blieb weder Zeit noch Geld.«

Seine Stimme verriet Verbitterung, doch Fidelma sagte nichts dazu.

»Schon als Junge hatte ich nicht vor, in die Fußstapfen meines Vaters zu treten. Ich wollte nicht den Rest meines Lebens damit verbringen, ein Stück Land zu bearbeiten, das ohnehin nicht genug abwarf, um meinen Lebensunterhalt zu bestreiten. Ich war ehrgeizig und hatte andere Pläne. So schlich ich jedes Mal, wenn ein Krieger durch unsere Gegend kam, heimlich zur Herberge unseres Stammes und suchte ihn zu überreden, mir etwas über das Leben der Kämpfer zu erzählen, über ihre Regeln und ihre Ausbildung. Ich fertigte mir Waffen aus Holz an und ging in den Wald, wo ich übte, indem ich mit einem hölzernen Schwert gegen die Büsche kämpfte. Ich baute mir Pfeil und Bogen und bildete mich selbst zu einem hervorragenden Schützen aus. Ich wußte, daß dies meine einzige Chance war, einem Leben in Armut zu entkommen.

Sobald ich das Alter der Reife erreicht hatte, an meinem siebzehnten Geburtstag, als mich kein Gesetz mehr daran hindern konnte, verließ ich mein Elternhaus und suchte Gulban, den Häuptling der Beara, auf. Er führte Krieg gegen die Corco Duibhne, jenseits der Grenzen seines Gebietes. Ich war ein ausgezeichneter Bogenschütze und erhielt schon bald das Kommando über eine Truppe von einhundert Mann. Im Alter von neunzehn Jahren ernannte mich Gulban zum *cenn-feadhna*, zum Hauptmann. Das war der stolzeste Tag meines Lebens.

Der Krieg brachte mir einen ansehnlichen Viehbestand, und als er vorbei war, kehrte ich hierher zurück und wurde zum *bó-aire*, zum Vieh-Häuptling, ernannt. Auch wenn das Land nicht mir gehörte, war meine Viehherde doch groß genug, um Einfluß und Wohlstand zu erringen. Ich schäme mich nicht, der Armut entronnen zu sein.«

»Das ist eine lobenswerte Geschichte, Adnár. Jeder Bericht darüber, wie Menschen ihre Schwierigkeiten überwinden, ist lobenswert. Doch das alles erklärt weder die Feindseligkeit zwischen Euch und Eurer Schwester noch, warum Ihr sie widernatürlicher Beziehungen bezichtigen solltet.«

Adnár verzog das Gesicht.

»Draigen redet viel von ihrer Treue zu unseren Eltern. Sie behauptet, ich hätte sie im Stich gelassen, dabei war sie ihnen gegenüber keinen Deut loyaler als ich. Auch sie wollte der Armut entkommen, genau wie ich. Kurz bevor sie das Alter der Reife erreichte, versuchte sie sogar, die heidnischen Geister – die Göttinnen aus uralter Zeit – um Hilfe anzurufen.«

Fidelma musterte ihn eingehend, doch Adnár schien in seine Erinnerungen versunken und wirkte nicht wie jemand, dem es darum ging, einen bestimmten Eindruck zu erwecken.

»Was hat sie getan?«

»In den Wäldern der Umgebung hauste eine alte Frau, die noch den althergebrachten Bräuchen anhing. Ihr Name war, soweit ich mich erinnere, Suanach. Alle Kinder hatten Angst vor ihr. Sie behauptete, Boí zu verehren, die Frau von Lugh, dem Gott der Künste und des Handwerks. Boí galt als die Göttin der Kühe oder als die Alte von Beara. Früher, in den dunklen Tagen des Heidentums, gehörte dieses Land zu ihrem Gebiet. Meine Festung ist nach ihr benannt. Dún Boí.«

»Hier leben noch viele alte Menschen, die sich an die früheren Zeiten und die traditionellen Götter klammern«, erklärte Fidelma. Das Christentum hatte sich erst in den letzten zweihundert Jahren in den fünf Königreichen ausgebreitet, und Fidelma war sich darüber im klaren, daß es noch immer abgelegene Gebiete gab, in denen der Glaube an die Ewiglebenden, an die alten Götter und Göttinnen, nach wie vor zahlreiche Anhänger hatte.

»In manchen Gegenden sind sogar die Berge nach diesen Gottheiten benannt«, bestätigte Adnár.

»Also geriet Eure Schwester unter den Einfluß dieser alten Heidin?« hakte Fidelma nach. »Wann kehrte sie zum Wahren Glauben zurück und trat den Ordensschwestern bei?«

Adnár grinste verschlagen.

»Wer hat denn behauptet, daß sie zum Wahren Glauben zurückgekehrt ist?«

Fidelma blickte ihn überrascht an.

»Was wollt Ihr damit sagen?«

»Ich sage gar nichts. Ich deute lediglich eine Richtung an. Schon als junges Mädchen, besonders in der Zeit, als sie die alte Frau so oft besuchte, hat sie sich sonderbar verhalten.«

»Ihr habt mir bisher für keine Eurer Behauptungen Beweise vorgelegt oder mir den Grund für die Feindseligkeit zwischen Euch erklärt.«

»Die Alte hat sie völlig durcheinandergebracht mit ihren Erzählungen und ihren…«

Er unterbrach sich und zuckte die Achseln.

»Während ich in Gulbans Armee diente, starben meine Eltern, und Draigen ging fort und lebte bei der Alten in den Wäldern.«

»Und deshalb haßt Ihr sie?«

Er schüttelte den Kopf.

»Nein. Ich weiß nichts Genaues über die Geschichte, aber Draigen geriet mit dem Gesetz in Konflikt und mußte schließlich Schadensersatz leisten. Zu diesem Zweck verkaufte sie das armselige Stück Land und trat in die Abtei Der Lachs aus den Drei Quellen ein. Der Verlust des Landes hat mich sehr verärgert, das will ich nicht leugnen. Ich hätte einen Teil davon geerbt. Also machte ich meinen Anspruch auf meinen Anteil an dem Land gerichtlich geltend, aber meine Klage wurde von einem Brehon abgewiesen.«

»Ich verstehe. Und diese Klage war der Grund für Eure Feindschaft?«

Adnár zuckte mit den Schultern.

»Ich nahm ihr übel, was sie getan hatte, doch ich war ja inzwischen zu Wohlstand gekommen und brauchte das Land nicht unbedingt. Es ging mir ums Prinzip. Nein, der Haß kam ursprünglich von Draigens Seite. Vielleicht haßte sie mich wegen der Klage. Danach ging sie mir aus dem Weg. Als ich dann *bó-aire* in diesem Bezirk wurde, war sie gezwungen, wieder Umgang mit mir zu pflegen. Sie schickt jedoch immer Dritte zu mir. Ihr Haß gegen mich ist unversöhnlich.«

»Hat Draigen Euch einen Grund für ihren Haß genannt?«

»O ja. Sie gibt mir die Schuld am Tod unserer Eltern. Aber das klingt für mich nicht glaubwürdig. Vielleicht hat sie mir einfach übelgenommen, daß ich vor Gericht gegen sie klagte. Was auch immer der ursprüngliche Grund war, mit den Jahren ist ihr Haß nur noch stärker geworden.«

»Sie bestreitet das und behauptet, Ihr wäret derjenige, der sie haßt. Deshalb frage ich Euch noch einmal, ist es inzwischen so, daß Ihr Draigens Haß erwidert?« Fidelma erkannte, daß sie es mit zwei einander widersprechenden Aussagen zu tun hatte, die keinen Raum für Kompromisse ließen.

»Zuerst fühlte ich mich verletzt, dann wurde ich wütend auf sie. Ich glaube aber nicht, daß ich sie jemals richtig gehaßt habe. Natürlich waren da die Geschichten, die über Draigen kursierten. Ich hörte von ihrer Vorliebe für junge

Novizinnen. Dann, als ich erfuhr, daß der Leichnam einer jungen Frau im Brunnen entdeckt worden war, fürchtete ich das Schlimmste.«

»Warum?«

Zum ersten Mal hob er den Kopf und blickte ihr direkt in die Augen.

»Warum?« wiederholte er, als hätte er die Frage nicht verstanden.

»Warum solltet Ihr daraus den Schluß ziehen, daß Eure Schwester, Eure eigene Schwester, das Mädchen aufgrund einer verbotenen Beziehung ermordet hatte? Ich kann da keinen Zusammenhang erkennen. Zumindest nicht anhand dessen, was Ihr mir bisher erzählt habt.«

Adnár schien sich in seiner Haut nicht ganz wohlzufühlen, während er über ihre Worte nachdachte.

»Es stimmt, daß ich Euch keinen wirklich logischen Grund nennen kann. Ich habe einfach das Gefühl, daß alles auf furchtbare Weise zusammenpaßt.«

»Hat Euer *anam-chara*, Bruder Febal, Euch diese Erklärung nahegelegt?«

Die Frage kam scharf und direkt.

Adnár zuckte zusammen.

Fidelma erkannte an der leichten Röte, die ihm ins Gesicht stieg, daß sie mit ihrer Vermutung ins Schwarze getroffen hatte.

»Seit wann kennt Ihr Bruder Febal?«

»Seit ich zurückgekehrt und hier *bó-aire* geworden bin.«

»Und was wißt Ihr über seine Vergangenheit?«

»Früher war die Abtei Der Lachs aus den Drei Quellen eine gemischtgeschlechtliche Gemeinschaft, ein *conhospitae*, wie man das nennt. Bruder Febal war einer der Mönche, die dort lebten. Febal und Draigen heirateten. Unter der früheren Oberin, Äbtissin Marga, war Febal der Pförtner der Gemeinschaft. Dann wurde meine Schwester zur *rechtaire* ernannt, zur Verwalterin, das ist, wie Ihr wißt, das zweithöchste Amt nach der Äbtissin. Soviel ich weiß, war die Beziehung zwischen Draigen und Febal von einem Tag auf den anderen beendet. Draigen nutzte die Gebrechlichkeit und das hohe Alter der Äbtissin aus. Sie begann alle männlichen Mitglieder aus der Abtei zu vertreiben und sie in ein Kloster ausschließlich für Nonnen umzuwandeln. Bruder Febal war der letzte, der aus seiner Stellung verdrängt wurde, und kam dann als geistlicher Berater zu mir. Kurz darauf starb die alte Äbtissin. Ich war nicht überrascht, als ich erfuhr, daß meine Schwester zu ihrer Nachfolgerin ernannt worden war.«

»Ihr wollt andeuten, daß Draigen rücksichtslos und ehrgeizig ist?«

»Darüber mögt Ihr Euch selbst ein Urteil bilden.«

»Gut. Außerdem behauptet Ihr, daß Bruder Febal allen Grund hat, Draigen zu hassen. Allen Grund, Feindschaft zwischen Euch und ihr zu entfachen, und allen Grund, Gerüchte über die Entdeckung des Leichnams in Umlauf zu setzen.«

»Aus der Sicht einer Außenstehenden mag das durchaus so erscheinen«, gab Adnár zu. »Ich werde nicht versuchen, Euch von meiner Meinung zu überzeugen. Der einzige Grund, warum ich Euch bei Eurer Ankunft gestern noch vor Draigen sprechen wollte, war der Wunsch, Euch vor bestimmten Dingen zu warnen und Euch zu bitten, die Richtungen, die ich angedeutet habe, weiterzuverfolgen. Ob Ihr Euch dazu entschließt oder nicht, ist allein Eure Sache. Ihr seid eine Advokatin der Gerichtsbarkeit, und lautet Euer Schlachtruf nicht *quaere verum*?«

»Die Wahrheit zu suchen – das ist der wichtigste Grundsatz unseres Handelns, nicht unser Schlachtruf«, verbesserte sie ihn schulmeisterlich. »Darum werde ich mich nach Kräften bemühen. Aber eine Anschuldigung ist noch keine Wahrheit. Ein Verdacht ist keine Tatsache. Ich werde noch mal mit Bruder Febal reden müssen.«

Adnár fuhr sich mit der Hand durch die schwarze Lockenmähne.

»Ihr könnt gerne mit mir in die Festung kommen, obwohl ich nicht sicher bin, ob Febal jetzt dort ist. Als ich losritt, wollte er, glaube ich, Torcán und seine Männer zu einem Wallfahrtsort jenseits des Berges begleiten.«

»Wann wird er zurückkehren?«

»Mit Sicherheit erst spät am Abend.«

»Dann spreche ich morgen mit ihm. Sagt ihm, er soll in die Abtei kommen.«

Adnár blickte verlegen drein.

»Wahrscheinlich wird er das nur ungern tun. Draigen würde ihn nicht gerade willkommen heißen.«

»In dieser Angelegenheit haben meine Wünsche mehr Gewicht als Draigens«, antwortete Fidelma kalt. »Er kann mich nach dem Morgenmahl im Gästehaus treffen. Ich erwarte ihn dort.«

»Ich werde es ihm mitteilen«, seufzte Adnár.

Plötzlich hob er den Kopf und schien angestrengt zu lauschen. Einen Augenblick später hörte auch Fidelma das Knirschen von Schuhen auf dem gefrorenen Boden und drehte sich um. Auf dem Waldweg näherte sich die Gestalt einer Nonne, den Kopf gebeugt und in eine Kapuze gehüllt, einen *sacculus* über die Schulter gehängt. Sie sah Adnár und Fidelma erst, als sie nur noch wenige Meter entfernt war und Fidelma sie begrüßte.

»Guten Tag, Schwester.«

Das Mädchen blieb stehen und blickte erschrocken auf. Fidelma erkannte sie sofort. Es war die junge Schwester Lerben.

»Guten Tag«, murmelte sie.

Adnár erhob sich mit einem Lächeln.

»Es scheint bei den Nonnen aus der Abtei ja geradezu zur Gewohnheit zu werden, heute diesen Pfad entlangzuwandeln«, bemerkte er mit ironischem Unterton. »Ist es hier nicht gefährlich, Schwester, so ganz allein? Es wird bald dunkel.«

Lerbens Augen funkelten vor Zorn, dann senkte sie den Blick.

»Ich bin auf dem Weg zu...«, sie zögerte und schielte zu Fidelma hinüber, »zu Torcán von den Uí Fidgenti.« Ihre Hand wanderte automatisch zu ihrem *sacculus.*

Adnár lächelte weiter und schüttelte den Kopf.

»Tja, gerade habe ich Schwester Fidelma erklärt, daß Torcán meine Festung verlassen hat und erst heute abend wiederkommt. Kann ich ihm eine Nachricht überbringen?«

Schwester Lerben zögerte erneut, nickte dann rasch und zog einen kleinen, länglichen Gegenstand, der in ein Stück Stoff gewickelt war, aus ihrem *sacculus*.

»Würdet Ihr dafür sorgen, daß ihm das ausgehändigt wird? Er bat darum, es aus unserer Bibliothek ausleihen zu dürfen, und ich wurde beauftragt, es ihm zu bringen.«

»Ich werde es mit Vergnügen weitergeben, Schwester.«

Fidelma streckte die Hand aus und fing das Päckchen

mühelos ab, bevor Adnár es an sich nehmen konnte. Sie wickelte es aus und starrte auf die Pergamenthandschrift.

»Das ist ja eine Kopie der Chroniken von Clonmacnoise, der großen Abtei, die vom Heiligen Kieran gegründet wurde.«

Sie hob den Blick und sah einen ängstlichen Ausdruck in Schwester Lerbens Gesicht. Adnár lächelte.

»Ich wußte gar nicht, daß der junge Torcán sich so für Geschichte interessiert«, sagte er. »Ich muß mich mit ihm mal darüber unterhalten.«

Er streckte die Hand nach dem Buch aus, doch Fidelma blätterte die Pergamentseiten durch. Auf einem Blatt hatte sie Flecken entdeckt, rote, erdige Flecken. Sie konnte gerade noch erkennen, daß die Seite eine Eintragung über den Oberkönig Cormac Mac Art enthielt, bevor Adnár ihr das Buch freundlich, aber bestimmt aus der Hand nahm und wieder in das Tuch einwickelte.

»Hier ist nicht der Ort, um Bücher zu lesen«, bemerkte er scherzhaft. »Es ist viel zu kalt. Macht Euch keine Sorgen, Schwester«, wandte er sich an Lerben, »ich werde dafür sorgen, daß das Buch sicher bei Torcán ankommt.«

Fidelma erhob sich und begann Blätter, Zweige und vermoderte Rindenstücke von ihrem Gewand zu wischen.

»Kennt Ihr Torcán denn gut? Es ist ein weiter Weg vom Land der Uí Fidgenti hierher.«

Adnár verstaute das Buch unter seinem Arm.

»Ich kenne ihn kaum. Er war Gast auf Gulbans Festung und kam jetzt als Olcáns Gast hierher, hauptsächlich zum Jagen und um einige der Stätten unserer Väter zu besuchen, für die unsere Gegend berühmt ist.«

»Ich hätte nicht gedacht, daß die Uí Fidgenti dem Volk der Loígde willkommen sind.«

Adnár stieß ein trockenes Lachen aus.

»Es gab eine Reihe von Kriegen zwischen uns, das läßt sich nicht leugnen, doch es ist wohl an der Zeit, alte Streitigkeiten und Vorurteile zu überwinden.«

»Ganz meiner Meinung«, erwiderte Fidelma. »Aber wir wissen schließlich beide, daß Eoganán, der Prinz der Uí Fidgenti, sich in vielen Feldzügen gegen die Loígde verschworen hat.«

»Eroberungskriege«, pflichtete Adnár ihr bei. »Würde jeder sich auf sein Gebiet beschränken und nicht versuchen, sich in die Angelegenheiten anderer Stämme einzumischen, dann gäbe es keinen Grund zum Streit.« Er grinste verschlagen. »Aber Gott sei Dank wurden Kämpfer gebraucht, als ich ein junger Mann war, sonst wäre ich nie in meine jetzige Stellung aufgestiegen.«

Fidelma neigte den Kopf zur Seite und musterte ihn.

»Und jetzt nehmt Ihr, der Ihr Euern Wohlstand in den Kriegen gegen die Uí Fidgenti erworben habt, den Sohn des Prinzen dieses Stammes gastlich bei Euch auf?«

Adnár nickte.

»Das ist nun mal der Lauf der Dinge. Die Feinde von gestern sind heute die besten Freunde, obwohl, wie ich betont habe, der junge Mann genaugenommen Olcáns Gast ist und nicht meiner.«

»Und die Geschwister von gestern sind heute die erbittertsten Feinde«, fügte Fidelma leise hinzu.

Adnár zuckte mit den Schultern.

»Ich wünschte, es wäre anders, Schwester. Aber es ist eben nun mal so.«

»Na schön, Adnár. Ich danke Euch für Eure Aufrichtigkeit. Morgen erwarte ich Bruder Febal in der Abtei.«

Sie wandte sich an Schwester Lerben, die schüchtern daneben stand, als könne sie sich nicht entscheiden, ob sie gehen oder sich an der Unterhaltung beteiligen sollte. Fidelma betrachtete das Mädchen mit einem freundlichen Lächeln. Lerben war höchstens sechzehn oder siebzehn Jahre alt.

»Kommt, Schwester. Laßt uns zur Abtei zurückkehren, wir können uns unterwegs unterhalten.«

Sie drehte sich um und begann dem Pfad in die Richtung zu folgen, aus der sie gekommen war. Einen Augenblick später gesellte sich Lerben zu ihr, während Adnár neben seinem Pferd stand, gedankenverloren dessen Maul streichelte und beobachtete, wie sie zwischen den Bäumen verschwanden. Dann zog er das Buch unter seinem Arm hervor, wickelte es aus seiner Stoffhülle und starrte es verdrossen an. Er hing lange seinen Gedanken nach, bevor er es wieder einwickelte, in die Satteltasche steckte, die Zügel seines Schlachtrosses losband und aufstieg. Dann stieß er seine Fersen in die Flanken des Pferdes und ließ es den Waldweg entlang zu seiner Festung traben.

Kapitel 9

Schwester Fidelma war bereits wach, bevor die angstvolle Stimme die Dunkelheit durchschnitt. Das Drehen des Türgriffs an ihrer kleinen Kammertür hatte sie aus dem Schlaf gerissen. Dank ihres unfehlbaren Gespüres für mögliche Gefahren war sie augenblicklich hellwach. Im Türrahmen stand ein Schatten. Es war mitten in der Nacht, nur der flüchtige Schein des Mondes erhellte den Raum und tauchte ihn in blaßblaues Licht. Die Kälte war beißend, und ihr Atem gefror zu weißen Wölkchen, während sie sich mühsam aufrichtete.

»Schwester Fidelma!« Die Stimme der hochgewachsenen Nonne klang wie ein verängstigter Schrei.

Fidelma erkannte sie trotz des unnatürlichen Tonfalls. Es war Äbtissin Draigen.

Augenblicklich saß Fidelma aufrecht im Bett und griff nach Feuerstein und Zunder, um das Talglicht anzuzünden.

»Mutter Oberin? Was ist los?«

»Ihr müßt sofort mitkommen.« Draigens Stimme versagte, sie konnte ihre Erregung kaum verbergen.

Fidelma hatte die Kerze angezündet und wandte sich nun der Äbtissin zu.

Die war vollständig angekleidet, und selbst im gelblichen Kerzenschein wirkte ihr Gesicht kreidebleich und schreckverzerrt.

»Ist etwas passiert?« Im gleichen Augenblick wurde Fidelma bewußt, daß ihre Frage überflüssig war. Ohne eine Antwort abzuwarten, sprang sie aus dem Bett. Nun, da sie begriff, daß etwas Furchtbares geschehen war, spürte sie die Kälte nicht mehr. »Was ist passiert?«

Die Äbtissin zitterte am ganzen Körper, allerdings vor Angst und Schrecken und weniger wegen der nächtlichen Kälte. Sie schien unter Schock zu stehen und war nicht in der Lage, eine zusammenhängende Antwort zu geben.

Fidelma warf ihren Umhang über und schlüpfte in ihre Schuhe.

»Geht voraus, Mutter Oberin«, befahl sie ruhig. »Ich folge Euch.«

Die Äbtissin zögerte nur einen Augenblick, dann drehte sie sich um und wandte sich zum Innenhof. Draußen war es fast taghell, denn es war Neuschnee gefallen, der jetzt im Mondlicht leuchtete.

Fidelma blickte zum Himmel und erkannte an der Stellung des Mondes sofort, daß es mehrere Stunden nach Mitternacht war. Bis zur Dämmerung würde es jedoch noch einige Zeit dauern. Die nächtliche Ruhe schien vollkommen. Nur das Knirschen ihrer Lederschuhe auf dem gefrorenen Schnee störte die Stille der Nacht.

Fidelma bemerkte, daß sie die Richtung zum Turm eingeschlagen hatten.

Schweigend folgte sie der Äbtissin, in der einen Hand die Kerze, die andere als Schutz vor einem plötzlichen Windstoß vor die Flamme haltend, doch es war trotz der Kälte so windstill, daß die Flamme kaum flackerte.

Die Äbtissin betrat den Turm. Die Bibliothek lag im Dunkel, doch sie eilte zum Fuß der Treppe, die in die oberen Stockwerke führte, ohne abzuwarten, bis Fidelma ihr leuchtete. Sie stiegen eilig in den dritten Stock hinauf, in das Skriptorium. Am Fuße des nächsten Treppenabsatzes, von wo man in das Stockwerk mit der Wasseruhr gelangte, bemerkte Fidelma eine erloschene Kerze und einen Kerzenhalter, die auf dem Boden lagen, als hätte sie jemand achtlos weggeworfen. Draigen blieb so plötzlich stehen, daß Fidelma beinahe mit ihr zusammengestoßen wäre. Im Licht der flackernden Kerze wirkte Draigens Gesicht gespenstisch, doch allmählich schien sie ihre Fassung wiederzugewinnen.

»Ihr solltet Euch wappnen, Schwester. Der Anblick, der Euch bevorsteht, ist alles andere als angenehm.« Das waren die ersten Worte, die Draigen von sich gab, seit sie Fidelma aus dem Schlaf gerissen hatte.

Ohne weitere Erklärung drehte sie sich um und erklomm die Stufen.

Fidelma schwieg. Sie spürte, daß es nichts zu sagen gab, bevor sie die Bedeutung dieses nächtlichen Ausflugs nicht kannte.

Sie folgte der Äbtissin in den Raum mit der Klepsydra.

Das Feuer verbreitete einen weichen rötlichen Schein, das Wasser in der großen Bronzeschale dampfte wie immer. Außerdem brannten hier zwei Laternen, deren Licht ihre Kerze überflüssig machte.

Kaum hatte Fidelma den Raum betreten, da sah sie den Körper ausgestreckt auf dem Boden liegen. Daß es sich um eine Frau handelte, die das Gewand einer Schwester dieser Gemeinschaft trug, bedurfte keines näheren Hinsehens. Soviel war auf den ersten Blick klar.

Äbtissin Draigen sagte nichts, sondern blieb einfach an der Seite stehen.

Fidelma setzte ihre Kerze vorsichtig auf einer Bank ab und trat näher. Obwohl sie schon viele Tote gesehen hatte, die durch Gewalt ums Leben gekommen waren, konnte sie nicht verhindern, daß sie vor Abscheu am ganzen Leib zitterte.

Der Kopf des Leichnams war abgetrennt. Er war nirgends zu sehen.

Die Tote hätte mit dem Gesicht nach unten gelegen, hätte sie noch ein Gesicht gehabt. Die Arme waren zur Seite gestreckt. Fidelma bemerkte sofort, daß die rechte Hand ein kleines Kruzifix umklammerte und um den linken Arm ein kurzer Stab aus Espenholz mit Schriftzeichen in Ogham gebunden war. Um den durchtrennten Hals herum war alles blutverschmiert. Das Blut war noch frisch, rot und klebrig. Eine zweite Blutlache sickerte unter der Brust der Toten hervor.

Fidelma atmete tief ein und langsam wieder aus.

»Wer ist das?« fragte sie die Äbtissin.

»Schwester Síomha.«

Fidelma blinzelte kurz.

»Wieso seid Ihr da so sicher?«

Die Äbtissin stieß einen erstickten Laut aus, der ein kurzes, schroffes, zynisches Lachen hatte werden sollen.

»Ihr habt uns erst vor kurzem einen Vortrag darüber gehalten, Schwester, wie man einen Leichnam an anderen Merkmalen als dem Gesicht erkennen kann. Das sind ihre Gewänder. Am linken Bein findet Ihr eine Narbe, die von einem Sturz herrührt. Außerdem war sie für das erste *cadar* des Tages für die Beaufsichtigung der Wasseruhr eingeteilt. An all diesen Dingen erkenne ich, daß es sich um Síomha handelt.«

Fidelma preßte die Lippen zusammen und bückte sich. Sie hob den Saum des Rockes an und sah die Narbe, wo einst im weißen Fleisch des linken Beines eine tiefe Wunde geklafft haben mußte. Dann drehte Fidelma den Leichnam auf die Seite und musterte ihn von vorne. Aufgrund der Blutmenge und der zerschnittenen Kleidung nahm sie an, daß Síomha zuerst durch einen Stich ins Herz getötet und dann enthauptet worden war. Behutsam ließ sie die Tote wieder in ihre ursprüngliche Lage gleiten. Sie warf einen Blick auf die Hände der Leiche und war nicht überrascht, als sie den bräunlich-roten Lehm an den Fingern und unter den Nägeln entdeckte. Dann band sie den Stab aus Espenholz los und las die Inschrift in Ogham.

»Die Morrígan ist erwacht!«

Mit dem Stab in der Hand richtete sie sich auf und sah Draigen stirnrunzelnd an.

Die Äbtissin hatte sich noch nicht ganz vom Schrecken erholt. Ihre Augen waren gerötet, das Gesicht bleich, der Mund verzerrt. Beinahe tat sie Fidelma leid.

»Wir müssen miteinander reden«, sagte sie sanft. »Bleiben wir hier oder möchtet Ihr lieber anderswo hingehen?«

»Wir müssen die anderen wecken«, entgegnete Draigen. »Zuerst die Fragen.«

»Dann wäre es besser, wenn Ihr Eure Befragung gleich hier durchführt.«

»Wie Ihr wünscht.«

»Eines möchte ich Euch gleich sagen«, fuhr Draigen fort, bevor Fidelma ihre erste Frage formulieren konnte. »Ich habe die Zauberin, die diese Tat begangen hat, bereits erwischt.«

Fidelma überspielte ihr ungläubiges Staunen.

»Tatsächlich?«

»Es war Schwester Berrach. Ich habe sie auf frischer Tat ertappt.«

Fidelma konnte ihr Erstaunen nicht verbergen. Äbtissin Draigens Ankündigung verschlug ihr die Sprache.

»Ich denke«, sagte Fidelma nach einer übermäßig langen Pause, »ich denke, Ihr solltet mir zuerst alles der Reihe nach erzählen.«

Äbtissin Draigen ließ sich unvermittelt auf den Stuhl sinken. Sie wandte den Blick von der Toten ab und heftete ihn auf einen Punkt weit draußen, wo vor dem Fenster das Mondlicht auf dem Wasser glänzte und die dunklen Umrisse des gallischen Handelsschiffes beschien, das in der Meerenge vor Anker lag.

»Ich habe Euch erzählt, daß Schwester Síomha die Wache über die Klepsydra übernommen hatte, und zwar für das erste *cadar*, das erste Viertel des Tages, das heißt, von Mitternacht bis zum morgendlichen Angelus.«

Fidelma stellte keine Frage. Schwester Brónach hatte ihr die Funktionsweise der Wasseruhr bereits erklärt.

»Ich fand keine Ruhe und spürte eine eigenartige Beklemmung. Was, wenn Eure Vermutung stimmte und unseren zwei Schwestern auf dem Heimweg von Ard Fhearta etwas Schreckliches zugestoßen war? Ich konnte nicht einschlafen. Und weil ich nicht schlafen konnte, fiel mir auf, daß seit dem letzten Gongschlag, der nach Ablauf jedes Zeitabschnittes ertönen sollte, eine überaus lange Zeitspanne verstrichen war.«

Die Äbtissin hielt kurz inne, dachte einen Augenblick nach und fuhr dann fort.

»Mir wurde bewußt, daß der Gong schon einige Zeit nicht mehr zu hören gewesen war. Das paßte gar nicht zu Schwester Síomha, die in solchen Dingen normalerweise sehr pedantisch ist. Ich stand auf, kleidete mich an und ging zum Turm, um herauszufinden, was da nicht stimmte.«

»Hattet Ihr eine Kerze bei Euch?« unterbrach sie Fidelma.

Die Äbtissin runzelte bei dieser Frage unsicher die Stirn und nickte dann hastig.

»Ja, ja. Ich hatte in meinen Gemächern eine Kerze angezündet und benutzte sie, um mir auf dem Weg durch den Innenhof zu leuchten. Ich betrat den Turm und stieg durch die Bibliothek hinauf in das Skriptorium. Als ich gerade weiter hinaufsteigen wollte, verspürte ich den Drang, nach Schwester Síomha zu rufen. Es war so still. Ich fühlte, daß irgend etwas nicht in Ordnung war, und deshalb rief ich sie.«

»Erzählt weiter«, drängte Fidelma, als sie zögerte.

»Einen Augenblick später kam ein dunkler Schatten die Treppe heruntergestürmt. Das geschah so plötzlich, daß ich beiseitegestoßen wurde und mir die Kerze aus der Hand flog. Die Fliehende drängte sich an mir vorbei und verschwand.«

»Was dann?«

»Ich stieg die Treppe weiter hinauf bis in diesen Raum.«

»Ohne Kerze?«

»Ich sah, daß die Laternen brannten, genau wie jetzt. Dann erblickte ich Schwester Síomhas Leichnam.«

»Die Leiche ohne Kopf, die auf dem Boden lag?«

Äbtissin Draigen wurde plötzlich wütend.

»Die Person, die auf der Treppe an mir vorbeistürmte, war Schwester Berrach. Daran gibt es keinen Zweifel. Da Ihr Berrach kennt, wißt Ihr auch, daß man sie unmöglich mit jemand anderem verwechseln kann.«

Fidelma hätte durchaus einräumen können, daß Draigen in diesem Punkt recht hatte, aber sie wollte sichergehen.

»Das ist es ja gerade, was mich verwirrt. Ihr sagtet, Schwester Berrach ›kam die Treppe heruntergestürmt‹ – das waren Eure Worte –, aber wir beide wissen, daß sie an einer Gehbehinderung leidet. Seid Ihr sicher, daß es Berrach war? Vergeßt nicht, daß Euch die Kerze aus der Hand fiel und daß die betreffende Person sich im Dunkeln an Euch vorbeidrängte.«

»Vielleicht habe ich in der Aufregung eine falsche Formulierung benutzt. Die Fliehende bewegte sich zwar recht behende, aber trotzdem würde ich ihre unförmige Gestalt überall erkennen.«

Fidelma stimmte insgeheim mit ihr überein: man verwechselte Schwester Berrach nicht leicht mit jemand anderem.

»Und nachdem sie an Euch vorbeigerannt war…?«

»Bin ich unverzüglich zu Euch gekommen, damit Ihr Euch diesen Wahnsinn anseht.«

Fidelma blickte finster drein. »Machen wir uns auf die Suche nach Schwester Berrach.«

Äbtissin Draigen hatte, nachdem sie ihre Geschichte losgeworden war, die Kontrolle über sich wiedererlangt. Sie ließ ein zynisches Grunzen hören.

»Die ist inzwischen bestimmt aus der Abtei geflohen.«

»Selbst in diesem Falle wird sie, sofern ihr nicht ein Pferd zur Verfügung steht und sie reiten kann, noch nicht sehr weit gekommen sein. Trotzdem…«

Beim Geräusch leiser Schritte auf der Treppe unter ihnen verstummte Fidelma.

Die Äbtissin trat vor, als wolle sie etwas sagen, doch Fidelma legte einen Finger auf die Lippen und bedeutete ihr, zurückzutreten. Jemand kam die Stufen herauf, direkt zum Raum mit der Klepsydra.

Fidelma merkte, wie sich ihr Körper verkrampfte, und ärgerte sich darüber. Wenn sie überhaupt etwas trainiert hatte, dann, nicht auf Reize von außen zu reagieren, so daß sie jederzeit auf alles vorbereitet war. Vorsichtig entspannte sie ihre Muskeln und stellte sich neben die Äbtissin, so daß der Neuankömmling, wer auch immer das sein mochte, ihnen den Rücken zuwandte. Eine Schwester im Habit der Gemeinschaft kam die Treppe herauf. Fidelma sah sofort, daß es sich nicht um eine der jungen Schwestern handelte. Sie hatte sie erkannt, noch bevor sie sich umdrehte.

»Schwester Brónach! Was habt Ihr um diese Zeit hier zu suchen?«

Brónach zuckte vor Schreck und Überraschung heftig zusammen. Nachdem sie zuerst Fidelma und dann die Äbtissin erkannte, entspannte sie sich.

»Nun, ich komme gerade aus der Kammer von Schwester

Berrach. Sie ist vollkommen durcheinander. Sie erzählte mir, daß hier ein Mord begangen wurde.«

»Ihr habt sie gesehen?« wollte Draigen wissen. »Sie hat Euch geweckt?«

»Nein. Ich war bereits wach. Ich wollte gerade zum Turm gehen«, erklärte Brónach. »Mir war aufgefallen, daß seit dem letzten Gongschlag schon einige Zeit vergangen war. Tatsächlich mußten schon mehrere Zeitabschnitte verstrichen sein, seit ich zuletzt einen vernommen hatte. Also bin ich aufgestanden, um herzukommen und nachzusehen, was mit der Zeitnehmerin los ist. Als ich meine Kammer gerade verlassen wollte, hörte ich, wie jemand den Korridor entlangeilte. Ich erkannte Schwester Berrach, ging zu ihr und fand sie völlig verstört auf ihrem Bett sitzend vor. Sie erzählte mir, daß Schwester Síomha tot sei, und ich kam sofort hierher, um nachzusehen, ob vielleicht ihre Phantasie…«

Plötzlich fiel ihr Blick auf den hingestreckten Körper auf dem Fußboden hinter Fidelma. Sie schlug die Hand vor den Mund, und ihre Augen weiteten sich angsterfüllt.

»Es ist Schwester Síomha«, bestätigte die Äbtissin ernst.

Fidelma, die Brónachs Mienenspiel beobachtete, glaubte, einen Ausdruck der Erleichterung über ihr Gesicht huschen zu sehen – doch er war verschwunden, bevor sie sich dessen sicher sein konnte. Das Licht der Laternen tat ein Übriges, um die Gesichtszüge zu verzerren.

»Schwester Brónach, bitte seht nach, was Ihr tun könnt, um die Klepsydra wieder richtig einzustellen«, sagte Äbtissin Draigen, die sich nun wieder vollkommen in der Gewalt hatte. »Seit Generationen sind wir in dieser Abtei stolz auf die Genauigkeit unserer Wasseruhr. Tut, was Ihr könnt, damit wir die Zeit wieder richtig berechnen können.«

Schwester Brónach wirkte verwirrt, beugte jedoch fügsam den Kopf.

»Ich werde mein Bestes tun, Mutter Oberin, aber…«. Sie warf einen furchtsamen Blick auf die Tote.

»Ich gehe ein paar Schwestern wecken, damit sie unsere unglückliche Gefährtin in den *subterraneus* bringen. Ihr werdet nicht lange allein sein.«

Als sie sich schon zum Gehen gewandt hatte, fiel Fidelma plötzlich etwas ein. Sie drehte sich noch einmal zu Brónach um.

»Habt Ihr mir nicht erzählt, daß die Zeitnehmerin jedes Mal, wenn ein Zeitabschnitt verstrichen und der Gong ertönt ist, die Zeit auf einer Lehmtafel einzutragen hat?«

Schwester Brónach nickte.

»Das ist so üblich, für den Fall, daß wir den Überblick über die Zeitabschnitte verlieren.«

»Um welche Zeit hat Schwester Síomha ihre letzte Eintragung gemacht?«

Fidelma erkannte, daß sie auf diese Weise den genauen Zeitpunkt des Mordes an Schwester Síomha feststellen konnte.

Schwester Brónach blickte sich nach der mit Lehm bestrichenen Schreibtafel um. Sie lag verkehrt herum neben der steinernen Feuerstelle.

»Nun?« drängte Fidelma, während Brónach die Tafel aufhob und in Augenschein nahm.

»Die zweite Stunde des Tages ist vermerkt und die erste *pongc*, das heißt, die erste Viertelstunde danach.«

»So? Dann wurde sie zwischen zwei Uhr fünfzehn und zwei Uhr dreißig heute morgen ermordet«, grübelte Fidelma.

»Ist das denn wichtig?« fragte Äbtissin Draigen ungeduldig. »Wir wissen doch bereits, wer diese schreckliche Tat begangen hat.«

»Was glaubt Ihr, wie spät es jetzt ist?« fragte Fidelma sie unversehens.

»Ich habe keine Ahnung.«

»Ich schon«, schaltete sich Schwester Brónach ein. Sie trat ans Fenster und blickte in den allmählich heller werdenden Nachthimmel. Auf ihrem Gesicht lag ein selbstzufriedener Ausdruck. »Die vierte Stunde des Tages ist längst vorbei. Ich glaube, wir nähern uns der fünften Stunde.«

»Danke, Schwester«, bestätigte Fidelma geistesabwesend. Ihre Gedanken rasten. Fragend wandte sie sich an die Äbtissin: »Könnt Ihr abschätzen, wie lange es ungefähr her ist, seit Ihr die Tote gefunden habt?«

Äbtissin Draigen zuckte die Achseln.

»Ich sehe nicht, daß das eine Rolle spielt…«

»Trotzdem, sagt es mir«, verlangte Fidelma.

»Weniger als eine Stunde, würde ich sagen. Ich bin, nachdem ich sie entdeckt hatte, fast augenblicklich zu Euch gekommen.«

»In der Tat, es ist viel weniger als eine Stunde her«, stimmte Fidelma zu. »Ich würde sagen, wir sind kaum eine halbe Stunde hier.«

»Wir sollten lieber Schwester Berrach suchen, anstatt mit diesen Nebensächlichkeiten Zeit zu vergeuden«, beharrte Äbtissin Draigen.

»Könnt Ihr das arme Mädchen nicht erst morgen früh verhören?« Es war Schwester Brónach, die das sagte, sehr zu Draigens Überraschung. »Schwester Berrach steht noch unter dem Schock, die Tote gefunden zu haben.«

Fidelma fragte: »Hat sie denn gesagt, daß sie sie gefunden hat?«

»Nicht ausdrücklich. Sie erzählte nur, daß sie Schwester Síomha im Turm sah – tot. Also liegt es doch auf der Hand, daß sie den Leichnam gefunden hat.«

»Vielleicht«, erwiderte Fidelma. »Ich denke, wir sollten Schwester Berrach trotzdem jetzt gleich aufsuchen. Nur eines noch, Schwester Brónach – da Ihr gerade hier seid«, fügte sie hinzu, so daß Äbtissin Draigen ein ungeduldiges Stöhnen entfuhr. »Sagt Euch der Name Morrígan irgendwas?«

Schwester Brónach erschauerte.

»Kennt denn nicht jeder den Namen des Bösen, Schwester? In alter Zeit, bevor das Wort Christi in dieses Land gebracht wurde, galt sie hier als Göttin des Todes und als Kriegsgöttin. Sie war die Gottheit, die alles Widernatürliche und Schreckliche verkörperte.«

»Ihr kennt also die alten heidnischen Traditionen?« bemerkte Fidelma.

Schwester Brónach spitzte die Lippen.

»Wer weiß denn nicht über die alten Götter und Göttinnen und die alten Traditionen Bescheid? Ich bin hier in den Wäldern aufgewachsen, wo viele noch immer dem früheren Glauben anhängen.«

Fidelma nickte, wandte sich, zu Äbtissin Draigens offensichtlicher Erleichterung, um, nahm ihre Kerze wieder in die Hand und ging der Äbtissin voraus die Treppe hinunter. Sie hatten das Erdgeschoß des Turmes gerade erreicht, als ein dumpfes Klopfen Fidelma innehalten ließ. Es war das gleiche Geräusch, das sie in der *duirthech* gehört hatte. Das heftige Poltern von Holz auf Holz hallte aus der Tiefe durch den Turm.

Fidelma wandte sich der dunklen Ecke zu, aus der das Geräusch am lautesten zu hören war, und ging vorsichtig, die Kerze vor sich hertragend, darauf zu.

»Das ist nur die Treppe, die in die darunterliegende Höhle führt«, erklang Draigens Stimme hinter ihr.

»Hat denn nie jemand nachgeforscht, woher dieses Poltern kommt?« fragte Fidelma, als sie die oberste Treppenstufe erreichte.

»Nein, warum sollten wir?« schnaubte Draigen nervös. »Jedenfalls kommt es nicht aus unserem *subterraneus*.«

Fidelma spähte hinunter in die Finsternis.

»Es scheint aber doch von dort zu kommen. Ihr sagtet, daß es wahrscheinlich dadurch entsteht, daß Wasser in eine Höhle unter der Abtei einströmt.«

»Das glaube ich zumindest«, erwiderte Draigen, klang jedoch keineswegs restlos überzeugt. »Wohin geht Ihr?« fragte sie, als Fidelma die steinernen Stufen in die Höhle hinunterzusteigen begann.

»Ich will nur nachsehen...«. Fidelma beendete ihren Satz nicht, sondern folgte der schmalen Treppe nach unten.

Die darunterliegende Höhle war leer und inzwischen wieder ruhig. Enttäuscht blickte Fidelma sich um. Es gab keinen Platz, wo sich jemand verstecken konnte, nur ein paar Kisten in einer Ecke. Fidelma unterdrückte einen Seufzer und begann, sich in der Finsternis mit einer Hand an der kalten Mauer entlangtastend, wieder die Treppe hinaufzusteigen.

Die Masse, in die sie plötzlich hineingriff, war feucht und klebrig, und sie wußte bereits, was es war, noch bevor sie ihre Finger im Licht der Kerze betrachten konnte. Dann untersuchte sie die Mauer. Sie entdeckte einen Blutfleck. Er war noch frisch.

»Was ist los, Schwester?« kam Draigens Stimme fragend von oben.

Fidelma wollte es ihr gerade erklären, überlegte es sich jedoch anders.

»Nichts, Mutter Oberin. Es ist nichts.«

Draußen im Hof begegneten sie einer höchst beunruhigten Schwester Lerben.

»Irgend etwas ist passiert, Mutter Oberin«, begrüßte sie sie atemlos. »Die einfältige Schwester Berrach sitzt schluchzend in ihrer Zelle. Ich habe Licht im Turm gesehen, jedoch schon lange keinen Gongschlag mehr gehört. Irgend etwas stimmt nicht mit der Aufsicht über die Wasseruhr.«

Äbtissin Draigen legte der jungen Frau eine Hand auf die Schulter.

»Wappnet Euch, Kind. Schwester Síomha ist ermordet worden. Berrach hat es getan…«

»Das wißt Ihr nicht mit völliger Sicherheit«, unterbrach Fidelma. »Laßt uns gehen und das Mädchen befragen, bevor wir ihr die Schuld zuweisen.«

Doch Schwester Lerben war bereits mit der Neuigkeit davongeeilt und weckte die schlafende Gemeinschaft mit lauten Rufen. Die Nachricht verbreitete sich wie ein Lauffeuer. Alle wachten auf und erfuhren, was geschehen war. Äbtissin Draigen befahl einer vorbeikommenden Novizin, in die Schlafhäuser zu gehen und den Aufruhr zu besänftigen, doch bevor sie noch reagieren konnte, wimmelte der Hof schon von verängstigten Schwestern. Erregte und wütende Stimmen redeten wirr durcheinander. Kerzen und Lampen wurden angezündet, und die Schwestern, die sich eilig angekleidet oder

Umhänge um ihre Schultern geworfen hatten, versammelten sich in kleinen Grüppchen und unterhielten sich in furchtsamem oder aufgebrachtem Tonfall.

Schwester Berrach schien sich in ihrer Zelle verbarrikadiert zu haben. Lerben kehrte zurück und meldete, Berrachs klagendes Heulen sei noch immer zu hören, eine sonderbare Mischung aus Gebeten und volkstümlichen Verwünschungen.

»Was sollen wir tun, Mutter Oberin?«

»Ich werde zu ihr gehen und mit ihr reden«, schaltete sich Fidelma entschlossen ein.

»Das ist keine gute Idee«, riet ihr die Äbtissin ab.

»Warum nicht?«

»Ihr wißt, wie stark Berrach ist, trotz ihrer Behinderung. Sie könnte Euch angreifen.«

Fidelma lächelte müde.

»Ich glaube nicht, daß ich vor Schwester Berrach Angst haben muß. Wo ist ihre Zelle?«

Schwester Lerben warf einen Blick zur Äbtissin hinüber und deutete dann auf eines der Schlafhäuser.

»Sie bewohnt die letzte Kammer in diesem Gebäude, Schwester. Aber solltet Ihr Euch nicht lieber bewaffnen?«

Fidelma schüttelte ärgerlich den Kopf.

»Wartet hier und kommt nicht herein, bis ich Euch rufe.«

Sie hob eine Hand, um ihre Kerze gegen die auffrischende Morgenbrise zu schützen, und ging hinüber zu dem Gebäude, das Schwester Lerben ihr gezeigt hatte. Es war ein langgestrecktes Holzhaus, das aus einem Korridor mit zwölf nebeneinanderliegenden, zellenähnlichen Kammern bestand. Anscheinend waren sämtliche Schlafhäuser der Gemeinschaft so gebaut.

Sie trat ein und blickte sich in dem dunklen Flur prüfend um.

Vom anderen Ende konnte sie Berrachs Schluchzen hören.

»Schwester Berrach!« rief Fidelma und bemühte sich, ihrer Stimme die Angst, die sie in Wirklichkeit verspürte, nicht anmerken zu lassen. »Schwester Berrach! Ich bin es, Fidelma.«

Es entstand eine Pause, das Weinen schien aufzuhören, nur noch vereinzeltes Schluchzen folgte.

»Berrach, ich bin Schwester Fidelma. Erinnert Ihr Euch?«

Nach einer erneuten Pause war Schwester Berrachs abwehrende Stimme zu hören.

»Selbstverständlich. Ich bin doch keine Idiotin.«

»Das habe ich auch nie gedacht«, erwiderte Fidelma in versöhnlichem Tonfall. »Können wir sprechen?«

»Seid Ihr allein?«

»Ganz allein, Berrach.«

»Dann tretet vor, bis ich Euch sehen kann.«

Langsam, mit hoch erhobener Kerze, schritt Fidelma den Korridor entlang. Sie hörte das Scharren von Möbelstücken und vermutete, daß Berrach eine Barrikade vor ihrer Tür beiseiteräumte. Als sie sich dem Ende des Korridors näherte, öffnete sich die Tür einen Spaltbreit.

»Halt!« befahl Berrach.

Fidelma gehorchte sofort.

Die Tür öffnete sich weiter, und Berrachs Kopf erschien, um nachzusehen, ob sonst niemand bei ihr war. Dann wurde die Tür ganz aufgestoßen.

»Kommt herein, Schwester.«

Fidelma betrachtete die junge Nonne. Ihre Augen waren gerötet, ihre Wangen tränenverschmiert. Fidelma betrat die

Zelle und blieb stehen, während Berrach hinter ihr die Tür zuschlug und einen Tisch davorschob, um sie zu sichern.

»Warum verbarrikadiert Ihr Euch?« fragte Fidelma. »Vor wem habt Ihr Angst?«

Berrach wankte zu ihrem Bett, setzte sich darauf und umklammerte ihren dicken Schwarzdornstock.

»Wißt Ihr nicht, daß Schwester Síomha ermordet wurde?«

»Warum solltet Ihr deshalb die Tür Eurer Kammer verbarrikadieren?«

»Weil man mich des Verbrechens beschuldigen wird, und weil ich nicht weiß, was ich machen soll.«

Fidelma blickte sich um, entdeckte einen Hocker und nahm Platz. Die Kerze stellte sie auf den Tisch daneben.

»Warum sollte man gerade Euch der Tat bezichtigen?«

Schwester Berrach musterte sie verächtlich.

»Weil Äbtissin Draigen mich im Turm gesehen hat, als die Tote gefunden wurde. Und weil die meisten hier mich aufgrund meiner Behinderung ablehnen. Sie werden mich ganz bestimmt beschuldigen, Schwester Síomha ermordet zu haben.«

Fidelma lehnte sich zurück, faltete die Hände im Schoß und betrachtete Berrach lange und nachdenklich.

»Ihr scheint von Euerm Stottern befreit zu sein«, stellte sie vorsichtig fest.

Das Gesicht des Mädchens verzog sich zu einem zynischen Grinsen.

»Euch bleibt wohl nichts lange verborgen, Schwester Fidelma. Ganz im Gegensatz zu den anderen. Die sehen nur, was sie sehen wollen. Etwas anderes existiert für sie nicht.«

»Ich vermute, Ihr habt gestottert, weil es von Euch erwartet wurde?«

Schwester Berrachs Augen weiteten sich ein wenig.

»Ziemlich klug von Euch, Schwester.« Sie machte eine Pause, bevor sie fortfuhr. »In einem mißgebildeten Körper steckt notwendigerweise auch ein mißgebildeter Geist. So lautet die Philosophie der Unwissenden. Ich stottere für sie, denn sie halten mich für einfältig. Würde ich mich verhalten wie ein intelligentes Wesen, könnten sie auf die Idee kommen, ich sei von einem bösen Geist besessen.«

»Aber mir gegenüber seid Ihr ehrlich. Warum könnt Ihr das nicht auch gegenüber anderen sein?«

Wieder verzog Schwester Berrach den Mund.

»Ich bin Euch gegenüber ehrlich, weil Ihr hinter den Vorhang aus Vorurteilen schaut, wo andere nicht hingucken.«

»Ihr schmeichelt mir.«

»Schmeichelei ist nicht meine Art.«

»Erzählt mir, was passiert ist.«

»Heute nacht?«

»Ja. Äbtissin Draigen sah Euch aus dem Raum kommen, in dem die Wasseruhr steht. Schwester Síomha wurde, wie Ihr wißt, enthauptet in jenem Raum gefunden. Ihr hattet es eilig und habt die Äbtissin beiseitegestoßen, so daß ihre Kerze herunterfiel und erlosch.« Fidelma betrachtete Schwester Berrachs Kleidung. »Vorne auf Eurem Habit ist ein dunkler Fleck, Schwester. Ich nehme an, es handelt sich um Síomhas Blut?«

Die wachsamen blauen Augen blickten Fidelma ernst an.

»Ich habe Schwester Síomha nicht ermordet.«

»Ich glaube Euch. Wollt Ihr mir vertrauen und mir genau erzählen, was passiert ist?«

Schwester Berrach breitete in einer fast rührenden Geste die Arme aus.

»In der Abtei hier hält man mich für einfältig, nur weil ich körperlich behindert bin. Ich wurde schon so geboren. Probleme mit der Wirbelsäule, haben die Heilkundigen meiner Mutter erklärt. Aber mein Körper und meine Arme sind stark. Nur meine Beine sind nicht richtig gewachsen.«

Schwester Berrach hielt inne, doch Fidelma erwiderte nichts und wartete, bis das Mädchen weitersprach.

»Zuerst sagte der Heilkundige, so könnte ich nicht leben, und dann sagte er, so sollte ich nicht leben. Meine Mutter konnte mich in ihrer Gemeinschaft nicht aufziehen. Mein Vater wollte nichts mit mir zu tun haben. Nach meiner Geburt hat er meine Mutter verlassen. Also wuchs ich bei meiner Großmutter auf, doch sie wurde getötet, als ich noch klein war. Ich überlebte und wurde im Alter von drei Jahren in diese Abtei gebracht, und hier kümmerte sich Brónach um mich. Ich blieb am Leben, und ich lebe immer noch. Die Gemeinschaft war mein Zuhause, so lange ich zurückdenken kann.«

In ihrer Stimme lag ein leises Schluchzen. Jetzt verstand Fidelma, warum Schwester Brónach sich immer schützend vor das Mädchen stellte.

»Nun erzählt mir, was im Turm geschehen ist«, drängte sie freundlich.

»Jede Nacht, vorm Morgengrauen, wenn die meisten hier noch schlafen, stehe ich auf und gehe in die Bibliothek«, gestand Berrach. »Dann widme ich mich dem Lesen. Ich kenne schon fast alle bedeutenden Bücher aus unserem Bestand.«

Fidelma war verwundert.

»Warum wartet Ihr bis zum Morgengrauen, um zum Lesen in die Bibliothek zu gehen?«

Berrach lachte. Es klang jedoch alles andere als fröhlich.

»Sie halten mich für einfältig und glauben, daß ich nicht denken kann, geschweige denn lesen. Ich habe mir selbst beigebracht, meine Muttersprache zu lesen, aber ich verstehe auch Latein, Griechisch und sogar etwas Hebräisch.«

Fidelma musterte sie nachdenklich, doch das Mädchen schien keineswegs angeben zu wollen, sondern einfach Tatsachen festzustellen. Ein abwegiger Gedanke schoß Fidelma durch den Kopf.

»Wußtet Ihr, daß die Abtei eine Kopie der Chroniken von Clonmacnoise besitzt?«

Schwester Berrach nickte sofort.

»Es ist eine Kopie, die unsere Bibliothekarin angefertigt hat«, ergänzte sie bereitwillig.

»Habt Ihr sie gelesen?«

»Nein. Aber viele andere Bücher.«

»Erzählt weiter«, seufzte Fidelma enttäuscht. »Ihr sagtet, daß Ihr vorm Morgengrauen aufsteht und in die Bibliothek geht. Fürchtet Ihr Euch nicht, ganz allein an so einem Ort?«

»Eine Schwester tut stets Dienst im Turmzimmer darüber. In letzter Zeit«, sie zitterte, »war es Schwester Síomha, die die meisten Nachtwachen übernahm. Vor den jüngsten Ereignissen bestand keinerlei Gefahr für Leib und Leben, nichts, wovor man sich dort zu fürchten brauchte.«

Fidelma verzog das Gesicht.

»Es ging mir nicht um Gefahren für Leib und Leben. Was ist mit dem Klopfen unter der *duirthech*, das die Schwestern am Vortag erschreckte? Mir wurde berichtet, daß es schon früher zu hören war.«

Schwester Berrach überlegte einen Augenblick.

»Ja, aber nicht oft. Äbtissin Draigen sagt, die Geräusche kommen aus einer unterirdischen Höhle, in die Meerwasser einströmt, aber manchmal macht es den Schwestern Angst. Ich fürchte mich nicht, und wer ein guter Christ ist, braucht davor keine Angst zu haben.«

»Sehr lobenswert, Schwester. Haltet Ihr die Erklärung der Äbtissin für richtig, daß das Geräusch entsteht, wenn Wasser aus der Meerenge in eine unterirdische Höhle strömt?«

»Das ist durchaus eine Möglichkeit. Jedenfalls weitaus wahrscheinlicher als die Geschichten über die ruhelosen Geister all derer, die früher angeblich bei heidnischen Opferritualen an diesem Ort getötet wurden.«

»Aber Ihr seid Euch nicht sicher, daß es sich nur um Wasser in einer unterirdischen Höhle handelt?«

»Manchmal, wie vorgestern in der *duirthech*, scheint die Erklärung der Äbtissin durchaus überzeugend. Andere Male, besonders, wenn ich mich nachts in der Bibliothek aufhalte, klingt das Geräusch zwar schwächer, aber eher wie ein Schlagen, als würde jemand Steine behauen oder ein Loch ausheben. Doch was immer es auch sein mag, das Geräusch ist irdischen Ursprungs – wovor sollte ich mich also fürchten?«

»Recht so. Und heute morgen gingt Ihr wie gewöhnlich in die Bibliothek?«

»Ja, in den Stunden vor Tagesanbruch. Ich verhielt mich so leise wie möglich, denn ich wollte die Aufseherin der Wasseruhr nicht auf mich aufmerksam machen. Schon gar nicht Schwester Síomha, die mich stärker ablehnt als die meisten anderen.«

»Wann habt Ihr die Bibliothek heute morgen betreten? Könnt Ihr die Zeit möglichst genau angeben?«

»Soweit ich mich erinnere, hörte ich den Gong zur zweiten Stunde schlagen, und vielleicht noch zur ersten Viertelstunde danach, ich bin mir nicht ganz sicher. Die dritte Stunde war noch nicht vorbei, das weiß ich ganz genau, denn ich erinnere mich nicht, daß sie geschlagen wurde.«

»Erzählt weiter.«

»Ich betrat die Bibliothek und fand das Buch, das ich suchte...«

»Welches?«

»Wollt Ihr den Titel des Buches wissen?« fragte Schwester Berrach stirnrunzelnd.

»Ja.«

»Der *Reisebericht* des Aethicus von Istrien. Ich trug das Buch zu einem kleinen Tisch in einer Ecke. Ich setze mich meistens dorthin: falls jemand unerwartet eintritt, bleibt mir noch Zeit, mich zu verstecken. Ich las gerade die Passage über Aethicus' Aufenthalt in Irland, wo er sich eingehend mit unseren Bibliotheken beschäftigte, als mir auffiel, daß die Zeit verging, ohne daß der Gong ertönte, den die Aufseherin der Klepsydra schon längst hätte schlagen müssen. Ich trat zum Fuß der Treppe und horchte. Alles war ruhig. Zu ruhig.«

Berrach hielt inne und rieb sich einen Augenblick abwesend die Wange.

»Ich spürte, daß etwas nicht stimmte. Kennt Ihr das, wenn man plötzlich so ein Gefühl bekommt? Ich beschloß, hinaufzugehen, um nachzusehen...«

»Obwohl Ihr nicht wolltet, daß jemand von Eurer Anwesenheit erfuhr, am allerwenigsten Schwester Síomha?«

»Falls etwas nicht stimmte, hielt ich es für besser, nicht darüber hinwegzusehen.«

»Und was habt Ihr mit dem Buch gemacht?«

»Ich ließ es auf dem Tisch zurück, wo ich es gelesen hatte.«

»Also muß es noch dort liegen? Sehr gut. Erzählt weiter.«

»Ich stieg so vorsichtig wie möglich die Treppe hinauf in den Raum, in dem sich die Klepsydra befindet. Ich dachte, ich sähe Schwester Síomha auf dem Boden liegen.«

»Ihr *dachtet*?« betonte Fidelma.

»Die Tote hatte keinen Kopf. Aber das erkannte ich nicht sofort. Ich sah nur eine Gestalt im klösterlichen Habit und kniete daneben nieder, um ihr den Puls zu fühlen. Ich nahm an, sie sei bewußtlos – vielleicht ohnmächtig geworden, weil sie zuwenig gegessen hatte oder aus einem anderen Grund. Meine Hände berührten ihren Hals, kalt, nicht richtig eiskalt, aber feucht und klamm. Dann spürte ich etwas Klebriges. Ich tastete nach ihrem Kopf…«

Schwester Berrachs Stimme stockte, und sie schauderte bei der Erinnerung.

»Heilige Mutter Gottes, schütze mich! In diesem Augenblick wurde mir klar, daß Schwester Síomha auf die gleiche Weise getötet worden war wie der Leichnam im Brunnen. Ich glaube, ich habe vor Entsetzen laut aufgeschrien.«

»Und dann seid Ihr die Treppe hinuntergerannt?« half Fidelma etwas nach.

»Nicht sofort. Als ich aufschrie, hörte ich hinter mir ein Geräusch. Ich drehte mich um, mein Herz raste. Ich sah einen Schatten, Kopf und Schultern vermummt, der schnell durch die Klapptür im Boden und die Treppe hinunter verschwand.«

Fidelma beugte sich rasch vor.

»Waren Kopf und Schultern die eines Mannes oder einer Frau?«

Berrach schüttelte den Kopf.

»Es tut mir leid, das weiß ich nicht. Es war so finster, und alles ging so schnell. Ich war vor Angst wie gelähmt und nicht in der Verfassung, weitere Nachzuforschungen anzustellen. Daß ich mit dem Ungeheuer, das die Tat begangen hatte, allein gewesen war, weckte in mir die Furcht vor der ewigen Verdammnis. Ich weiß nicht, wie lange ich dort in dem dunklen Raum neben der Toten kniete. Zweifellos eine ganze Weile.«

»Ihr habt einfach dort im Dunkeln gekniet? Ihr habt Euch nicht bewegt oder geschrien?«

»Angst übt eine seltsame Gewalt über den Körper aus, Schwester. Angst bringt den Lahmen zum Laufen, der Gesunde dagegen wird lahm wie ein Krüppel.«

Fidelma nahm das mit einer ungeduldigen Geste zur Kenntnis.

»Was dann, Berrach?«

»Schließlich erhob ich mich und spürte, wie mir das Blut eiskalt durch die Adern schoß. Wie gesagt, ich weiß nicht, wie lange das dauerte. Ich wollte den Gong schlagen, um die anderen zu alarmieren, und zündete gerade die Laternen an, da hörte ich wieder ein Geräusch.«

»Was für ein Geräusch?«

»Ich hörte das Schlagen einer Tür. Ich hörte Schritte, die die Treppe heraufkamen. Ich hörte, wie sie sich näherten. Mein erster Gedanke, Schwester, war, daß der Mörder zurückkehrte – zurückkehrte, um sicherzustellen, daß ich nicht mehr reden würde.«

Sie hielt inne und schien einen Augenblick nach Luft zu ringen, doch dann fing sie sich wieder.

»Diesmal ließ mich die Angst nicht, wie beim ersten Mal, wie angewurzelt stehenbleiben, sondern verlieh mir ungeahnte Kräfte. Ich drehte mich um und arbeitete mich, so schnell ich konnte, mit Händen und Füßen die Treppe hinunter. Ich erinnere mich, daß ich eine Gestalt heraufkommen sah und dachte, der Vermummte kehrt zurück. Das ist die Wahrheit! Ich nahm alle Kraft zusammen, um die Gestalt brutal niederzustoßen, damit ich Zeit gewann, um zu entkommen...«

»Erinnert Ihr Euch, ob die Gestalt ein Licht in der Hand hatte?«

Berrach runzelte die Stirn.

»Ein Licht?«

»Eine Lampe oder eine Kerze?«

Das Mädchen dachte eine Weile nach.

»Ich kann mich nicht erinnern. Vielleicht eine Kerze. Ist das wichtig? Ich hörte sie aufschreien. Erst als ich den Innenhof schon überquert hatte, wurde mir bewußt, daß es die Äbtissin gewesen war.«

»Warum seid Ihr dann nicht zurückgekehrt?«

»Ich war ganz durcheinander. Immerhin hatte ich die vermummte Gestalt in dem Raum mit der Wasseruhr gesehen. Vielleicht war die Äbtissin sogar die Mörderin. Woher sollte ich das wissen?«

Fidelma antwortete nicht.

»Ich lief hierher, so schnell ich konnte. Ich hatte gerade meine Zelle erreicht, als Brónach hereinkam und mich fragte, warum ich so aufgeregt sei. Ich erzählte es ihr, und sie wollte hingehen und nachsehen, was passiert war. Ich hatte Angst, der Mörder könnte mir gefolgt sein.«

»Aber das hatte der Mörder nicht getan. Ihr wart doch bestimmt um Brónachs Sicherheit besorgt, als sie allein zum Turm hinüberging?«

»Ich war ganz durcheinander«, wiederholte Berrach.

»Warum habt Ihr Euch verbarrikadiert?«

»Ich hörte den Lärm, als die Schwestern geweckt wurden. Erst war Licht im Turm und dann in den Schlafräumen. Ich wollte gerade hinausgehen, doch eine der Schwestern, es war Lerben, rief: ›Schwester Síomha ist von Berrach ermordet worden!‹ Da wußte ich, daß ich verloren war. Welche Chance hat denn jemand wie ich, Gerechtigkeit zu finden? Ich soll für etwas bestraft werden, was ich nicht getan habe.«

Fidelma betrachtete sie nachdenklich.

»Noch eine Frage, Berrach. Ist Euch irgend etwas Besonderes an Schwester Síomhas Körper aufgefallen? Abgesehen von der Enthauptung, meine ich?«

Berrach riß sich einen Augenblick von ihren angstvollen Gedanken los und starrte Fidelma fragend an.

»Etwas Besonderes?«

»Vielleicht eine Ähnlichkeit in der Art und Weise, wie die namenlose Tote im Brunnen zurückgelassen wurde«, legte ihr Fidelma nahe.

Schwester Berrach dachte einen Augenblick gründlich nach.

»Ich glaube nicht.«

»Ich meine, habt Ihr bemerkt, daß etwas an ihren linken Arm gebunden war?«

Die Bestürzung des Mädchens wirkte echt, als es den Kopf schüttelte.

»Kennt Ihr die uralten, heidnischen Bräuche?«

»Wer kennt sie nicht?« erwiderte Berrach. »Ihr solltet wissen, daß die Menschen in diesen abgelegenen Gegenden, fernab der großen Kathedralen und Städte, nach wie vor sehr naturverbunden leben und den ausgetretenen Pfaden weiterhin folgen. Bringt hier einem Christen einen Kratzer bei, und Ihr werdet sehen, daß das Blut in seinen Adern heidnisch ist.«

Fidelma wollte gerade etwas darauf erwidern, als sie von draußen Stimmen hörte, die immer lauter wurden, bis sie als Sprechgesang zu ihnen in die Kammer drangen. Erstaunt hörte sie, daß die Stimmen einen Namen riefen: »Berrach! Berrach! Berrach!«

Die Schwester stieß ein mitleiderregendes Stöhnen hervor.

»Seht Ihr?« wimmerte sie. »Seht Ihr? Sind sie gekommen, um mich zu bestrafen?«

»Schwester Fidelma!«

Fidelma erkannte die Stimme von Schwester Lerben, die den Lärm übertönte. Allmählich verstummte der Sprechchor.

Fidelma erhob sich und ging zur Tür. Sie warf Schwester Berrach einen Blick zu und versuchte, ermutigend zu lächeln.

»Habt Vertrauen zu mir«, beruhigte sie das Mädchen. Dann schob sie den Tisch beiseite und öffnete die Tür.

Schwester Lerben stand am anderen Ende des Korridors, und einige ihrer Mitnovizinnen drängten sich hinter ihr zusammen, Laternen in den Händen.

»Seid Ihr dort sicher, Schwester?« wollte die Novizin von Fidelma wissen. »Wir haben uns Sorgen gemacht, als wir nichts mehr von Euch hörten.«

»Was hat dieses aufrührerische Geschrei zu bedeuten? Die Schwestern sollen sich zerstreuen und in ihre Zellen zurückkehren.«

»Wir, die Mitglieder dieser Gemeinschaft, sind gekommen, um die Mörderin zu holen. Die Ermordung Schwester Síomhas darf nicht ungestraft bleiben. Bringt Berrach heraus. Ihre Schwestern haben beschlossen, daß der Tod die einzig angemessene Strafe für sie ist.«

Kapitel 10

Die jungen Nonnen, die sich dort am Ende des Korridors zusammendrängten und Berrachs Namen riefen, wirkten wie Besessene. Ihre Hysterie war kaum noch unter Kontrolle zu halten, und Fidelma wurde wütend, als sie erkannte, daß Draigen rein gar nichts unternommen hatte, um die verängstigten Gemüter zu beruhigen. Lerben schien die Raserei, die jeglicher Logik widersprach, noch geschürt zu haben und gebärdete sich als Anführerin der Gruppe, die sich von einer Zusammenrottung des Pöbels kaum noch unterschied. Von der Äbtissin war keine Spur zu sehen.

»Die Schwestern haben *beschlossen*?« fragte Fidelma in gefährlich drohendem Tonfall.

Schwester Lerben sprach sehr eindringlich. »Die Sache ist ganz einfach. All die Jahre hat die Abtei einer Zauberin Zuflucht gewährt, und sie hat es mit Mord und heidnischem Götzendienst vergolten. Sie wird ihre gerechte Strafe erhalten. Eure Aufgabe ist hiermit erfüllt.«

Die Nonnen, die sich hinter Lerben drängten, murmelten zustimmend. Fidelma erkannte, daß die meisten von ihnen sich einfach nur fürchteten und daß ihre Hysterie ganz einfach auf Angst beruhte. Lerben hatte dafür gesorgt, daß ihre entfesselten Gefühle sich gegen Berrach wendeten. Die Schwestern waren kaum noch im Zaum zu halten. Es sah aus, als würden sie jeden Augenblick losstürmen. Fidelma postierte sich entschlossen im Korridor und hob ihre Hand.

»Im Namen Gottes, merkt Ihr denn nicht, was Ihr da tut?« überschrie sie ihre Rufe. »Ich bin eine Advokatin der Gerichtsbarkeit, von Euerm König und vom Bischof damit beauftragt, diesen Fall zu untersuchen. Wollt Ihr Euch eines schrecklichen Verbrechens schuldig machen, indem Ihr die Gerechtigkeit in die eigenen Hände nehmt?«

»Das ist unser Recht«, widersprach Schwester Lerben.

»Und wieso?« verlangte Fidelma zu wissen. Sie war zu dem Schluß gekommen, daß jedes Gespräch besser war als blinde Gewalt. »Was habt Ihr denn für Rechte? Ihr seid lediglich eine Novizin in dieser Abtei, ohne höhere Position. Wo ist Eure Äbtissin? Vielleicht kann sie Euch über Eure Rechte aufklären?«

Schwester Lerbens Augen funkelten vor Zorn.

»Äbtissin Draigen hat sich zum Gebet in ihre Gemächer zurückgezogen. Sie muß sich erst von diesem entsetzlichen Schock erholen und hat mich mit den Aufgaben einer *rechtaire* betraut. Jetzt trage ich hier die Verantwortung. Übergebt uns endlich die Mörderin.«

Fidelma erschrak über die Arroganz des jungen Mädchens.

»Ihr seid jung, Lerben. Viel zu jung, um die Verantwortung für dieses Amt zu übernehmen. Was Ihr verlangt, widerspricht dem irischen Gesetz. Beruhigt Euch also und gebt Anweisung, daß die Schwestern sich zerstreuen.«

Zu ihrer Überraschung gab Lerben sich noch nicht geschlagen.

»Hat nicht Ultan, Erzbischof von Armagh und Oberster Apostel der Christenheit in den fünf Königreichen, verfügt, daß unsere Kirche die Gesetze der Peterskirche in Rom befolgen soll? Nun, wir haben über unsere sündige Schwester zu Gericht gesessen und sie für schuldig befunden – nach römischem Kirchenrecht.«

»Nach welchem Recht?« Fidelma traute ihren Ohren kaum. Sicher hatte jemand die Novizin, die jetzt behauptete, als Verwalterin der Abtei zu handeln, aufgewiegelt, sämtlichen irischen Gesetzen zuwiderzuhandeln. Sie fühlte sich wie in einem Streit mit jemandem, der die Meinung vertrat, tags sei es dunkel und nachts sei es hell: wo fand man denn da noch einen logischen Anknüpfungspunkt?

»Nach dem Recht der Heiligen Schrift!« antwortete Lerben völlig unbeeindruckt von Fidelmas Autorität. »Heißt es nicht im Zweiten Buch Mose: ›Die Zauberinnen sollst du nicht am Leben lassen‹?«

»Hat Euch die Äbtissin das beigebracht, Lerben?« forderte Fidelma sie heraus.

»Wollt Ihr etwa mit der Heiligen Schrift rechten?« entgegnete die Novizin stur.

»Laut dem Matthäus-Evangelium hat Unser Herr gesagt: ›Richtet nicht, auf daß ihr nicht gerichtet werdet. Denn mit welcherlei Gericht ihr richtet, werdet ihr gerichtet werden; und mit welcherlei Maß ihr messet, wird euch gemessen werden.‹« Fidelma schleuderte Lerben das Zitat entgegen und wandte sich dann an die plötzlich still gewordenen Schwestern hinter ihr. »Schwestern, man hat Euch in die Irre geführt. Beruhigt Euch und kehrt in Eure Schlafräume zurück. Berrach ist nicht die Schuldige.«

Ein Raunen ging durch die Versammelten. Lerben versuchte, ihre Autorität wiederherzustellen. Ihr Gesicht war rot vor Zorn, hatte sie doch gehofft, durch ihre Belesenheit die unumstrittene Achtung und Ergebenheit der anderen Schwestern zu gewinnen.

»Ihr weist also Ultans Entscheidung zurück?« fragte sie Fidelma.

»Sicher, wenn sie nicht der Wahrheit und dem irischen Gesetz entspricht.«

»Draigen ist hier Äbtissin, und ihr Wort ist das Gesetz!« entgegnete das Mädchen.

»Das ist nicht richtig«, erwiderte Fidelma mit entschlossener Stimme. Sie begriff, daß sie die Versammelten so schnell wie möglich zerstreuen mußte. Je länger die Erregung andauerte, desto leichter konnte die Situation außer Kontrolle geraten. Fidelma hatte offenbar richtig vermutet: Draigen mußte Lerben ermutigt haben, die Angst vor Berrach noch zu schüren. Sie konnte die gefährliche Situation nur entschärfen, indem sie ihre ganze Autorität in die Waagschale warf. Klar und deutlich wiederholte sie: »Ich bin kürzlich von Eurem Oberkönig berufen worden. Ich bin auf Ersuchen Eures Königs und Eures Bischofs hierhergekommen. Und vermittels der Autorität des Abtes von Ros Ailithir, falls Ihr andere Autoritäten nicht respektiert. Solltet Ihr Berrach etwas zuleide tun, so werdet Ihr und alle, die sich daran beteiligen, Euch für den Mord an einer Glaubensschwester zu verantworten haben.«

Bestürztes Gemurmel lief durch die Reihen der Schwestern. Sie kannten das Gesetz gut genug, um zu wissen, daß der Mord an seinem Nächsten nach dem irischen Strafgesetzbuch als eines der schwersten Verbrechen galt. Sogar der Oberkönig würde durch einen solchen Mord sein Anrecht auf sein Amt und seine Würde verwirken. Die Kreuzigung Christi galt in Irland als Präzedenzfall für einen Mord an seinem Nächsten, denn man betrachtete die Juden als Christi Angehörige mütterlicherseits. Sämtliche Gesetze und gelehrten Bücher betonten seit unvordenklichen Zeiten, wie verdammungswürdig ein Mord an seinem Nächsten sei; eine solche Tat war ein Schlag gegen die Grundfesten der Gesellschaftsstruktur und ihren Kern, die Familie.

»Ihr würdet es wagen…?« begann Schwester Lerben unsicher. »Ihr würdet es wagen, uns anzuklagen?« Doch schon schwand ihre Unterstützung in diesem Konflikt.

»Schwestern«, wandte sich Fidelma nun an alle, die sich unsicher hinter Lerben zusammendrängten. Da sie ihr jetzt aufmerksam zuhörten, hatte es wenig Sinn, das Wort weiterhin an die unerfahrene, arrogante Novizin zu richten. »Schwestern, ich habe Schwester Berrach verhört, und ich bin überzeugt davon, daß sie an der Ermordung Síomhas unschuldig ist. Sie ist zufällig auf den Leichnam gestoßen, genau wie Äbtissin Draigen kurz nach ihr, und sie trägt ebensowenig Schuld an dem Verbrechen wie Eure Äbtissin. Laßt Euern Verstand nicht von Furcht vernebeln. Es ist so leicht, sich gegen das zu wenden, was man fürchtet, und es zu vernichten. Zerstreut Euch in Eure Schlafräume, und laßt uns dies alles vergessen – es war nur der Wahn eines Augenblicks.«

Die Schwestern sahen einander an wie hilflose Schäfchen in der Finsternis, und einige begannen sich zurückzuziehen.

Lerben trat einen Schritt vor, die Lippen zu einer dünnen Linie zusammengepreßt, doch Fidelma war entschlossen, ihren Vorteil zu nutzen. In diesem Augenblick tauchte die besorgte Schwester Brónach im Hintergrund der Gruppe auf.

»Schwester Brónach, ich möchte, daß Ihr Schwester Lerben zu ihrem Gemach begleitet, während ich die Äbtissin aufsuche. Das ist ein Befehl kraft meines Ranges«, fügte sie hinzu, als Brónach zögerte. Dann wandte sie den Versammelten bewußt den Rücken zu und trat wieder in Berrachs Gemach. Gleich hinter der Tür blieb sie stehen, mit geschlossenen Augen und rasendem Herzschlag, und fragte sich, ob es ihr gelungen war, die Situation restlos zu entschärfen. Würde Lerben einen weiteren Versuch unternehmen, ihre Anhängerinnen um sich zu scharen und Berrach zu ergreifen? Aus dem Korridor hörte sie Gemurmel und Fußgetrappel, dann Stille. Fidelma öffnete die Augen.

Schwester Berrach saß auf dem Bett und zitterte am ganzen Leibe.

Fidelma warf einen raschen Blick in den Korridor. Er war leer. Sie stieß einen langen, tiefen Seufzer aus.

»Alles in Ordnung«, sagte sie und setzte sich neben das Mädchen aufs Bett. »Sie haben sich zerstreut.«

»Wie können sie nur so böse sein?« Berrach schauderte. »Sie wollten mich hier rausholen und mich töten.«

Fidelma legte tröstend eine Hand auf ihren Arm.

»Sie sind nicht wirklich böse. Sie haben einfach Angst. Von allen menschlichen Gefühlen trübt Furcht die Urteilskraft am meisten, besonders, wenn man so jung und unerfahren ist wie Lerben.«

Das Mädchen schwieg eine Weile.

»Schwester Lerben hat mich nie gemocht. Jetzt muß ich fort von hier. Habt Ihr gehört, was sie gesagt hat? Äbtissin Draigen hat sie zur Verwalterin der Abtei ernannt, zur Nachfolgerin Schwester Síomhas.«

»Eine unkluge, ja, geradezu unüberlegte Wahl«, räumte Fidelma ein. »Ich werde mit der Äbtissin darüber sprechen. Lerben ist zu jung, um *rechtaire* zu sein. Habt ein wenig Geduld, Berrach. Die Schwestern werden zur Besinnung kommen, und dann werden sie alles bereuen.«

»Wenn sie mich so sehr fürchten, dann wird diese Furcht nicht nachlassen, sondern sich in Haß verwandeln. Ich werde hier niemals sicher sein.«

»Gebt ihnen eine Chance. Gestattet mir zumindest, mit Äbtissin Draigen zu sprechen.«

Schwester Berrach schwieg, und Fidelma beschloß, dies als Zeichen der Zustimmung zu werten.

Sie erhob sich und warf von der Tür aus noch rasch einen Blick zurück.

»Kann ich Euch kurz allein lassen?« fragte sie.

Schwester Berrach schaute finster drein.

»*Deo favente*«, antwortete sie. »So Gott will.«

Fidelma verließ die Zelle und machte sich auf den Weg zu Draigens Gemächern. Nun, da sie über das Verhalten der Äbtissin nachdachte, schoß ihr vor Zorn das Blut in den Kopf. Wie konnte Draigen der blutjungen Lerben nur soviel Macht übertragen? Wie konnte sie die Novizin dazu veranlassen, die Schwestern zu einem Mord anzustiften, dem schlimmsten aller Verbrechen? Wie stark mußte der Haß sein, den die Äbtissin gegen Berrach hegte? Worauf auch immer Fidelma bei ihren Nachforschungen stieß, alles an diesem Ort lag unter einem Mantel von Haß. Sie war wütend, doch dann fiel ihr ein, wie leicht es war, seiner Wut freien Lauf zu lassen. Hatte nicht Publilius Syrus gefordert, man solle den Zorn stets meiden? Zorn macht die Menschen blind und dumm. Sie erinnerte sich an die Worte ihres Mentors, des Brehon Morann von Tara: Wer die glühende Hitze des Zornes erlebt, wird danach die eisige Kälte der Reue empfinden. Es ist stets besser, Ruhe zu bewahren.

Kaum hatte sie diesen Entschluß gefaßt, da stand sie auch schon vor der Tür zu Äbtissin Draigens Gemächern.

Sie stieß sie auf und marschierte hinein, ohne anzuklopfen.

Die Äbtissin saß kerzengerade an ihrem Tisch, die Lippen entschlossen zusammengepreßt. Neben dem Feuer stand Schwester Lerben. Offensichtlich hatte sie sich Schwester Brónachs Begleitung entzogen. Sie blickte voller Abneigung auf, als Fidelma eintrat und den Raum mit festen Schritten durchmaß.

»Ich möchte Euch allein sprechen, Mutter Oberin.«

»Ich bin…«, begann Schwester Lerben.

»Ihr seid entlassen«, fauchte Schwester Fidelma.

Äbtissin Draigen warf dem Mädchen einen nervösen Blick zu und bedeutete ihr mit einer Handbewegung, sie allein zu lassen. Die junge Frau verkniff sich eine Erwiderung, was ihr sichtlich schwerfiel. Hocherhobenen Hauptes verließ sie den Raum.

Bevor Fidelma sprechen konnte, verzog sich Äbtissin Draigens Gesicht vor Zorn.

»Dies ist bereits das zweite Mal, daß Ihr Euch in Anweisungen einer von mir autorisierten Person eingemischt habt. Ich habe Schwester Lerben an Stelle von Schwester Síomha zur stellvertretenden *rechtaire* ernannt.«

Fidelma lächelte matt, trotz ihrer Wut.

»Angst führt unwürdige Seelen in die Irre«, erwiderte sie, während sie Platz nahm.

Äbtissin Draigen verzog erneut das Gesicht.

»Dies ist auch das zweite Mal, daß Ihr Eure lateinischen Philosophen zitiert.«

»Ihr habt mir nicht einmal Zeit gelassen, Euch von meiner Befragung Schwester Berrachs zu berichten, bevor Ihr Lerben die Erlaubnis erteiltet, die Ängste der Schwestern in Eurer Gemeinschaft zu schüren«, sagte Fidelma, ohne auf Draigens Erwiderung einzugehen. »Was dachtet Ihr eigentlich, was sie durch eine derartige Anstiftung zum Mord erreichen würde? Habt Ihr geglaubt, Ihr, die Ihr als Äbtissin verantwortlich für solches Handeln seid, würdet ungestraft davonkommen?«

Äbtissin Draigen erwiderte unerschrocken ihren Blick.

»Ich wußte, daß Lerben und ihre Mitschwestern Berrach verurteilt hatten. Sie handelten in Übereinstimmung mit Gottes Gesetz, und ich unterstützte ihre Entscheidung. Ich glaube, daß Berrach des Mordes an Schwester Síomha schuldig ist. Die heidnischen Symbole bedeuteten Böses. Im Fünften Buch Mose steht geschrieben, daß alle, die derart Böses praktizieren, der Gotteslästerung schuldig sind und vertrieben werden müssen. Schwester Lerben handelte in Übereinstimmung mit den Lehren von Erzbischof Ultan. Ich billige ihr Handeln. Ich unterstehe der Autorität von Armagh.«

Fidelma kam zu dem Schluß, daß Aristoteles große Weisheit bewiesen hatte, als er sagte, jeder könne sich vom Zorn hinreißen lassen, das Geheimnis bestehe jedoch darin, genau zum richtigen Zeitpunkt auf die richtige Person wütend zu sein, und das im richtigen Ausmaß und in der richtigen Weise. In Wirklichkeit war es die Äbtissin, mit der sie sich auseinandersetzen mußte. Schwester Lerben war lediglich ihr Sprachrohr und von Draigen zweifellos genauestens instruiert worden. Jetzt war jedoch nicht der Zeitpunkt, auf Äbtissin Draigen wütend zu sein, denn Fidelmas Wut würde an der Äbtissin abprallen wie an einer Mauer.

»Laßt uns eines klarstellen: gegenwärtig sprechen genauso viele Beweise für Schwester Berrachs Schuld an der Ermordung Schwester Síomhas wie für Eure oder Schwester Brónachs Schuld. Ihr habt Lerben zur Gewalt angestiftet und die heimlichen Ängste geschürt, die die Behinderung der bedauernswerten Berrach bei ihren Mitschwestern auslöst. Das entspricht keineswegs der Art und Weise, wie ein Christ handeln sollte. Deshalb verlange ich von Euch die Garantie, daß

Berrach kein Leid zugefügt wird, bis ich meine Untersuchung abgeschlossen habe.«

Äbtissin Draigen spitzte die Lippen.

»Ich werde nicht schwören, denn das verbietet die Bibel.«

Fidelma lächelte zynisch.

»Ich kenne den Passus, auf den Ihr Euch bezieht, Mutter Oberin. Er steht im fünften Kapitel bei Matthäus. Christus sagt zwar, man solle nicht schwören, schon gar nicht bei etwas Heiligem, doch er ermahnt die Menschen, mit ›Ja‹ oder ›Nein‹ zu antworten. Deshalb will ich Euch ermahnen, ›Ja‹ zu sagen und damit die Sicherheit Berrachs zu garantieren. Die andere Antwort wäre ›Nein‹, und falls Ihr ablehnt, werde ich Abt Brocc in Ros Ailithir von der Angelegenheit in Kenntnis setzen und Schwester Berrach persönlich beschützen müssen.«

Äbtissin Draigen schnaubte wütend.

»Dann sollt Ihr Euer ›Ja‹ bekommen. Ich werde nichts mehr dazu sagen, nur, daß auch ich jemanden von der Angelegenheit in Kenntnis setzen werde – nicht Brocc, sondern Ultan von Armagh persönlich.«

Fidelmas Augen wurden schmal.

»Soll das heißen, daß Ihr es vorzieht, in unserem Land den Lehren Roms zu folgen?«

»Ich bin Anhängerin der Schule Roms«, gab die Äbtissin zu.

»Dann wissen wir wenigstens, wo wir stehen«, erwiderte Fidelma leise.

Schwester Fidelma war sich des sich zuspitzenden Konfliktes zwischen der Kirche der fünf Königreiche von Éireann und der Kirche Roms sehr wohl bewußt. Auch die Debatte über die dazugehörigen Rechtssysteme wurde immer erbitterter. Irland konnte auf eine lange Rechtstradition zurückblicken, seit vor eintausendzweihundert Jahren Oberkönig Ollamh Fodhla angeordnet hatte, die Gesetze der Brehons, der irischen Richter, zu einem einheitlichen Gesetzbuch zusammenzufassen. Doch mit dem Neuen Glauben waren auch neue Ideen ins Land gekommen. Von Rom aus hatten die Vertreter des Christentums ihr eigenes Kirchenrecht aufgestellt und die Gesetze der Länder, die sie bekehrten, verunglimpft. Das kanonische Recht beruhte auf Entscheidungen, die auf den Synoden der Bischöfe und Äbte getroffen wurden. Es bezog sich angeblich zwar nur auf die Leitung der Kirchen und des Klerus und auf das Spenden der Sakramente, begann mittlerweile aber auch, das jeweilige Zivilrecht in Frage zu stellen.

In einigen wenigen Fällen hatten religiöse Institutionen den Anspruch erhoben, ihre Gesetze über das Zivilrecht, ja sogar über das Strafrecht zu stellen. Derlei geschah allerdings höchst selten. Fidelma wußte jedoch, daß Ultan von Armagh einen engeren Zusammenschluß mit Rom begünstigte und das Kirchenrecht unterstützte. Ultan selbst war zu einer umstrittenen Figur geworden: seit er vor sechs Jahren als Nachfolger Commenés zum Erzbischof ernannt wurde, hatte sich immer wieder erwiesen, daß er die Kirche in den fünf Königreichen nach dem Modell Roms zu zentralisieren wünschte.

»Ich folge den Lehren Ultans und den Beweisen, die er vorgelegt hat und die deutlich zeigen, daß wir uns nicht nach den Gesetzen der Brehons richten sollten«, erklärte Draigen.

»Beweise?«

Die Äbtissin schob ihr ein kleines, handgeschriebenes Büchlein zu, das auf ihrem Tisch lag.

Fidelma warf einen Blick darauf: »Die Bischöfe Patrick, Auxiliius und Isernius grüßen die Priester, Diakone und alle Geistlichen…«. Sie legte das Büchlein beiseite.

»Es ist kein Geheimnis, daß Erzbischof Ultan dieses Dokument in Umlauf gebracht hat«, bemerkte sie. »Er behauptet, es handele sich um den Bericht über ein Konzil, an dem vor zweihundert Jahren all jene teilnahmen, die bei der Bekehrung Irlands zum Christentum eine führende Rolle spielten. Nach Ultans Darstellung bilden die fünfunddreißig Erlasse dieser angeblichen Synode die Grundlage für das Kirchenrecht. Der erste Erlaß besagt, daß jedes Mitglied der Kirche, das sich an die weltliche Gerichtsbarkeit von Éireann wendet, exkommuniziert werden muß.«

Äbtissin Draigen musterte sie überrascht.

»Ihr scheint das Werk gut zu kennen, Schwester Fidelma«, gab sie vorsichtig zu.

Fidelma zuckte die Achseln.

»Gut genug, um seine Echtheit zu bezweifeln. Wären in diesem Land vor zweihundert Jahren solche Regelungen getroffen worden, hätten wir zweifellos davon gewußt.«

Draigen beugte sich verärgert vor.

»Es liegt auf der Hand, daß der Bericht zurückgehalten wurde, und zwar von denen, die den Anspruch Roms auf die führende Rolle in der Kirche zurückweisen.«

»Aber niemand hat je das Originalmanuskript zu sehen bekommen, nur die Kopien, die auf Anweisung Ultans angefertigt wurden.«

»Ihr wagt es, Erzbischof Ultan in Frage zu stellen?«

»Ich habe jedes Recht dazu. Dieses Buch enthält Erlasse, die zwar mit Rom übereinstimmen, dafür aber gegen die irischen Zivil- und Strafgesetze verstoßen.«

»Ganz genau«, stimmte Draigen selbstgefällig zu. »Genau deshalb vertreten wir auch den Standpunkt, daß die Anhänger des Glaubens das Zivilrecht nicht beachten und sich dem Kirchenrecht unterwerfen sollten, dem einzigen Weg der Wahrheit. Wie schon die Gesetze des Heiligen Patrick besagen: kein Christ darf einen weltlichen Richter anrufen, sonst droht ihm die Exkommunikation.«

Fidelma schaute sie belustigt an.

»Dann ist mir der ganze Streit ein Rätsel, denn ist nicht überliefert, daß Patrick einen eigenen Brehon beschäftigte, Erc von Baile Shláine, der ihn in allen Rechtsstreitigkeiten vor den irischen Gerichten vertrat?«

Äbtissin Draigen war erstaunt.

»Ich habe keine…«

»Noch verblüffender«, unterbrach sie Fidelma, ihren Vorteil nutzend, »ist Patricks schriftliche Bestätigung der Gesetze unseres Landes. Dieses Büchlein hier ist nichts weiter als eine Fälschung, die von Eurer pro-römischen Fraktion in Umlauf gebracht wurde. Schon allein deshalb, weil Patrick selbst, zusammen mit seinen beiden Gefährten, den Bischöfen Benignus und Cairenech, der Kommission aus neun hochangesehenen Persönlichkeiten angehörte, die auf Bitten des Oberkönigs Laoghaire zusammentrat und die Gesetze der Brehons studierte und überarbeitete, bevor sie in der neuen, lateinischen Schrift zu Papier gebracht wurden. Das war im Jahre des Herrn vierhundertachtundreißig. Ihr werdet sicher zugeben, Draigen, daß es für Patrick und seine Glaubensgefährten undenkbar gewesen wäre, über das irische Zivil- und Strafrecht zu beraten und es öffentlich zu unterstützen und gleichzeitig ein dem entgegenstehendes Regelwerk aufzustellen und dann noch – unter Androhung der

Exkommunikation – zu verlangen, daß sich kein Mitglied der Kirche auf die Gesetze der Brehons beruft?«

Eine Weile herrschte Schweigen. Man sah Äbtissin Draigen an, wie verzweifelt sie sich bemühte, logische Argumente vorzubringen, um das Gesagte zu widerlegen. Fidelma lächelte ihr freundlich in ihr hochrotes Gesicht und klopfte mit dem Zeigefinger auf Ultans Büchlein.

»In den einleitenden Zeilen dieser Fälschung findet Ihr übrigens ein Körnchen Weisheit: Es ist besser, zu streiten als wütend zu sein.«

Die Äbtissin schwieg empört, während Fidelma ihren Angriff fortsetzte.

»Eines würde mich noch interessieren, Mutter Oberin. Wenn Ihr das glaubt, was Ihr behauptet, warum habt Ihr dann überhaupt Abt Brocc gebeten, einen Brehon zu schicken, der den Fall untersucht? Ihr respektiert die weltlichen Gesetze doch gar nicht und wollt sie auch nicht anerkennen.«

»Noch unterstehen wir der weltlichen Gerichtsbarkeit«, erwiderte die Äbtissin in angriffslustigem Ton. »Als *bó-aire* bekleidet Adnár auch das Amt des Friedensrichters. Ich würde mich sogar der Macht des Teufels beugen, wenn ich dadurch die Macht meines Bruders eindämmen und seine Einmischung in die Angelegenheiten dieser Abtei unterbinden könnte.«

Fidelmas Mimik verriet Entäuschung.

»Ihr erkennt das Gesetz der Brehons also nur an, wenn es Euch nützlich ist? Damit geht Ihr Eurer Gemeinschaft nicht gerade mit gutem Beispiel voran.«

Draigen brauchte eine Weile, bevor sie sich erholte.

»Ihr könnt mich nicht überzeugen. Ich stehe zu Ultans Erklärung, daß dieses Buch rechtsgültig ist.«

Fidelma neigte den Kopf.

»Das steht Euch frei, Mutter Oberin. In diesem Fall sollte ich Euch allerdings darauf hinweisen, daß die Gesetze der römischen Kirche, auf die Lerben heute morgen Bezug nahm, hier keinerlei Rechtmäßigkeit besitzen.«

»Und welche sind das?« wollte Draigen wissen.

»Sämtliche Gesetze, die, wie Lerben behauptet, ihr die Vollmacht geben, Schwester Berrach gefangenzunehmen und zu töten, falls sie des Verbrechens, dessen Ihr sie anklagt, für schuldig befunden würde. Zweifelsohne habt Ihr Lerben, die noch sehr jung ist, in diesen Fragen Anweisungen erteilt. Sie hat das Buch Mose, Kapitel zweiundzwanzig, Vers siebzehn zitiert.«

Draigen nickte.

»Ihr kennt die Bibel gut. Ja, so lautet das Gesetz: die Zauberinnen sollst du nicht am Leben lassen. Auf dieser Grundlage könnte Berrach, sofern bewiesen wird, daß sie eine Zauberin ist und heidnische Rituale praktiziert, hingerichtet werden.«

»Wenn Ihr jedoch zu Ultans Erklärung steht und wenn Ihr in diesem Text, der vorgibt, seit Patricks erster Synode in diesem Land Gesetzeskraft zu besitzen, eine Rechtfertigung sucht, dann nehmt ihn zur Hand und lest mir das sechzehnte Gesetz vor.«

Verunsicherung beschlich die Äbtissin, während sie den Blick der jüngeren Frau erwiderte. Nach kurzem Zögern nahm sie das Buch und begann zu lesen.

»Würdet Ihr das Gesetz laut vorlesen?« drängte Fidelma.

»Ihr kennt es doch ohnehin«, entgegnete Draigen ärgerlich.

Fidelma nahm ihr freundlich das Buch aus der Hand und begann laut zu lesen.

»Jeder Christ, der glaubt, daß es auf der Welt so etwas wie Zauberinnen gibt, und der jemanden der Zauberei bezichtigt, wird exkommuniziert und nicht wieder in die Kirche aufgenommen, bevor er – durch persönliche Erklärung – seine verbrecherische Anschuldigung widerrufen und mit aller Strenge Buße getan hat.«

Bedächtig schloß Fidelma das Büchlein und legte es wieder hin. Dann lehnte sie sich zurück und betrachtete die Äbtissin nachdenklich.

»Steht Ihr noch immer zu Ultans Erlässen? Denn wenn dem so ist, müßt Ihr auch akzeptieren, daß Ihr Euch diesem Kirchenrecht voll und ganz zu unterwerfen habt.«

Äbtissin Draigen antwortete nicht. Sie war offensichtlich verwirrt.

»Die Konsequenzen sind eindeutig festgelegt.« Fidelma sprach leise, doch in verächtlichem Tonfall. »Exkommunikation oder öffentliche Widerrufung der Anschuldigungen und Buße mit aller Strenge.«

Äbtissin Draigen schluckte.

»Ihr seid listig wie eine Schlange«, zischte sie kaum hörbar. »Ihr bestreitet, daß man diesem Gesetz zu gehorchen hat, und benutzt es dennoch, um mich zur Strecke zu bringen.«

»Keineswegs«, erwiderte Fidelma, ohne auf die Beleidigung einzugehen. »*Veritas simplex oratio est* – die Sprache der Wahrheit ist einfach.«

»Dennoch erkennt Ihr das Gesetz, das Ihr jetzt anwenden wollt, grundsätzlich nicht an«, wiederholte die Äbtissin stur.

»Aber Ihr behauptet, daß Ihr es anerkennt. Wenn Euer Denken irgendeiner Logik folgt, habt Ihr dem Gesetz zu gehorchen. Denn Ihr wart doch diejenige, die darauf Bezug genommen hat, und zwar als Rechtfertigung für ein Verbrechen, das hier beinahe begangen worden wäre.«

Die Glocke auf dem Turm hatte zu läuten begonnen.

Schwester Lerben trat ein. Sie bedachte Fidelma mit einem hochmütigen Blick.

»Ich nehme an, Ihr legt Wert darauf zu erfahren, daß die Glocke zum Frühgottesdienst läutet. Die Gemeinde erwartet Euch.«

»Ich habe Ohren, Lerben. Wenn meine Tür geschlossen ist, solltet Ihr anklopfen, bevor Ihr eintretet«, bellte Äbtissin Draigen gereizt. Die Novizin wirkte bestürzt. Sie hatte diese Reaktion offensichtlich nicht erwartet und errötete. Bevor sie etwas sagen konnte, fing sie den wütenden Blick der Äbtissin auf und zog sich hastig zurück.

»Möchtet Ihr Ultans Lehren verwerfen…?« drängte Fidelma. »Vielleicht braucht Ihr den Rat Eurer *anam-chara*, Eurer Seelen-Freundin?«

Da sprang Äbtissin Draigen wütend auf.

»Schwester Síomha war meine *anam-chara*«, erwiderte sie kurz angebunden. Sie hätte den Streit am liebsten fortgesetzt, schluckte ihren Ärger jedoch hinunter. »Wie Ihr wünscht. Ich werde meine Anklage gegen Berrach widerrufen.«

Auch Fidelma erhob sich.

»Das ist gut so. Es muß vor der versammelten Gemeinschaft geschehen, da auch die Anklage vor der Gemeinschaft erhoben wurde. Erklärt die Anschuldigung für nichtig, leistet öffentlich Abbitte und tut Buße.«

Über Äbtissin Draigens Gesicht huschte ein gehässiger Ausdruck.

»Ich habe bereits gesagt, daß ich das tun werde.«

»Gut. Dann ist jetzt, da sich die Gemeinschaft zum Frühgottesdienst versammelt, genau der richtige Zeitpunkt dafür. Ich werde Schwester Berrach zur Kapelle geleiten, denn sie hat möglicherweise Angst, ihre Zelle zu verlassen. Immerhin wurde ihr Gewalt angedroht – Gewalt«, fügte sie leise hinzu, »in einer heiligen Stätte der Christenheit.«

Mit diesen Worten verließ sie Draigens Gemach.

Vor der Tür hielt sie einen Augenblick inne und atmete tief durch. Zum ersten Mal spürte sie so etwas wie Mitleid mit Adnár: seine Schwester war wirklich eine sonderbare Frau. Ihr blieb keine andere Wahl, als Abt Brocc über die Angelegenheit zu unterrichten, denn selbst wenn Draigen in allen anderen Punkten unschuldig war, hatte sie sich doch der Anstiftung zum Mord schuldig gemacht und zu diesem Zweck die jugendliche Begeisterungsfähigkeit einer dritten Person sowie deren Mangel an Wissen und Erfahrung mißbraucht. Das konnte man ihr nicht durchgehen lassen. In der Tat, es lag etwas Abgründiges in Draigens Charakter.

Die Glocke rief, und die Schwestern eilten in die *duirthech*. In Berrachs Zelle traf Fidelma sowohl die gehbehinderte junge Nonne an als auch Schwester Brónach, die ihr Trost zusprach. Sie berichtete ihnen kurz, was zwischen ihr und der Äbtissin vorgefallen war.

Als Fidelma mit Schwester Berrach, die sich mit Hilfe ihres Steckens und von der besorgten Schwester Brónach gestützt vorwärtsmühte, die Kapelle betrat, war die Gemeinschaft bereits versammelt. Die Äbtissin stand hinter dem Altar, genau hinter dem großen, reich verzierten, goldenen Kreuz, während eine Vorsängerin den lateinischen Lobgesang leitete, den die Gemeinde angestimmt hatte.

Munther Beara beata
fide fundata certa,
spe salutis ornata,
caritate perfecta.

Fidelma fragte sich, ob Äbtissin Draigen diesen Gesang absichtlich ausgewählt hatte. Die Worte waren einfach. »Die gesegnete Gemeinschaft von Beara, gegründet auf festem Glauben, geschmückt mit Hoffnung auf Rettung, vervollkommnet durch Barmherzigkeit.« Die Schwestern sangen, als seien sie felsenfest von ihrer Botschaft überzeugt.

Während Fidelma Schwester Berrach nach vorne geleitete, verloren die Stimmen ihren Gleichklang und erstarben schließlich eine nach der anderen. Köpfe hoben sich, und ängstliche Spannung breitete sich in den Reihen der Andächtigen aus.

Ermutigend drückte Fidelma Berrachs Arm.

Der Gesang verstummte gänzlich, und Äbtissin Draigen verließ majestätisch ihren Platz und trat vor den Altar.

»Meine Kinder, ich stehe hier vor Euch, um Euch um Verzeihung zu bitten, denn ich habe schweres Unrecht auf mich geladen und zugelassen, daß ein junger, unerfahrener Mensch auf meinen Rat hin unrecht handelt.«

Nach diesen einleitenden Worten wurde es plötzlich still. So still, daß selbst der rasselnde Atem der Erkälteten zu hören war.

»Außerdem habe ich einer unserer Schwestern eine schreckliche Ungerechtigkeit zugefügt.«

Die Versammelten begannen allmählich zu begreifen und warfen Schwester Berrach und Fidelma beschämte Blicke zu. Berrach stützte sich auf ihren Stecken und hatte die Augen gesenkt. Schwester Brónach stand hocherhobenen Hauptes da, als sei sie diejenige, an die die Entschuldigung sich richtete. Fidelma hatte ebenfalls den Kopf erhoben und die Augen auf die der Äbtissin geheftet.

»In dieser Abtei sind Dinge geschehen, die unter uns große Bestürzung ausgelöst haben. Bestürzung und Furcht. Heute morgen wurde, wie Ihr wißt, unsere *rechtaire*, Schwester Síomha, grausam ermordet. Ohne über umfassende Informationen zu verfügen, beschuldigte ich eine der Unsrigen, die Tat begangen zu haben. Ich war so von dem Gedanken besessen, die Person zu bestrafen, die ich für die Täterin hielt, daß ich darüber ganz die Lehren Unseres Herrn vergaß. Denn heißt es nicht im Johannes-Evangelium: ›Wer unter euch ohne Sünde ist, der werfe den ersten Stein‹? Ich aber habe gesündigt, und ich warf einen Stein. Für mein unrechtes Handeln erflehe ich Verzeihung, und ich will von heute an ein Jahr lang täglich Buße tun. Die Buße soll mir von Euch, meine Schwestern, die Ihr hier versammelt seid, auferlegt werden.«

Sie drehte sich um und sah Schwester Lerben an. Die Novizin stand hocherhobenen Hauptes da, geradezu herausfordernd. Fidelma war besorgt über die Heftigkeit der unterdrückten Wut, die sich in ihrer Miene widerspiegelte. Mit Lerben wird es wohl bald Schwierigkeiten geben, dachte sie.

»Darüberhinaus habe ich unsere junge Schwester Lerben irregeleitet und sie, nachdem ich sie zu meiner neuen *rechtaire* ernannt hatte, gebeten, meinen Rat zu befolgen und entsprechend zu handeln. Dafür übernehme ich die volle Verantwortung. Lerben verfügte nicht über genügend Erfahrung, um zu erkennen, daß ich im Irrtum war. Ich entschuldige mich in ihrem Namen.«

Vor den erstaunten Augen der versammelten Schwestern verließ Lerben plötzlich geräuschvoll die Kapelle – wie ein trotziges Kind.

Äbtissin Draigen schaute ihr traurig nach. Es wurde still, bis sie ihre Aufmerksamkeit Schwester Berrach zuwandte.

»Schwester Berrach, vor Gott und vor dieser Versammlung bitte ich Euch um Verzeihung. Angesichts des schrecklichen Todes von Schwester Síomha und der namenlosen Toten, die wir in unserem Brunnen entdeckten, veranlaßten mich Furcht und Abscheu, Euch als ›Zauberin‹ zu beschimpfen und die hier Versammelten anzustiften, Euch etwas zuleide zu tun. Ich allein trage die Schuld an dieser Entgleisung, und an Euch wende ich mich nun und bitte Euch um Absolution.«

Jetzt richteten sich alle Augen auf Schwester Berrach.

Sie schlurfte einen Schritt vor. Es herrschte gespanntes Schweigen, während sie dastand, als zögere sie, ihre Entscheidung zu verkünden. Fidelma sah, daß die Gesichtsmuskeln der Äbtissin zuckten. Es fiel ihr offenbar nicht leicht, ihre Gefühle im Zaum zu halten. Fidelma fragte sich, ob Berrach die Entschuldigung der Äbtissin annehmen würde. Dann begann das Mädchen zu sprechen.

»Mutter Oberin, Ihr habt die Worte des Evangelisten Johannes zitiert. Johannes hat gesagt, daß wir uns selbst betrügen, wenn wir behaupten, völlig frei von Sünde zu sein. Die Anerkennung unserer Sünden und die Beichte sind die ersten Schritte zur Erlösung. Ich kann Euch Eure Sünde vergeben… doch davon lossprechen kann ich Euch nicht. Das kann allein Gott, der Allmächtige.«

Äbtissin Draigen sah aus, als hätte sie eine Ohrfeige bekommen. Solche Worte hatte sie zweifellos nicht erwartet.

Überraschtes Gemurmel ging durch die Reihen der Versammelten. Plötzlich hatten sie alle bemerkt, daß Berrach nicht mehr stotterte, sondern klar und deutlich und mit ausdrucksvoller Stimme sprach.

Schwester Berrach machte eine halbe Drehung, schaukelte langsam den Gang hinunter und verschwand durch den Ausgang.

Es war still, bis die Türen hinter ihr ins Schloß fielen.

»Ein wahres Wort: nur Gott allein kann uns von unseren Verfehlungen lossprechen. Wir Menschen können nur verzeihen.«

Alle Köpfe flogen herum, als Schwester Brónach einen Schritt vortrat. Sie hatte ohne Groll gesprochen.

»Amen!« fügte Fidelma laut hinzu, da sie sah, daß die Versammelten zögerten und nicht wußten, wie sie reagieren sollten.

Allmählich erhob sich zustimmendes Gemurmel. Äbtissin Draigen senkte den Kopf zum Zeichen, daß sie den Urteilsspruch der Versammlung annehmen werde, und kehrte an ihren Platz zurück.

Die Vorsängerin erhob sich und begann zu singen:

Maria de tribu Iuda
summi mater Domini,
opportunam dedit curam
aegrotanti homini...

»Maria vom Stamme Juda, Mutter des Allmächtigen, hat rechtzeitige Heilung für die kranke Menschheit uns gebracht.«

Rasch beugte Fidelma die Knie in Richtung Altar, drehte sich um und eilte hinter Schwester Berrach her nach draußen.

Rechtzeitige Heilung für die kranke Menschheit? Fidelma verzog spöttisch den Mund. Für die Krankheit, die in dieser Abtei um sich griff, schien es keine Heilung zu geben. Sie war nicht einmal sicher, um welche Krankheit es sich handelte, außer daß ihre Ursache blanker Haß war. Hier geschahen Dinge, die sie nicht verstand. Es handelte sich nicht um ein einfaches Problem, schon gar nicht um die einfache Frage: Wer hat wen ermordet – und warum?

Zwei Frauen waren gefunden worden, beide durch einen Stich ins Herz getötet, beide anschließend enthauptet, und beide mit einem Kruzifix in der rechten Hand und einem Espenholzstab mit einer Oghaminschrift in der linken. Welche Verbindung bestand zwischen diesen beiden Frauen? Wenn sie das herausfand, konnte sie vielleicht das Motiv herausfinden. Bisher hatte ihre Untersuchung alles in allem kaum etwas Brauchbares enthüllt, was auf das Tatmotiv, geschweige denn auf den oder die Täter hinwies. Alles, was sie in Erfahrung gebracht hatte, war, daß die Gemeinschaft Der Lachs aus den Drei Quellen von einer Frau mit einer äußerst starken Persönlichkeit geleitet wurde, deren Ansichten mehr als fragwürdig waren.

Zum Abschluß des Frühgottesdienstes wurden nun die Laudes gesungen, die Loblieder, die in der Kirche den Anbruch des Tages verkündeten. Die Stimmen der Schwestern erklangen mit seltsamer Inbrunst:

»Ihr Mund soll Gott erheben; / und sie sollen scharfe Schwerter in ihren Händen haben,

daß sie Rache üben unter den Heiden, / Strafe unter den Völkern,

ihre Könige zu binden mit Ketten / und ihre Edlen mit eisernen Fesseln, daß sie ihnen tun das Recht, / davon geschrieben steht. / Solche Ehre werden alle seine Heiligen haben. Halleluja!«

Fidelma überlief ein Schauer.

Hatten die Worte etwa einen neuen Sinn bekommen, den sie nicht entschlüsseln konnte?

Doch die Laudes bestanden immer aus den Psalmen 148 bis 150, sie wurden jeden Morgen bei Tagesanbruch gesungen, hintereinander, wie ein einziger, langer Psalm.

Die Worte waren immer dieselben. Warum hörte sie heute eine unbestimmte Drohung heraus?

Sie wußte, daß irgend jemand hier seine Possen mit ihr trieb. Doch sie war sich nicht sicher, worüber diese Possen sie eigentlich hinwegtäuschen sollten.

Kapitel 11

Fidelma wollte gerade den Innenhof überqueren, um Schwester Berrach zu folgen, als ein heiseres Husten sie innehalten ließ.

»Mir wurde gesagt, daß Ihr um mein Erscheinen hier heute morgen gebeten habt.«

Sie drehte sich um und starrte in die belustigten blauen Augen von Bruder Febal. Er war von Kopf bis Fuß in einen dicken, wollenen, mit Pelz verbrämten Umhang gehüllt, der auch eine Kapuze hatte, und hielt einen derben *cambutta* oder Spazierstock in der Hand.

Fidelma sah ihn einen Augenblick fassungslos an. Seit ihrer Unterredung mit Adnár am gestrigen Nachmittag war so viel geschehen. Sie versuchte, ihre Gedanken zu ordnen.

»Das habe ich getan«, bestätigte sie eilig. Sie sah sich um und deutete dann auf den Pfad, der hinunter zur Meerenge und zum Anlegesteg der Gemeinschaft führte. Ihr war klar, daß Äbtissin Draigen oder ihre Gefährtinnen Bruder Febal in der Abtei nicht gerade willkommen heißen würden, wenn sie ihn entdeckten. »Kommt, machen wir einen kleinen Spaziergang, dabei können wir reden.«

Bruder Febal musterte sie neugierig mit seinen großen blauen Augen, dann nickte er und schloß sich ihr an. Die Sonne stand nun etwas höher am Himmel, doch es war immer noch ziemlich kalt.

»Worüber möchtet Ihr denn mit mir reden?« begann er in beinahe neckendem Tonfall.

»Ich möchte Euch einige Fragen stellen, Febal.«.

»*Adsum*!« antworte er großspurig auf Latein. »Zu Diensten!«

»Habt Ihr schon gehört, daß hier in der Abtei eine zweite Tote gefunden wurde?« fragte Fidelma.

»Neuigkeiten verbreiten sich schnell in diesem Land, Schwester Fidelma. In Dún Boí wurde davon gesprochen.«

»Von wem?«

»Ich glaube, ein Diener hat die Neuigkeit mitgebracht«, antwortete er unbestimmt und wechselte sogleich das Thema. »Adnár und der werte Lord Olcán haben mich gebeten, Euch eine Nachricht zu überbringen, Schwester. Sie laden Euch heute abend zu einem Festessen nach Dún Boí ein. Mein Gebieter Torcán schließt sich dieser Einladung ausdrücklich an. Er möchte Euch für den Schrecken entschädigen, den er Euch gestern im Wald eingejagt hat. Adnár hat angeboten, seinen persönlichen Bootsführer zu schicken, um Euch in der Abtei abzuholen und Euch anschließend wieder sicher hierher zurückzubringen.«

Er grinste und griff in die schmale Ledertasche, die an seinem Gürtel befestigt war.

»Und seht mal, was ich hier habe!« Er zog einen kleinen Geldbeutel hervor. »Im Namen Torcáns fungiere ich außerdem als Überbringer der Geldbuße, die Ihr ihm auferlegt habt. Soviel ich weiß, soll sie den mildtätigen Werken der Abtei zugute kommen.«

Fidelma nahm den Beutel mit den Münzen und verstaute ihn, in Gedanken versunken, in ihrer *crumena*, ohne sich die Mühe zu machen, das Geld nachzuzählen.

»Ich werde dafür sorgen, daß das weitergeleitet wird.« Sie dachte über die Einladung nach. Da sie sowieso gern mehr darüber erfahren wollte, wie man in Dún Boí über die Situation in der Abtei dachte, nahm sie den Vorschlag schließlich an. »Ihr könnt Adnár bestellen, daß ich seinen Bootsführer erwarten werde.«

Sie gingen ein Weilchen schweigend weiter, dann fragte Fidelma: »Kanntet Ihr Schwester Síomha?«

»Wer kannte sie nicht?« Die Antwort klang wie eine höfliche, aber nichtssagende Floskel.

»Das müßt Ihr mir näher erklären.«

»Als *rechtaire* der Abtei bekleidete Schwester Síomha hier das zweithöchste Amt nach der Äbtissin. Sie kam häufig in die Festung meines Gebieters.«

»Zu welchem Zweck?« fragte Fidelma überrascht.

»Ihr müßt wissen, daß Adnár nicht gerade auf freundschaftlichem Fuß mit der Äbtissin steht. Deshalb regelte Schwester Síomha alle Angelegenheiten zwischen der Abtei und ihm.«

»Gab es denn viele Angelegenheiten zu regeln?« hakte Fidelma nach.

»Als Häuptling an dieser Küste kontrolliert Adnár einen Großteil des Handels, und die Abtei benötigt immer wieder Güter und Transporte, über die Adnár informiert werden muß. Deshalb hatte Schwester Síomha häufig dienstlich mit Adnár zu tun.«

»Pflegte Schwester Síomha auch freundschaftlichen Umgang mit Adnár?«

»Sehr freundschaftlichen.«

Fidelma warf Bruder Febal einen raschen Blick zu, doch sein Gesicht war ausdruckslos. Sie war nicht sicher, ob sich seine Tonlage verändert hatte.

»Wie gut kanntet Ihr Schwester Síomha?« fragte sie, einer Eingebung folgend.

»Ich kannte sie, aber nicht sonderlich gut.« Die Antwort kam in entschiedenem Ton.

Sie hatten den Anlegesteg der Abtei erreicht. Fidelma ging voraus, die Stufen hinunter und am Strand entlang auf eine Gruppe von Felsen zu, die, nahe am Ufer, einen guten Platz zum Hinsetzen und gleichzeitig Schutz vor dem Nordwind boten. Die Sonne stand jetzt hoch am wolkenlosen blauen Himmel. Ihre Strahlen waren zwar noch schwach, wärmten jedoch schon ein wenig, wenn man nicht gerade im Schatten saß. Nur das klagende Geschrei herabstürzender Möwen und das leise Plätschern des Wassers gegen den mit Kieseln übersäten Strand unterbrachen die Stille.

Fidelma nahm auf einem bequemen, von der Sonne erwärmten Felsen Platz und wartete, bis Bruder Febal sich ebenfalls gesetzt hatte.

»Als Ihr gestern über Äbtissin Draigen spracht, habt Ihr vergessen zu erwähnen, daß Ihr mit ihr verheiratet wart.«

»Spielt das denn eine Rolle?«

»Ich glaube schon. Angesichts dessen, was Ihr über sie zu berichten hattet, spielt es meiner Meinung nach eine große Rolle. Soweit ich Adnár verstanden habe, wart Ihr es, der die Vermutung aussprach, sie könnte für den Tod der Unbekannten im Brunnen verantwortlich sein. Ob das nun stimmt oder nicht – es zeigt, daß Ihr einander nicht ausstehen könnt.«

Febal errötete und starrte auf seine Sandalen, als verspüre er urplötzlich den Drang, sie eingehend zu untersuchen.

»Offensichtlich hegt Ihr nicht gerade freundschaftliche Gefühle für Eure frühere Frau«, bemerkte Fidelma. »Vielleicht würde es weiterhelfen, wenn Ihr mir erzähltet, wie Ihr sie kennengelernt habt?«

Febal starrte noch ein Weilchen auf seine Füße und runzelte dabei die Stirn, als könne er sich nicht so recht entscheiden.

»Na schön. Ich war siebzehn, als ich hier in die Abtei Der Lachs aus den Drei Quellen eintrat. Damals war es ein gemischtes Kloster, ein *conhospitae*. Die Oberin zu jener Zeit hieß Äbtissin Marga. Sie war eine aufgeklärte Frau, und sie war es auch, die als erste unsere Schreiber beauftragte, die Bücher in unserer Bibliothek zu kopieren, um sie an andere Bibliotheken zu verkaufen oder gegen andere Werke einzutauschen.«

»Warum seid Ihr in die Abtei eingetreten? Wart Ihr an Büchern interessiert?«

Febal schüttelte den Kopf.

»Ich bin kein Schreiber. Mein Vater war Fischer. Er ist ertrunken. Ich wollte nicht so enden, deshalb trat ich in den Stand der Geistlichkeit ein, sobald ich das Alter der Reife erreicht hatte.«

»Ihr wart also hier, bevor Draigen auftauchte?«

»O ja. Sie kam in die Abtei, als sie fünfzehn war, also bereits volljährig. Ihre Eltern waren beide gestorben, und so entschied sie sich für ein Leben im Kloster. Zumindest ist das die Geschichte, an die ich mich erinnere. Draigen erhielt ihre Erziehung und Ausbildung hier.«

»Und welche Stellung hattet Ihr damals inne?«

Febal reckte stolz die Brust.

»Ich war schon *doirseór*, der Pförtner der Abtei.«

»Eine Vertrauensstellung«, stimmte Fidelma zu. »Wie kam es, daß Draigen Eure Frau wurde?«

»Wie Ihr wißt, werden in einigen Klöstern die Mitglieder ermutigt, zu heiraten und ihre Kinder als gehorsame Diener Christi zu erziehen. Ich muß zugeben, ich fühlte mich zu Draigen hingezogen. Sie war hübsch und intelligent. Ich weiß allerdings nicht, was sie damals in mir gesehen hat, außer daß ich hier bereits eine verantwortungsvolle Stellung bekleidete.«

»Versucht Ihr mir gerade mitzuteilen, daß sie Euch womöglich nur wegen Eurer Position als *doirseór* geheiratet hat?«

»Das wäre ein ebensoguter Grund wie jeder andere.«

»Wie haben sich die Dinge verändert? Wie hat sich Draigen in ihre gegenwärtige Stellung hochgearbeitet? Und wie kam es zur Trennung zwischen Euch?«

Auf Febals Gesicht trat Verbitterung, wenn auch nur für einen Augenblick.

»Sie war listig wie eine Schlange«, zischte er. Bei der wortwörtlichen Wiederholung der Redewendung, die Draigen selbst nur wenige Stunden zuvor benutzt hatte, mußte Fidelma lächeln. »Die alte Mutter Oberin, Äbtissin Marga, war eine gütige, vertrauenswürdige Seele. Die Jahre gingen dahin, und Draigen wuchs heran. Oh, ich will gar nicht bestreiten, daß sie sehr klug ist. Die Bildung, die sie hier empfing, fiel bei ihr auf fruchtbaren Boden, und so lernte sie, die Tochter eines armen Bauern, fließend Griechisch, Latein und Hebräisch sowie unsere eigene Sprache, und sie kann all diese Sprachen mühelos lesen und schreiben. Sie kennt die Bibel in- und auswendig und kann Kapitel und Vers genauestens angeben. Sie ist ein kluger Kopf, doch dahinter verbirgt sich ein schlechter Charakter. Glaubt mir, ich weiß, wovon ich rede.«

Febal hielt inne und verzog angewidert das Gesicht.

»Aber Ihr habt sie geheiratet«, ließ Fidelma nicht locker.

Febal blickte sie an.

»Ja, aber das muß nicht heißen, daß ihr Ehrgeiz mir gefiel. Sie hat die Grenzen übertreten, die sich für eine Frau geziemen.«

Fidelma zog die Mundwinkel nach unten.

»Welches sind denn diese Grenzen?« fragte sie schroff.

»Als Christin solltet Ihr das eigentlich wissen«, erwiderte Febal in selbstgefälligem Ton.

»Dann helft mir auf die Sprünge.« Ein empfindsamerer Mensch als er hätte den Ärger in ihrer Stimme vielleicht bemerkt.

»Schrieb nicht der heilige Paulus in seinem ersten Brief an die Korinther: ›Wie in allen Gemeinden der Heiligen lasset eure Weiber schweigen in der Gemeinde, denn es soll ihnen nicht zugelassen werden, daß sie reden, sondern sie sollen untertan sein… Wollen sie aber etwas lernen, so lasset sie daheim ihre Männer fragen. Es steht den Weibern übel an, in der Gemeinde zu reden.‹«

»Ihr glaubt also, Frauen hätten in Abteien und Kirchen nichts zu suchen?« Fidelma hatte dieses Argument schon oft gehört.

»In der Kirche haben die Frauen den Männern zu gehorchen«, verkündete Bruder Febal. »Paulus sagt, ebenfalls in seinem Korintherbrief: ›Der Mann aber ist des Weibes Haupt... Und der Mann ist nicht geschaffen um des Weibes willen, sondern das Weib um des Mannes willen.‹ Und in seinem ersten Brief an Timotheus schrieb er: ›Einem Weibe aber gestatte ich nicht, daß sie lehre, auch nicht, daß sie des Mannes Herr sei, sondern stille sei.‹ Kann man es noch deutlicher sagen?«

»Das sind die Worte eines ganz gewöhnlichen Mannes, des Paul von Tarsus«, bemerkte Fidelma trocken, »und nicht die Worte Christi. Aber ist es nicht um so erstaunlicher, daß diese Worte Euch nicht davon abhielten, in ein *conhospitae* einzutreten und darüberhinaus auch noch eine Nonne zu heiraten?«

Febals Augen glühten haßerfüllt.

»Ich war damals noch sehr jung. Doch Eurer Erwiderung entnehme ich, daß Ihr Paulus, der durch Christus die göttliche Erleuchtung empfing, das Recht absprecht, solche Dinge zu lehren?«

»Paulus war nicht Christus«, entgegnete Fidelma ruhig. »In unserem Land sind Männer und Frauen vor Gott gleich.«

Bruder Febal antwortete in spöttischem Tonfall: »Der heilige Johannes Chrysostomus hat festgestellt, daß Frauen sich früher in der Lehre betätigen durften und dadurch alles verdarben. Das Christentum hat dem ein Ende bereitet. Augustinus von Hippo weist darauf hin, daß die Frau nicht als Ebenbild Gottes erschaffen wurde, der Mann dagegen voll und ganz dem Bilde Gottes entspricht.«

Fidelma sah Bruder Febal, dessen Gesicht vor Leidenschaft glühte, traurig an. Sie war schon vielen begegnet, die solche Argumente vorbrachten. Tatsächlich gab es in den fünf Königreichen Klöster, in denen die Anhänger des Neuen Glaubens die althergebrachten Gesetze in Frage stellten, ähnlich wie Draigen es tat.

»Soll das heißen, Bruder Febal«, fragte sie mit schneidender Stimme, »daß Ihr das Fénechus-Gesetz nicht anerkennt?«

Febals Augen wurden zu Schlitzen.

»Nur, sofern es mit den Grundlagen des Christentums übereinstimmt.«

»Und auf welche Grundlagen bezieht Ihr Euch?«

»Auf die Bußvorschriften des Finnian von Clonard und des Cummean Fata von Clonfert.«

Fidelma lächelte ironisch. Es war doch merkwürdig, daß Äbtissin Draigen nur wenige Stunden zuvor dieselben Bußvorschriften zitiert hatte – eine Reihe von kirchlichen Erlässen bezüglich der Leitung religiöser Gemeinschaften –, um ihre Sichtweise zu untermauern. Sonderbar, wie beide, Frau und Mann, so sehr sie sich auch auseinandergelebt hatten, in dieser Frage übereinstimmten. Zumindest kannte Fidelma jetzt die Gedanken, auf denen Bruder Febals Einstellungen basierten.

»Als Mann, der davon überzeugt ist, daß Frauen in der Kirche nichts zu suchen haben, hat es Euch doch sicherlich gestört, in einem *conhospitae*, einem gemischten Kloster, zu leben? Ich wundere mich immer noch, daß Ihr in eine solche Einrichtung eingetreten seid. Außerdem wundere ich mich, daß Ihr eine Heirat mit Draigen überhaupt in Betracht ziehen konntet.«

»Ich habe bereits gesagt, daß ich noch sehr jung war, als ich in die Abtei eintrat. Ich hatte die Bibel noch nicht vollständig gelesen und kannte die Werke von Finnian und Cummean noch nicht. Und anfangs war Draigen ja ein ruhiges Mädchen, willig und gehorsam. Ich wußte nicht, daß sie nur den rechten Augenblick abwartete, daß sie lernte, soviel sie konnte, und unterdessen auf ihre Chance lauerte.«

»Ihre Chance – war das ihre Ernennung zur *rechtaire*? Habt Ihr damals den Entschluß gefaßt, die Ehe aufheben zu lassen?«

»Etwa ein Jahr nach unserer Heirat hörten wir auf, wie Mann und Frau zusammenzuleben. Jeder von uns ging seine eigenen Wege. Ich verabscheute sie, das will ich nicht leugnen. Ich war Pförtner, und als die alte *rechtaire* starb, hätte eigentlich ich ihre Nachfolge antreten sollen. Doch die betagte Äbtissin Marga hatte Draigen so sehr in ihr Herz geschlossen…«

»Wie alt war Draigen zu diesem Zeitpunkt?«

Febal runzelte die Stirn und versuchte, sich zu erinnern.

»Ich glaube, etwa Mitte zwanzig. Ja, so ungefähr in diesem Alter.«

»Und Äbtissin Marga machte Draigen zu ihrer Verwalterin?«

»Ja. Sie übertrug ihr das zweithöchste Amt in der Abtei. Und Draigen gefiel es natürlich, ihre Macht zu nutzen.«

»Inwiefern?«

»Sie begann, den Männern in der Gemeinschaft das Leben schwer zu machen und immer mehr Frauen in unser Kloster aufzunehmen. Sie bekämpfte jeden Glaubensbruder, der es zu etwas hätte bringen können. Sie schickte die Mönche auf weite Missionsreisen oder erlegte ihnen als Buße auf, Pilgerfahrten in andere Länder zu unternehmen. Bald lebten kaum noch Männer in der Abtei.«

»Wollt Ihr damit sagen, daß Draigen Männer nicht mochte?«

»Sie haßt alle Männer!« brauste Bruder Febal auf.

»Und Eure Einstellung zu Frauen«, brachte Fidelma ihm freundlich in Erinnerung, »rührt sie daher, wie Draigen Euch behandelt hat, oder hattet Ihr Eure Abneigung gegenüber Frauen in der Kirche schon vorher entwickelt?«

»Meine Einstellung basiert auf logischem Denken«, widersprach Febal ohne Bitterkeit. »Ich empfinde weder Zuneigung noch Abneigung gegenüber Frauen. Doch der Heilige Columban schrieb in einem seiner Gedichte:

Laßt jeden pflichtbewußten Menschen das tödlich Gift vermeiden,
Das die stolze Zunge einer bösen Frau verströmt.
Die Frau zerstörte die höchste Krone der Schöpfung…

In diesem Gedicht spielt er darauf an, daß der Niedergang unserer Gattung Evas Schuld war«, fügte Febal süffisant hinzu.

»Ich sehe, daß Ihr die letzte Zeile dieses Verses unterschlagen habt«, erwiderte Fidelma ruhig. »Die Zeile lautet:

Doch die Frau spendete die dauerhaften Freuden des Lebens.

In dieser Zeile bezieht er sich auf Maria, die Mutter unseres Erlösers.«

Bruder Febal wurde zornesrot, weil sie ihn verbessert hatte.

»Maria wußte wenigstens, wo ihr Platz war«, fauchte er. »Draigen weiß das nicht. Sie ist eine gottlose Frau, die ihre Macht mißbraucht, um ihre eigenen Ziele zu verfolgen.«

»Ah ja. Laut Adnár begann Draigen die Gesellschaft junger Frauen vorzuziehen.«

»Sie hat zahlreiche junge Gespielinnen«, versicherte ihr Febal ohne Zögern. »Wahrscheinlich hatte sie auch Affären mit älteren Nonnen, die sich dafür erkenntlich zeigten und ihr zu einem raschen Aufstieg in der Abtei verhalfen.«

Fidelma beugte sich zu Bruder Febal vor und schaute ihm eiskalt in die Augen.

»Als *dálaigh* der Gerichtsbarkeit bin ich verpflichtet, Euch zu warnen, Bruder. Falls ich diese Aussage in meinem Bericht erwähnen soll, müßt Ihr darauf vorbereitet sein, öffentlich zu Eurer Anschuldigung zu stehen. Sollte die Anschuldigung falsch sein, haftet Ihr nach dem Gesetz…«

»Ich kenne das Gesetz. Ich stehe zu dem, was ich gesagt habe. Es ist bekannt, daß Äbtissin Draigen sich junge Novizinnen ins Bett holt.«

Nach dem Gesetz galt Homosexualität nicht als strafbar, solange Draigen ihre Machtposition nicht ausnutzte, um junge Mädchen, die nicht aus freien Stücken mit ihr ins Bett gehen wollten, dazu zu zwingen. Normalerweise wurde Homosexualität vor dem *Cáin Lanamna* als Scheidungsgrund für beide Ehepartner anerkannt. In Fidelmas Abtei in Kildare war es ein offenes Geheimnis, daß die heilige Brigida, die Gründerin der Gemeinschaft, eine Geliebte namens Darlughdaca hatte, eine Novizin, mit der sie zusammenlebte. Einmal, als Darlughdaca einem jugendlichen Krieger, der in Kildare zu Gast war, schöne Augen machte, tobte Brigida vor Eifersucht und ließ Darlughdaca – wenn man den Überlieferungen Glauben schenkte – zur Strafe über glühende Kohlen laufen. Doch als Brigida starb, wurde Darlughdaca ihre Nachfolgerin.

»Wem ist es bekannt?« hakte Fidelma nach.

»Es ist allgemein bekannt.«

»Normalerweise bedeutet das, daß es sich lediglich um Gerüchte handelt. Ich bräuchte schon eine präzisere Zeugenaussage, bevor ich das ernst nehme. Doch jetzt erzählt mir, wie wurde Draigen eigentlich Äbtissin?«

Bruder Febal kratzte sich nachdenklich mit dem Finger an der Nasenspitze.

»Das muß wohl mit dem Teufel zugegangen sein. Wie gesagt, Marga war alt. Sie litt unter Schmerzen in der Brust. Am Ende bestand Draigen darauf, daß sie, und nur sie allein, die alte Äbtissin pflegen durfte. Sie bereitete ihr die Medizin vor und bediente sie in ihrem Gemach. Ich war nicht überrascht, als eines Tages verkündet wurde, daß Marga gestorben war.«

»Wann war das…?«

»Im Sommer vor fünf Jahren.«

»Und so wurde Draigen Äbtissin?«

»Oh, es fand natürlich eine Versammlung statt, denn wie in allen irischen Klöstern trat die Gemeinschaft zusammen und sprach über die Verdienste der Anwärterinnen auf das Amt.«

»Aber Draigen war die einzige Anwärterin?«

»Ich legte Protest ein und verlangte, bei der Frage der Nachfolge berücksichtigt zu werden.«

»Und?«

»Zu diesem Zeitpunkt lebten nur noch ich und zwei ältere Brüder in der Abtei. Man lachte über uns. Und natürlich wurde Draigen Äbtissin. Noch auf der nämlichen Versammlung verkündete sie, daß sie die Abtei nicht länger als *conhospitae* führen wolle. Ich wurde aus meinem Amt als *doirseór* entlassen und zusammen mit meinen Brüdern aufgefordert zu gehen.«

»Ihr habt also das Kloster verlassen und seid bei Adnár geblieben?«

»Ja. Meine beiden Gefährten beschlossen, in den Norden zu gehen und der Gemeinschaft von Emly beizutreten. Ich blieb hier, denn Adnár suchte einen Mönch, der sein Seelen-Freund sein und die Messe für ihn lesen sollte.«

»Wann habt Ihr erfahren, daß Adnár Draigens Bruder war?«

»Vor langer Zeit.«

»Etwas genauer vielleicht?«

»Einige Jahre, bevor Draigen zur *rechtaire* der Abtei ernannt wurde, kehrte Adnár, der in Gulbans Heer gedient hatte, zurück. Es gab damals sehr viel Gerede. Er verklagte Draigen sogar vor Gericht – wegen seines Anteils an dem Land ihrer Eltern –, doch seine Klage wurde abgewiesen.«

»Abgewiesen?« Fidelma runzelte die Stirn. »Es klingt doch ganz so, als hätte Adnár das Recht auf seiner Seite.«

»Dennoch wurde sie abgewiesen. Jeder wußte, daß ich mit Draigen verheiratet gewesen war, und offensichtlich hatte Adnár Mitleid mit mir.«

»Und habt Ihr diese Beziehung ausgenutzt?«

»Warum sollte ich sie ausnutzen, und wie?«

»Ihr wart schließlich verbittert über Draigens Verhalten. Schlug sich das nicht in Euern Diensten für ihren Bruder nieder?«

Febal lächelte, doch es lag weder Wärme noch Humor in seinem Lächeln.

»Ich brauchte sie gar nicht auszunutzen. Bruder und Schwester haßten sich von Anfang an. Adnár gab Draigen die Schuld am Verlust seines Erbes, und Draigen gab Adnár die Schuld am Tod ihrer Eltern.«

»Man könnte behaupten, daß Ihr Euch eine Stellung in Adnárs Haus suchtet, um die beiden gegeneinander auszuspielen. Um noch mehr Streit zwischen ihnen zu entfachen.

Man könnte behaupten, daß Ihr Lügen über Draigen verbreitet habt. Die Sache mit ihrer Vorliebe für Novizinnen, zum Beispiel?«

»Das ist nicht wahr. Es gab ohnehin genügend Streit zwischen den beiden. Adnár bot mir an, bei ihm in Dún Boí zu bleiben, und ich akzeptierte sein Angebot. Ich empfand eine gewisse Genugtuung darüber, daß es Draigen nicht gelungen war, mich ganz aus meiner Heimat zu vertreiben.«

»Aber Ihr müßt Draigen gegenüber doch auch Haß und Rachegelüste empfinden?«

»Niemand weiß, wie sehr ich diese Frau aus tiefster Seele hasse. Aber wenn Ihr meint, daß ich Lügen über sie verbreite, dann sucht doch Schwester Brónach auf und fragt sie, ob die Äbtissin das Bett mit Schwester Lerben teilt.«

Fidelma war überrascht, daß Bruder Febal seine Anschuldigung plötzlich präzisierte.

»Das werde ich tun. Doch erlaubt mir, Bruder, Euch daran zu erinnern, daß Haß kein Grundsatz unseres Glaubens ist. Sprach Johannes nicht mit den Worten unseres Erlösers: ›Ein neu Gebot gebe ich euch, daß ihr euch untereinander liebet, wie ich euch geliebt habe, auf daß auch ihr einander liebhabt.‹«

Bruder Febal stieß ein verbittertes Lachen aus.

»Christus sprach von der Nächstenliebe. Draigen aber ist eine Schlange, eine Teufelin… der Teufel. Und ruft Petrus uns nicht auf, den Teufel zu hassen und wachsam zu sein? Ich halte mich an Petrus, und ich hasse die Schlange, die zum Oberhaupt dieser Gemeinschaft wurde.«

Febals Wut auf die Äbtissin war so heftig, daß die Kluft zwischen ihnen mit gesundem Menschenverstand niemals zu überbrücken war.

»Dann hat Euch also lediglich Eure Wut dazu veranlaßt, Adnár gegenüber zu behaupten, die Tote ohne Kopf sei vermutlich von seiner Schwester ermordet worden? Welche Begründungen habt Ihr sonst für Eure Anschuldigung? Erzählt mir bloß nicht, das sei ja allgemein bekannt.«

Febal warf ihr einen raschen Blick zu.

»Ihr wißt also nicht, daß Draigen schon einmal getötet hat?«

Diese Antwort hatte Fidelma nicht erwartet.

»Einen solchen Vorwurf müßt Ihr erst einmal beweisen. Wen hat sie getötet?«

»Eine alte Frau, die in den Wäldern dieser Gegend hauste.«

»Wann war das?«

»Kurz bevor sie in die Gemeinschaft eintrat, mit fünfzehn.«

»Ach so? Dann wart Ihr also nicht unmittelbar Zeuge dieser Tat?«

»Nein. Aber die Geschichte ist bekannt.«

»Ah. Sie ist bekannt«, wiederholte sie mit sarkastischem Unterton. »Und wem ist sie bekannt?«

»Es gab Gerüchte...«

»Gerüchte sind keine Beweise...«

»Dann fragt Schwester Brónach.«

»Warum Schwester Brónach?«

»Die Alte, die Draigen getötet hat, war Brónachs Mutter.«

Sprachlos vor Staunen starrte Schwester Fidelma Febal an.

»Laßt mich das noch mal klarstellen«, sagte sie nach einer Weile leise. »Wollt Ihr damit sagen, daß Äbtissin Draigen die Mutter von Brónach getötet hat? Derselben Brónach, die heute ihre *doirseór* ist?«

»Derselben«, brummte Febal gleichgültig.

»Und wollt Ihr damit sagen, daß Brónach das weiß?«

»Selbstverständlich. Fragt sie, wenn Ihr mir nicht glaubt. Und sie wird auch bestätigen, daß Lerben mit der Äbtissin das Lager teilt.«

Fidelma schwieg.

»Ich bin sicher, daß Ihr alles glaubt, was Ihr da sagt«, bemerkte sie nach einer Weile. »Eine so absonderliche Geschichte muß einfach der Wahrheit entsprechen, denn wenn sie gelogen wäre, könnte man das mühelos herausfinden. Ihr habt jedoch noch nicht erzählt, ob es sich um eine rechtswidrige Tötung handelte.«

»Gibt es denn eine Tötung, die rechtens wäre?« höhnte Febal.

»Das ist wahr, aber manche Tötungen können als schlimmer beurteilt werden als andere. Kaltblütiger, vorsätzlicher Mord zum Beispiel. Sind Euch Tatsachen über diesen Fall bekannt?«

Der stattliche Glaubensbruder zuckte die Achseln.

»Mir wäre es lieber, Ihr erfahrt Eure Tatsachen von Schwester Brónach. Dann könnt Ihr wenigstens nicht behaupten, ich hätte Euch etwas Falsches erzählt.«

»Wie Ihr wollt. Dennoch ist es ein langer Weg von einer Tötung vor zwanzig Jahren bis zu Euerm Verdacht, daß Draigen die Person ermordet hat, deren Leichnam im Brunnen dieses Klosters gefunden wurde. Und falls sie tatsächlich für deren Tod verantwortlich wäre, müßte man daraus den logischen Schluß ziehen, daß sie auch für den Tod von Schwester Síomha die Verantwortung trägt.«

Bruder Febal machte eine wegwerfende Handbewegung.

»Das liegt durchaus im Bereich des Möglichen, Schwester Fidelma.«

»Zugegeben. Falls Eure Behauptungen zutreffen.«

Augenblicklich brauste Bruder Febal empört auf.

»Wollt Ihr mich der Lüge bezichtigen?«

Fidelma schüttelte den Kopf.

»Laßt uns genauer betrachten, was Ihr mir erzählt habt. Ihr sagt, Ihr habt gehört, daß Draigen jemanden getötet hat, bevor sie hierher in die Abtei kam. Ihr sagt, es gebe Gerüchte, daß Draigen junge Novizinnen in ihr Bett einlädt. Selbst wenn Ihr das beweisen könntet, ist letzteres nicht strafbar.«

»Es ist strafbar vor Gott!« brummte Febal böse.

»So, Ihr sprecht also auch im Namen Gottes?« bemerkte Fidelma leise. Dann sagte sie in schärferem Ton: »Ihr habt mir nichts erzählt, was vor einem Gericht gegen Draigen verwendet werden könnte, um nachzuweisen, daß sie für die beiden Todesfälle in der Abtei verantwortlich ist. Aber Ihr habt Behauptungen aufgestellt, durch die Ihr Euch sehr wohl schuldig gemacht haben könntet, böswillige Verleumdungen zu verbreiten und Draigens Ruf in den Schmutz zu ziehen. Ein guter Anwalt könnte Eure Behauptungen zerpflücken, allein schon aufgrund der Tatsache, daß Ihr mit Draigen verheiratet wart und in der Abtei Eures Amtes enthoben wurdet, bevor sie Euch schließlich ganz von dort vertrieb. Wenn es um Beweise und Gesetze geht, ist Eure Position äußerst angreifbar, Febal.«

Bruder Febal erhob sich.

»Ich habe von Euch nichts anderes erwartet.«

Ruhig erwiderte Fidelma seinen wütenden Blick.

»Das solltet Ihr mir erklären«, forderte sie ihn mit eiskalter Stimme auf.

»Ihr seid eine Frau! ›Laßt jeden pflichtbewußten Menschen

die stolze Zunge einer Frau meiden!‹ Ihr haltet doch alle zusammen und deckt Euch gegenseitig.«

»Ihr habt das Gedicht falsch zitiert«, wies ihn Fidelma zurecht.

»Das spielt keine Rolle. Der Sinn ist derselbe. Ich habe gehört, daß Ihr eine Vorliebe für die griechischen und lateinischen Weisen habt. Ich habe hier ein Zitat für Euch, Fidelma von Kildare. Es stammt von Euripides: ›Die Frau ist die natürliche Verbündete der Frau‹. Ich hätte damit rechnen müssen, daß Ihr alles daransetzen werdet, Draigen zu decken – schließlich ist sie eine Frau, genau wie Ihr.«

Fidelma verschränkte bedächtig die Arme vor der Brust und zwang sich zu einem freundlichen Lächeln.

»Ich nehme Euch das nicht übel, Febal. Es ist Euer Haß auf Draigen, der Euch zu solchen Reden verleitet. Geht zurück nach Dún Boí und beruhigt Euch. Es steckt sehr viel Wut in Euch.«

Bruder Febal schwankte, als habe er das Gleichgewicht verloren, und schien zu überlegen, ob er noch etwas sagen sollte. Dann drehte er sich um und ging mit großen Schritten davon. Sein Gang und seine hochgezogenen Schultern verrieten seinen Zorn.

Fidelma sah ihm nach, bis er hinter der nächsten Biegung der Küste verschwunden war.

Plötzlich spürte sie eine schreckliche Traurigkeit. Und fühlte sich sehr einsam.

Wenn sie Menschen begegnete, die so verbittert waren, wurde sie immer traurig. Und ihr war sofort bewußt, warum sie sich so einsam fühlte: sie dachte an Bruder Eadulf. Er war ein Mann, der das Leben und die Menschen liebte. In ihm war keine Bosheit. Bosheit. Warum hatte sie gerade dieses

Wort gewählt? Bosheit war genau das, was sie in Febal spürte. Seine Feindseligkeit war mit Böswilligkeit durchtränkt.

Es ist wahr: nach einem einschneidenden Erlebnis sucht der Mensch oft nach Rechtfertigungen für seine Gefühle. Er sieht die Dinge dann häufig ganz anders als zuvor. Sicherlich fand sich Weiberhaß in Finnians Bußvorschriften, die Febal als Rechtfertigung für seine Haßgefühle verstehen könnte, doch vielleicht hatte sein Haß ganz andere Wurzeln. Und ein Mann, der zum Haß fähig war, zu leidenschaftlichen Gefühlen, ein solcher Mann konnte durchaus fähig sein, diese Gefühle auch auf anderen Wegen zum Ausdruck zu bringen. Auch durch Mord.

Fidelma stand auf und reckte sich und verspürte plötzlich Unbehagen. Nein, Widerwillen. Nicht so sehr gegen die Frauenfeindlichkeit eines einzelnen Mannes wie Febal, sondern gegen eine ganze Bewegung unter den Anhängern des Glaubens, die er vertrat. Fidelma war in ihrer Kultur zutiefst verwurzelt, doch das Christentum veränderte diese Kultur. Die neuen Ideen aus Griechenland, Rom und aus anderen Ländern, die in die Entwicklung der neuen Religion einflossen, beeinflußten allmählich die weltanschaulichen Grundlagen der irischen Kirche. Es waren Frauen gewesen, ebenso wie Männer, die die fünf Königreiche zum Christentum bekehrt hatten – jeder Frauenname eine Legende: die fünf Schwestern von Patrick, dem Obersten Apostel von Irland, und Frauen wie Darerca, Brigida, Ida, Etáin sowie zahllose andere.

Aber nach zweihundert Jahren Christentum hatte sich eine Gruppe von Kirchenvertretern, darunter sogar einige Frauen, zusammengefunden, die das irische Zivilrecht nicht anerkannte. Unter der Führung des Finnian von Clonard hatten sie ein Kirchenrecht geschaffen, mit dem sie das Fénechus-Gesetz, das in den fünf Königreichen galt, ersetzen wollten.

Febal hatte die Bußvorschriften des Cummean erwähnt, die von Finnians Gesetzen angeregt worden waren. Sie wurden nun, mit ausdrücklicher Billigung Ultans von Armagh, von Kloster zu Kloster verkündet. Cummean war erst vor vier Jahren gestorben, und schon bekannten sich einige der männlichen Anhänger des Glaubens zu seinem Kirchenrecht, das, genau wie Febals Ansichten, auf den Lehren des Paulus von Tarsus beruhte.

Fidelma hatte guten Grund, sich an den Bußvorschriften des Cummean zu stoßen. Cummean war verantwortlich für den tragischen Tod ihrer Freundin aus Kindertagen, Liadin, die mit ihr zusammen in Cashel erzogen wurde. Liadin war Nonne geworden und außerdem eine ausgesprochen begabte Dichterin. Sie verliebte sich in Cuirithir, einen Dichter aus dem Königreich von Connacht. Der Abt der Gemeinschaft, der Cuirithir angehörte, war Cummean. Er forderte von seinen Untergebenen eine sehr harte Selbstzucht, und er schickte Cuirithir in die Fremde und untersagte ihm, Liadin jemals wiederzusehen. Als Begründung dienten ihm die Lehren des Paulus von Tarsus. Cuirithir verließ Irland und ward nie wieder gesehen. Liadin wurde bald darauf krank und starb als gebrochener, unglücklicher Mensch. Ihr Kummer war grenzenlos gewesen.

Fidelma hielt nicht viel von Gesetzen, die die Menschen ohne ersichtlichen Grund unglücklich machten und ihnen ihr höchstes Gut nahmen – die Liebe. Liadin und Cuirithir hätten Cummeans übertriebenes Asketentum ignorieren und stark genug sein müssen, um gemeinsam fortzugehen.

Während sie im Sterben lag, hatte Liadin ihr letztes Lied geschrieben, das mit folgenden Versen endete:

Warum sollte ich verbergen,
was mein Herz noch immer begehrt,
mehr als alles in der Welt.

Ein glühendheißer Liebessturm
brachte mein Herz zum Schmelzen.
Ohne seine Liebe kann es nimmermehr schlagen.

Wenige Tage später hatte sie ihr Herz tatsächlich dazu gebracht, daß es nicht mehr schlug.

Fidelma stieß einen tiefen Seufzer aus und schüttelte den Kopf. Sie sollte nicht an diese Dinge denken. Sie sollte keine moralischen Urteile fällen, sondern nach Beweisen suchen, anhand deren sie die Schuldigen an den beiden entsetzlichen Morden dingfest machen konnte.

Zumindest war ihr nächster Schritt jetzt klar. Sie mußte ein längeres Gespräch mit Schwester Brónach führen.

Sie erhob sich und begann am Strand entlang zu dem hölzernen Anlegesteg zurückzugehen.

Als sie die Stufen zum Kai erklomm, bemerkte sie plötzlich vor dem Grün und Braun der fernen Hügel, die die Durchfahrt zur Meerenge umschlossen, ein weißes Segel. Von Adnárs Festung erschallte ein Horn weit über die kleine Bucht, das offensichtlich die Einfahrt des Schiffes in die Meerenge ankündigen sollte.

Fidelma hob die Hand, um ihre Augen gegen die Sonne abzuschirmen, und spähte über die glitzernde Wasserfläche.

Plötzlich begann ihr Herz schneller zu schlagen.

Es war die *Foracha*, die *barc* von Ross, die zügig und sicher in den Hafen segelte.

Febal und Draigen waren augenblicklich vergessen. Ihre Gedanken kreisten nur noch darum, welche Nachrichten Ross wohl mitbringen mochte, und um das Geheimnis des gallischen Handelsschiffes. Und was noch wichtiger war, ihr Herz schlug nun eher aus Angst – Angst vor den Neuigkeiten, die er womöglich über das Schicksal von Bruder Eadulf erfahren hatte.

Kapitel 12

Fidelma hatte die Längsseite der *barc* schon erreicht, bevor Ross' Besatzungsmitglieder mit dem Niederholen der Segel fertig waren. Das Boot, das sie am Anlagesteg der Abtei genommen hatte, war förmlich über das Wasser geflogen, so hatte sie sich in die Riemen gelegt, und war, ehe sie sich versah, mit dem Bug gegen die Seitenwand der *Foracha* gestoßen. Man half ihr, an Bord zu klettern, während ein Matrose ihr Boot mit einem Seil festmachte.

Ross begrüßte sie mit einem Lächeln.

»Was gibts Neues?« fragte Fidelma atemlos, noch bevor sie seine Begrüßung erwidert hatte.

Ross deutete auf seine Kajüte im Achterschiff.

»Laßt uns hineingehen und in Ruhe reden«, sagte er, während sein Gesichtsausdruck ernst wurde.

Fidelma mußte ihre Neugier zügeln, bis sie in der Kajüte Platz genommen und Ross ihr ein irdenes Trinkgefäß mit *cuirm* angeboten hatte, das sie jedoch ablehnte. Er selbst goß sich einen Becher voll und nippte bedächtig daran.

»Was gibts Neues?« drängte sie.

»Ich habe die Stelle gefunden, an der das gallische Handelsschiff vor drei Nächten lag.«

»Gibt es irgendeine Spur von Ead… der Besatzung oder den Passagieren?« wollte Fidelma wissen.

»Ich muß Euch alles der Reihe nach erzählen, Schwester. Aber Spuren gab es von niemandem.«

Fidelma war ihre Enttäuschung deutlich anzusehen.

»Also erzählt mir die Geschichte, Ross. Wie habt Ihr das, was Ihr wißt, in Erfahrung gebracht?«

»Wie ich schon sagte, bevor ich von hier losfuhr: nach den Strömungen und Winden zu urteilen, gab es zwei mögliche Stellen, von wo das gallische Schiff gekommen sein konnte. Die erste lag an der Landzunge im Südosten, die man Schafskopf nennt. Dorthin segelte ich zuerst. Wir umrundeten sie, konnten jedoch nichts Ungewöhnliches entdecken. Fischer berichteten uns, sie hätten ihre Netze die ganze Woche über dort ausgeworfen und nichts gesehen. Also beschloß ich, zu der zweiten möglichen Stelle zu fahren.«

»Die wo lag?«

»An der Spitze dieser Halbinsel.«

»Erzählt weiter.«

»Vor der Spitze der Halbinsel erstreckt sich ein langgezogenes Eiland, das man Dóirse nennt, was, wie Ihr sicher wißt, ›Die Tore‹ bedeutet, denn in gewisser Weise bildet es das südwestliche Tor zu unserem Land. Wir umsegelten diese Insel, konnten jedoch erneut nichts Ungewöhnliches feststellen. Ich treibe hin und wieder mit den Inselbewohnern Handel, also dachte ich, ich laufe dort in den Hafen ein und sehe mal, welchen Klatsch und Tratsch ich aufschnappen kann. Wir gingen an Land, und ich bat meine Männer, die Ohren zu spitzen, sobald sie etwas über das gallische Schiff hörten. Wir brauchten nicht lange zu suchen.«

Er hielt inne und trank einen Schluck.

»Was habt Ihr erfahren?« bestürmte ihn Fidelma.

»Das gallische Schiff hatte dort im Hafen festgemacht. Aber was man uns erzählte, klang äußerst merkwürdig: an dem Abend, bevor uns das Schiff auf hoher See begegnete, war es von fremden Kriegern in den Inselhafen gesteuert worden.«

»Von fremden Kriegern? Galliern?«

Ross schüttelte den Kopf.

»Nein. Von Kriegern vom Stamm der Uí Fidgenti.«

Fidelma ließ sich ihre Überraschung nicht anmerken.

»Sie hatten aber einen gallischen Gefangenen bei sich.«

»Nur einen einzelnen gallischen Gefangenen? Und keine Spur von einem sächsischen Mönch?« Fidelma war zutiefst enttäuscht.

»Nein. Der Gefangene war offenbar ein Seemann. Gastfreundlich, wie sie sind, luden die Inselbewohner die Krieger an Land ein, denn sie schienen keinerlei Vorräte an Bord zu haben. Ein Wachposten wurde bei dem Gefangenen auf dem Schiff zurückgelassen. Am nächsten Morgen stellten die Leute fest, daß das Schiff verschwunden war – offenbar einfach davongesegelt, während die Fremden, dank der Gastfreundschaft der Inselbewohner, ihren Rausch ausschliefen. Der Krieger, der als Wache an Bord geblieben war, wurde im Hafen angeschwemmt – tot.«

»Welche Schlüsse zogen sie daraus?«

»Daß der gallische Gefangene sich irgendwie befreit, den Wachposten überwältigt und über Bord geworfen hatte und mit dem Schiff aus dem Hafen gesegelt war.«

»Ein einzelner Mann? Mit einem so großen Schiff? Ist das denn möglich?«

Ross zuckte die Achseln.

»Wenn er erfahren und entschlossen genug war, ja.«

»Was dann?«

»Die Krieger waren wütend und beschlagnahmten mehrere Schiffe der Inselbewohner, um über die Meerenge zum Festland zu gelangen.«

Fidelma dachte über das Gehörte nach.

»Wirklich eine merkwürdige Geschichte. Das gallische Handelsschiff wird von einem Trupp Krieger von den Uí Fidgenti in den Hafen von Dóirse gesegelt, mit einem einzelnen gallischen Matrosen als Gefangenen. Das Schiff wird vertäut. Am Morgen ist es, zusammen mit dem gallischen Matrosen, verschwunden. Die Krieger setzen wieder auf die Halbinsel über. Am gleichen Morgen, etwa gegen Mittag, begegnen wir dem Schiff, das unter vollen Segeln fährt – ohne einen Mann an Bord.«

»Das ist die Geschichte – so merkwürdig sie auch klingt.«

»Kann man denn den Dingen, die Ihr auf der Insel aufgeschnappt habt – Dóirse, wie Ihr sie nennt –, auch trauen?«

»Den Leuten auf jeden Fall«, versicherte Ross. »Ich treibe schon seit Jahren Handel mit ihnen. Sie sind ein unabhängiges Völkchen und betrachten sich nicht als Untertanen von Gulban, dem Falkenauge – auch wenn es sich genau genommen um sein Gebiet handelt –, sondern fühlen sich in erster Linie ihrem *bó-aire* verpflichtet. Ihnen liegt also nichts daran, die Geheimnisse der Festlandbewohner zu wahren.«

»Wißt Ihr, ob die Krieger der Uí Fidgenti dem dortigen *bó-aire* irgendeine Erklärung gaben, was sie mit dem gallischen Schiff vorhatten?«

»Es war die Rede davon, daß es Waren zu den Minen auf dem Festland brachte.«

Fidelma hob ruckartig den Kopf.

»Minen? Sind zufällig Kupferminen gemeint?«

Ross betrachtete sie eindringlich, bevor er nickte.

»Gegenüber von Dóirse gibt es auf dem Festland in der nächsten Bucht mehrere Minen, in denen Kupfer abgebaut wird. Sie treiben nicht nur entlang der Küste Handel, sondern auch mit Gallien.«

Fidelma trommelte mit den Fingern auf den Tisch und runzelte die Stirn, während sie nachdachte.

»Erinnert Ihr Euch an den roten, lehmartigen Schlamm im Laderaum des gallischen Schiffes?« fragte sie.

Ross nickte.

»Ich glaube, er stammte aus einer Kupfermine oder einem Kupferlager. Vielleicht finden wir dort die Lösung des Rätsels. Dennoch begreife ich nicht, warum Männer der Uí Fidgenti das Schiff segelten. Ihr Stammesgebiet liegt doch viel weiter nördlich von hier. Wo waren die Männer von Beara, von Gulbans Stamm?«

»Ich könnte zurückfahren und mich bemühen, noch mehr herauszufinden«, erbot sich Ross. »Oder ich könnte zu den Minen segeln, so tun, als suchte ich Handelsware, und mich dort umsehen.«

Fidelma schüttelte den Kopf.

»Zu gefährlich. Wir haben es hier mit einem Geheimnis zu tun, das noch dadurch verzwickter wird, daß Torcán, der Sohn des Prinzen der Uí Fidgenti, als Gast auf Adnárs Festung weilt.«

Ross' Augen weiteten sich.

»Und da besteht auf jeden Fall ein Zusammenhang?«

»Aber ein Zusammenhang womit? Ich glaube, dieses Geheimnis birgt viele Gefahren. Wenn Ihr zurücksegelt, könntet Ihr Verdacht erregen. Wir sollten niemanden unnötig auf uns aufmerksam machen. Zuerst müssen wir herausfinden, womit wir es überhaupt zu tun haben. Wie weit sind die Kupferminen von hier entfernt?«

»Etwa zwei bis drei Stunden mit dem Schiff, wenn man sich nah an der Küste hält.«

»Und wenn man einfach die Halbinsel überquert? Wie viele Meilen sind es dann?«

»Wie viele Meilen ein Vogel fliegen würde? Fünf. Wenn man sich einen Weg über die Berge sucht, höchstens zehn.«

Fidelma schwieg und überlegte.

»Was sollen wir tun?« drängte Ross.

Fidelma hob den Kopf. Sie war zu dem Schluß gekommen, daß sie sich die Minen genauer ansehen sollte.

»Heute Nacht, im Schutz der Dunkelheit, reiten wir über die Halbinsel zu den Kupferminen. Ich habe das Gefühl, daß wir dort der Lösung ein ganzes Stück näher kommen könnten.«

»Warum reiten wir nicht jetzt? Auf einem der Gehöfte weiter unten an der Küste könnte ich problemlos Pferde kaufen.«

»Nein, wir warten bis Mitternacht, und zwar aus zwei Gründen. Erstens, weil wir nicht wollen, daß jemand von unserem Ausflug zu den Minen erfährt. Falls Torcán oder Adnár in ungesetzliche Angelegenheiten verstrickt sind, wollen wir sie doch nicht auf unser Vorhaben aufmerksam machen. Zweitens habe ich für heute abend eine Einladung zu einem Festessen in Dún Boí angenommen, mit Adnár und seinen Gästen, Torcán und Olcán. Vielleicht erweist sich das als durchaus vorteilhaft – wer weiß, was ich dort zu hören bekomme.«

Ross war alles andere als begeistert.

»Die Sache mit den Uí Fidgenti gefällt mir gar nicht, Schwester. Schon seit Wochen kursieren Gerüchte entlang der Küste. Man sagt, Eoganán von den Uí Fidgenti habe ein Auge auf Cashel geworfen.«

Fidelma lächelte matt.

»Ist das alles? Die Uí Fidgenti haben schon immer nach dem Königsthron in Cashel geschielt. Haben sie sich nicht vor fünfundzwanzig Jahren gegen Cashel erhoben, als Aed Slane dort Oberkönig war?«

Die Uí Fidgenti waren ein großer Stamm im Westen des Königreichs Muman, dessen Prinzen und Häuptlinge es vorzogen, sich Könige zu nennen, und die behaupteten, sie seien die wahren Nachkommen der ersten Könige von Cashel und hätten ältere Ansprüche auf den Thron als Fidelmas Familie. Bei Fidelmas Geburt war ihr Vater König von Cashel gewesen, und jetzt saß ihr Bruder Colgú als Nachfolger seines Cousins auf dem Thron des Unterkönigs von Muman und war als solcher einzig und allein dem Oberkönig gegenüber verantwortlich. Fidelma war seit ihrer Kindheit mit den Behauptungen der Uí Fidgenti vertraut. Sie setzten alles daran, ihrer Familie das Königtum von Cashel streitig zu machen, und keiner hatte seine angeblichen Ansprüche bisher lautstarker vertreten als der gegenwärtige Prinz, Eoganán.

Ross runzelte mißbilligend die Stirn.

»Was Ihr sagt, ist richtig, Schwester. Doch Euer Bruder sitzt erst seit wenigen Monaten auf dem Thron. Er ist jung und unerfahren. Falls Eoganán von den Uí Fidgenti versuchen wollte, Colgú zu stürzen, so wäre jetzt der günstigste Zeitpunkt.«

»Was soll er denn versuchen? Die große Versammlung in Cashel hat meinen Bruder in seinem Amt bestätigt, und der Oberkönig hat von Tara aus diese Entscheidung gebilligt.«

»Wer weiß, was Eoganán plant? Überall an der Küste kursieren Gerüchte, daß sich etwas zusammenbraut.«

Fidelma dachte gründlich über die Lage nach.

»Um so mehr Grund für mich, an dem Festessen heute abend teilzunehmen, denn vielleicht verrät Torcán mir etwas über die Pläne seines Vaters.«

»Ihr bringt Euch damit höchstens in Gefahr«, warnte Ross. »Torcán wird zweifellos herausfinden, wer Ihr seid...«

»Daß ich die Schwester von Colgú bin? Wir sind uns gestern im Wald begegnet. Er weiß es bereits.«

Sie hielt inne, runzelte die Stirn und dachte an den Pfeil, der ihrem Leben beinahe ein Ende gesetzt hätte. Könnte Torcán diesen Pfeil absichtlich auf sie abgeschossen haben, wohl wissend, daß sie Colgús Schwester war? Aber warum sollte er ihr nach dem Leben trachten? Sie hatte mit der Thronfolge in Cashel nichts zu tun. Nein, darin lag keinerlei Logik. Außerdem hatten sowohl Torcán als auch seine Männer überrascht reagiert, als sie erfuhren, wer sie war, und sich bemüht, ihren Fehler zu bemänteln. Falls Torcán den Pfeil doch mit Absicht abgeschossen hatte, dann hatte er jedenfalls nicht ihr gegolten. Es wäre ein leichtes für ihn gewesen, Fidelma im Wald zu töten.

Ross musterte prüfend ihren Gesichtsausdruck.

»Ist bereits irgend etwas vorgefallen?« fragte er instinktiv.

»Nein«, log sie schnell. »Zumindest«, korrigierte sie sich, nachdem sie plötzlich Schuldgefühle verspürte, »nichts, was unseren Plan ändern könnte. Um Mitternacht, nach dem Festessen in Dún Boí, treffe ich mich mit Euch und einem Eurer Männer im Wald hinter der Abtei. Beschafft drei Pferde, ohne dabei Verdacht zu erregen.«

»Wie Ihr wünscht. Ich nehme Odar mit, er ist genau der Richtige für unser Vorhaben. Aber wenn Torcán auch an dem Festessen teilnimmt, wäre es mir lieber, Ihr würdet nicht hingehen.«

»Einer Beamtin der irischen Gerichtsbarkeit wird niemand ein Leid zufügen – das würden weder König noch Bürger wagen«, verkündete Fidelma zuversichtlich, doch noch während sie die Worte aussprach, wünschte sie, sie könnte wahrhaftig daran glauben.

Fidelma erhob sich, und Ross folgte ihr hinaus aufs Deck. Es lag auf der Hand, daß er ihren Plan nicht vorbehaltlos billigte, doch in Ermangelung einer besseren Idee willigte er ein.

Sie wollte gerade an der Außenseite des Schiffes hinunterklettern, als er fragte: »Wie geht es eigentlich mit dem Fall voran, dessentwegen Ihr gekommen seid?« Er deutete mit dem Daumen zur Abtei hinüber. Der ursprüngliche Grund, der Fidelma hierhergeführt hatte, war fast in Vergessenheit geraten. »Habt Ihr das Rätsel inzwischen gelöst?«

Fidelma fühlte sich schuldig, weil sie nach Ross' Rückkehr und aufgrund seiner Neuigkeiten kaum noch einen Gedanken an das Geheimnis des Leichnams ohne Kopf und an Schwester Síomhas Ermordung verschwendet hatte.

»Noch nicht.« Mit betretener Miene fügte sie hinzu: »In der Abtei ist noch ein weiterer Mord geschehen. Wir fanden die *rechtaire*, Schwester Síomha, auf die gleiche Weise getötet wie die Unbekannte. Ich glaube jedoch, daß sich der

Schleier des Geheimnisses zu lüften beginnt. Es gibt viel Böses in der Abtei.«

»Falls Ihr je in Gefahr geraten solltet…«. Ross zögerte verlegen. »Ihr könnt mich und jeden meiner Männer jederzeit um Hilfe bitten. Vielleicht wäre es besser für Euch, von jetzt an einen Leibwächter bei Euch zu haben.«

»Um das Wild darauf aufmerksam zu machen, daß die Jäger ihm bereits dicht auf den Fersen sind?«

Schwester Fidelma schüttelte den Kopf, legte ihre Hand auf den Arm des besorgten Seemanns und lächelte.

»Wartet mit Odar und den drei Pferden um Mitternacht im Wald und achtet darauf, daß Euch niemand sieht.«

Man sagte Fidelma, daß sie Schwester Brónach in Berrachs Zelle antreffen könne. Sie schritt gerade über den Innenhof auf das Wohnhaus zu, als Brónach mit bedrückter Miene aus dem Eingang trat. Dort zögerte sie und wäre der *dálaigh* anscheinend lieber aus dem Weg gegangen, doch Fidelma lief auf sie zu.

»Wie geht es Schwester Berrach?«

Brónach zögerte.

»Im Augenblick schläft sie. Sie hat eine anstrengende Nacht und einen unerfreulichen Morgen hinter sich.«

»Das hat sie allerdings«, stimmte Fidelma zu. »Sie kann sich glücklich schätzen, jemanden wie Euch zur Freundin zu haben. Wollt Ihr mich ein Stück begleiten, Schwester?«

Widerwillig schloß sich Schwester Brónach Fidelma an und schritt langsam neben ihr über den gepflasterten Hof zum Gästehaus hinüber.

»Was wollt Ihr von mir, Schwester?«

»Antworten auf einige Fragen.«

»Ich stehe Euch stets zur Verfügung. Leider hatte ich noch keine Gelegenheit, Euch für das zu danken, was Ihr für Schwester Berrach getan habt.«

»Warum solltet Ihr mir danken?«

Schwester Brónach machte ein abwehrendes Gesicht.

»Ist es denn falsch, jemandem dafür zu danken, daß er einer Freundin das Leben gerettet hat?«

»Ich habe nur getan, was recht war und was jeder gläubige Christ tun sollte. Obwohl einige der Schwestern hier sich offenbar allzu leicht durch Gefühle davon abbringen lassen.«

»Durch Äbtissin Draigen, meint Ihr?«

»Das habe ich nicht gesagt.«

»Nichtsdestotrotz«, fuhr Schwester Brónach im Brustton der Überzeugung fort, »habt Ihr genau das gemeint. Euch ist sicher nicht entgangen, daß alle Schwestern hier sehr jung sind? Schwester Comnat, unsere Bibliothekarin, und ich sind die Ältesten. Sonst ist hier keine einzige, außer der Äbtissin, älter als einundzwanzig.«

»Ja, mir ist aufgefallen, wie jung die Schwestern in dieser Abtei sind«, bestätigte Fidelma. »Das finde ich höchst merkwürdig, denn die Idee einer Gemeinschaft ist es ja gerade, daß die Jungen von der Erfahrung und dem Wissen der Älteren profitieren.«

In Schwester Brónachs Stimme lag ein bitterer Unterton.

»Es gibt einen Grund dafür. Die Äbtissin umgibt sich nicht gerne mit Leuten, die ihre Autorität in Frage stellen könnten. Junge Menschen kann sie manipulieren, aber wir Älteren sind in der Lage, ihre Irrtümer zu erkennen, und wissen häufig weitaus mehr als sie. Sie kann einfach nicht vergessen, daß sie eine arme, ungebildete Bauerntochter war, bevor sie hierherkam.«

»Also mißbilligt Ihr die Äbtissin?«

Schwester Brónach blieb vor dem Eingang zum Gästehaus stehen und blickte sich ängstlich um, als wolle sie sichergehen, daß sie unbeobachtet waren. Dann deutete sie zur Tür.

»Wir gehen besser rein, um zu reden.«

Sie führte Fidelma den Korridor entlang zu einer kleinen Kammer, von wo aus sie ihre Aufgaben als Pförtnerin und Leiterin des Gästehauses erledigte.

»Nehmt Platz, Schwester«, sagte sie und setzte sich auf einen der beiden Holzstühle, die in dem winzigen Raum standen. »Nun, was war noch mal Eure Frage?«

Fidelma ließ sich auf dem anderen Stuhl nieder.

»Ich habe gefragt, ob Ihr Äbtissin Draigen mißbilligt, weil sie eine so junge, unerfahrene Gemeinschaft um sich versammelt? Zweifellos hat sie die Jugend und Unerfahrenheit von Schwester Lerben mißbraucht, um Berrach zu bedrohen. Mißbilligt Ihr Draigens Haltung gegenüber Berrach?«

Schwester Brónach verzog das Gesicht und brachte ihren Widerwillen deutlich zum Ausdruck.

»Jeder vernünftige Mensch würde ein Vorgehen, wie es die Äbtissin vorschlug, verurteilen, auch wenn ich bereit bin einzuräumen, daß es nicht allein Äbtissin Draigens Schuld war.«

»Nicht ihre Schuld?«

»Ich kann mir vorstellen, daß Schwester Lerben auch etwas damit zu tun hat.«

Fidelma war verdutzt.

»Nach meinem Verständnis stand Schwester Lerben völlig unter dem Einfluß von Draigen. Sie ist zu jung und war in diesem Spiel nur eine Marionette. Jemand hat mir erzählt, daß eine enge Beziehung zwischen der Äbtissin und Lerben besteht und daß Lerben – vergebt mir meine Offenheit,

Schwester – manchmal das Bett mit der Äbtissin teilt. Dieselbe Person sagte mir, daß Ihr das bestätigen könnt.«

Die sonst so verdrossene Nonne begann zu lachen. Fidelma, die in Brónachs ernstem Gesicht noch nie eine Spur von Fröhlichkeit entdeckt hatte, erlebte nun einen Ausbruch echter Heiterkeit.

»Das weiß doch jeder, daß Schwester Lerben das Bett mit der Äbtissin teilt! Ihr seid schon seit zwei Tagen hier und habt noch nicht mitbekommen, daß Lerben Draigens Tochter ist?«

Fidelma war wie vom Donner gerührt.

»Und ich dachte, Lerben…«, stieß Fidelma überrascht hervor, biß sich dann jedoch auf die Lippen.

Schwester Brónach lächelte belustigt vor sich hin. Ihr trauriges Gesicht wirkte völlig verwandelt, beinahe jung.

»Ihr dachtet, Lerben sei ihre Geliebte? Na, da hat man Euch ja schlimme Geschichten erzählt.«

Fidelma war sichtlich bemüht, die Neuigkeit zu verdauen.

»War Schwester Síomha jemals die Geliebte von Draigen?«

»Nicht daß ich wüßte. Und soweit ich das beurteilen kann, gehört Draigen ohnehin nicht zu den Frauen, die sich für derlei fleischliche Beziehungen interessieren. Äbtissin Draigen ist äußerst launisch, oder besser: unberechenbar. Eine Menschenfeindin, eine Frau, die den Männern mißtraut und ihnen lieber aus dem Weg geht. Sie umgibt sich hier mit jungen Frauen, weil sie ihnen intellektuell überlegen ist, doch das hat nicht zwangsläufig etwas mit sexuellen Beziehungen zu tun.«

Fidelmas Gedanken überschlugen sich. Wenn das stimmte, war das Motiv, das Adnár und Bruder Febal vorgetragen hatten und das durchaus plausibel klang, hinfällig. Das änderte ihre Einschätzung der Lage von Grund auf.

»Ich habe viel Klatsch und Tratsch und viele Vermutungen über Draigen gehört. Wollt Ihr behaupten, daß all diese Geschichten nicht wahr sind?«

»Ich habe wenig Anlaß, die Äbtissin zu lieben, und ich muß gestehen, daß ich mich auf diesem Gebiet überhaupt nicht auskenne. Äbtissin Draigen umgibt sich einfach gern mit jungen Mädchen, weil die ihr Wissen und ihre Autorität nicht in Frage stellen. Einen anderen Grund sehe ich nicht.«

»Ihr sagt, daß sie allen Männern mißtraut und sie haßt, und doch war sie mit Bruder Febal verheiratet.«

»Febal? Eine Ehe, die nicht einmal ein Jahr hielt. Ich glaube, sie hatten einander verdient. In Wahrheit standen sie sich in nichts nach: er mit seiner Frauenfeindlichkeit, sie mit ihrem Männerhaß. Sie verabscheuten sich gegenseitig.«

»Ihr kanntet Febal, als er hier in der Abtei lebte?«

»O ja«, antwortete Brónach mit düsterer Miene. »Ich kannte Febal gut.« Einen kurzen Augenblick blitzte es in ihren Augen. »Ich kannte Febal schon, bevor Draigen in die Abtei kam.«

»Warum haben sie geheiratet, wenn sie sich haßten?«

Schwester Brónach zuckte die Achseln.

»Diese Frage müßt Ihr ihnen selbst stellen.«

»Hat die frühere Mutter Oberin, Äbtissin Marga, diese Beziehung gebilligt?«

»Dies war damals ein gemischtes Kloster, und mehrere verheiratete Paare erzogen ihre Kinder hier zu frommen Christen. Marga hatte altmodische Vorstellungen und ermutigte Eheschließungen zwischen den Mitgliedern der Gemeinschaft. Vielleicht war das der Hauptgrund für Draigens Heirat: sie wollte sich Margas Gunst erschmeicheln. Draigen ist eine äußerst berechnende Frau.«

»Ihr lehnt Draigen ab, und doch bleibt Ihr in dieser Abtei. Warum?«

Fidelma suchte in Brónachs Miene nach einer Antwort. Die Glaubensschwester zuckte zusammen, und ein Ausdruck von Schmerz und Befremden schien über ihr Gesicht zu huschen.

»Ich bleibe hier, weil ich hierbleiben muß«, sagte sie ärgerlich.

»Aber Ihr verabscheut Draigen?«

»Sie ist meine Äbtissin.«

»Das ist keine Antwort.«

»Ich kann keine andere Antwort geben.«

»Dann laßt mich Euch helfen. Kanntet Ihr Draigen, als sie noch jung war?«

Schwester Brónach warf Fidelma einen verstohlenen Blick zu. Einen schnellen, abschätzenden Blick.

»Ich kannte sie«, gab sie vorsichtig zu.

»Und hat Eure Mutter sie gekannt?«

Schwester Brónach atmete tief durch und konnte ihren Schmerz nicht länger verbergen.

»So? Ihr habt also von der Geschichte gehört? Es gibt so viele Schwätzer in diesem Land.«

»Ich würde die Geschichte gern von Euch selbst hören, Schwester Brónach.«

Es dauerte eine Weile, bevor Brónach antwortete.

»Ich verabscheue Draigen mit einer Inbrunst, die Ihr nie verstehen würdet«, begann die Pförtnerin. Dann hielt sie inne und verfiel wieder in Schweigen, dieses Mal so lange, daß Fidelma sie gerade drängen wollte, als Brónach sie mit sorgenvollem Blick ansah. »Jeden Tag verbringe ich im Gebet und bitte Gott, den Allmächtigen, meinen Schmerz zu lindern und mir meinen Haß zu nehmen. Er tut es nicht. Ist es also Gottes Wille, daß sich diese Gefühle in mir stauen?«

»Warum bleibt Ihr hier?« drang Fidelma erneut in sie.

Die Antwort klang verbittert.

»Wieso fragt Ihr nicht das Meer, warum es immer an derselben Stelle bleibt? Ich kann nirgendwo anders hingehen. Vielleicht ist das die Strafe für meine Sünden: der Person zu dienen, die meiner Mutter das Leben nahm. Aber versteht mich nicht falsch. Ich würde Draigen niemals etwas antun. Ich möchte nicht, daß sie stirbt. Ich möchte, daß sie lebt – und daß sie jede Minute ihres Lebens leidet.«

»Erzählt mir, was damals passiert ist.«

»Draigen war zu jener Zeit fünfzehn Jahre alt. Ich war etwa Mitte dreißig und lebte schon als Nonne unter Äbtissin Marga in dieser Abtei. Meine Mutter, Suanach, war keine Christin. Sie zog es vor, den alten Gottheiten unserer Heimat die Treue zu halten. Sie war eine weise Frau. Sie kannte sämtliche Blumen und Kräuter, ihre Namen und ihre heilenden Kräfte. Sie war eins mit den Wäldern, in denen sie ihr Leben lang wohnte.«

»Und Euer Vater?« warf Fidelma ein.

»Ich habe ihn nie gekannt. Ich kannte nur meine Mutter und ihre Liebe zu mir.«

»Erzählt weiter.«

»In der Nähe des Waldes, in dem Suanach wohnte, lebte ein *óc-aire*, ein Mann mit einem kleinen Stück Land, das jedoch nicht ausreichte, um ihn und seine Familie zu ernähren. Der Mann war Adnár Mhór, der Vater von Draigen.«

»Auch der Vater von Adnár, der in der Festung am anderen Ufer der Bucht wohnt?«

»Derselbe. Meine Mutter hat Draigen manchmal geholfen.

Als Adnár, der Sohn, fortging, um in das Heer von Gulban, dem Falkenauge, einzutreten, wurde Adnár, der Vater, zusehends kränker. Suanach hatte Mitleid mit dem jungen Mädchen. Als dann der Vater starb, erbot sich meine Mutter, Draigen bei sich aufzunehmen. Bald darauf starb auch ihre Mutter, und Draigen zog ganz zu Suanach in den Wald.«

»Standet Ihr damals schon im Dienste dieser Abtei?«

Brónach nickte abwesend.

»Damals war Draigen etwa vierzehn, wie man Euch vielleicht erzählt hat. Welch ein Jahr voller Unglück.«

Plötzlich traten Schwester Brónach Tränen in die Augen, und irgendwie hatte Fidelma das Gefühl, daß diese Tränen nicht nur um ihrer Mutter willen vergossen wurden.

»Was genau ist passiert?«

»Draigen ist eine eigensinnige Person und neigt zu Wutausbrüchen. Eines Tages hatte sie so einen Wutanfall, packte ein Messer, das zum Häuten von Kaninchen benutzt wurde, und erstach meine Mutter Suanach.«

Fidelma wartete auf eine nähere Erklärung, und als keine kam, fragte sie danach.

»Seit dem Tod ihrer Eltern und seit ihr Bruder sie, wie sie es empfand, im Stich gelassen hatte, war Draigen sehr besitzergreifend geworden. Sie war aufbrausend und äußerst eifersüchtig, auch auf mich als Suanachs leibliche Tochter. Vielleicht war es gut, daß meine Pflichten in der Abtei mir nur wenig Zeit ließen, meine Mutter zu besuchen. Ich bin sicher, wir wären sonst häufiger und heftiger aneinandergeraten.«

»Ihr seid aneinandergeraten?«

»Unweigerlich. Jedes Mal, wenn ich zu meiner Mutter kam. Sobald Suanach mir aufmerksam zuhörte, kam Draigen und forderte doppelt soviel Aufmerksamkeit.«

»Also, zu dem Zeitpunkt, als Draigen Eure Mutter angriff…? Was ist damals passiert?«

»Meine Mutter…« Brónach zögerte, als fiele es ihr schwer, die richtigen Worte zu finden. »Meine Mutter hatte ein kleines Baby in Pflege genommen. Es war das Kind einer… einer Verwandten.«

Fidelma entgingen die verlegenen Pausen nicht.

»Suanach dachte, Draigen würde ihr bei der Erziehung des Kindes behilflich sein, aber Draigen war genauso eifersüchtig auf das Kind wie auf alles und jeden, mit dem sie die Zuneigung meiner Mutter teilen mußte.«

»Sie griff Eure Mutter an, weil sie dem Baby zuviel Aufmerksamkeit schenkte?« Fidelma spürte kalten Abscheu in sich aufsteigen.

»So war es. Es war der Angriff einer Wahnsinnigen. Sie war damals fünfzehn. Das Kind, das meine Mutter in Pflege hatte, war erst drei. Der Brehon, der über diesen Vorfall zu Gericht saß, befand, daß Draigen nicht des vorsätzlichen Mordes schuldig war. Er ordnete die Zahlung einer Entschädigung an. Das winzige Stück Land, das Draigens Eltern gehört hatte, sollte verkauft werden und der Ertrag daraus Suanachs Erben zugute kommen. Das war ich, natürlich. Und da ich Mitglied dieser Gemeinschaft war, fiel das Geld an die Abtei. Jetzt ist Draigen hier Äbtissin – welche Ironie des Schicksals.« Brónach stieß ein trockenes Lachen hervor. »Da fragt man sich doch, ob es einen Gott der Gerechtigkeit gibt, nicht wahr?«

»Hat Draigen dem dreijährigen Kind auch etwas zuleide getan?«

Schwester Brónach schüttelte den Kopf.

»Es wurde zurückgebracht… zu seiner leiblichen Mutter.«

»Der Brehon wird Draigen sicherlich Auflagen gemacht haben«, bemerkte Fidelma.

»Ja. Sie mußte einer religiösen Gemeinschaft beitreten, wo man sich ihrer annehmen würde, und sie mußte ihr Leben fortan der Wohltätigkeit widmen. Auch darin liegt eine gewisse Ironie, denn sie wurde in diese Abtei entsandt. Ausgerechnet in die Abtei, in der ich lebte.«

»Ah!« unterbrach Fidelma. »Jetzt verstehe ich, warum Adnárs Anspruch auf seinen Anteil an dem Land abgewiesen wurde. Da es verkauft werden mußte, um eine gerichtlich verhängte Geldstrafe zu begleichen, verlor Adnár, als Draigens Bruder, seinen Anteil, denn die Angehörigen müssen die Strafe des Schuldigen begleichen, sofern der Schuldige sie nicht selbst bezahlen kann.«

»Ja, so ist es.«

»Doch nach dem Gesetz, Schwester Brónach, hat Draigen eine Wiedergutmachung geleistet und ihr Verbrechen gesühnt.«

»Ja, ich weiß. Äbtissin Marga hat ihr vor langer Zeit die vollständige Absolution erteilt. Und inzwischen ist Draigen erwachsen geworden. Seit jenem Tag, da sie meine Mutter getötet hat, ertrage ich Tag für Tag ihre Gegenwart – als Strafe für meine Sünden.«

Fidelma war bestürzt.

»Ich verstehe immer noch nicht, warum Ihr hiergeblieben seid. Warum seid Ihr nicht in eine andere Gemeinschaft eingetreten, wo Eure Wunde heilen konnte, oder habt verlangt, daß Draigen in eine andere Abtei versetzt wird?«

Schwester Brónach stieß einen langen, tiefen Seufzer aus.

»Ich habe Euch den Grund genannt. Ich bleibe hier – als Strafe für meine Sünden.«

»Was sind das für Sünden, deren Ihr Euch schuldig gemacht habt?« fragte Fidelma. »Was konnte Euch dazu bewegen, Euer Leben in Gesellschaft eines Menschen zu verbringen, der Euer eigenes Fleisch und Blut getötet hat?«

Schwester Brónach zögerte erneut und schien dann einen Entschluß zu fassen.

»Im entscheidenden Moment war ich nicht da, um Draigens Angriff auf meine Mutter zu verhindern. Meine Sünde ist, daß ich nicht da war, als ich gebraucht wurde.«

»Das ist doch kein Grund für Selbstvorwürfe. Ihr habt Euch keiner Sünde schuldig gemacht.«

»Trotzdem fühle ich mich verantwortlich.«

Fidelma blieb mißtrauisch. Schwester Brónachs Erklärung erschien ihr nicht aufrichtig.

»Da kann ich Euch nicht helfen. Doch falls Ihr einen Seelen-Freund habt, vielleicht...«

»Ich kämpfe seit zwanzig Jahren mit diesem Problem, Schwester Fidelma. Es ist nicht in zwanzig Minuten zu lösen.«

»Ihr macht Euch selbst zuviele Vorwürfe, Schwester«, tadelte Fidelma. »Man soll die Dinge auch mit Barmherzigkeit betrachten. Vor zwanzig Jahren war Draigen ein junges Mädchen, ein unreifes, junges Ding. Was sie damals getan hat, gehört der Vergangenheit an. Heute ist sie wahrscheinlich ein ganz anderer Mensch.«

»Ihr seid sehr nachsichtig, Schwester.«

»Ihr stimmt mir nicht zu?«

»Draigen hat sich nicht verändert. Sie ist immer noch eifersüchtig, unermüdlich in ihrem Ehrgeiz und voller Mißgunst.« Die ältere Nonne hob unvermittelt die Hand, als wolle sie mögliche Einwände unterbinden. »Versteht mich nicht falsch, Schwester. Ich trage diese Last seit zwanzig Jahren und werde sie auch in Zukunft tragen. Es gibt auf dieser Welt keinen anderen Platz für mich. Dort oben in den Bergen sehe ich wenigstens das Grab meiner Mutter, und manchmal kann ich hingehen und ein Weilchen bei ihr sitzen.«

»Hattet Ihr nie das Bedürfnis, an Draigen Vergeltung zu üben?«

Als Antwort beugte Schwester Brónach das Knie.

»Ihr meint, ihr körperlichen Schaden zuzufügen? *Quod avertat Deus!* Gott behüte!«

»So was soll vorkommen.«

»Ich darf niemandem das Leben nehmen, Schwester. Ich darf keinem anderen Menschen ein Leid zufügen, egal, was er mir angetan hat. Das habe ich von meiner Mutter gelernt, nicht von Jesus Christus. Ich habe Euch bereits erklärt, daß es mir lieber ist, wenn Draigen am Leben ist und ihr Leben lang leiden muß.«

In Schwester Brónachs Gesicht lag ein Ausdruck würdevoller Aufrichtigkeit. Fidelma konnte Brónach durchaus verstehen – bis auf die Tatsache, daß sie all die Jahre in der Abtei geblieben war, in Draigens unmittelbarer Nähe, selbst dann noch, als Draigen zur Äbtissin gewählt wurde.

»Es hat nicht den Anschein, als würde Draigen sonderlich leiden«, bemerkte sie.

»Vielleicht habt Ihr recht. Vielleicht hat sie alles vergessen und glaubt, auch ich hätte vergessen. Doch eines Nachts wird die Stunde kommen, in der sie voller Angst erwacht und sich erinnert.«

»Bruder Febal hat nichts vergessen.«

Brónach errötete.

»Febal? Was hat er gesagt?«

»Nicht viel. Kennt sonst noch jemand die Geschichte?«

»Nur ich... und Febal. Wenngleich er von Fall zu Fall entscheidet, woran er sich zu erinnern beliebt.«

»Sicher weiß auch Draigens Bruder Adnár von der Sache?«

»Er erfuhr davon, als er seine Klage wegen des Landes einreichte und feststellen mußte, daß er alles verloren hatte.«

»Wollt Ihr damit sagen, daß sonst niemand hier von Draigens Vergangenheit weiß?«

»Niemand.«

Erst in diesem Augenblick wurde Fidelma klar, was sie die ganze Zeit übersehen hatte. Wenn Lerben Draigens Tochter war, dann war doch sicher Febal ihr Vater? Dennoch hatte er seine frühere Frau und seine eigene Tochter bezichtigt, eine sexuelle Beziehung zu unterhalten! Was für ein Mann war Febal eigentlich?

»Weiß Febal, daß Lerben seine Tochter ist?« lautete Fidelmas nächste Frage.

Schwester Brónach wirkte überrascht.

»Selbstverständlich. Das nehme ich zumindest an.«

Fidelma schwieg eine Weile.

»Ihr habt gesagt, daß Eure Mutter dem alten, heidnischen Glauben ihrer Heimat anhing. Wißt Ihr gut über die alte Religion Bescheid?«

Schwester Brónach schien einen Augenblick verblüfft über Fidelmas plötzlichen Themenwechsel.

»Ich bin die Tochter meiner Mutter. Sie hat mich all die alten Traditionen gelehrt.«

»Ihr kennt also die heidnischen Götter und Göttinnen und die symbolische Bedeutung der Bäume, und Ihr versteht die Oghamschrift?«

»Ein bißchen. Ich weiß genug, um sie zu erkennen, aber ich kann die alten Schriftzeichen nicht lesen.«

Geschrieben wurde Ogham nicht mit den gebräuchlichen lateinischen Buchstaben, sondern unter Verwendung eines altertümlichen Zeichensystems, das man *Bérla Féini* nannte, die Sprache der Ackerbauern. Heutzutage studierten nur noch angehende Rechtsgelehrte die Oghamschrift.

»Schwester, erklärt mir die Bedeutung eines Espenholzstabes, der an der linken Hand befestigt ist.«

Schwester Brónach lächelte wissend.

»Das ist einfach. Die Espe ist ein heiliger Baum, von dem der *fé*, der Stab zum Abmessen eines Grabes, geschnitten wird. Darauf wird immer eine Zeile in Ogham eingeritzt. Diese Sitte ist noch heute in ganz Irland verbreitet.«

»Ja, das ist allgemein bekannt. Aber das Befestigen des *fé* am linken Arm – warum nicht am rechten? Was hat das zu bedeuten? Ihr habt erwähnt, daß Ihr Draigen darauf aufmerksam gemacht habt, als der erste Leichnam gefunden wurde.«

»Man bindet den *fé* an den linken Arm, wenn ein Mörder oder Selbstmörder beerdigt wird...« Sie unterbrach sich und schlug bestürzt eine Hand vor den Mund. »Die Zeile in Ogham ist normalerweise eine Anrufung der Todesgöttin.«

»Wie zum Beispiel Morrígan? Der Göttin des Todes und der Kriege?«

»Ja.« Die Antwort klang schneidend.

»Erzählt weiter«, sagte Fidelma ruhig.

»Ich kenne die Glaubensformel nicht wörtlich, aber sie beinhaltet die Anerkennung einer solchen Göttin. Bei der Leiche ohne Kopf... der im Brunnen... an ihrem linken Arm war ein Espenholzstab mit einer Oghaminschrift befestigt.«

»Bei Schwester Síomha auch«, bestätigte Fidelma.

»Was hat das zu bedeuten? Wollt Ihr etwa behaupten…?«

»Ich behaupte gar nichts«, unterbrach Fidelma sie sogleich. »Ich habe Euch lediglich gefragt, ob Ihr wißt, was der Gebrauch dieser Symbole bedeutet.«

»Natürlich weiß ich das.« Schwester Brónach schien jetzt gründlich nachzudenken. »Aber soll das heißen, daß die Tote im Brunnen eine Mörderin war?«

»Wenn dem so wäre, würde daraus folgen, daß man bei Schwester Síomha den gleichen Schluß ziehen müßte.«

»Das ergibt doch keinen Sinn.«

»Vielleicht ergibt es Sinn für den Mörder. Sagt mir, Schwester Brónach, wer außer Euch weiß hier in der Abtei über diese Symbolik Bescheid?«

Die Pförtnerin zuckte die Achseln.

»Die Zeiten ändern sich, die alten Traditionen geraten in Vergessenheit. Ich bezweifle, daß eine der jüngeren Nonnen die Bedeutung dieser Dinge kennt.« Plötzlich weiteten sich ihre Augen. »Wollt Ihr damit vielleicht andeuten, daß ich die Täterin bin?«

Fidelma unternahm keinen Beschwichtigungsversuch.

»Durchaus möglich. Es ist meine Aufgabe, genau das herauszufinden. Wenn es um die Ermordung von Äbtissin Draigen ginge, hielte ich Euch für die Hauptverdächtige, denn Ihr hättet ein einleuchtendes Tatmotiv. Doch für die beiden Morde, mit denen wir es im Augenblick zu tun haben, sehe ich einfach kein Motiv bei Euch.«

Brónach betrachtete die Jüngere vorwurfsvoll.

»Ihr habt einen merkwürdigen Sinn für Humor, Schwester«, bemerkte sie mißbilligend. »Vielleicht gibt es hier auch noch andere, die sich mit den alten Traditionen genausogut auskennen wie ich.«

»Ihr habt bereits festgestellt, daß in dieser Abtei hauptsächlich junge Schwestern leben, die nicht darüber Bescheid wissen. Wer kennt denn dann noch den Gebrauch der alten Symbole?«

Schwester Brónach überlegte einen Augenblick.

»Schwester Comnat, unsere Bibliothekarin. Sonst niemand, außer…«

Sie hielt inne, und ihr Blick wurde plötzlich hart und hellwach.

Fidelma beobachtete sie aufmerksam.

»Außer…?« drängte sie.

»Niemand.«

»Oh, ich weiß, welcher Gedanke Euch gerade gekommen ist«, erwiderte Fidelma gelassen. »Ihr wart stolz auf die Kenntnisse der alten Traditionen, die Eure Mutter an Euch weitergegeben hat. An wen könnte sie dieses Wissen sonst noch weitergegeben haben? An jemanden, den sie aufzog? Kommt schon, der Name liegt Euch auf der Zunge.«

Schwester Brónach blickte zu Boden.

»Ihr wißt es bereits. Äbtissin Draigen natürlich. Sie weiß alles über die heidnische Symbolik, und…«

»Und?«

»Sie hat bereits bewiesen, daß sie fähig ist zu töten.«

Schwester Fidelma erhob sich und nickte ernst.

»Ihr seid schon die zweite, die mich in den letzten Stunden darauf hingewiesen hat.«

Kapitel 13

Schwester Lerben war in der Kapelle und polierte das große, reichverzierte goldene Kreuz, das auf dem Altar stand. Sie war eifrig über ihre Arbeit gebeugt und hatte ihr hübsches Gesicht vor Konzentration in Falten gelegt. Das dumpfe Geräusch der Tür, die hinter Fidelma ins Schloß fiel, ließ sie aufblicken. Sie richtete sich auf, während die *dálaigh* den Gang zwischen den verlassenen Bankreihen heraufkam und vor ihr stehenblieb. Lerbens Miene verriet, daß ihr dieser Besuch nicht gerade willkommen war. Fidelma konnte deutlich das herausfordernde Funkeln und die Abneigung in ihren Augen sehen.

»Was wollt Ihr?«

Lerben sprach mit ihrer klaren, eiskalten, hellen Stimme. Anstelle von Ärger empfand Fidelma Mitleid mit ihr. Sie wirkte wie ein kleines Mädchen, verstockt und zornig – und schutzbedürftig. Ein kleines, wütendes Mädchen, das von einem Erwachsenen gerade bei etwas Verbotenem erwischt worden war. Ihre arrogante Maske war störrischer Streitsucht gewichen.

»Es gibt da ein paar Fragen, die ich Euch stellen muß«, antwortete Fidelma liebenswürdig.

Schwester Lerben schob das Kreuz in aller Ruhe zurück an seinen Platz und faltete sorgfältig das Stück Leinen zusammen, mit dem sie es poliert hatte. Fidelma war schon früher aufgefallen, daß die Bewegungen der Novizin überaus präzise und besonnen waren. Schließlich drehte sie sich um und stand mit verschränkten Armen da. Ihre Augen waren auf einen Punkt direkt hinter Fidelmas Schulter gerichtet.

Die *dálaigh* deutete abgespannt auf eine der Bänke.

»Laßt uns einen Augenblick Platz nehmen und reden, Schwester Lerben.«

»Ist das ein offizielles Gespräch?« wollte Lerben wissen.

Fidelma antwortete gleichgültig.

»Offiziell? Wenn Ihr damit meint, ob ich in meiner Eigenschaft als *dálaigh* der Gerichtsbarkeit mit Euch sprechen möchte, dann ist es offiziell. Aber die Dinge, die hier möglicherweise zur Sprache kommen, werden nicht schriftlich festgehalten.«

Schwester Lerben schien sich widerwillig in die Situation zu fügen und nahm Platz. Ihre Augen wichen Fidelmas prüfendem Blick aus.

»Seid versichert, daß nichts, was Ihr hier sagt, an Eure Äbtissin weitergeleitet wird.« Fidelma bemühte sich, dem Mädchen die Befangenheit zu nehmen, und fragte sich gleichzeitig, wie sie das Thema am besten ansprechen sollte. Sie setzte sich neben Lerben, die weiterhin schwieg. »Laßt uns den Streit vergessen, den wir hatten. Auch ich war stolz, als ich in Euerm Alter war. Auch ich dachte, ich wüßte über vieles Bescheid. Aber über das Kirchenrecht wart Ihr falsch informiert. Ich bin immerhin Advokatin der Gerichtsbarkeit, und wenn Ihr versucht, Eure Kenntnisse auf diesem Gebiet mit den meinen zu messen, zieht Ihr unweigerlich den kürzeren. Ich will damit nicht angeben, sondern lediglich eine Tatsache feststellen.«

Das Mädchen erwiderte noch immer nichts.

»Ich weiß, daß Äbtissin Draigen Eure Beraterin war.« Fidelma versuchte, sie durch diese Bemerkung aus der Reserve zu locken.

»Äbtissin Draigen verfügt über großes Wissen«, fauchte Lerben. »Warum sollte ich ihre Worte anzweifeln?«

»Ihr bewundert Äbtissin Draigen. Das verstehe ich gut. Aber mit ihren Kenntnissen der Gesetze ist es nicht weit her.«

»Sie setzt sich für unsere Rechte ein. Für die Rechte der Frauen«, konterte Schwester Lerben.

»Ist es denn nötig, sich für die Rechte der Frauen einzusetzen? Ist denn der Schutz der Frauen im irischen Gesetz nicht eindeutig verankert? Frauen werden vor Vergewaltigung geschützt, vor sexueller Belästigung und sogar vor Beleidigung. Vor dem Gesetz sind Frauen den Männern gleichgestellt.«

»Manchmal ist das nicht genug«, erwiderte das Mädchen ernsthaft. »Äbtissin Draigen erkennt die Schwächen in unserer Gesellschaft und kämpft für mehr Rechte.«

»Das verstehe ich nicht. Vielleicht seid Ihr so gut und erklärt es mir. Wenn die Äbtissin mehr Rechte für Frauen anstrebt, warum sagt sie dann, die Fénechus-Gesetze müßten verworfen und die neuen Kirchengesetze angenommen werden? Warum befürwortet sie die Bußvorschriften, deren weltanschauliche Grundlagen sich aus dem römischen Recht entwickelt haben? Dieses Recht verweist die Frau in eine untergeordnete Rolle.«

Schwester Lerben war begierig, ihren Standpunkt zu erklären.

»Nach dem kanonischen Recht, das Draigen unterstützen möchte, wäre der Mord an einer Frau ein schlimmeres Verbrechen als der Mord an einem Mann. Leben für Leben. Im Augenblick schreiben die irischen Gesetze lediglich vor, daß eine Entschädigung gezahlt und der Mörder rehabilitiert werden muß. Dagegen verlangen die Gesetze, die die Kirche Roms vorschlägt, daß der Täter mit dem Leben zu bezahlen und zuvor körperliche Qualen zu erleiden hat. Die Äbtissin hat mir einige der Bußvorschriften gezeigt. Darin heißt es, einem Mann, der eine Frau tötet, werden Hände und Füße abgehackt und Schmerzen zugefügt, bevor er den Tod erleidet.«

Fidelma betrachtete den blutdürstigen Eifer des jungen Mädchens voller Abscheu.

»Und eine Frau wird für das gleiche Verbrechen bei lebendigem Leibe verbrannt«, gab Fidelma zu bedenken. »Ist es nicht besser, nach einer Entschädigung für das Opfer zu trachten anstatt Rache am Täter zu üben? Ist es nicht besser, zu versuchen, den Missetäter zu rehabilitieren und dem Opfer zu helfen, anstatt schmerzhaft Vergeltung zu üben, mit der man nichts weiter erreicht außer einen kurzen Moment der Genugtuung?«

Schwester Lerben schüttelte den Kopf und antwortete in leidenschaftlichem Tonfall: »Draigen sagt, daß schon in der Bibel steht: ›Seele um Seele, Auge um Auge, Zahn um Zahn, Hand um Hand, Fuß um Fuß...‹«

»Diese Worte aus dem Zweiten Buch Mose werden häufig zitiert«, unterbrach Fidelma müde. »Man sollte sich lieber die Worte Christi anschauen, der sagt etwas ganz anderes. Seht Euch das Evangelium des heiligen Matthäus an, dort steht: ›Ihr habt gehört, daß da gesagt ist: ›Auge um Auge, Zahn um Zahn.‹ Ich aber sage euch, daß ihr nicht widerstreben sollt dem Übel, sondern so dir jemand einen Streich gibt auf deinen rechten Backen, dem biete den anderen auch dar.‹ So lautet das Wort des Gottes, dem wir folgen.«

»Aber Äbtissin Draigen hat gesagt...«

Fidelma hob die Hand, um das Mädchen zum Schweigen zu bringen.

»Kein Rechtssystem ist vollkommen. Es nützt jedoch wenig, gute Gesetze um schlechterer willen abzulehnen. In unserem Land werden den Frauen Rechte und Schutz gewährt. Es herrscht Gleichheit vor dem Gesetz. Die fremden Gesetze, die sich über die Bußvorschriften in unser Land einschleichen, haben zur Folge, daß sich nur noch die Reichen und Mächtigen Gerechtigkeit leisten können.«

»Aber Äbtissin Draigen...«

»...ist keine Rechtsgelehrte«, unterbrach Fidelma sie entschlossen. Sie wollte sich wirklich nicht auf eine Debatte über die Vorzüge rivalisierender Rechtssysteme einlassen, schon gar nicht mit einem jungen Mädchen, das sein gesamtes Wissen den Erklärungen einer voreingenommenen Autorität verdankte. Sie wußte genau, wo Draigen hinsichtlich der Unterstützung der neuen Bußvorschriften stand, die nach Fidelmas Einschätzung drohten, die Gesetze der fünf Königreiche allmählich auszuhöhlen.

Schwester Lerben verfiel in verstocktes Schweigen.

»Ich weiß, daß Ihr die Äbtissin bewundert«, setzte Fidelma von neuem an. »Das ist auch die richtige und angemessene Einstellung gegenüber der eigenen Mutter.«

»Ihr wißt es also?« Abwehrend reckte Schwester Lerben ihr Kinn.

»Sicher ist eine Abtei kein geeigneter Ort, um ein solches Geheimnis zu wahren?« fragte Fidelma nachsichtig. »Außerdem gibt es kein Gesetz, weder in der irischen noch in der römischen Kirche, das Liebe und Heirat zwischen Glaubensbrüdern und -schwestern verbietet.« Sie konnte sich nicht verkneifen, hinzuzufügen: »Wer aber das neue Kirchenrecht unterstützt, verbietet die Liebe.«

Fidelma wußte, daß sich in Europa in den letzten zweihundert Jahren eine kleine Gruppe zusammengefunden hatte, die ihre Zweifel an der Vereinbarkeit von Ehe und religiösem

Leben lautstark zum Ausdruck brachte. Hieronymus und Ambrosius waren die Wortführer all derer, die das Zölibat für einen Zustand höherer geistlicher Erleuchtung hielten als die Ehe, und Papst Damasus, ein Freund von Hieronymus, war der erste Papst gewesen, der für diese Idee Partei ergriffen hatte. Doch selbst in Rom gab es erst eine kleine, aber nichtsdestoweniger einflußreiche Gruppe, die sich dafür einsetzte, alle Geistlichen zum Zölibat zu verpflichten, und die deshalb die schriftliche Niederlegung der Bußvorschriften vorantrieb. Erfreulicherweise fand diese Idee im römischen Kirchenrecht bisher noch keinen Rückhalt.

Schwester Lerben saß ausdruckslos da.

»Seit wann lebt Ihr in dieser Gemeinschaft, Lerben? Ich nehme an, seit Eurer Geburt?«

»Nein. Mit sieben Jahren wurde ich zu Pflegeeltern geschickt.«

In den fünf Königreichen war es unter den Wohlhabenden Brauch, ihre Kinder im Alter von sieben Jahren zu Pflegeeltern zu geben oder sie von einem Lehrer erziehen zu lassen. Jungen blieben bis zum siebzehnten Lebensjahr bei den Pflegefamilien, Mädchen bis zum vierzehnten.

»Und Ihr seid hierher zurückgekehrt, als Ihr vierzehn wart?« fragte Fidelma.

»Vor drei Jahren«, bestätigte das Mädchen.

»Habt Ihr nie daran gedacht, woanders hinzugehen als in die Abtei Eurer Mutter?«

»Nein, warum sollte ich? Nachdem ich fortgegangen war, hat sich hier vieles verändert. Meine Mutter hat alle Männer ausgeschlossen.«

»Verabscheut Ihr Männer so sehr?« fragte Fidelma überrascht.

»Ja!« Das Wort kam spontan und leidenschaftlich.

»Warum?«

»Männer sind schmutzige, ekelhafte Tiere.«

Angesichts des Ungestüms in ihrer Stimme fragte sich Fidelma, welch schreckliche Erfahrungen das Mädchen wohl so geprägt haben mochten.

»Ohne Männer würde die menschliche Rasse aussterben«, gab sie vorsichtig zu bedenken. »Euer Vater war ein Mann.«

»Dann laßt sie doch aussterben!« entgegnete Lerben unversöhnlich. »Mein Vater war ein Schwein.«

Der abgrundtiefe Haß, der ihr ins Gesicht geschrieben stand, erschreckte Fidelma zutiefst.

»Ich vermute, Ihr sprecht von Febal?«

»Ja.«

Allmählich nahm eine Idee in Fidelmas Kopf Gestalt an.

»Also war es Euer Vater, der Eure Einstellung zu Männern so negativ beeinflußt hat?«

»Mein Vater… ein rotglühender Stein in seinen Hals! Möge er ersticken!«

Die Verwünschungen waren mehr als gehässig.

»Was hat Euer Vater Euch angetan, daß Ihr ihn so haßt?«

»Es geht darum, was er meiner Mutter angetan hat. Ich möchte nicht über ihn sprechen.«

Schwester Lerbens Gesicht war kreidebleich, und ein Schauder durchlief ihre schlanke Gestalt, ein Schauder des Ekels. Fidelma begriff allmählich, daß ein schwerer Konflikt das Mädchen belastete.

»Also habt Ihr hier Trost gefunden?« sprach sie hastig weiter. »Habt Ihr mit einer der anderen Schwestern Freundschaft geschlossen?«

Das Mädchen zuckte gleichgültig die Achseln.

»Mit einigen.«

»Aber nicht mit Schwester Berrach?«

Lerben zuckte zusammen.

»Dieser Krüppel! Sie wäre besser gleich bei der Geburt gestorben.«

»Und Schwester Brónach?«

»Eine dumme, alte Frau. Ständig streicht sie um diese schwachsinnige Berrach herum! Die hat doch ihre besten Jahre längst hinter sich.«

»Was ist dann mit Schwester Síomha, der Verwalterin? Wart Ihr mit ihr befreundet?«

Schwester Lerben verzog das Gesicht.

»Die kam sich vielleicht wichtig vor. Sie war schmutzig und widerlich!«

»Warum? Warum schmutzig und widerlich, Lerben?« fragte Fidelma und musterte das errötete Gesicht der jungen Frau.

»Sie mochte Männer. Sie hatte einen Liebhaber.«

»Einen Liebhaber. Wißt Ihr, wer es war?«

»Ich denke, das liegt auf der Hand. In den letzten Wochen habe ich oft gesehen, wie sie – wenn sie nachts nicht bei der Klepsydra Dienst tat – erst kurz vor Morgengrauen aus Adnárs Festung zurückkehrte. Schwester Síomha pflegte sich nicht zu Liebschaften mit gemeinen Kriegern oder Bediensteten herabzulassen. Ihr müßt also nicht lange suchen, um herauszufinden, mit wem sie sich dem Laster hingegeben hat.«

»Meint Ihr Euern Onkel Adnár?«

»Ich nenne ihn nicht Onkel. Schwester Síomha war so von sich eingenommen. Sie wollte allen vorschreiben, was sie zu tun haben.«

»Immerhin war sie die *rechtaire* der Abtei«, gab Fidelma zu bedenken. »Habt Ihr mit Eurer Mutter über diese Sache gesprochen?«

Schwester Lerben reckte herausfordernd das Kinn.

»Nein. Und jetzt bin ich *rechtaire*.«

»Mit siebzehn?« Fidelma lächelte nachsichtig. »Ihr habt noch viel über das Leben als Nonne zu lernen, bevor Ihr ein solches Amt ernsthaft anstreben könnt.«

»Draigen hat mich zur *rechtaire* ernannt. Und damit basta.«

Fidelma beschloß, sich darüber nicht weiter zu streiten. Es gab wichtigere Dinge.

»Wie gut kennt Ihr Schwester Comnat und Schwester Almu?«

Lerben zuckte zusammen. Daß Fidelma von einem Thema zum anderen wechselte, schien sie aus der Fassung zu bringen.

»Ich kannte sie, ja.«

»*Kannte?* Ist denn Comnat nicht mehr Bibliothekarin und Almu ihre Gehilfin?«

»Sie sind nach Ard Fhearta aufgebrochen und nun schon seit einigen Wochen fort. Es ist ganz normal, von ihnen zu sprechen, als wären sie nicht da.«

»Wie gut kanntet Ihr sie?« verbesserte sich Fidelma.

»Comnat habe ich nur während der Gottesdienste gesehen. Eine alte Frau. Älter als Brónach.«

»Ihr hattet nicht viel mit ihr zu tun?«

»Sie verbrachte die meiste Zeit in der Bibliothek und den Rest in der Abgeschiedenheit ihrer Zelle, im Gebet.«

»Interessiert Ihr Euch denn nicht für Bücher?«

»Ich kann nicht richtig lesen und schreiben. Draigen unterrichtet mich noch.«

Fidelma war schockiert.

»Ich dachte, man hätte Euch zur Ausbildung fortgeschickt?«

»Mein Vater hat das arrangiert. Ich wurde zu einem versoffenen Bauern gebracht. Zehn Meilen östlich von hier liegt eine Stadt, Eadar Ghabhal. Ich wurde dorthin geschickt, um als Bedienstete zu arbeiten. Es erging mir nicht besser als einer Sklavin.«

»Und man hat Euch weder Lesen noch Schreiben beigebracht?«

»Nein.«

»Wußten denn Euer Vater oder Eure Mutter, was das für ein Ort war, an den man Euch geschickt hatte?«

»Mein Vater wußte ganz genau Bescheid, deshalb hat er das ja arrangiert. Es war das letzte Mal, daß meine Mutter ihm gestattet hat, sich in unser Leben einzumischen. Er kam häufig und besuchte den Bauern.« Lerbens Stimme verriet ihre lange angestaute Wut. »Dort habe ich gelernt, was Männer für Schweine sind. Der Bauer... er hat mich vergewaltigt. Schließlich ist es mir gelungen, von diesem verruchten Ort zu fliehen. Meine Mutter erfuhr von all dem erst, nachdem ich in die Abtei zurückgekehrt war. Mein Vater hatte ihr die Wahrheit verschwiegen. Das war seine Rache an ihr. Dann kam der Bauer hier betrunken an, zusammen mit Febal. Sie versuchten, mich zur Rückkehr zu bewegen, und gaben vor, ich hätte den Bauern bestohlen und den Vertrag, den mein Vater ausgehandelt hatte, gebrochen. Draigen hat mich beschützt, sie hat mir hier Zuflucht gewährt und die beiden davongejagt.«

»Und was wurde aus dem Bauern?«

»Er kam ums Leben, als sein Hof niederbrannte.«

Fidelma musterte prüfend die Miene des Mädchens, doch sie verriet nichts. Sie war beinahe so ausdruckslos, als hätte Lerben jedes Gefühl daraus verbannt.

»Habt Ihr Euern Vater seitdem gesehen?«

»Nur noch von weitem. Meine Mutter sagte ihm zur Warnung, daß er seines Lebens nicht mehr sicher sei, falls er noch einmal versuchen sollte, mir ein Leid anzutun.«

Fidelma saß einen Augenblick schweigend da und ließ sich das Gehörte durch den Kopf gehen.

»Ihr sagt, Draigen unterrichtet Euch seit Eurer Rückkehr in die Abtei im Lesen und Schreiben?«

»Wenn sie Zeit hat.«

»Was ist mit Schwester Almu? Sie ist jung, sicher kaum älter als Ihr? Sie ist eine gelehrige Schülerin und hätte Euch doch Lesen und Schreiben beibringen können?«

Fidelma entging nicht, daß das Mädchen zögerte.

»Ich verstehe mich nicht so gut mit Almu. Sie ist ungefähr ein Jahr älter als ich, und Schwester Síomha war ihre Freundin.«

»Ist Almu hübsch?«

»Das kommt darauf an, was man unter ›hübsch‹ versteht.«

Das war zugegebenermaßen eine schlagfertige Erwiderung.

»Mögt Ihr sie?«

»Ich kenne sie nicht sehr gut. Sie arbeitet ebenfalls in der Bibliothek und schreibt dort verstaubte alte Bücher ab. Warum stellt Ihr mir all diese Fragen?«

»Ach, nur, um mir ein genaueres Bild machen zu können.« Fidelma erhob sich. »Das war's auch schon.«

»Dann werde ich, sobald Ihr geht, zu meinen Pflichten zurückkehren.«

Fidelma antwortete mit einer vagen Geste der Zustimmung

und machte sich auf den Weg zum Ausgang. Dort blieb sie stehen und warf einen Blick zurück, als sei ihr nachträglich noch etwas eingefallen.

»Warum habt Ihr gesagt, daß Schwester Brónach ihre besten Jahre hinter sich hat?« fragte sie mit schneidender Stimme. »Was habt Ihr damit gemeint?«

Schwester Lerben, die sich nun wieder dem Polieren der goldenen Ikonen und Statuen in der Kapelle widmete, sah auf. Einen Augenblick schien es, als hätte sie Fidelma nicht verstanden, doch dann erhellte sich ihr Gesichtsausdruck.

»Sie ist alt. Draigen sagt, sie hat ihren Mann und ihr Kind gehabt und hat jetzt nichts mehr vom Leben zu erwarten. Draigen sagt...«

Fidelma war bereits nachdenklich hinausgegangen.

Sie war noch immer tief in Gedanken versunken, als Adnárs Bootsmann im Gästehaus der Abtei melden ließ, er sei gekommen, um sie zur Festung des *bó-aire* hinüberzurudern. Es war schon dunkel, doch am Boot waren vorn und achtern Laternen angebracht, und zwei Mann legten sich in die Riemen, so daß das Fahrzeug durch das schwarze Wasser schnitt und, so schien es zumindest, in wenigen Minuten übersetzte. Fidelma wurde auf den dunklen Kai hinaufgereicht, und der Bootsmann, der eine der Lampen trug, leuchtete ihr die Stufen hinauf und in die Festung hinein.

Im Inneren der Granitmauern war Dún Boí hell erleuchtet, überall brannten Fackeln, und aus den Hauptgebäuden drang Musik herüber. Hier und dort gingen Wachen auf und ab, doch ansonsten wirkte die Zitadelle recht friedlich.

Adnár eilte die Treppe herunter und streckte Fidelma zur Begrüßung die Hände entgegen.

»Willkommen, Schwester Fidelma. Willkommen. Ich freue mich, daß Ihr gekommen seid.«

Er ging voraus, die hölzernen Stufen hinauf und in den großen Festsaal, wo sie tags zuvor das Morgenmahl eingenommen hatten. Die Einrichtung hatte sich nicht verändert, aber der riesige Tisch war mit Bergen von Speisen überladen, und im Kamin loderte ein gewaltiges Feuer, von dem eine ungeheure Hitze ausging. In einer Ecke spielte jemand leise auf einer Harfe.

Adnár half ihr höchstpersönlich, den Umhang abzulegen, und geleitete sie zu dem runden Tisch. Dort bückte sich ein Diener, um ihr die Schuhe auszuziehen. Sowohl in weltlichen als auch in kirchlichen Kreisen war es Brauch, Schuhe oder Sandalen abzulegen, bevor man sich zum Abendessen niedersetzte.

Olcán und Torcán waren ebenfalls anwesend. Die beiden jungen Männer begrüßten sie so überschwenglich und wortgewandt, daß es den Anschein hatte, als versuchten sie sich in puncto »gute Manieren« gegenseitig auszustechen. Nur Bruder Febal stand wortlos da und senkte den Blick. Sein Benehmen war fast schon unhöflich. Fidelma bemühte sich, ihre Abneigung gegen ihn nicht zu zeigen. Sie mußte für alles offen sein. Doch wenn Schwester Lerbens Behauptungen stimmten, war er ein verbitterter und böser Mensch.

Es war Olcán, der das Gespräch eröffnete.

»Wie geht Eure Untersuchung voran? Ich habe gehört, daß Ihr unseren Bruder Febal vernommen habt? Ist er denn nun der gefürchtete Frauenmörder?«

Bruder Febal schien seinen Humor nicht zu teilen.

Fidelma antwortete ernst.

»Wir werden warten müssen, bis die Untersuchung abgeschlossen ist, bevor wir uns ein Urteil erlauben können.«

Adnár hob die Augenbrauen in gespielter Überraschung.

»Möge der Himmel auf uns herabstürzen! Ich glaube, sie verdächtigt Euch tatsächlich, Febal.«

Bruder Febal zuckte die Achseln. Sein anziehendes Gesicht wirkte sanft.

»Ich habe die Wahrheit nicht zu fürchten.«

Ein Grinsen huschte über Olcáns bläßliche Züge, und er deutete auf den Tisch.

»Nun, ich fürchte, ich verhungere, wenn wir das Mahl nicht bald beginnen. Schwester Fidelma, würdet Ihr uns die Ehre erweisen und das *Gratias* sprechen, wie es hier Brauch ist?«

Fidelma neigte den Kopf.

»Benedic nobis, Domine Deus, et omnibus donis Tuis quae ex largitate…«

Nach dem Gebet setzten sie sich zu Tisch. Nun traten Diener heran, um den Wein einzuschenken und die Platten herumzureichen. Überrascht stellte Fidelma fest, daß Adnár nicht nur für jeden ein Messer hatte bereitlegen lassen – man aß mit einem Messer in der rechten Hand und benutzte links nur die Finger –, sondern daß jeder Tischgast auch eine saubere *lámhbrat* oder Serviette bekam, die normalerweise während des Essens über die Knie gebreitet und nach Beendigung der Mahlzeit zum Abwischen der Hände benutzt wurde. Im allgemeinen begegnete man solcher Kultiviertheit sonst nur bei Königen und Bischöfen. Adnár war offensichtlich daran gelegen, mit der vornehmen, festlich gedeckten Tafel seine gesellschaftliche Stellung hervorzuheben.

»Bitte fangt an, Fidelma. Möchtet Ihr lieber Wein oder Met?«

Silberne Pokale waren mit Rotwein aus fernen Ländern gefüllt, aber es standen auch Krüge mit heimischem Met auf dem Tisch. Sie sah, daß Bruder Febal diesen dem Wein vorzog. Es gab Ochsenfleisch, Hammel und Wild, außerdem Fisch, Gänseeier und sogar eine Speise aus *rón* oder Robbenfleisch. Diese war früher sehr beliebt gewesen, wurde heutzutage jedoch kaum noch gegessen. Einer Überlieferung zufolge hatte einst ein Druide im Westen des Landes eine Familie in Robben verwandelt, und nun mochte niemand mehr Robbenfleisch essen, um nicht die eigenen Artgenossen zu verspeisen.

Fidelma nahm etwas von dem Wild, das mit wildwachsendem Knoblauch zubereitet war, dazu Gerstenfladen und Pastinaken.

»Ernsthaft«, ergriff Adnár das Wort, »wie geht Eure Untersuchung voran? Habt Ihr die Identität der Toten ohne Kopf inzwischen festgestellt?«

»Nicht mit Sicherheit«, erwiderte Fidelma und nippte an ihrem Wein.

Torcáns Blick war durchdringend.

»Heißt das, Ihr habt eine Vermutung, um wen es sich handeln könnte?«

Fidelma gab vor, daß ihr Mund zu voll war, um sofort zu antworten.

»Nun, ich für mein Teil weiß, wer es getan hat«, murmelte Bruder Febal.

Der bleichgesichtige Olcán deutete mit dem Messer auf Febal.

»Das habt Ihr Schwester Fidelma gegenüber bereits klargestellt. Sicher hat Äbtissin Draigen nicht gerade Eure Zuneigung geweckt.«

»Sie weckt sie aber in ihrer Tochter«, bemerkte Fidelma leise.

Bruder Febal verstand die Veränderung ihrer Tonlage sofort.

»Ihr habt also mit Lerben gesprochen?« Er schien keineswegs beunruhigt. »Nun, sie ist aus dem gleichen Holz geschnitzt wie ihre Mutter. Lügnerinnen, alle beide!«

»Ist sie nicht auch aus dem gleichen Holz geschnitzt wie ihr Vater?« fragte Fidelma mit Unschuldsmiene.

Bruder Febal wollte gerade etwas entgegnen, schien sich jedoch eines Besseren zu besinnen. Er versuchte, Fidelmas Gesichtsausdruck zu deuten.

»Falls sie mich beschuldigt hat…« hob er an, und sein Gesicht wurde zornesrot.

»Wessen könnte sie Euch beschuldigen?«

Bruder Febal schüttelte abwehrend den Kopf.

»Nichts. Nichts. Das Mädchen ist einfach eine zwanghafte Lügnerin. Das ist alles.«

»Und Ihr wollt immer noch behaupten, daß ihre Mutter sich mehr für Frauen interessiert als für Männer? Wollt Ihr diese Beschuldigung aufrechterhalten? Und die Beschuldigung, daß Mutter und Tocher eine widernatürliche Beziehung unterhalten?«

»Habe ich das nicht gesagt?«

»In der Abtei teilt sonst niemand Eure Ansicht. Nicht einmal Schwester Brónach, die Ihr als Eure Zeugin angegeben habt.«

»Niemand in der Abtei hat den Mut, sich gegen Draigen zu stellen, am allerwenigsten Brónach, diese selbsternannte Märtyrerin!«

Fidelma bemerkte, daß Torcán Bruder Febal mit neugieriger Miene musterte. Es war wieder einmal Olcán, der die Spannung auflöste, die in dem Gespräch plötzlich entstanden war.

»Nach allem, was ich so höre, glaube ich persönlich, daß es sich bei dem Mörder um einen Wahnsinnigen handelt. Es gibt so viele Geschichten über seltsame Gebirgsbewohner, die Leute überfallen und ermorden. Welcher normale Mensch würde denn einem Leichnam den Kopf abschneiden?«

»Dann müßt Ihr auch der Ansicht sein, daß unsere Vorfahren wahnsinnig waren.« Torcáns Tonfall war ernst, doch er lächelte, während er sprach. »Vor vielen, vielen Jahren war es nämlich weit verbreitet, einen getöteten Feind zu enthaupten.«

»Ich habe von diesem alten Brauch gehört«, bemerkte Fidelma. »Wißt Ihr mehr darüber?«

Der Sohn des Prinzen der Uí Fidgenti wählte sich mit dem Messer noch ein Stück Fleisch aus und antwortete mit einem Kopfnicken.

»Früher war das unter Kriegern allgemein üblich. Nach einer Schlacht schnitten die tapfersten Krieger den getöteten Feinden die Köpfe ab, hängten sie an ihre Streitwagen und fuhren im Triumphzug zurück zu ihren Festungen. Hat nicht der große Held Conall Cearnach gelobt, niemals ohne den Kopf eines Feindes unter seinem Knie schlafen zu gehen?«

»Warum sollten sie das tun?« wollte Olcán wissen. »Den Kopf ihrer Feinde abschneiden? Es war doch sicher schon schwierig genug, im Kampf zu überleben, auch ohne mit solch sinnlosen Dingen die Zeit zu vergeuden.«

Hierauf wußte Fidelma eine Antwort.

»In alten Zeiten, bevor das Christentum bei uns Einzug hielt, glaubte man, die Seele des Menschen sei im Kopf zu finden. Der Kopf galt als Sitz des Verstandes und der Vernunft. Was sonst konnte solche Gedanken hervorbringen, wenn nicht die Seele? Wenn der Körper starb, blieb die Seele dort, bis sie in die Anderswelt gelangte. Habe ich nicht recht, Bruder Febal?«

Bruder Febal zuckte zusammen, als sie ihn in so freundlichem Ton ansprach, und nickte widerwillig.

»Das glaubte man früher, soviel ich weiß. Bis vor kurzem galt es noch als Zeichen der Achtung und Zuneigung, wenn man jemandem bei der Begrüßung den Kopf in den Schoß legte.«

»Aber warum schnitten die Krieger ihren Feinden den Kopf ab?« wollte Olcán wissen.

»Das war so«, erklärte Torcán: »Unter den Kriegern herrschte früher die Überzeugung, daß sie sich durch das Abschneiden des Kopfes der Seele ihres Feindes bemächtigen konnten. War der Feind ein großer Kämpfer und siegreicher Held, dann – so glaubten sie – würde dadurch etwas von seiner Größe auf sie übergehen.«

»Eine primitive Vorstellung«, murmelte Olcán.

»Vielleicht«, räumte Torcán ein. »Anstatt all die Geschichten über die Heiligen und das Christentum zu lesen, solltet Ihr Euch besser die Erzählungen über unsere alten Helden anhören, zum Beispiel über Cúchullain, der mit seinem Streitwagen, mit Hunderten von Köpfen geschmückt, in Dún Dealg einfuhr.«

Adnár ermahnte seine Gäste.

»In Anwesenheit einer Frau ist das wohl kaum eine passende Unterhaltung.«

»An diesen Ritualen beteiligten sich sogar die großen irischen Kriegerinnen«, erklärte Torcán und ignorierte geflissentlich Adnárs Bemerkung.

»Ihr scheint eine Menge darüber zu wissen«, stellte Fidelma fest. »Sagt, Torcán, würde man auch den Kopf von jemandem abschneiden, der beispielsweise ein Mörder war?«

Torcán war von der Frage überrascht.

»Was veranlaßt Euch zu dieser Überlegung?«

»Reine Neugier.«

»In früherer Zeit spielte das keine Rolle, solange man die Person als großen Krieger, Helden oder Anführer seines Volkes betrachtete.«

»Wenn also jemand, der von den alten Traditionen durchdrungen ist, einen Feind träfe und diesen Feind als Mörder betrachtete, könnte er ihm ohne weiteres den Kopf abschneiden, sozusagen als Symbol?«

Olcáns schmales Gesicht verzog sich zu einem Lächeln.

»Ich beginne zu begreifen, worauf die Fragen der guten Schwester abzielen.«

Bruder Febal stieß ein entrüstetes Schnauben hervor und beugte sich tief über seinen Metkrug.

Torcán blickte verwundert drein.

»Das kann ich von mir nicht behaupten«, gab er zu. »Aber, um Eure Frage zu beantworten, möglich ist es. Warum fragt Ihr?«

»Sie fragt, weil sie vermutet, daß die Tote ohne Kopf und die enthauptete Schwester Síomha einem unserer Vorfahren aus der Zeit der Kopfjäger zum Opfer gefallen sind!« höhnte Bruder Febal.

Fidelma blieb gelassen und ignorierte die Provokation.

»Nicht ganz, Febal. Es ist jedoch nicht zu übersehen, daß der Mörder – wer immer es sein mag – eine gewisse Symbolik in seine Tötungsmethode eingebaut hat.«

Adnár beugte sich interessiert über den Tisch.

»Was für eine Symbolik?«

»Genau das will ich herausfinden«, erwiderte Fidelma. »Außerdem legt der Mörder es darauf an, daß derjenige, der die jeweilige Leiche findet, die Symbolik kennt und ihre Bedeutung versteht.«

»Ihr meint, der Mörder gibt Euch Hinweise auf seine Ziele und Tatmotive?« fragte der junge Olcán staunend.

»Seine oder ihre Tatmotive«, verbesserte Fidelma ihn liebenswürdig. »Ja. Ich glaube inzwischen, der Zustand, in dem er die Leichen hinterlassen hat, enthält eine Botschaft für diejenigen, die sie finden.«

Bruder Febal knallte seinen Becher auf den Tisch.

»Unsinn! Die Morde sind Auswüchse eines kranken Hirns. Und ich weiß, wessen Hirn das allerkränkeste auf dieser Halbinsel ist.«

Adnár seufzte unglücklich.

»Ich kann dieser Einschätzung nicht widersprechen. Vielleicht sind die Symbole, von denen Ihr sprecht, Schwester Fidelma, aber auch nur ein Trick, um Euch bei Euren Nachforschungen abzulenken? Ein Versuch, Euch auf eine Spur zu bringen, die ins Leere führt?«

Fidelma beugte den Kopf zum Zeichen, daß sie dieses Argument in Erwägung zog.

»Das mag schon sein«, pflichtete sie ihm nach kurzem Überlegen bei. »Dennoch bin ich überzeugt, daß die Symbolik den Täter schließlich entlarven wird, ob das nun beabsichtigt ist oder nicht. Und für das, was Ihr mir über die Bedeutung der Enthauptung erzählt habt, Torcán, bin ich Euch sehr verbunden.«

»Ha!« schmunzelte Olcán. »Ich glaube, Torcán, Ihr habt Euch damit in den Augen der guten Schwester äußerst verdächtig gemacht. Nicht wahr, Fidelma?«

Sie ignorierte seinen spöttischen Tonfall.

»Ganz und gar nicht«, erwiderte Torcán mit ernstem Blick. »Schwester Fidelma weiß doch ganz genau, daß ich, falls ich darauf verfallen wäre, die Leichen meiner Opfer so gräßlich zugerichtet in der Gegend herumliegen zu lassen, nicht auch noch angefangen hätte, derart ausführlich über die Symbolik zu reden und damit ihre Aufmerksamkeit auf mich zu ziehen.«

Fidelma neigte den Kopf in seine Richtung.

»Andererseits«, ergänzte sie mit grimmigem Lächeln, »kann es durchaus sein, daß Ihr genau das tätet, um mich so von der richtigen Fährte abzulenken.«

Jetzt war es Olcán, der in sich hineinlachte und seinem Freund Torcán auf die Schulter schlug.

»Das habt Ihr davon! Jetzt müßt Ihr Euch wohl auch einen *dálaigh* suchen, der Euch verteidigt.«

»Unsinn!« Einen Augenblick schaute Torcán besorgt drein. »Ich war nicht einmal hier, als der erste Mord begangen wurde…«

Er unterbrach sich und grinste verlegen, da er merkte, daß sein Freund ihn auf die Schippe genommen hatte.

»Olcán hat einen merkwürdigen Sinn für Humor«, entschuldigte sich Adnár. »Ich bin sicher, Fidelma meint es nicht ernst, wenn sie sagt, Ihr könntet der Schuldige sein.«

»Ich glaube nicht, daß ich etwas Derartiges auch nur angedeutet habe«, bemerkte sie ausweichend. »Ich habe lediglich auf Torcáns hypothetische Behauptung reagiert. Der letzte, dem ich erzählen würde, daß er oder sie verdächtig ist, ist der Verdächtige selbst… es sei denn, ich verfolgte damit einen bestimmten Zweck.«

»Wohl gesprochen«, erwiderte Adnár und ignorierte den

letzten Punkt. »Laßt uns dieses makabere Gerede über Leichen und Mörder beenden.«

»Ich bitte um Verzeihung«, stimmte Fidelma ihm zu. »Aber unglücklicherweise gehören Leichen und Mörder nun mal zu meinem Beruf. Nichtdestotrotz bin ich Torcán zu Dank verpflichtet: seine Erklärungen der alten Bräuche sind ausgesprochen hilfreich für mich.«

Torcán wollte seine Kenntnisse herunterspielen.

»Ich interessiere mich für die Regeln der Krieger in früheren Zeiten und für ihre Methoden der Kriegsführung, das ist auch schon alles.«

»Ach? Ich dachte, Ihr seid fasziniert von unserer Geschichte und von historischen Berichten?« fragte Fidelma.

»Ich? Nein. Das trifft eher auf Olcán und Adnár zu. Die vertiefen sich gern in alte Bücher, nicht ich. Laßt Euch von meinem Gerede über alte Kriegsgebräuche nicht irreführen. Das lernt man alles während der Ausbildung zum Waffendienst.«

Einen Augenblick überlegte Fidelma, ob sie dem nachgehen und Torcán fragen sollte, warum er die Bibliothek der Abtei gebeten hatte, ihm eine Kopie der Chroniken von Clonmacnoise zu schicken. Bevor sie jedoch fortfahren konnte, sagte Bruder Febal: »Ich habe gesehen, daß Ross' Schiff wieder im Hafen liegt.«

Alle hatten mitbekommen, daß die Bark von Kapitän Ross am Nachmittag in die Meerenge gesegelt war. Febals Einwurf bedurfte also keiner Erwiderung.

Olcán schenkte sich Wein nach. Sein hageres Gesicht war gerötet; er schien dem Alkohol munter zuzusprechen.

»Ich habe gehört, daß sein Schiff nahe der Insel Dóirse gesichtet wurde, ein Stück die Küste hinunter«, fuhr Bruder Febal fort.

Diesmal konnte sie seine offensichtliche Aufforderung zu einer Stellungnahme nicht mehr ignorieren. Die ausgezeichnete Kommunikation unter Gulbans Leuten war ausgesprochen ärgerlich, doch Fidelma ließ sich nichts anmerken.

»Ich glaube, Ross ist regelmäßig in Geschäften entlang der Küste unterwegs«, antwortete sie.

»Ich hätte nicht gedacht, daß man mit Dóirse große Geschäfte machen kann. Es ist eine karge Insel, vom Sturm umtost«, bemerkte Adnár.

»Mit den Handelsbedingungen an dieser Küste bin ich nicht vertraut«, erwiderte Fidelma.

Nun kam Bewegung in die Tischgesellschaft, Diener traten ein, räumten die Teller ab und brachten zum Nachtisch eine Auswahl neuer Schüsseln herein, mit Äpfeln, Honig und den verschiedensten Nüssen.

»Wir handeln viel mit Kupfer aus unseren Minen hier in der Nähe«, erklärte Olcán, während er sich erneut Wein nachschenkte.

Fidelma gab vor, die Schale mit den Nüssen zu untersuchen, doch sie hatte den Eindruck, daß Torcán sie anstarrte, als wolle er ihre Reaktionen prüfen.

»Ich habe gehört, daß es viele Kupferminen in diesem Bezirk gibt.« Es war besser, sich so weit wie möglich an die Wahrheit zu halten. »Treibt Ihr viel Handel mit anderen Ländern?«

»Manchmal kommen gallische Schiffe und tauschen Wein gegen Kupfer«, antwortete Adnár.

Fidelma hob ihren Becher, als wolle sie einen Trinkspruch ausbringen.

»Offensichtlich ein guter Tausch«, bemerkte sie lächelnd. »Besonders, wenn alle Weine so gut sind wie dieser.«

Adnár wendete weitere Fragen ab, indem er ihr mehr Wein anbot.

»Wie geht es Euerm Bruder, unserem König?« wollte Torcán unvermittelt wissen.

Sofort spürte Fidelma erneute Anspannung am Tisch. Sie war augenblicklich auf der Hut und fragte sich, ob die Geschichten stimmten, die Ross aufgeschnappt hatte. Die ganze Zeit hatte sie überlegt, wie sie das Thema anschneiden könnte, ohne Verdacht zu erregen. Sie mußte vorsichtig sein.

»Meinem Bruder Colgú? Ich habe ihn seit seiner Amtseinsetzung in Ros Ailithir nicht mehr gesehen.«

»Ach ja. Mein Vater war dabei«, erwiderte Olcán und nahm sich einen Apfel.

»Meiner auch«, fügte Torcán eiskalt hinzu. »Wie ich höre, hat Colgú großartige Pläne für Muman.«

Fidelma tat die Bemerkung ab.

»Ich habe meinen Bruder nur das eine Mal gesehen, seit er König von Cashel wurde«, sagte sie. »Ich lebe in Kildare, im Kloster der Heiligen Brigida, und habe mich noch nie sonderlich für Muman interessiert.«

»Ach«, hauchte Torcán die Silbe wie einen leisen Atemzug.

Olcán wandte ihr einen mittlerweile etwas verschwommenen Blick zu.

»Aber Ihr wart in Ros Ailithir, als die Versammlung der Loígde die Ansprüche meines Vaters auf das Amt des Häuptlings zurückwies und statt dessen Bran Finn Mael Ochtraighe zum Häuptling ernannte?«

Fidelma nickte.

»Das hat meinen Vater sehr aufgeregt. Ihr kennt doch Bran Finn?«

Sie spürte aufkeimendes Unbehagen in der Runde.

»Wer kennt ihn nicht?« erwiderte sie. »Er ist ein berühmter Dichter und Krieger.«

»Mein Vater Gulban hält ihn für einen Thronräuber.«

»Olcán!« Torcán wandte sich mit einem mahnenden Blick an den Jüngling, der offenbar betrunken war.

»Ich hoffe, er wird sich als besserer Häuptling erweisen als Salbach«, entgegnete Fidelma.

Sie sah, daß Adnár Torcán einen warnenden Blick zuwarf und dabei verstohlen in Olcáns Richtung nickte, bevor er sich mit einschmeichelndem Lächeln Fidelma zuwandte.

»Das wird er bestimmt«, versicherte ihr der Häuptling von Dún Boí. »Er hat das Volk hinter sich, genau wie Euer Bruder Colgú. Nicht wahr, Torcán?«

»Ganz und gar nicht, wenn man meinem Vater Gulban glaubt«, murmelte Olcán.

»Achtet nicht auf ihn, Schwester Fidelma«, beschwichtigte Torcán. »Nach soviel Wein weiß er nicht mehr, was er redet.«

»Natürlich«, erwiderte Fidelma ernst, dachte dabei jedoch an das alte römische Sprichwort *»in vino veritas«*, im Wein liegt Wahrheit.

Torcán hob den Kopf.

»In der Tat, wir hoffen, bald in Cashel einzutreffen und dort höchstpersönlich unseren Treueid für Colgú abzulegen.«

Plötzlich spuckte Olcán in seinen Pokal, schüttete einen Teil des Inhalts über sich und begann heftig zu husten.

»Irgendwas... Irgendwas ist mir in die falsche Kehle geraten«, keuchte er und blickte verlegen in die Runde.

Torcán reichte ihm stirnrunzelnd ein Glas Wasser.

»Ihr habt für heute abend wohl genug getrunken«, tadelte er ihn streng.

Fidelma nutzte die Gelegenheit und erhob sich, da ihr bewußt wurde, wie spät es war.

»Es ist fast Mitternacht. Ich muß in die Abtei zurück.«

»Müßt Ihr wirklich schon gehen?« Torcán war die Höflichkeit in Person. »Adnár ist sehr stolz auf seine Musikanten, und wir haben ihren Darbietungen noch gar nicht lauschen können.«

»Vielen Dank, aber ich muß zurück.«

Adnár winkte einen Diener herbei und gab ihm flüsternd Anweisungen.

»Ich habe das Boot bestellt, das Euch hinüberbringt. Vielleicht kommt Ihr ein andermal und hört meinen Musikanten zu?«

»Gerne«, erwiderte Fidelma, während ein Bediensteter ihre Schuhe brachte und ihr in den Umhang half.

Als das Boot vom Anlegesteg von Dún Boí in die dunkle Nacht hinausfuhr, war Fidelma erleichtert, die düsteren, erdrückenden Mauern der Festung hinter sich zu lassen. Sie hatte das Gefühl, auf Messers Schneide gewandelt zu sein, zwischen Sicherheit und allergrößter Gefahr.

Kapitel 14

Das Echo des Gongs, der die Mitternacht verkündete, hallte laut und deutlich vom Turm der Abtei. Fidelma hatte ihren mit Biberpelz verbrämten, wollenen Umhang ganz um sich gewickelt und bewegte sich geräuschlos durch den Wald, der unter einem weißen Schleier lag. Leise knirschte der Neuschnee unter ihren Füßen, und ihr Atem schwebte wie Nebel vor ihr her, sobald er mit der kalten Luft in Berührung kam. Trotz der späten Stunde war die Nacht leuchtend hell, denn der Vollmond war zwischen den Wolken hervorgetreten und ließ die Schneedecke glitzern.

Fidelma war sicher, daß niemand sie gesehen hatte, als sie das Gästehaus und das Abteigelände geräuschlos Richtung Wald verließ. Gelegentlich blieb sie stehen und schaute zurück, aber in der Totenstille der Nacht regte sich nichts. Sie ging jetzt schneller, und ihr Atem kam stoßweise, denn in der kalten Luft kostete das Gehen mehr Anstrengung als sonst.

Erleichtert hörte sie weiter vorne das leise, muntere Wiehern von Pferden, und nach wenigen Minuten sah sie die Tiere sowie Ross und Odar, die ihre Zügel hielten.

»Gut gemacht, Ross!« begrüßte sie ihn atemlos.

»Ist alles in Ordnung, Schwester?« fragte der Seemann besorgt. »Hat Euch jemand beim Verlassen der Abtei gesehen?«

Sie schüttelte den Kopf.

»Laßt uns unverzüglich losreiten. Ich glaube, wir haben heute nacht viel zu tun.«

Odar half ihr in den Sattel einer dunklen Stute, bevor er und Ross sich auf ihre Pferde schwangen. Ross ritt voraus, er wußte offensichtlich, welche Richtung sie einschlagen mußten. Fidelma folgte ihm, und Odar bildete die Nachhut.

»Woher habt Ihr die Pferde?« fragte Fidelma anerkennend, während sie den Waldweg entlangtrabten. Sie war eine ausgezeichnete Pferdekennerin.

»Odar hat sie beschafft.«

»Von einem einfachen Bauern nicht weit von hier. Einem Mann namens Barr«, ergänzte Odar mürrisch. »Sein Hof scheint zu florieren, seit ich das letzte Mal geschäftlich mit ihm zu tun hatte. Damals konnte er sich keine Pferde leisten. Ich habe die Tiere für eine Nacht bei ihm gemietet.«

»Barr?« Fidelma runzelte die Stirn. »Ich glaube, ich habe den Namen schon mal gehört. Egal. Ach ja«, erinnerte sie sich plötzlich, »jetzt fällt's mir wieder ein. Ist denn Barrs vermißte Tochter inzwischen wieder aufgetaucht?«

Odar blickte sie verwundert an.

»Tochter? Barr ist nicht einmal verheiratet, von Kindern ganz zu schweigen.«

Fidelma schürzte nachdenklich die Lippen, erwiderte jedoch nichts.

Plötzlich schauderte sie vor Kälte – trotz ihres Umhangs. Ein eisiger Wind strich wispernd um die schneebedeckten Ausläufer der hohen Berge.

Ross deutete nach oben.

»Unser Pfad führt dort entlang, direkt am Gipfel des Berges vorbei auf die andere Seite der Halbinsel. Dann fällt er steil zu der Ortschaft ab, in der das Kupfer gewonnen wird.«

Odar fügte hinzu: »Ich habe in meiner Satteltasche einen Schlauch mit *cuirm* dabei, der uns die winterliche Kälte vom Leib halten wird, Schwester. Möchtet Ihr einen Schluck?«

»Eine gute Idee, *cuirm* mitzubringen, Odar«, erwiderte Fidelma beifällig. »Aber ich finde es besser, ihn für später aufzuheben, denn bald werden wir den Schutz des Waldes verlassen und die eiskalten Bergrücken überqueren müssen. Dann wird es noch kälter, und wir können einen kräftigenden Schluck gut gebrauchen.«

»In Euren Worten liegt große Weisheit«, stimmte Odar umständlich zu.

Sie ritten schweigend weiter und zogen die Köpfe ein, als der Wind allmählich auffrischte und ihnen feinen Pulverschnee ins Gesicht trieb. Im Westen ballten sich neue Schneewolken zusammen, und Fidelma war sich nicht sicher, ob sie deshalb dankbar oder verzweifelt sein sollte. Einerseits dankbar, weil die Wolken den hellen Mond verdecken würden, dessen Licht von der Schneedecke zurückgeworfen wurde und die Nacht fast taghell erleuchtete, so daß ihre Umrisse vor dem weißen Hintergrund selbst aus beträchtlicher Entfernung weithin sichtbar waren. Andererseits verzweifelt, weil die schweren Wolken noch mehr Schnee zu bringen drohten, so daß ihre Reise denkbar beschwerlich und gefährlich zu werden versprach.

Nachdem sie etwa fünf Meilen zurückgelegt hatten, zeigte sich, wie klug es gewesen war, Fidelmas Rat zu befolgen und den *cuirm*, den Alkohol, den Odar mitgenommen hatte, aufzuheben, denn trotz ihrer warmen Umhänge froren sie erbärmlich. Das Gelände war felsig und voller Höhlen. Auf einer kleinen Lichtung brachte Fidelma ihr Pferd zum Stehen und schlug Odar vor, jetzt jedem von ihnen einen Schluck *cuirm* zu gönnen. Derart gestärkt ritten sie weiter. Nach etwa einer Meile gelangten sie auf verschlungenen Pfaden wieder abwärts und aus den Bergen hinaus und ritten schließlich durch sanfte Hügel auf die Küste zu. Sie sahen das schwarze, dumpf brütende Meer, das hin und wieder glitzerte, wenn sich die Schneewolken teilten und dem Mond gestatteten, seine Strahlen herabzuschicken.

Plötzlich scheuten die Pferde, und ganz in der Nähe begannen Wölfe zu heulen. Fidelma blickte den Hang hinauf, erspähte mehrere dunkle Schatten, die über den weißen Schnee dahineilten, und unterdrückte ein Schaudern.

»Die Königin der Nacht leuchtet hell«, murmelte Ross besorgt. »Vielleicht zu hell.«

Fidelma fragte sich im ersten Moment, wovon er sprach. Dann fiel ihr wieder ein, daß es unter Seeleuten verpönt war, Mond oder Sonne direkt beim Namen zu nennen. Den Mond bezeichnete man häufig als »Königin der Nacht« oder einfach als »das Helle«. In der alten Sprache von Éireann gab es noch viele andere Umschreibungen für den Mond, so daß sein heiliger Name niemals erwähnt werden mußte, denn früher, in heidnischen Zeiten, hielt man den Mond für eine Göttin, deren Macht kein Sterblicher heraufbeschwören durfte, indem er ihren Namen aussprach.

»Hoffentlich ziehen dichtere Wolken auf, bevor wir die Ortschaft erreichen«, erwiderte Fidelma.

Das Heulen des Wolfsrudels wurde leiser und verzog sich allmählich über die Berge.

Eine Ewigkeit schien vergangen, bevor Ross sein Pferd zum Stehen brachte und hügelabwärts deutete. Tief unter ihnen konnte Fidelma das Glühen von Lagerfeuern ausmachen.

»Das sind die Gebäude in der Nähe der Minen. Sie liegen inmitten von Feldern, auf der Kuppe einer Klippe. Unterhalb der Klippe kommt man zum Strand und zu dem Hafen, von dem, wie mir die Inselbewohner von Dóirse erzählten, das gallische Schiff losgesegelt ist.«

Fidelma spähte ins Dunkel. Natürlich, vorher hatte sich alles so leicht dahingesagt: wir reiten über die Halbinsel zu den Minen und finden heraus, was mit der Besatzung des Handelsschiffes geschehen ist. Hier, im eiskalten Licht des Mondes, wurden ihr die Schwächen ihres Planes bewußt. Als Ross ihr Grübeln mit den Worten: »Was nun, Schwester?« unterbrach, hätte sie ihn in ihrer gereizten Stimmung beinahe barsch zurechtgewiesen.

»Wißt Ihr, wie viele Leute dort unten wohnen?«

»Zahlreiche Arbeiter aus den Minen und deren Familien.«

»Alles Gefangene, Geiseln und Sklaven?«

Ross zuckte die Achseln.

»Alle wohl nicht, aber doch viele. Sollten die Gallier darunter sein, müßten wir sie leicht finden. Zumindest werden die meisten Bewohner wissen, wo sie sich aufhalten.«

»Wie steht es mit Wachen?«

»Das kann ich nicht genau sagen. Als ich das letzte Mal Waren zu den Minen brachte, waren nur wenige Bewaffnete dort. Doch nach dem, was mir die Inselbewohner über die Krieger der Uí Fidgenti berichtet haben, könnten es jetzt bis zu fünfzig sein, vielleicht sogar mehr.«

»Kennt Ihr Euch in der Ortschaft aus? Wißt Ihr, wo man die Gefangenen aller Wahrscheinlichkeit nach eingesperrt hat?«

Als Antwort schwang sich Ross vom Pferd und winkte ihr, ihm zu folgen. Er wählte einen unberührten Flecken Schnee, zog sein Schwert und zeichnete mit der Spitze mehrere Vertiefungen ein.

»Das da sind die Eingänge zu den Minen.« Die Schwertspitze diente ihm jetzt als Zeigestock. »Und dort führt ein Pfad in die Ortschaft hinunter. Hier und hier liegen die Hütten. Es gibt zahlreiche größere Hütten, in denen vermutlich die Arbeiter wohnen. Mehr kann ich Euch nicht sagen.«

Fidelma starrte auf die Zeichnung und seufzte.

»Wir reiten noch ein Stückchen weiter, und Ihr und Odar wartet dann dort bei den Pferden, während ich zu Fuß ins Dorf gehe.« Sie hob eine Hand, um Ross' Protesten Einhalt zu gebieten. »Allein kann ich womöglich mehr erreichen als wir drei zusammen. Wir würden nur unnötig Aufmerksamkeit auf uns ziehen.«

»Aber Ihr wißt nicht, was Euch dort unten erwartet«, wandte Ross ein. »Vielleicht gleicht der Ort einem Heerlager, in dem Fremde nicht willkommen sind.«

Bevor er weitere Einwände vorbringen konnte, war Fidelma wieder aufgesessen und trabte den Pfad hinunter auf die flackernden Lichter zu. Als sie sich den Gebäuden näherten, begann ein Hund zu kläffen. Eine heisere Stimme verfluchte den Köter in dem Glauben – zumindest entnahm Fidelma dies den Verwünschungen –, das arme Tier belle die Wölfe am Berghang an. Sie hob die Hand und winkte ihre Gefährten in den Schutz der umstehenden Bäume und Büsche, wo sie, vor Blicken aus dem Ort geschützt, absaßen. Wortlos überreichte sie Ross die Zügel ihres Pferdes und schüttelte heftig den Kopf, als er zu neuen Protesten ansetzen wollte.

Sie zog den Umhang fester um ihre Schultern und machte sich auf den von Schneematsch bedeckten Weg in die Ortschaft. Es handelte sich nicht um eine befestigte Siedlung, die Gebäude schienen eher zufällig verstreut zu liegen. Fidelma hatte keine Ahnung, wohin sie sich wenden oder was sie tun sollte, doch sie hielt sich im Schatten der Hütten und lief einfach entschlossen weiter, als hätte sie jedes Recht, hier zu sein. Zwischen zwei Hütten tauchte eine Gestalt mit einer Laterne auf und wollte sie überholen, ohne sie eines weiteren Blickes zu würdigen. Es war ein untersetzter Krieger, der Schild und Speer auf dem Rücken trug.

Mit klopfendem Herzen richtete Fidelma das Wort an ihn.

»Krieger!« rief sie, und in ihrer Stimme lag alle Autorität, die sie aufbieten konnte.

Der Mann blieb stehen und drehte sich um. Er schien nicht überrascht, daß eine Fremde ihn in der Dunkelheit ansprach, und sie sorgte dafür, daß das Licht seiner Laterne auf das Kruzifix fiel, das an einer Kette um ihren Hals hing.

»Ja, Schwester?« In seiner Stimme lag keinerlei Mißtrauen, lediglich Neugier und Respekt. Seine Gesichtszüge konnte sie nicht erkennen, hoffte jedoch, sie entsprächen seinem Tonfall. Sie beschloß, alles auf eine Karte zu setzen.

»Unter den Gefangenen befindet sich ein sächsischer Mönch. Ich muß ihn verhören. Wißt Ihr, wo man ihn gefangenhält?«

»Ein Sachse?« Der Mann dachte einen Augenblick nach. »Ach ja. Er ist zusammen mit den Nonnen eingesperrt. Seht Ihr die zweite Hütte da drüben, gleich neben der Baumgruppe? Dort könnt Ihr ihn finden.«

»Vielen Dank, Krieger.«

Der Bewaffnete hob eine Hand zum Abschied und marschierte davon.

Fidelma konnte kaum glauben, daß es so einfach war. Eine Zeile aus der lateinischen Komödie *Phormio* von Terenz ging ihr durch den Kopf: *audentes fortuna juvat* – die Tapfern fördert das Glück. Ihr Mentor, Brehon Morann von Tara, hatte sie häufig zitiert und seinen eigenen Grundsatz hinzugefügt: Solange man die Höhle des Wolfs nicht betritt, kann man die Wolfsjungen nicht fangen. Das Glück war ihr zweifellos hold gewesen, und sie hatte sich problemlos Einlaß in die Höhle verschafft.

Sie eilte zu der großen Hütte, die der Krieger ihr gezeigt hatte und die etwas abseits ganz am Ende der Ortschaft stand, direkt am Rande des Waldes, der als Schutzwall zu den Bergen hin diente. Das nächste Gebäude war etwa dreißig Meter entfernt. Die Hütte lag offenbar im Dunkeln, doch hinter einem mit Sackleinen verhängten Fenster vermeinte sie das schwache Flackern einer Laterne zu sehen. Sie trat näher ans Fenster und lauschte angestrengt. Zuerst konnte sie nichts hören, doch dann vernahm sie ein merkwürdiges Kratzen, wie von Metall auf Metall. Sie erhob sich auf die Zehenspitzen, lüpfte behutsam das Sackleinen und spähte vorsichtig hinein.

Die Hütte schien in zwei Räume unterteilt zu sein, von denen man den einen durch das Fenster einsehen konnte. Er war leer, nur eine Lampe, die an einem der Dachbalken hing, verbreitete spärliches Licht. Mehrere Pfosten trugen die Decke. Am Fuße eines dieser Pfosten kauerte eine Gestalt: ein Mann, in braune Gewänder gehüllt, den Oberkörper über die Füße gebeugt. Er schien an irgend etwas zu arbeiten. Fidelma atmete schnell. Der Mann trug die Tonsur des Heiligen Petrus von Rom. Sie vergewisserte sich, daß sich niemand sonst in dem Raum aufhielt. Durch das Fenster konnte man unmöglich einsteigen, es war mit einem Holzgitter gesichert. Sie ging zur Tür und fand sie von außen mit einem schweren Querbalken verschlossen. Fidelma blickte sich kurz um, und da niemand in Sicht war, hob sie den Balken hoch und ließ ihn aus seiner eisernen Befestigung gleiten, so daß sie die Tür öffnen konnte.

Sie schlüpfte hinein und zog die Tür hinter sich zu. Mit dem Rücken zum Eingang blieb sie stehen und schaute sich um.

Der Mann auf dem Boden war nun nicht mehr mit seinen Füßen beschäftigt, sondern saß, gegen den Pfosten gesunken, da wie ein Schlafender. Seine Augen waren fest geschlossen.

Fidelma trat einen Schritt vor und lächelte.

»Jetzt ist keine Zeit zum Schlafen, Bruder Eadulf«, flüsterte sie.

Als hätte man plötzlich einen Schwall kalten Wassers über ihn gegossen, flog der Kopf des Mannes nach oben, und sein Körper straffte sich. Mit offenem Mund starrte er auf die Gestalt, die da im Halbdunkel vor ihm stand.

Sie trat noch einen Schritt vor, bis das trübe Licht der Lampe auf ihr Gesicht fiel.

»Mein Gott! Seid Ihr's wirklich?« fragte er mit ungläubigem Staunen.

Impulsiv beugte sich Fidelma vor und ergriff Eadulfs Hände, die er ihr entgegenstreckte. Seine Arme waren frei, doch einer seiner Knöchel war an den Holzpfosten gekettet, neben dem er kauerte. Er wirkte schmutzig und so erschöpft, als hätte er eine Woche weder gegessen noch geschlafen. Ganz offensichtlich traute er seinen Augen nicht und hielt ihre Hände fest umklammert, als fürchte er, sie sei nur ein Trugbild und könne plötzlich wieder verschwinden.

»Fidelma!«

Einige Augenblicke brachte keiner von beiden ein Wort hervor. Schließlich brach Fidelma das Schweigen.

»Ausgerechnet Ihr, Eadulf«, sagte sie und zwang sich zu einem tadelnden Tonfall, obwohl ihre Stimme stockte. »Bruder Eadulf, von allen Menschen seid Ihr der letzte, den ich in meiner Heimat zu sehen erwartete.«

»Um die Wahrheit zu sagen«, erwiderte Eadulf und verzog dabei den Mund zu einem Grinsen, »um die Wahrheit zu sagen, ich muß gestehen, daß ich die Hoffnung schon aufgegeben hatte, überhaupt irgendeinen meiner Bekannten jemals wiederzusehen. Aber wie kommt Ihr hierher? Ihr seid doch sicher nicht mit diesen Leuten befreundet...?«

»Es gibt so viel zu erklären«, erwiderte Fidelma kopfschüttelnd. »Aber wir müssen uns beeilen und Euch von hier fortbringen, bevor man uns entdeckt. Wie seid Ihr gefesselt?«

Eadulf verkniff sich die zahllosen Fragen, die ihm durch den Kopf schossen, und deutete auf die eiserne Fußfessel an seinem Knöchel.

»Ich habe versucht, sie zu lösen, aber ich verfüge nicht über das richtige Werkzeug.«

Mit vor Konzentration gerunzelter Stirn untersuchte Fidelma das Schloß. Es war ein einfacher Mechanismus, doch man brauchte etwas Langes, Dünnes, um ihn aufzubrechen. Sie griff in ihre *crumena*, zog das Messer heraus, das sie stets bei sich trug, und versuchte, die Spitze in die Öffnung des Schlosses zu stecken. Sie war zu breit.

Eadulf sah niedergeschlagen zu, wie sie sich umblickte, offenbar auf der Suche nach einen langen Metallstück, mit dem sie das Schloß aufbrechen konnte.

»Hier ist nichts in Reichweite. Ich habe schon nachgesehen.«

Fidelma antwortete nicht, sondern erhob sich und untersuchte die Laterne, die an dem Holzbalken hin. Sie reichte hinauf, nahm sie ab und betrachtete prüfend den Metallnagel, an dem sie aufgehängt war. Dann stellte sie die Lampe ab und begann mit ihrem Messer, den Nagel auszubohren. Nach einer Weile hatte sie rundherum genügend Holz entfernt, um ihn zu lockern, und nach einer weiteren Weile hatte sie genug an ihm gewackelt und konnte ihn nun mühelos herausziehen. Dann machte sie sich wieder an ihre Aufgabe.

»Ich begreife immer noch nicht, wie Ihr hierhergekommen seid, Fidelma«, sagte Eadulf und sah zu, wie sie den Nagel im Schloß herumdrehte.

»Das kann ich nicht so schnell erklären. Viel wichtiger ist jedoch die Frage, wie Ihr hierhergekommen seid.«

»Ich reiste als Passagier auf einem gallischen Handelsschiff. Der Kapitän lief diesen Hafen an, um Waren zu tauschen, und plötzlich wurden wir alle gefangengenommen.«

»Wo sind die anderen Gefangenen?«

»Die meisten sind zum Arbeiten in den Minen eingesperrt. Es gibt hier Kupferminen…«

»Ich weiß. Ah! Das war's.«

Der Mechanismus klickte, und sie löste die Fußfessel von seinem Knöchel.

Eadulf begann die Druckstelle zu massieren.

»Nun, es fällt mir nicht schwer, mich der Gastfreundschaft dieser Leute hier zu entziehen«, murmelte er. Dann blickte er verlegen zu der geschlossenen Tür, die diesen Teil der Hütte von dem zweiten Raum trennte. »Aber…«

»Was ist los?« fragte Fidelma ungeduldig und ging bereits auf die Tür zu. »Wir sollten jetzt gehen. Unser Glück kann schließlich nicht ewig währen.«

»Im Nebenzimmer wird eine ältere Nonne gefangengehalten. Sie ist schon seit mehreren Wochen hier, und ich würde sie nur ungern zurücklassen. Können wir sie nicht mitnehmen?«

Fidelma zögerte keinen Augenblick.

»Ist sie allein?«

Eadulf nickte.

Fidelma nahm die Lampe, ging vorsichtig zum Nebenraum und öffnete die Tür.

Eine ältere, weißhaarige Frau lag auf einem Strohsack in der Ecke und schlief. Wie bei Eadulf steckte einer ihrer Knöchel in einer eisernen Fußfessel, die mit einer Kette an der Wand befestigt war.

Fidelma ging neben ihr in die Hocke und schüttelte sie sanft.

Die Nonne erwachte und riß angstvoll die Augen auf. Sie öffnete den Mund, doch Fidelma legte ihr einen Finger auf die Lippen und lächelte ermutigend.

»Ich bin hier, um Euch zu helfen. Ihr seid vermutlich Schwester Comnat?«

Die Frau musterte sie erstaunt und nickte.

Fidelma ergriff den Nagel und beugte sich über das Schloß.

»Das haben wir gleich.«

Schwester Comnat blickte von Fidelma zu Eadulf, der im Türrahmen stand und sein Bein streckte und massierte, um die Durchblutung anzuregen.

»Gott sei Dank!« flüsterte die ältere Schwester. »Dann ist Schwester Almu also sicher durchgekommen?«

Fidelma preßte die Lippen fest zusammen und schüttelte schnell den Kopf.

»Darüber sprechen wir später.«

Das Schloß an Schwester Comnats Fessel war nicht so schwer zu öffnen wie das von Bruder Eadulf, oder aber Fidelma hatte schon mehr Erfahrung in der Kunst des Schloßaufbrechens. Ein hörbares Klicken, und die Fußfessel fiel ab.

»Was nun?« fragte Eadulf. »Hier treiben sich viele Krieger herum.«

Fidelma half der geschwächten Nonne aufzustehen.

»In der Nähe warten Freunde auf uns. Mit Pferden. Kommt.«

Sie stützte Schwester Comnat, die vor Schwäche schwankte, und führte sie zur Haustür.

»Seht draußen nach, ob die Luft rein ist«, wies sie Eadulf an.

Der hochgewachsene Mönch nickte knapp und zog die Tür auf. Gleich darauf meldete er sichtlich zufrieden: »Niemand zu sehen.«

»Dann brechen wir auf. Geht seitlich um die Hütte herum und in den Schutz des Waldes dahinter. Leise, es gibt hier mindestens einen Hund.«

Sie verließen die Hütte, und Fidelma bedeutete Eadulf, die Tür zu schließen und den hölzernen Querbalken an seinen Platz zurückzuschieben, so daß diese, von außen betrachtet, nach wie vor verschlossen wirkte. Vorsichtig schlichen sie zur Ecke des Gebäudes. Ganz in der Nähe begann ein Hund zu jaulen, und sein Geheul wurde von den Wölfen hoch oben in den Bergen beantwortet. Sie hörten Fluchen und dann durchdringendes Winseln. Offensichtlich hatte der verärgerte Hundebesitzer etwas nach dem armen Tier geworfen.

Fidelma führte sie seitlich an der Hütte vorbei in den dahinterliegenden, dichten Wald. Hier stand eine Gruppe von Eiben mit runden Baumkronen, dort wucherten in verschwenderischer Fülle Stechpalmengewächse, vor allem die weiblichen Arten mit ihren leuchtendroten Beeren, und überall wuchsen junge Bäume mit grüner Rinde. Efeu rankte sich an den Stämmen und zwischen den Holunderbüschen empor, so daß der Wald sie mit einem natürlichen Schutzschild umfing. Fidelma versuchte, den spitzen Dornen der unteren Blätter auszuweichen.

»Meine Freunde müßten ganz in der Nähe sein«, flüsterte sie und deutete auf den Pfad. Sie führte sie schweigend im Halbkreis um den Ort herum und hielt sich dabei stets im Schatten der Bäume und Büsche, bis sie auf Ross stießen, der mit Odar und den Pferden schon ungeduldig wartete. Verblüfft musterte der stämmige Kapitän Fidelmas Begleiter.

»Jetzt haben wir keine Zeit für Erklärungen«, sagte Fidelma, bevor er auch nur anfangen konnte Fragen zu stellen. »Wir müssen zusehen, daß wir hier wegkommen.«

Ross reagierte sofort auf ihr Drängen.

»Wir könnten ein paar Meilen zurückreiten, zu den Höhlen am Berghang. Die alte... die Schwester kann hinter Euch aufsitzen, der Mönch hinter mir.«

Fidelma war einverstanden und schwang sich auf ihr Pferd.

»Odar, helft Schwester Comnat, hinter mir aufs Pferd zu steigen.«

Mit seiner Unterstützung gelang es der älteren Nonne, die noch immer ganz benommen wirkte, auf Fidelmas Pferd zu klettern. Ross saß auf und half Eadulf hinter sich in den Sattel. Dann wendete er und ritt voraus, den Pfad entlang durch den Wald, der sie vor neugierigen Blicken aus der Ortschaft unter ihnen schützte. Nach einer halben Stunde ließ Ross sie anhalten: auf einer kleinen Lichtung vor dem hinter Felsen verborgenen Eingang zu einer großen Höhle, vor der der Schnee schon halb geschmolzen war. Er bedeutete ihnen, abzusteigen und die Pferde in die Höhle mitzunehmen, damit sie nicht zufällig entdeckt werden konnten.

»Kommt«, wies er die kleine Gruppe an, »es gibt Platz genug da drinnen, und wir sind vor neugierigen Blicken geschützt.«

Ross hatte recht. Die Höhle war so geräumig, daß er die Pferde im hinteren Teil anbinden konnte, während die kleine Gruppe sich auf trockenen Felsen, die sich als ausgezeichnete Sitzgelegenheiten erwiesen, im Kreis versammelte.

»Ich glaube, unser Reiseschlauch mit *cuirm* ist jetzt genau das richtige«, verkündete Fidelma feierlich.

Odar holte ihn aus seiner Satteltasche, löste den Pfropfen und reichte ihn zuerst Schwester Comnat. Das scharfe Getränk entlockte ihr nach dem ersten Schluck ein Husten und nach dem zweiten ein dankbares Lächeln.

Fidelma ergriff den Reiseschlauch als nächste, hielt inne und gab ihn schweigend an Eadulf weiter.

»Ich glaube, Ihr habt das jetzt nötiger als ich.«

Eadulf erhob keine Einwände, sondern nahm einen tiefen Schluck.

Er grinste entschuldigend, bevor er ihr den Schlauch zurückreichte, und wischte sich mit dem Handrücken über den Mund.

»Lange her, seit ich etwas so Befriedigendes bekommen habe«, gestand er.

»Was ist passiert, Eadulf?« fragte Fidelma, nachdem sie sich dank der wärmenden Wirkung des Alkohols ein wenig entspannt hatten. »Erzählt Ihr Eure Geschichte zuerst. Wie seid Ihr als Gefangener an diesen Ort gekommen? Als ich mich in Rom von Euch verabschiedete, solltet Ihr dem neuen Erzbischof von Canterbury als Lehrer dienen. Ich dachte, Ihr würdet mindestens einige Jahre dort bleiben, bevor Ihr in Eure Heimat zurückkehrt.«

»Das habe ich auch gedacht«, bestätigte Eadulf wehmütig. »Aber wie Vergil schon sagte: *dis aliter visum* – Göttern hat's anders gedünkt! Man kann seinem Schicksal nicht entgehen.«

Fidelma spürte, wie ob seiner umständlichen Art wieder der alte Ärger in ihr hochstieg, und wollte gerade eine sarkastische Bemerkung einwerfen, als sie über die Widersinnigkeit dieses Gedankens plötzlich laut lachen mußte. Sie hatte so viel riskiert, um die Rettungsaktion für Eadulf zu organisieren – nur, um sich über ihn zu ärgern, sobald er den Mund aufmachte? Der Sachse sah sie verwirrt an.

»Sprecht weiter, Eadulf«, forderte Fidelma ihn, noch immer lächelnd, auf. »Ihr wart also in Rom und hattet vor, noch einige Zeit dort zu bleiben.«

»Theodor von Tarsus traf Vorkehrungen für seine Reise nach Canterbury, wo er sein Amt als Erzbischof antreten sollte. Er hatte beschlossen, Abgesandte vorauszuschicken, um seine Amtseinführung dort vorzubereiten. Seit der Synode in Hildas Abtei vor zwei Jahren haben alle sächsischen Königreiche Canterbury als Sitz ihres obersten Bischofs anerkannt, genau wie Ihr hier in Irland Armagh als den Sitz der Nachfolger Patricks betrachtet.«

»Ja, ja«, drängte Fidelma, die sich erneut über Eadulfs Weitschweifigkeit zu ärgern begann. »Aber was macht Ihr hier in Éireann?«

»Dazu wollte ich gerade kommen«, erwiderte der Mönch beleidigt. »Der Erzbischof wollte auch Emissäre in die irischen Königreiche entsenden und nach der Ausweisung der irischen Kirchenvertreter aus den sächsischen Königreichen Frieden schließen. Er wollte einen Dialog mit den irischen Kirchen eröffnen, vor allem, da er mit vielen Kirchenvertretern in Irland in Verbindung steht, die die Lehre Roms in den kirchlichen Institutionen einführen möchten.«

Fidelma machte ein vielsagendes Gesicht.

»Ja. Bischöfe wie Ultan von Armagh würden einen solchen Dialog zweifellos begrüßen. Aber wollt Ihr damit sagen, daß Ihr als Abgesandter zu Erzbischof Ultan geschickt wurdet?«

»Nein, nicht zu Ultan, sondern zum neuen König von Muman in Cashel.«

»Zu Colgú?«

»Ja, zu Colgú. Ich sollte als Vermittler zwischen Canterbury und Cashel fungieren.«

»Wie seid Ihr dann ausgerechnet in dieser abgelegenen Gegend unseres Königreiches gelandet?«

»Ich reiste von Rom nach Gallien. In Gallien suchte ich in den Seehäfen nach einem Schiff, das mich direkt nach Muman bringen würde, was meine Reise sehr beschleunigt hätte. Doch dann hat mich mein Glück verlassen. Schließlich buchte ich eine Überfahrt auf einem gallischen Handelsschiff, das einen Hafen in Muman anlaufen sollte, wo es Kupferminen gibt. Man wolle dort Waren tauschen, wurde mir gesagt.

Der Kapitän des Schiffes mußte zuerst seine Ladung abliefern und schwor, daß er mich danach zu einem Ort namens Dún Garbhán bringen würde. Von dort könnte ich mir ein Pferd nehmen und auf kürzestem Wege nach Cashel reiten. Das wäre für mich kein Problem gewesen, ich habe schließlich mehrere Jahre in diesem Land studiert und kenne mich einigermaßen aus...«

Fidelma wußte ganz genau, daß Eadulf sowohl an der berühmten kirchlichen Hochschule in Durrow als auch am Kollegium der Medizin in Tuam Brecain studiert hatte und fließend Irisch sprach – auch jetzt verständigten sie sich in dieser Sprache.

»Aber Ihr sagtet, das Glück habe Euch verlassen. Was ist passiert?«

»Ich wußte nicht, was für eine Ladung transportiert werden sollte, doch mir fiel auf, daß außer der Besatzung auch zahlreiche Franken an Bord gingen. Mit einem von ihnen, der recht schwatzhaft war, kam ich bald ins Gespräch. Sie waren offensichtlich Soldaten, besser gesagt: Söldner, die ihre Dienste verkaufen wollten.«

»Soldaten?« Fidelma hob fragend eine Augenbraue. »Wieso sollte ein gallisches Handelsschiff fränkische Soldaten in diesen Teil der fünf Königreiche bringen?«

»Genau das habe ich mich auch gefragt«, erwiderte Eadulf.

»Mein fränkischer Freund prahlte mit dem vielen Geld, das er und seine Kameraden hier verdienen würden. Ich glaube, er war mir gegenüber so mitteilsam, weil ich Sachse bin. Es stellte sich heraus, daß sie keine gewöhnlichen Soldaten waren, sondern Spezialisten für den Einsatz von Geschützen.«

Fidelma sah ihn fassungslos an. Da in der irischen Sprache kein entsprechender Ausdruck existierte, hatte Eadulf das lateinische Wort *tormenta* benutzt.

»Ich verstehe nichts von Ausdrücken der Kriegskunst, Eadulf. Erklärt mir die Bedeutung. Ist ein *tormentum* ein Gerät zum aufwickeln und hochwinden, wie beispielsweise eine Ankerwinde?«

»Es ist eine Vorrichtung, die kriegerischen Zwecken dient«, erklärte Eadulf. »Die alten Römer benutzten sie häufig in ihren Kriegen. Das *ballistae* war ein Gerät, mit dem man Steine und Felsbrocken weit fortschleudern konnte, genau wie das *catapulta*.«

Fidelma schauderte.

»Gott sei Dank sind solche Vorrichtungen in Irland nie zum Einsatz gekommen. Wenn hier Krieger miteinander kämpfen, dann stehen sie einander noch mit Schwert und Schild gegenüber, und oft genug wurden Schlachten durch einen Zweikampf zwischen dem jeweils Besten der beiden Gegner entschieden. Solche Geschütze sind verabscheuungswürdig.« Sie hielt inne und sah Eadulf prüfend an, als ihr die Bedeutung seiner Worte plötzlich dämmerte. »Wollt Ihr damit sagen…?«

»Wozu Männer von weither holen, die für die Bedienung der *tormenta* ausgebildet sind, wenn sie solche Vernichtungsgeräte nicht bei sich haben?«

»Bestand die Ladung aus diesen Vorrichtungen?« wollte Fidelma wissen.

»Nachdem der fränkische Soldat so gesprächig war, beschloß ich, selbst im Laderaum nachzusehen. Er war vollgestopft mit allerlei Kriegsgerät, hauptsächlich mit *catapultae*.«

»Was ist das?«

»Spezialgeräte, die von Pferden in die Schlacht gezogen werden. Ein *catapulta* besteht aus einem großen Bogen, der auf einen Kasten mit Rädern montiert ist, ähnlich wie ein Lastkarren. Es kann Wurfspieße über eine Entfernung von fünfhundert Metern schleudern.«

Fidelma erinnerte sich wieder an den langen Strang aus Gedärmen, den sie im Laderaum des Schiffes entdeckt hatte.

»Funktioniert der große Bogen mit Gedärmen?«

»Ja. Er wird mit Strängen aus Haar oder Gedärmen gespannt. Diese werden fest um große, hölzerne Scheiben gewickelt und mit Holzbolzen gesichert. Man kann sie noch straffer spannen, indem man Handspaken in die Löcher am Rand der Scheiben einpaßt. Der Strang wird gespannt, die Wurfspieße werden bereitgelegt. Manchmal zündet man sie sogar an, um noch größeren Schaden anzurichten. Der Strang wird durch einen einfachen Mechanismus gelöst.«

»Wie viele solcher Geräte habt Ihr im Laderaum gesehen?«

»Vielleicht zwanzig, weniger bestimmt nicht. Und es waren etwa sechzig Franken an Bord.«

»Was dann?«

»Ich interessierte mich natürlich dafür. Aber da ging es mich eigentlich noch gar nichts an.«

»Wann begann es denn, Euch etwas anzugehen?« Fidelma war seine Betonung nicht entgangen.

»Sobald wir an dieser allem Anschein nach feindlichen Küste landeten.«

»Erklärt Euch.«

»Die Überfahrt zur irischen Küste verlief recht ereignislos. Wir gingen im Hafen in der Nähe der Ortschaft vor Anker. Ein junger Häuptling kam an Bord. Ich weiß nicht, wer er war, doch er befahl dem Kapitän, die Ladung zu löschen. Die fränkischen Soldaten gingen von Bord und überwachten das Ausladen ihrer Waffen. Die Schwerstarbeit – das Herausheben der Geräte aus dem Laderaum – wurde von Sklaven erledigt. Sie waren schmutzig und mit Lehm verschmiert. Später fand ich heraus, daß sie normalerweise in den Kupferminen arbeiten.«

Er hielt kurz inne, ordnete seine Gedanken und fuhr fort.

»An Land standen Pferde bereit, um die Vernichtungsgeräte zu den Höhlen zu bringen, in denen das Kupfer gefördert wird. Offensichtlich sollten sie dort versteckt werden. Sie sind immer noch dort.«

»Woher wißt Ihr das?« fragte Ross.

Eadulf stieß ein verbittertes Lachen aus.

»Weil ich ein Narr war. Kaum hatten die fränkischen Soldaten samt ihrem Kriegsgerät das Schiff verlassen, da kamen Krieger und nahmen die gesamte Besatzung gefangen, einschließlich meiner Wenigkeit. Der junge Häuptling erklärte uns alle zu Geiseln.«

Kapitel 15

»Das verstößt gegen sämtliche Regeln der Gastfreundschaft«, platzte Ross voller Entrüstung heraus. »Das ist unerhört. Wenn Händler ihren Geschäften nicht mehr nachgehen können, ohne befürchten zu müssen, als Sklaven verschleppt zu werden, dann hat die Welt wahrhaftig einen bedauernswerten Zustand erreicht.«

»Unerhört war nicht der Ausdruck, der dem gallischen Kapitän entfuhr«, bemerkte Eadulf bitter.

»Hat denn niemand Widerstand geleistet?« fragte Fidelma.

»Wir wurden vollkommen überrumpelt. Der junge Häuptling erklärte uns zwar alle zu seinen Geiseln, doch das Wort Sklaven wäre zutreffender gewesen. Die Besatzung wurde zur Arbeit in den Kupferminen gezwungen, nur mir als Mönch wurden mehr Privilegien zuteil als den anderen. Man brachte mich in eine Hütte, wo ich auf Schwester Comnat traf – angekettet wie ein Tier. Es war furchtbar.«

Schwester Comnat meldete sich zum ersten Mal seit Beginn der Unterhaltung zu Wort.

»Bruder Eadulf hat recht. Ich war seit mindestens drei Wochen ihre Gefangene. Gott sei Dank seid Ihr gekommen, Schwester. Ich hoffte die ganze Zeit, es möge Schwester Almu gelingen, Hilfe zu holen.«

Fidelma hielt tröstend die zitternde Hand der Älteren.

»Es war nicht Schwester Almu, die uns alarmierte.«

»Wie habt Ihr uns dann gefunden?«

»Das ist eine lange Geschichte, und im Augenblick bin ich mehr daran interessiert, von Euren Erlebnissen zu hören, denn davon hängt eine Menge ab. Wie ich erfahren habe, Schwester Comnat, seid Ihr und Schwester Almu vor drei Wochen in der Abtei Der Lachs aus den Drei Quellen aufgebrochen. Was ist seither passiert?«

Die alte Bibliothekarin zögerte.

»Wißt Ihr etwas über Schwester Almus Verbleib?« beharrte sie.

Fidelma beschloß, ihr die Wahrheit zu sagen.

»Ich glaube, Schwester Almu ist tot. Es tut mir leid.«

Die alte Frau war sichtlich erschüttert. Sie schwankte, und Bruder Eadulf streckte die Hand aus, um sie zu stützen.

»Ihr seid unter Freunden, gute Schwester«, versicherte er ihr. »Das ist Fidelma von Kildare, eine Advokatin der Gerichtsbarkeit. Ich kenne sie gut. Habt keine Angst. Erzählt ihr Eure Geschichte, so wie Ihr sie mir erzählt habt.«

Es gelang Schwester Comnat, sich zusammenzureißen, auch wenn man ihr ihren Kummer ansah. Sie fuhr sich mit zitternden Fingern über die Stirn, als müsse sie die Erinnerung erst suchen.

»Fidelma von Kildare? Dieselbe Fidelma, die die geheimnisvollen Morde in Ros Ailithir aufgeklärt hat?«

»Ja. Ich bin Fidelma.«

»Dann seid Ihr die Schwester von Colgú, dem König von Cashel. Ihr müßt Euern Bruder warnen. Sofort.« Die Stimme der Alten klang plötzlich schrill, und Fidelma mußte beschwichtigend ihre Hand ergreifen.

»Ich verstehe nicht. Wovor muß ich ihn warnen?«

»Sein Königreich ist in Gefahr. Er muß gewarnt werden«, wiederholte Schwester Comnat.

»Ich möchte alles verstehen. Was ist passiert, seit Ihr und Schwester Almu die Abtei verlassen habt?«

Schwester Comnat nahm ihre fünf Sinne zusammen und atmete tief durch.

»Vor gut drei Wochen brach ich mit Schwester Almu zur Abtei in Ard Fhearta auf, um die Kopie eines Buches, die wir angefertigt hatten, dorthin zu bringen. Wir erreichten Gulbans Festung und wollten dort übernachten. Man nahm uns auch gastfreundlich auf, doch am nächsten Morgen bemerkten wir, daß innerhalb der Festungsmauern zahllose Krieger Übungen abhielten, darunter viele fremdländische Soldaten.

Schwester Almu erkannte unter Gulbans Begleitern Torcán von den Uí Fidgenti. Wir wissen, daß die Uí Fidgenti dem Volk der Loígde nicht wohlgesonnen sind, und fragten uns deshalb, was das zu bedeuten hatte. Almu traf eine junge Frau, die sie noch aus der Zeit vor ihrem Eintritt in die Abtei kannte, und die erzählte uns, Gulban habe mit Eoganán von den Uí Fidgenti ein Bündnis geschlossen.«

»Ein Bündnis? Zu welchem Zweck denn?« fragte Ross besorgt.

»Gulban schien sehr erbost über die Entscheidung auf der Versammlung der Loígde, Bran Finn, den Sohn von Mael Ochtraighe, zum Häuptling und Nachfolger Salbachs zu wählen.«

»Ich weiß, daß Gulban selbst Anspruch auf das Amt des Häuptlings erhob, nachdem Salbach in Ungnade gefallen und abgesetzt worden war«, erklärte Fidelma. »Ich war bei der Versammlung dabei.«

»Da Gulban bei den dort Anwesenden nicht genug Unterstützung fand und Bran Finn jetzt Häuptling ist, scheint er nun zu anderen Mitteln zu geifen«, warf Ross ein.

»Hat er etwa vor, mit Hilfe der Uí Fidgenti Bran Finn anzugreifen?«

»Schlimmer«, antwortete Schwester Comnat. »Die Prinzen der Uí Fidgenti sind sehr mächtig, wie Ihr sicher wißt. Sie wollen nach Cashel marschieren und König Colgú stürzen. Im Gebiet der Uí Fidgenti wird ein ganzes Heer zusammengezogen, das Cashel angreifen soll – unter Führung von Eoganán. Sobald Colgú gestürzt ist, wird Eoganán Gulban belohnen und ihn zum Herrscher über die Loígde und über den ganzen Süden von Muman ernennen.«

»Seid Ihr ganz sicher?« Fidelma war überrascht von dem Doppelspiel der Uí Fidgenti, auch wenn sie den lange gehegten Wunsch ihres Prinzen, die Macht in Cashel an sich zu reißen, nur allzu gut kannte.

»Wenn ich den Worten der jungen Frau nicht vertraut hätte, die uns für Gefolgsleute Gulbans hielt, und wenn ich meinen eigenen Augen nicht getraut hätte, die sahen, wie Gulbans Krieger unter Anleitung Torcáns von den Uí Fidgenti ausgebildet wurden, dann hätte spätestens unsere Gefangennahme bewiesen, daß die Geschichte stimmte.«

»Wie und warum wurdet Ihr gefangengenommen?«

»Schwester Almu und ich besprachen das Gehörte und überlegten, was zu tun sei. Wir sind treue Untertanen von Bran Finn, der wiederum Colgú in Cashel treu ergeben ist. Uns war klar, daß wir sie vor dieser Revolte warnen mußten. Doch wir handelten unüberlegt und erregten das Mißtrauen von Gulbans Männern, denn wir gingen die Straße in die Richtung zurück, aus der wir gekommen waren, anstatt weiterzugehen nach Ard Fhearta, das wir ihnen als Ziel genannt hatten.«

»Also nahm Gulban Euch beide gefangen?«

»Er hat das zweifellos angeordnet, auch wenn wir ihn nicht zu sehen bekamen. Seine Krieger brachten uns zu den Kupferminen, wo Ihr mich gefunden habt. Wir sollten uns um die seelischen und gesundheitlichen Bedürfnisse der Geiseln kümmern, die in den Minen schufteten, bis Gulban über unser weiteres Schicksal befunden hatte.«

Nun mischte sich Bruder Eadulf ein.

»Dort habe ich Schwester Comnat getroffen«, wiederholte er. »Eine Woche, nachdem ihre Gefährtin geflohen war.«

»Wißt Ihr, wie Eoganán gegen Cashel vorgehen will?« fragte Fidelma Schwester Comnat.

»Nein«, antwortete sie mit Bedauern. »Schwester Almu und ich wurden jeden Abend angekettet, genau, wie Ihr mich gefunden habt. Almu war jünger und tatkräftiger als ich und beschloß, einen Fluchtversuch zu wagen. Ich unterstützte ihre Entscheidung und drängte sie, die nächstbeste Fluchtmöglichkeit zu ergreifen. Das Wichtigste war, in die Abtei zurückzukehren und die Gemeinschaft zu warnen. Meine Rettung konnte warten.«

»Und ihr gelang die Flucht?«

Schwester Comnat stieß einen langen Seufzer aus.

»Beim ersten Mal nicht. Sie versuchte zu fliehen, wurde jedoch wieder eingefangen und ausgepeitscht, um uns allen eine Lektion zu erteilen. Sie wurde mit einer Birkenrute auf den Rücken geschlagen! Worte reichen nicht aus, um diesen Frevel zu beschreiben. Es dauerte mehrere Tage, bis sie sich davon erholte.«

Fidelma erinnerte sich an die Striemen auf dem Rücken der Toten. Weitere Erkennungsmerkmale waren jetzt nicht mehr vonnöten.

»Vor zehn Tagen«, fuhr Schwester Comnat fort, »kehrte sie abends nicht in unsere Hütte zurück. Später hörte ich, daß sie verschwunden war, während sie die Kranken versorgte – sie war in den Wald geflohen. Es herrschte große Aufregung. Ich glaube aber, daß ihr jemand bei der Flucht geholfen hat. Sie erzählte mir, sie habe sich mit einem jungen Mann von den Uí Fidgenti angefreundet, der ihr aufgrund seiner Stellung behilflich sein konnte.«

»Das könnte bedeuten, daß er ein gewisses Ansehen bei seinen Leuten genoß«, bemerkte Fidelma nachdenklich.

»Hat sie denn keinerlei Andeutung gemacht, daß sie erneut fliehen wollte?«

»In gewisser Weise schon.«

»In gewisser Weise?«

»Ja. Als sie an jenem Morgen aufbrach, lächelte sie mich an und sagte sinngemäß, sie ginge Wildschweine jagen. An die genauen Worte kann ich mich nicht erinnern. Das ergab ja alles überhaupt keinen Sinn.«

»Wildschweine?« wiederholte Fidelma verblüfft.

»Wie auch immer, sie kehrte nicht zurück. Ich erfuhr, daß die Wachen sich nicht einmal die Mühe machten, Suchtrupps hinter ihr her zu schicken. Jeden Tag betete ich für das Gelingen ihrer Flucht, auch wenn das Gerücht verbreitet wurde, sie sei wahrscheinlich in den Bergen zugrunde gegangen. Dennoch gab ich die Hoffnung nicht auf. Ich wartete auf das Eintreffen unserer Retter.« Die alte Frau hielt einen Augenblick inne und fuhr schließlich fort: »Dann kamen leider noch mehr Gefangene, hauptsächlich Gallier, und dieser sächsische Mönch hier, Eadulf, der unsere Sprache so gut beherrscht.«

»Was Schwester Comnat berichtet, stimmt mit meinen Erlebnissen haargenau überein«, fügte Eadulf hinzu. »Mit dem Kapern des gallischen Schiffes mit den *tormenta* an Bord, meine ich. Ich schätze, Gulban hat die Waffen im Auftrag der Uí Fidgenti gekauft.«

»Waffen, mit denen Eoganán Cashel besiegen will?« erkundigte sich Ross mit großen Augen.

»Ausgezeichnete Belagerungswaffen«, bestätigte Eadulf.

»Zwanzig von diesen schrecklichen Vernichtungsvorrichtungen, und dazu fränkische Soldaten, die sie zu benutzen wissen«, murmelte Ross, »würden Cashel in Angst und

Schrecken versetzen. Ich sehe es schon vor mir. Solche Waffen sind in den fünf Königreichen noch nie eingesetzt worden. Unsere Krieger kämpfen noch Mann gegen Mann, mit Schwert, Speer und Schild, doch mit diesen Kriegsgeräten könnten Eoganán oder Gulban durchaus die Überlegenheit auf dem Schlachtfeld erringen.«

»Sind die Franken und ihre *tormenta* uns denn wirklich so überlegen?« fragte Eadulf. »Man kennt diese Waffen doch überall: in den sächsischen Königreichen, in Franken und anderswo.«

»Ich bin seit vielen Jahren Kaufmann«, erwiderte Ross ernst, »doch als der König von Cashel einst seine Gefolgschaft zu den Waffen rief, folgte ich seinem Ruf. Ich war damals noch jung und kämpfte während des Pfingstfestes in der Schlacht von Carn Conaill. Vermutlich erinnert Ihr Euch nicht mehr daran, Fidelma? Nein? Damals versuchte Guaire Aidne von Connacht, den Oberkönig Dairmait Mac Aedo Sláine zu stürzen. Selbstverständlich eilte Cúan – der Sohn von Almalgaid, dem damaligen König von Cashel – an der Spitze des Heeres von Muman dem Oberkönig zu Hilfe. Doch sein Namensvetter Cúan – der Sohn von Conall, dem Prinzen der Uí Fidgenti – unterstützte Guaire. Die Uí Fidgenti waren schon damals Querköpfe und versuchten, auf dem schnellsten Weg an die Macht zu kommen. Es war ein blutiger Kampf. Beide Cúans wurden getötet, aber Guaire floh vom Schlachtfeld, und der Oberkönig ging als Sieger hervor. Das war meine erste Begegnung mit der blutigen Kunst des Krieges. Gott sei Dank war es auch meine letzte.«

Fidelma bemühte sich, ihre Ungeduld zu zügeln.

»Was hat das alles mit den *tormenta* zu tun?«

»Leicht zu erklären«, erwiderte Ross. »Ich habe das Töten

kennengelernt und weiß, welch schrecklicher Schaden durch solche Waffen angerichtet werden kann. Unsere Krieger würden zu Hunderten niedergemetzelt, und Cashel könnte sich nicht dagegen wehren. Die Vernichtungsvorrichtungen können sogar eine Bresche in die Festungsmauern schlagen. Ihre Reichweite beträgt, wie der Sachse schon sagte, über fünfhundert Meter. Soviel ich auf meinen Handelsreisen in Gallien gehört habe, waren die Römer dank solchen Kriegsgerätes fast unbesiegbar.«

Fidelma musterte sie alle mit ernster Miene.

»Deshalb also durfte die Einführung der *tormenta* nicht bekannt werden. Gulban und Eoganán von den Uí Fidgenti wollen sie als Geheimwaffe einsetzen, aller Wahrscheinlichkeit nach als Vorausabteilung bei einem Überraschungsangriff auf Cashel.«

»Jetzt ergibt alles einen Sinn«, seufzte Eadulf. »Und erklärt außerdem, warum Gulbans Männer, gleich nachdem die Franken mit ihren Waffen an Land gebracht waren, sich des gallischen Schiffes samt Besatzung sowie meiner Wenigkeit als einzigem Passagier bemächtigten. Sie wollten verhindern, daß die Kunde über die Fracht dieses Schiffes nach außen dringt. Wahrlich ein schlechter Tag, als ich die Überfahrt auf diesem Schiff buchte.«

»Erzählt mir, wie der gallische Kapitän entkommen konnte«, forderte Fidelma ihn plötzlich auf.

»Woher wißt Ihr davon?« erkundigte sich Eadulf. »Ich wollte Euch gerade darüber berichten.«

»Auch das ist eine lange Geschichte, doch mag es vorerst genügen, zu erwähnen, daß wir das gallische Schiff geborgen haben.«

»Die Leute, mit denen ich sprach, haben einen gallischen

Gefangenen an Bord gesehen«, erklärte Ross. »Sie erzählten, daß er geflohen und mitsamt dem Schiff verschwunden sei, während die Krieger der Uí Fidgenti sich an Land aufhielten.«

Fidelma bedeutete ihm zu schweigen.

»Laßt Eadulf berichten.«

»Also gut«, begann der Mönch. »Vor ein paar Tagen gelang es dem Kapitän und zwei seiner Matrosen, aus den Minen zu entfliehen. Sie nahmen ein kleines Boot und ruderten zu einer Insel vor der Küste...«

»Dóirse«, unterbrach Ross.

»Das gallische Handelsschiff lag noch im Hafen. Die Wachen nahmen die Verfolgung auf. Sie setzten Segel und jag ten mit dem Schiff hinter dem Boot her. Tags darauf kehrten sie zurück – ohne das Schiff und ohne die drei Gallier.«

»Wißt Ihr, was passiert ist?«

Eadulf zuckte die Achseln.

»Unter den Gefangenen kursierten Gerüchte, die ich hier und dort aufschnappte, während ich mich um sie kümmerte... wenn man Gerüchten überhaupt glauben darf. Es hieß, die Krieger hätten das kleine Boot verfolgt und versenkt und dabei die beiden Matrosen getötet. Der Kapitän wurde gerettet und erneut gefangengenommen. Da es schon beinahe dunkel war, liefen sie den kleinen Inselhafen an. Sie gingen alle an Land, um die Gastfreundschaft des dortigen Häuptlings zu genießen, das heißt, alle außer einem – und dem gallischen Kapitän. Während der Nacht konnte der Gallier ein zweites Mal entkommen. Es hieß, er habe seinen Bewacher getötet. Er war ein erfahrener Seemann, und es gelang ihm, ganz allein die Segel zu setzen und in die Nacht hinauszufahren. Ich hatte gehofft, er würde Rettung für seine Besatzung holen. Doch Ihr sagtet, Ihr habt ihn und sein Schiff geborgen?«

Fidelma verneinte.

»Ihn nicht, Eadulf. Er hat nicht überlebt. Wir trafen am nächsten Morgen auf das Handelsschiff, das mit aufgezogenen Segeln fuhr, doch es war niemand an Bord.«

»Niemand? Was ist denn passiert?«

»Ich glaube, ich kenne jetzt das Geheimnis«, erwiderte Fidelma leise. Ross und Odar beugten sich vor, und ihre Augen traten vor Neugier fast aus den Höhlen, während sie auf die Auflösung des Rätsels warteten, das sie tagelang im dunkeln tappen ließ.

»Könnt Ihr die geheimnisvollen Ereignisse wirklich erklären?« fragte Ross.

»Ich kann nur Vermutungen anstellen, bin jedoch ziemlich sicher, daß sie der Wahrheit entsprechen. Der gallische Kapitän war ein tapferer Mann. Kennt Ihr seinen Namen, Eadulf?«

»Er hieß Waroc.«

»Also, Waroc war ein tapferer Mann«, wiederholte Fidelma. »Er floh von der Insel Dóirse, wo das Schiff vertäut lag. Wir kennen diesen Teil der Geschichte aufgrund der Informationen, die Ross dort gesammelt hat und die Euern Bericht bestätigen, Eadulf. Waroc war seinen Häschern erneut entkommen und beschloß, den Versuch zu wagen und sein Schiff ganz allein zu segeln. Ein tapferes, aber tollkühnes Unterfangen. Vielleicht wollte er nur ein Stück die Küste entlangsegeln und in einem befreundeten Hafen Hilfe holen.«

»Wie hat er das geschafft?«

»Er kappte die Ankertaue mit der Axt. Wir sahen die durchtrennten Taue, als wir das Schiff durchsuchten.«

Odar nickte grimmig. Er erinnerte sich, wie er Ross und Fidelma die abgeschnittenen Tauenden gezeigt hatte.

»Dann ließ er sich wahrscheinlich von der Strömung aus der Meerenge treiben«, sagte Ross, der die Gewässer dort gut kannte.

»Es gelang ihm, das Großsegel zu hissen«, fuhr Fidelma fort. »Am schwierigsten war das Hissen des Marssegels. Wir wissen nicht, wodurch er verletzt wurde, ob von seinen Häschern, bei einem seiner Fluchtversuche oder bei seinen Bemühungen, ganz allein die Segel zu setzen. Wie dem auch sei, er kletterte in die Takelage, und beinahe hätte er es geschafft. Vielleicht geriet das Schiff ins Schlingern, vielleicht erwischte ihn ein Windstoß oder er verlor den Halt, wer kann das wissen? Waroc stürzte, und beim Absturz zerriß eine Spiere oder ein Nagel sein Hemd und vielleicht auch sein Fleisch. Wir fanden ein blutbeflecktes Stück Leinen im Tauwerk und auch Blut an den Tauen. Noch im Fallen versuchte er verzweifelt, sich irgendwo festzuklammern. Er bekam die Reling zu fassen – wir fanden dort den blutigen Abdruck einer Hand. Dann konnte er sich nicht mehr halten. In dem eisigen Wasser kann er nicht lange überlebt haben. Vielleicht war er bereits nach wenigen Minuten tot.«

Es entstand ein kurzes, betretenes Schweigen, bevor Fidelma zum Schluß kam.

»Einige Stunden später, am nächsten Vormittag, traf Ross' *barc* auf das Handelsschiff, das herrenlos von der Strömung hin- und hergetrieben wurde. Ross ist ein ausgezeichneter Seemann und konnte Eure Spur anhand der Gezeiten und Winde zurückverfolgen. Und ich war entschlossen, Euch zu finden, Eadulf.«

Eadulf sah sie überrascht an.

»Ihr wart an Bord dieser *barc*?«

»Ich hatte den Auftrag, zu Schwester Comnats Abtei zu reisen und Nachforschungen anzustellen über einen Leichnam, den man dort entdeckt hatte.«

»Aber woher wußtet Ihr denn, daß ich auf dem Schiff war? Ach so!« Man sah ihm an, daß er plötzlich begriffen hatte. »Ihr habt meine Büchertasche in der Kajüte gefunden, richtig?«

»Ich habe Euer Meßbuch an mich genommen«, bestätigte Fidelma. »Es liegt in Schwester Comnats Abtei, nicht weit von hier. Wir müssen vor Tagesanbruch dort sein, sonst stellt man uns nur unnötig viele Fragen.«

Schwester Comnat musterte Fidelma erschrocken.

»Ihr spracht von einem Leichnam? Und Ihr sagtet, Schwester Almus Flucht sei nicht geglückt... Ihr habt gesagt, sie sei tot.«

Fidelma legte erneut ihre Hand auf den Arm der älteren Nonne und drückte ihn tröstend.

»Ich weiß es noch nicht mit letzter Gewißheit, Schwester, aber ich bin ziemlich sicher, daß es sich bei der Toten, die vor über einer Woche gefunden wurde, um Schwester Almu handelt.«

»Aber irgend jemand muß die Leiche doch erkannt haben?«

Fidelma wollte der Schwester nicht noch mehr Kummer bereiten, doch es hatte keinen Sinn, ihr die Wahrheit zu verschweigen.

»Die Tote wurde enthauptet, und der Kopf ist verschwunden. Es handelte sich um den Leichnam eines jungen Mädchens, kaum achtzehn Jahre alt. An der rechten Hand hatte sie Tintenflecke, an Daumen und Zeigefinger und an der Außenseite des kleinen Fingers. Daraus schließe ich, daß sie als Kopistin oder in einer Bibliothek arbeitete. Außerdem war deutlich zu sehen, daß sie erst vor kurzem eine Fußfessel getragen hatte und ausgepeitscht worden war.«

Schwester Comnat holte tief Luft.

»Dann ist es tatsächlich Schwester Almu, aber... wo wurde der Leichnam entdeckt?«

»Im Hauptbrunnen der Abtei.«

»Das verstehe ich nicht. Wenn sie von Gulbans Leuten oder von den Uí Fidgenti geschnappt wurde, warum sollten die den Leichnam im Brunnen der Abtei verstecken und so erst recht Aufmerksamkeit erregen?«

Fidelma lächelte verkrampft.

»Dieses Rätsel muß ich noch lösen.«

»Wir sollten jetzt unser weiteres Vorgehen planen«, warf Ross dazwischen. »Bald wird es hell, und sobald das Verschwinden von Schwester Comnat und dem Sachsen dort auffällt, werden sie Suchtrupps losschicken.«

»Ihr habt ganz recht, Ross«, stimmte Fidelma ihm zu. »Jemand muß nach Ros Ailithir segeln und dort Bran Finn und meinen Bruder warnen. Sie müssen Krieger schicken, damit diese Höllenmaschinen – die *tormenta*, wie Eadulf sie nennt – vernichtet werden, bevor sie gegen Cashel zum Einsatz kommen.«

»Wir segeln alle dorthin. In der Abtei ist es jetzt sowieso zu gefährlich«, erwiderte Ross. »Falls Adnár Verdacht schöpft, seid Ihr dort nicht mehr sicher. Adnár lebt in der Festung direkt gegenüber der Abtei«, erklärte er Eadulf, »und im Augenblick weilen Gulbans Sohn Olcán sowie Torcán von den Uí Fidgenti als Gäste bei ihm.«

Eadulf pfiff leise durch die Zähne.

»Das läßt nichts Gutes erwarten.«

»Falls Adnár in die Verschwörung verstrickt ist, hat er möglicherweise auch Komplizen in der Abtei«, fügte Fidelma nachdenklich hinzu.

»Deshalb sollten wir uns alle einschiffen und nach Ros Ailithir aufbrechen. Schon morgen abend könnten wir dort sein.«

»Nein, Ross. Ihr nehmt Schwester Comnat mit und segelt unverzüglich los, um Abt Brocc zu informieren. Schwester Comnat ist Eure Zeugin. Außerdem müssen Boten zu meinem Bruder in Cashel geschickt werden, so daß er sich auf einen etwaigen Angriff der Uí Fidgenti vorbereiten kann. Gleichzeitig müßt Ihr Bran Finn bitten, seine Krieger so schnell wie möglich zu den Kupferminen zu entsenden, um die *tormenta* zu vernichten und die fränkischen Söldner gefangenzunehmen, noch bevor sie nach Cashel aufbrechen können.«

»Und was machen wir?« fragte Eadulf.

»Ich muß in die Abtei zurück, sonst wird man sofort wissen, daß das Komplott aufgeflogen ist, und Gulbans Männer würden Cashel vielleicht um so schneller angreifen. Aus diesem Grund muß auch das gallische Schiff bleiben, wo es ist, denn sein Verschwinden würde unsere Gegner sofort in Alarmbereitschaft versetzen. Ihr, Eadulf, begleitet Odar und geht mit ihm und einigen von Ross' Männern sozusagen als Notbesatzung an Bord. Ihr werdet Euch dort verstecken. Sollte mir jemand auf die Schliche kommen, können Odar und seine Leute mir zur Flucht verhelfen.«

»Und wenn man Euch jetzt schon mißtraut? Sie wissen doch, daß Ihr Colgús Schwester seid«, protestierte Ross. »Sie könnten Euch als Geisel nehmen.«

»Das Risiko muß ich eingehen«, erwiderte Fidelma mit Nachdruck. »Neben der Verschwörung gegen Cashel habe ich noch ein anderes Geheimnis aufzuklären. Ich muß bleiben, bis die Sache durchgestanden ist. Wenn alles gutgeht, Ross, könntet Ihr in drei Tagen zurück sein.«

»Und wer garantiert in diesen drei Tagen für Eure Sicherheit, Fidelma?« fragte Eadulf. »Wenn Ihr in der Abtei bleibt, sollte ich mich ebenfalls dort aufhalten.«

»Unmöglich!«

Doch Ross nickte zustimmend.

»Der Sachse hat recht, Schwester. Jemand sollte in Eurer Nähe bleiben.«

»Unmöglich!« wiederholte Fidelma. »Sobald sie die Flucht von Schwester Comnat und Bruder Eadulf entdecken, werden sie in der Abtei nach ihnen suchen. Eadulf würde auffallen wie ein bunter Hund. Nein, er bleibt bei Odar an Bord des gallischen Schiffes.«

»Das ist doch sicher genauso gefährlich«, wandte Odar ein. »Sobald die Uí Fidgenti wissen, wo sich das verschwundene Schiff befindet, werden sie kommen und es zurückfordern.«

»Sie wissen schon seit Tagen, wo es vor Anker liegt«, entgegnete Fidelma. »Es wurde sicher entdeckt, sobald Ross es in die Meerenge von Dún Boí schleppte. Wahrscheinlich hat Adnár deshalb versucht, es unter Hinweis auf die Bergegesetze für sich zu beanspruchen. So hätte er es zurückbekommen, ohne Verdacht zu erregen. Ich glaube, es liegt ganz im Interesse unserer Gegner, es im Augenblick einfach weiter vor Dún Boí ankern zu lassen. Das gallische Schiff ist der letzte Ort, an dem sie nach Euch suchen werden, Eadulf. Ich werde mir ein Warnsystem ausdenken, um Euch und Odar zu informieren, falls es Schwierigkeiten gibt.«

»Eine gute Idee«, stimmte Odar schließlich nach reiflicher Überlegung zu. »Falls es Ärger gibt, müßt Ihr uns durch Signale verständigen, Schwester, oder zu uns an Bord kommen, damit wir davonsegeln können, wenn Gefahr droht.«

»Ich kann immer noch nicht nachvollziehen, wozu Ihr in der Abtei bleiben müßt«, wandte Eadulf ein.

»Ich habe meinen Eid als *dálaigh* zu erfüllen«, erklärte Fidelma. »In der Abtei geschehen Verbrechen, die ich aufklären muß und die meiner Meinung nach nichts mit dem geplanten Umsturz zu tun haben. Dabei geht es um mehr als um das Verlangen nach politischer Macht. In der Abtei wurden zwei Morde verübt, die noch der Aufklärung bedürfen.«

Schwester Comnat entfuhr ein leises Stöhnen.

»Ein weiterer Mord außer dem an Schwester Almu? Welches Mitglied unserer Gemeinschaft ist denn noch verschieden?«

»Schwester Síomha, die *rechtaire*.«

Comnats Augen weiteten sich.

»Almus Freundin? Sie ist auch tot?«

»Auf die gleiche Weise umgebracht. In der Abtei verbirgt sich etwas abgrundtief Böses, das ich vernichten muß.«

»Wäre es nicht besser, damit zu warten, bis Ross zurückkommt und Verstärkung mitbringt?« schlug Eadulf vor. »Dann könnt Ihr Eure Untersuchung fortsetzen, ohne Angst vor einem Mörder oder Schlimmerem.«

Fidelma schenkte dem sächsischen Mönch ein Lächeln.

»Nein. Ich muß meine Arbeit beenden, bevor jemand Verdacht schöpft, daß die Verschwörung aufgeflogen ist, denn falls ich mich irre und doch ein Zusammenhang zwischen ihr und den Morden besteht, könnte der Mörder die Flucht ergreifen, bevor die Verbrechen aufgeklärt sind.«

Schwester Comnat schüttelte den Kopf.

»Ich verstehe das alles nicht.«

»Das ist auch nicht nötig. Wir müssen jetzt aufbrechen, und Ihr müßt Abt Brocc in Ros Ailithir und Bran Finn, dem Häuptling der Loígde, alles erzählen, was Ihr über die Ereignisse hier wißt.«

Fidelma erhob sich und half der Älteren, aufzustehen. Sie sah, daß Ross immer wieder gen Himmel blickte und wegen der herannahenden Morgendämmerung äußerst besorgt war.

»Beruhigt Euch, Ross«, ermahnte sie ihn scherzhaft. »In seinen *Oden* fordert Horaz: *Aequam memento rebus in arduis servare mentem* – In Bedrängnis zeig dich beherzt und tapfer. Nehmt die gute Schwester mit auf Eure *barc*. Ich erwarte Euch in drei Tagen zurück.« Dann wandte sie sich an Odar. »Sobald Ihr Eadulf sicher an Bord des gallischen Schiffes gebracht habt, vergeßt nicht, die Pferde zurückzugeben. Wir wollen schließlich nicht, daß Barr nach ihnen sucht und dadurch Adnárs Aufmerksamkeit erregt.«

Dann schwang sie sich aufs Pferd. In leichtem Galopp ritten sie los, gerade als sich im Osten am Horizont das allererste Tageslicht zeigte.

Kapitel 16

Schwester Fidelma stöhnte laut auf, als sie der warmen, dunklen Höhle, in der sie sich so geborgen gefühlt hatte wie im Mutterleib, gewaltsam entrissen und in die grausame Kälte und das graue Dämmerlicht gestoßen wurde. Schwester Brónach beugte sich über sie und rüttelte sie an der Schulter.

»Ihr habt verschlafen, Schwester. Es ist schon spät.«

Fidelma blinzelte, ihr Herz schlug wie rasend. Es dauerte ein Weilchen, bevor sie wieder wußte, wo sie war. Dann erinnerte sie sich, wie sie, gerade als der Morgen dämmerte, zurück ins Gästehaus geschlüpft war. Sie hatte sich im Wald hinter der Abtei von den Gefährten verabschiedet, die aufbrachen, um ihre jeweiligen Aufgaben zu erfüllen, und war den Rest des Weges durch den bitterkalten, frühmorgendlichen Frost zu Fuß gegangen. Erschöpft hatte sie ihre Kleider abgelegt und war auf ihre Bettstatt gesunken. Das alles schien kaum eine Sekunde her zu sein, auch wenn seitdem in Wirklichkeit – nach dem Licht zu urteilen, das durch ihr Fenster drang – fast zwei Stunden vergangen waren.

Einen Augenblick lang erwog Fidelma, Schwester Brónach einfach zu sagen, daß sie weiterschlafen wolle. Vielleicht könnte sie behaupten, sie fühle sich nicht wohl? Aber Schwester Brónach beobachtete sie mit deutlichem Mißfallen, und schließlich sollte doch niemand Verdacht schöpfen, daß sie die ganze Nacht unterwegs gewesen war. Widerwillig kletterte sie aus dem warmen Bett. Es war schneidend kalt, und das Wasser in der Waschschüssel, die für ihre Morgentoilette bereitstand, war mit einer Eisschicht überzogen. Sie spürte Brónachs Blicke, während sie sich wusch.

»Ein junger Krieger wünscht Euch zu sprechen«, bemerkte die mißmutige Schwester schließlich mit vorwurfsvollem Unterton.

Fidelma fühlte, wie sich ihr Nackenhaar sträubte.

»Oh? Wißt Ihr, wer er ist?« fragte sie, drehte sich um und ergriff ihr Handtuch.

»Ja, ich kenne ihn. Es ist der junge Olcán, der Sohn des Häuptlings der Beara.«

Fidelma preßte automatisch die Kiefer aufeinander.

Unglaublich! War Olcán also bereits über Comnats und Eadulfs Flucht aus den Kupferminen informiert?

»Sagt ihm, ich werde ihn gleich empfangen«, bat sie und widmete sich wieder ihrer Morgentoilette. Schwester Brónach ging hinaus, und Fidelma rieb sich mit dem kaltem Wasser ab und wünschte nichts sehnlicher, als wieder in ihr warmes, gemütliches Bett zu kriechen. Sie widerstand der Versuchung und bemühte sich, so ausgeruht zu wirken, als hätte sie die ganze Nacht tief und fest geschlafen.

Zehn Minuten später traf sie Olcán in der *duirthech*. Im Hintergrund der hölzernen Kapelle brannte ein Feuer im Kohlenbecken. Abgesehen von den Räumlichkeiten, zu denen nur die Mitglieder der Gemeinschaft Zutritt hatten, schien hier der einzige warme Ort zu sein, an dem Besucher Zuflucht vor Wind und Wetter suchen konnten.

»Einen wunderschönen guten Morgen, Schwester«, grüßte Olcán und erhob sich. Er wirkte ausgeruht und gutgelaunt. »Ich höre, Ihr habt verschlafen?«

Fidelma wünschte, Schwester Brónach hätte ihm das nicht so freimütig erzählt.

»Das Festessen bei Adnár gestern abend war sehr angenehm«, entgegnete sie. »So ausgezeichneten Wein und so leckere Speisen bekomme ich nicht alle Tage. Ich fürchte, ich habe den Köstlichkeiten allzu reichlich zugesprochen.«

»Ihr seid doch früh gegangen«, bemerkte Olcán.

Fidelma sah dem jungen Mann direkt in die Augen, um herauszufinden, ob in seinem Tonfall eine versteckte Anspielung lag.

»Vielleicht früh für Euch, aber nicht für eine Nonne«, antwortete sie. »Es war schon Mitternacht, als ich hier ankam.«

»Und jetzt ist es schon nach acht«, bemerkte Olcán, stand

auf und reckte und streckte sich vor dem Kohlenbecken. Er trat an eines der Fenster, von dem man einen guten Ausblick über die Meerenge hatte. »Ich sehe, daß Ross mit seiner *barc* wieder losgesegelt ist. Er muß mit der Flut am frühen Morgen aufgebrochen sein.«

Trieb Olcán etwa ein heimtückisches Spiel mit ihr? Fidelma hatte keine Ahnung, worauf seine Bemerkungen abzielten.

Sie trat neben ihn und ließ den Blick über die Bucht schweifen. Nur das gallische Handelsschiff mit seinen riesigen Masten ankerte dort auf dem ruhigen blauen Meer. Ross hatte unbemerkt abreisen können. Insgeheim seufzte sie erleichtert auf.

»Sieht ganz so aus«, erwiderte sie, als wüßte sie von nichts.

Olcán musterte sie prüfend.

»Ihr wußtet nicht, daß er wegfährt?« Die Frage kam unerwartet und in scharfem Ton.

»Ross pflegt mich nicht in seine Geschäfte einzuweihen. Ich weiß nur, daß er regelmäßig entlang der Küste Handel treibt. Wahrscheinlich kommt er bald wieder. Er hat einen Teil seiner Besatzung zurückgelassen, damit sie sich um das Schiff kümmern, das er auf See geborgen hat«, erklärte sie und deutete auf das Handelsschiff, »und außerdem soll er mich nach Ros Ailithir zurückbringen, sobald ich meine Untersuchung abgeschlossen habe.«

»Und ist die Untersuchung denn abgeschlossen?«

»Wie ich bereits gestern abend sagte, es gibt noch viel herauszufinden und zu bedenken.«

»Ach? Ich dachte, Ihr hättet gewisse Fortschritte gemacht.«

Es gelang Fidelma, ihn ganz verblüfft anzusehen.

»Gewisse Fortschritte? Seit gestern nacht? Leider hat niemand mich geweckt und mir von Fortschritten berichtet.«

»Ich meinte...« Olcán zögerte und zuckte dann die Achseln. »Ach, nichts. Es war nur so eine Idee«, druckste er verlegen herum.

»Schwester Brónach sagte, Ihr wolltet mich sprechen.« Jetzt war Fidelma am Zuge. »Ich nehme an, es ging Euch dabei nicht nur darum, zu hören, ob ich gut geschlafen habe, und mir mitzuteilen, daß Ross abgereist ist?«

Ihr spöttischer Unterton verwirrte Olcán.

»Oh, Torcán und ich gehen heute auf die Jagd, und da haben wir uns gefragt, ob Ihr vielleicht mitkommen wollt. Bei unserer ersten Begegnung habt Ihr den Wunsch geäußert, die historischen Stätten unserer Halbinsel zu besichtigen, und wir kommen mit Sicherheit an einigen höchst interessanten Stellen vorbei.«

Fidelma bemühte sich, ernst zu bleiben, denn es war allzu offensichtlich, daß Olcán diese Ausrede gerade erst erfunden hatte.

»Vielen Dank, daß Ihr an mich gedacht habt, aber heute muß ich meine Nachforschungen hier fortsetzen.«

»Dann werde ich, mit Eurer Erlaubnis, Schwester, jetzt zu Torcán zurückkehren und aufbrechen. Adnárs Jagdmeister hat auf dem Berg westlich von hier ein kleines Rudel Wild erspäht.«

Fidelma beobachtete den jungen Mann, der seinen Umhang enger um sich wickelte und die Kapelle verließ. Sie folgte ihm bis zur Tür und ließ ihn nicht aus den Augen, während er sich durch den Innenhof und zwischen den Häusern immer weiter entfernte. Kurz darauf sah sie ihn davonreiten. Er galoppierte durch den Wald auf Adnárs Festung zu.

Für Fidelma lag der Zweck von Olcáns Besuch klar auf der Hand.

Sie eilte zurück ins Gästehaus und suchte Schwester Brónach.

»Es tut mir leid, daß ich verschlafen habe«, rief sie ihr zu. »Ich war gestern abend bei Adnár zu einem Festessen. Ist es möglich, noch etwas Eßbares zu bekommen? Das Morgenmahl im Refektorium habe ich leider verpaßt.«

Brónach streifte sie mit einem neugierigen Blick.

»Das muß aber ein ausgiebiges Festessen gewesen sein«, bemerkte sie verschmitzt und ging auf den Aufenthaltsraum des Gästehauses zu. »Ich habe bereits ein Gedeck für Euch vorbereitet, Schwester, als ich sah, daß Ihr heute morgen nicht beim Morgenmahl wart.«

Fidelma sank dankbar auf einen Stuhl. Vor ihr standen Schüsseln mit hartgekochten Gänseeiern, Sauerteigbrot und Honig sowie ein kleiner Krug mit Met. Sie langte kräftig zu, doch plötzlich begriff sie die Bedeutung von Brónachs Bemerkung in ihrer vollen Tragweite und sah die Nonne mit dem bekümmerten Gesicht fragend an.

Schwester Brónach lächelte beinahe, als sie die unausgesprochene Frage beantwortete.

»Ich arbeite schon viel zu lange in diesem Gästehaus, um nicht über das Kommen und Gehen der Gäste Bescheid zu wissen.«

»Ich verstehe«, murmelte Fidelma nachdenklich.

»Wie dem auch sei«, fuhr die Pförtnerin der Abtei fort, »es steht mir in meiner Stellung nicht zu, mich bei den Gästen nach ihrer Zeiteinteilung zu erkundigen, solange sie den normalen Ablauf in unserer Gemeinschaft nicht stören.«

»Schwester Brónach, Ihr wißt, warum ich hier bin. Es ist

von größter Bedeutung, daß sich meine Abwesenheit aus der Abtei nicht weiter herumspricht. Gebt Ihr mir Euer Wort darauf?«

Die *doirseór* der Abtei verzog hochmütig das Gesicht.

»Das habe ich doch schon gesagt.«

Nach dem Morgenmahl machte sich Fidelma auf den Weg zur Bibliothek. Unterwegs traf sie Äbtissin Draigen, die ihr Mißfallen schon bei der Begrüßung deutlich zum Ausdruck brachte.

»Ihr scheint der Lösung des Rätsels seit Eurer Ankunft hier keinen Schritt näher gekommen zu sein«, bemerkte sie mit unverhohlenem Spott.

Fidelma ging nicht darauf ein.

»Ganz im Gegenteil, Mutter Oberin«, erwiderte sie strahlend, »ich habe große Fortschritte gemacht.«

»Fortschritte? Während Ihr mit Euren Untersuchungen beschäftigt wart, ist ein weiteres Mordopfer zu beklagen – Schwester Síomha. Sind das Eure Fortschritte? Soweit ich es beurteilen kann, ist das eher ein Ausdruck Eurer Inkompetenz.«

»Was wißt Ihr über die Geschichte dieser Abtei?« fragte Fidelma unvermittelt und ignorierte Draigens Angriff.

Die Äbtissin schien etwas aus der Fassung gebracht.

»Was hat die Geschichte der Abtei mit Eurer Untersuchung zu tun?«

»Kennt Ihr die Geschichte?« wiederholte Fidelma, ohne auf die Gegenfrage einzugehen.

»Schwester Comnat könnte Euch viel mehr darüber erzählen, wenn sie hier wäre«, antwortete die Äbtissin. »Die Abtei wurde vor einhundert Jahren gegründet – von der heiligen Necht, der Reinen.«

»Das weiß ich bereits. Aber wieso hat sie sie gerade an dieser Stelle errichtet?«

Äbtissin Draigen machte eine ausladende Geste: »Ist dieser Platz nicht ebenso schön wie jeder andere, um ein Kloster zu gründen und dem Neuen Glauben zu dienen?«

»O doch. Aber es wird erzählt, daß die Brunnen hier früher von heidnischen Priestern benutzt wurden.«

»Necht hat sie gesegnet und gereinigt.«

»Also wurde an diesem Ort tatsächlich dem alten Glauben gehuldigt, bevor ihn die Christen übernahmen?«

»Ja. Die Geschichte besagt, daß Necht hierherkam und mit Dedelchú, dem heidnischen Häuptling, der hier in den Höhlen lebte, über die Lehre Christi diskutierte.«

»Dedelchú?«

»So ist es überliefert.«

»Und warum nannte Necht die Abtei Der Lachs aus den Drei Quellen?«

»Ihr solltet eigentlich wissen, daß der Ausdruck ›Der Lachs aus den Drei Quellen‹ eine Umschreibung für Christus ist.«

»Aber es gibt hier tatsächlich drei Quellen.«

»Richtig. Ein erfreulicher Zufall.«

»In heidnischer Zeit wurde behauptet, daß in einem der alten Brunnen tief unten ein Lachs der Weisheit lebe.«

Äbtissin Draigen zuckte die Achseln.

»Ich begreife wirklich nicht, warum Ihr Euch so für die alte Religion interessiert. Es ist doch allgemein bekannt, daß der ›Lachs der Weisheit‹ ein sehr machtvolles Symbol des heidnischen Glaubens war. Vielleicht verehren wir deshalb Christus als Lachs aus den Drei Quellen: er ist sowohl Teil der Dreifaltigkeit als auch ein Quell der Weisheit. Aber das bringt uns doch sicher nicht weiter, wenn wir den Mörder finden wollen, der die Verbrechen hier in der Abtei begangen hat?«

Fidelmas Miene verriet nichts.

»Vielleicht doch. Vielen Dank, Mutter Oberin.«

Sie setzte ihren Weg zur Bibliothek fort, während die Äbtissin ihr verwundert nachschaute.

»Schwester Fidelma!«

Die Stimme klang leise, aber eindringlich. Zuerst konnte Fidelma sie nicht orten und wandte den Kopf, um nachzusehen, wer sie angesprochen hatte. Im Eingang zu dem steinernen Vorratsraum neben dem Turm stand eine schlanke Gestalt. Es war Schwester Lerben.

Fidelma trat auf sie zu.

»Guten Morgen, Schwester.«

Lerben bedeutete ihr, einzutreten, als wolle sie bei dem Gespräch nicht beobachtet werden. Fidelma runzelte die Stirn, leistete der dringlichen Aufforderung jedoch Folge. Im Lagerraum war Schwester Lerben damit beschäftigt gewesen, beim Schein einer Laterne Kräuter zu sortieren. Draußen war es zwar wolkig, aber hell, hier drinnen dagegen dunkel.

»Was kann ich für Euch tun, Schwester?«

»Gestern habt Ihr mir all diese Fragen gestellt...« begann sie zögernd. Fidelma unternahm keinen Versuch, ihrem Redefluß nachzuhelfen. »Gestern habe ich ein paar Dinge über... über Febal gesagt, meinen Vater.«

Fidelma sah sie mit unverwandtem Blick an.

»Möchtet Ihr sie zurücknehmen?« fragte sie schließlich.

»Nein!«

Dieses eine Wort klang grausam und unbeherrscht.

»Na schön. Was dann?«

»Muß das in einem Bericht festgehalten werden? Äbtissin Draigen hat... hat mir jetzt die Funktion einer *dálaigh* erklärt. Sie sagt... nun, ich möchte nicht, daß bekannt wird, nun... was ich über den Bauern und meinen Vater gesagt habe.«

Offensichtlich hatte dieses Thema die Gefühle des Mädchens völlig durcheinandergebracht. Fidelma ließ sich erweichen und erwiderte nachsichtig: »Wenn es für die Aufklärung der Morde an Almu und Síomha nicht von Bedeutung ist, muß auch nichts davon bekannt werden.«

»Wenn es nicht von Bedeutung ist? Wie wollt Ihr das feststellen?«

»Sobald ich meine Nachforschungen abgeschlossen habe. Wo wir gerade davon sprechen – ich war neulich überrascht, Euch im Wald zu begegnen, als Ihr das Buch für Torcán zu Adnárs Festung brachtet. Hattet Ihr keine Angst, Ihr könntet Febal begegnen?«

»Dem?« Ihre Stimme wurde wieder schärfer. »Nein. Ich habe keine Angst mehr vor ihm. Jetzt nicht mehr.«

»Woher kennt Ihr Torcán?«

»Ich habe ihn nie gesehen.«

Fidelma war verblüfft.

»Wieso habt Ihr dann dieses Buch, was war es noch gleich...?«

Schwester Lerben zuckte die Achseln.

»Irgendeine alte Chronik, glaube ich, ich weiß es nicht genau. Ich habe Euch doch erzählt, daß ich im Lesen und Schreiben nicht sehr bewandert bin.«

»Ja, das habt Ihr erwähnt. Also hat Euch jemand das Buch gegeben, damit Ihr es zu Torcán bringt?«

»Ja.«

»Und wer? Ich dachte, nur die Bibliothekarin dürfte die Erlaubnis erteilen, ein Buch aus der Bibliothek zu verleihen.«

Schwester Lerben schüttelte den Kopf.

»Nein, auch die *rechtaire* ist dazu befugt.«

»Die *rechtaire*?«

»Ja. Schwester Síomha gab mir das Buch und bat mich, es zu Adnárs Festung zu bringen und Torcán zu übergeben.«

»Schwester Síomha! Am Nachmittag vor ihrem Tod?«

»Ich glaube schon.«

»Hat sie Euch erklärt, warum Torcán die Erlaubnis erhielt, das Buch auszuleihen, anstatt es sich hier in der Abtei anzusehen?«

»Nein. Sie trug mir lediglich auf, es zu ihm zu bringen und unverzüglich zurückzukommen. Das ist alles.«

Fidelma spürte eine schreckliche Enttäuschung. Jedes Mal, wenn sie hoffte, einen Punkt aufklären zu können, tauchten wieder neue Fragen auf, die sie verwirrten. Sie dankte Schwester Lerben, verließ den Vorratsraum und betrat den Turm.

Im Hauptraum der Bibliothek war es dunkel, und Fidelma hielt im Finstern vergeblich Ausschau nach einer Lampe.

Sie tastete sich zum Fuß der Treppe, die in den zweiten Stock hinaufführte. Plötzlich hörte sie ein Geräusch, als würde jemand über ihr einen Sack über den Boden schleifen.

Sie hielt einen Augenblick inne, schlich dann vorsichtig Stufe um Stufe hinauf und lauschte.

Da war das Schleifen wieder.

Jetzt lag der Fußboden in Augenhöhe, und Fidelma blickte sich um.

Jemand saß am Fenster und las, das Tageslicht nutzend, ein Buch.

Sie seufzte erleichtert auf.

Es war Berrach. Das Geräusch, das sie gehört hatte, war durch die Schritte der gehbehinderten Schwester entstanden.

»Guten Morgen, Schwester Berrach!« grüßte Fidelma und kletterte die letzten Stufen hinauf.

Die junge Nonne fuhr erschrocken zusammen und ließ das Buch, in das sie sich vertieft hatte, beinahe fallen.

»Ach, Ihr seid es, Schwester Fidelma.«

»Was macht Ihr denn hier?«

Berrach reckte abwehrend das Kinn.

»Ich habe Euch doch erzählt, daß ich gerne lese. Da Schwester Comnat und Schwester Almu noch nicht zurück sind und Schwester Síomha nicht da ist, um mir Vorschriften zu machen, muß ich nun nicht mehr mitten in der Nacht hier hinauf schleichen, wenn ich lesen will.«

Fidelma setzte sich neben Berrach.

»Auch ich bin hergekommen, um zu lesen, aber ich konnte unten keine Lampe finden.«

»Hier liegen Kerzen.« Berrach deutete auf einen Tisch. »Sucht Ihr ein bestimmtes Buch?«

»Ich wollte mir eines der Jahrbücher ansehen, die es hier geben soll. Und was lest Ihr gerade?« Fidelma beugte sich vor und warf einen Blick auf das Geschriebene.

»*Eó na dTrí dTobar*... Der Lachs aus den Drei Quellen!« Fidelma war völlig perplex. Konnte das bloßer Zufall sein? »Was ist das für ein Text?«

»Ein kurzer Bericht über das Leben von Necht, der Reinen, der Gründerin unserer Abtei«, antwortete Schwester Berrach.

»Wird darin auch ihr Streitgespräch mit Dedelchú, dem heidnischen Priester, erwähnt?«

Berrach starrte sie überrascht an.

»Ihr wißt wirklich eine Menge über diesen Ort. Ich habe mein ganzes Leben hier verbracht und jetzt zum ersten Mal etwas darüber gelesen.«

»Man schnappt immer das eine oder andere auf, Berrach. Steht in dem Buch viel über Dedelchú? Ein merkwürdiger Name. Die letzte Silbe ist leicht zu übersetzen, sie bedeutet ›Wachhund von‹ – der Wachhund von Dedel. Ich frage mich, wer oder was Dedel ursprünglich war? Die Bedeutung dieser alten Namen zu verstehen ist faszinierend, findet Ihr nicht auch?«

Berrach schüttelte den Kopf.

»Eigentlich nicht. Ich interessiere mich mehr für Geschichte, dafür, wie die Menschen früher lebten. Aber wir haben hier in der Bibliothek eine Kopie des *Wörterbuchs* von Longarad.«

»Tatsächlich? Und Ihr habt einige der Chroniken gelesen?«

Berrach bejahte.

»Ich habe in allen Jahrbüchern gelesen, die in der Bibliothek zu finden sind.«

»Kennt Ihr auch die Chroniken von Clonmacnoise?«

»Kennen? Ja. Schwester Comnat hat die Kopie selbst angefertigt. Sie verbrachte sechs Monate in der Abtei des heiligen Kieran und schrieb dort das Buch ab, natürlich mit Zustimmung des Abtes. Ihr findet es hier irgendwo im Regal.«

»Es ist nicht mehr hier. Es wurde verliehen, und zwar, wie Schwester Lerben behauptet, an Torcán, der gerade als Gast bei Adnár weilt.«

»Torcán, der Sohn von Eoganán von den Uí Fidgenti?« fragte Berrach verblüfft. »Was will denn der damit?«

»Genau das hoffte ich herauszufinden. Ich glaube, er interessierte sich vor allem für die Geschichte von Cormac Mac Art. Eine bestimmte Seite war besonders häufig aufgeschlagen worden, ein Abschnitt über Cormacs Tod. Wahrscheinlich wißt Ihr auch nicht mehr, was dort steht?«

Berrach runzelte nachdenklich die Stirn.

»Ich verfüge über ein gutes Erinnerungsvermögen und ein ausgezeichnetes Langzeitgedächtnis.« Sie überlegte eine Weile. »In dem Kapitel geht es darum, wie Cormac seinen Feind Fergus tötete und danach ein weiser und angesehener Oberkönig wurde. Dann ging es noch um das Handbuch, das er geschrieben hat, und…« Sie überlegte einen Augenblick. »Ach ja. Dann ist da von einem goldenen Kalb die Rede, das in Tara aufgestellt wurde. Man erklärte es zu einem Gegenstand kultischer Verehrung, zu einer Gottheit, die alle anzubeten hatten. Die Priester dieses Kultes forderten Cormac auf, dem goldenen Idol zu huldigen, er aber weigerte sich und erklärte, er würde lieber dem Goldschmied huldigen, der dieses herrliche Bildnis geschaffen hatte. In dem Kapitel heißt es weiter, der oberste Priester des Kultes habe es so eingefädelt, daß dem Oberkönig bei einem Essen die Gräten eines Lachses im Halse steckenblieben, so daß er daran starb.«

Fidelma war fasziniert von der mühelosen Leichtigkeit, mit der sich Berrach an den Abschnitt erinnerte.

»Wißt Ihr noch mehr über die Geschichte?«

Die junge Nonne schüttelte den Kopf.

»Nur noch, daß ich sie eher symbolisch verstanden habe. Ich meine die Geschichte von dem heidnischen Priester, dem es gelungen ist, Cormac durch drei Lachsgräten zu töten.«

»*Drei* Lachsgräten?« hakte Fidelma nach. »Welche symbolische Bedeutung seht Ihr darin?«

»Meiner Meinung nach war das ein Hinweis auf die Identität des Priesters. Cormac ist wahrscheinlich ermordet worden, denn schließlich kann niemand bewirken, daß jemandem drei Fischgräten im Halse steckenbleiben – es sei denn, man glaubt an Schwarze Magie.« Berrach lächelte schelmisch. »Ich denke, Ihr habt unsere Gemeinschaft davon überzeugt, daß Dinge wie Zauberei und Magie nicht existieren.«

»Was weiß man noch über den Kult um das goldene Kalb?«

»Nicht viel. Der Abschnitt in den Chroniken von Clonmacnoise ist, soviel ich weiß, der einzige Hinweis auf die Erschaffung und Verehrung dieses Idols. Ich habe schon viele Jahrbücher gelesen, aber der Kult um das goldene Kalb wird sonst nirgendwo erwähnt. Warum eigentlich nicht?« fügte sie nachdenklich hinzu, »denn falls es dieses sagenhafte Götzenbild wirklich gab, muß es doch ein Vermögen wert gewesen sein.«

Von der Treppe kam ein leises Schlurfen. Es war kaum hörbar, doch Fidelma bemerkte es, wirbelte herum und bedeutete Schwester Berrach zu schweigen. Sie wollte gerade zur Treppe hinüberschleichen, als dort Kopf und Schultern von Schwester Brónach auftauchten. Selbst im Halbdunkel konnte Fidelma erkennen, daß sie verlegen wirkte.

»Verzeiht, wenn ich Euch störe. Ich bin auf dem Weg nach oben, zur Klepsydra.«

Fidelma spürte, daß das eine soeben erfundene Ausrede war, doch Schwester Berrach schien nichts Ungewöhnliches daran zu finden und lächelte Brónach freundlich zu, während diese ins nächste Stockwerk hinaufstieg. Fidelma nahm ihr Gespräch mit Berrach wieder auf.

»Wenn ich mich recht erinnere, starb König Cormac vor fast vierhundert Jahren, nicht wahr?«

»Richtig.«

»Fällt Euch sonst noch etwas zu Cormac und dem goldenen Kalb ein?«

Schwester Berrach schüttelte den Kopf.

»Nein, aber ich weiß, daß Schwester Comnat erst vor kurzem einem Bettler eine Kopie von Cormacs Handbuch abgekauft hat. Das Buch heißt *Teagasg Rí*, Instruktionen des Königs. Ein alter Mann, der oben in den Bergen wohnte, kam eines Tages in die Abtei und erzählte Comnat, seine Familie habe das Buch seit vielen Jahren aufbewahrt, doch er müsse es nun gegen Lebensmittel eintauschen. Ich kam gerade vorbei und hörte ihre Unterhaltung. Wenn Ihr Euch für Cormac interessiert, solltet Ihr es lesen. Es steht in der Bibliothek.«

Fidelma sagte nicht, daß sie das bereits wußte und daß sie sogar schon darin geblättert und, wie sie sich erinnerte, Spuren von rotem Schlamm entdeckt hatte.

»Wann hat dieser Tausch stattgefunden?«

»Das ist noch nicht lange her – vielleicht eine Woche, bevor Schwester Comnat und Schwester Almu nach Ard Fhearta aufbrachen.«

Fidelma erhob sich, nahm eine Kerze und zündete sie an.

»Vielen Dank, Schwester Berrach. Ich gehe das Buch suchen. Ihr wart mir eine große Hilfe.«

Cormacs Buch der Instruktionen, *Teagasg Rí*, hing in seiner Büchertasche an einem Haken. Sie nahm es heraus und schaute sich nach einer Sitzgelegenheit um. Nachdem sie die Kerze auf einem Sims abgestellt hatte, schlug sie es auf und blätterte die Pergamentseiten durch. Wieder fielen ihr überall die merkwürdigen rotbraunen Schmutzflecken auf, aber irgend etwas an dem Buch war anders als beim letzten Mal. Sie wünschte, sie hätte es damals aufmerksamer untersucht. Dann sah sie, daß zwei Seiten fehlten. Offensichtlich waren sie erst vor kurzem mit einer scharfen Klinge herausgetrennt worden, wahrscheinlich mit einem Messer, denn die nächste Seite war entlang der Trennlinie eingeritzt.

Warum hatte man die Seiten entfernt?

Sorgfältig studierte sie den Text.

Der Abschnitt hatte nichts mit dem Hauptteil des Buches zu tun, in dem es um die philosophischen Ideen von König Cormac ging. Es handelte sich um einen Anhang, einen Aufsatz über das Leben des Oberkönigs. Aus dem Text vor und hinter den fehlenden Blättern konnte sie nichts entnehmen. Sie schlug die erste Seite auf, um noch etwas anderes nachzusehen.

Das Buch war alt, doch von primitiver Machart und mit Sicherheit nicht von einem ausgebildeten Schreiber geschrieben. Beim Hauptteil des Buches handelte es sich, wie zu erwarten war, eindeutig um eine Kopie, aber Cormacs Kurzbiographie war ihr neu und schien von einem Historiker aus dieser Gegend verfaßt worden zu sein. Fidelma wünschte, Schwester Comnat wäre bei Bruder Eadulf auf dem gallischen Schiff geblieben. Sie hätte ihr bestimmt etwas über die fehlenden Seiten sagen können.

Eadulf! Plötzlich bemerkte sie, daß sie nicht mehr an ihn gedacht hatte, seit sie heute in aller Frühe todmüde auf ihr Bett gesunken war. Sie freute sich, daß er am Leben war, in Sicherheit und wohlauf, doch gleich darauf, als sie sich an die Befreiungsaktion in der vergangenen Nacht erinnerte, spürte sie deutlich ihre Erschöpfung. Sie mußte sich hinlegen – wenigstens kurz.

Sie stand auf, steckte das Buch in die lederne Büchertasche

zurück und gähnte. Ihr Kiefer knackte widerspenstig, und sie betastete mit der Hand die empfindliche Stelle. Dann nahm sie die Kerze und wollte sie gerade ausblasen, da fiel ihr das Wort »Dedel« wieder ein, und sie sah in Longarads *Wörterbuch* nach. Seine Bedeutung überraschte sie nicht.

Dann kam ihr noch ein Gedanke.

Fidelma unterdrückte erneut ein Gähnen, ergriff die Kerze, hielt ihre Hand schützend vor die Flamme und verließ die Bibliothek. Unten ging sie zur Treppe in der Ecke und stieg hinunter. Auf halbem Wege sah sie, daß das Blut an der Wand getrocknet war. Es stammte – daran zweifelte sie keinen Augenblick – von Síomha. War die Schwester unten im *subterraneus* getötet und dann nach oben in den Turm gebracht worden, oder hatte man sie oben ermordet und ihren Kopf hinuntergetragen…?

Sie stieg weiter in die Tiefe und blieb erneut stehen. Da war er, der gewölbte Eingang mit den Einritzungen darüber. Sie reichte hinauf und ließ ihren Finger über die Umrisse der primitiven Tierzeichnung gleiten. Dann seufzte sie.

»Dedelchú!« flüsterte sie zu sich selbst. »Der Wachhund von Dedel.«

Sie trat durch den Eingang in die Höhle mit der gewölbten Decke und nahm sie im flackernden Licht der Laterne gründlich in Augenschein.

Dort, wo die Leiche gelegen hatte, standen jetzt keine vier Kerzen mehr. Den flachen, länglichen Felsen benutzten die Schwestern offenbar als Tisch. Fidelma begann, die Höhlenwände abzuschreiten und so sorgfältig zu untersuchen, wie es ihr in dem schwachen, flackernden Licht nur irgend möglich war. Es gab nicht viel zu entdecken. Außer den großen Kisten, die an einer Seite des Raumes übereinandergestapelt standen, und der Reihe von *amphorae* und anderen Behältern, die nach Wein und Alkohol rochen, war die Höhle vollkommen leer.

Fidelmas eingehende Untersuchung brachte nichts weiter zutage, als daß es sich um eine ziemlich große Höhle handelte, die nur über zwei Treppen zu erreichen war: die eine führte aus dem gemauerten Vorratsraum hinunter, die andere direkt aus dem Turm. Sie starrte enttäuscht ins Dunkel. Als sie gerade gehen wollte, hörte sie plötzlich ein Geräusch, das sie so heftig zusammenfahren ließ, daß ihr die Kerze fast aus der Hand gefallen wäre.

Es war ein dumpfes Dröhnen – als würden zwei Holzboote aneinanderstoßen –, und es schien aus der Richtung genau hinter ihr zu kommen. Doch hinter ihr war nichts – nur massiver grauer Fels, Höhlenwände aus Stein. Sie drehte sich um, und ihre Gedanken überschlugen sich, während sie die Felswand musterte und nach einem Anhaltspunkt suchte. Da war es wieder, das dumpfe Dröhnen, als stießen zwei Boote gegeneinander. Sie legte eine Hand auf den kalten, feuchten Stein und wartete. Doch alles blieb still.

Fidelma wollte sich gerade umdrehen, da sah sie auf dem felsigen Boden einen dunklen Fleck. Sie bückte sich. Es war Erde. Noch feucht und klebrig. Und rotbraun. Die schlammige Erde war unregelmäßig verteilt, als wäre jemand hineingetreten und dann weiter durch die Höhle gestapft. Der einzig möglichen Logik gehorchend, folgte sie der Spur vom Eingang aus und gelangte so zu den hölzernen Kisten, die vor der Höhlenwand aufgestapelt waren.

Sie stellte die Kerze ab und versuchte, die oberste Kiste beiseitezuschieben, hatte jedoch nicht die Kraft dazu. Da hörte sie erneut das dumpfe, dröhnende Geräusch, das durch die Kisten zu dringen schien. Dann war es wieder still.

KAPITEL 17

Als Fidelma auf ihrem Lager erwachte, war es dunkel. Erst wußte sie nicht, wo sie sich befand, doch dann erinnerte sie sich, daß sie nach ihrer ergebnislosen Durchsuchung der Höhle unter der Abtei ins Gästehaus zurückgekehrt, völlig erschöpft in ihrer Kammer ins Bett gefallen und augenblicklich eingeschlafen war. Sie spähte durch das Fenster nach draußen, wo noch kein nächtliches Dunkel herrschte, sondern das Dämmerlicht eines frühen Winterabends. Fidelma schätzte, daß ihr bis zum abendlichen Angelus noch reichlich Zeit blieb. Sie benetzte ihr Gesicht mit kaltem Wasser und trocknete sich ab. Da sie in Kleidern geschlafen hatte, fror sie jetzt empfindlich, und sie reckte sich und ruderte mit den Armen, um sich zu wärmen. Sie hatte Hunger. Verärgert stellte sie fest, daß sie nun auch noch das Mittagessen verpaßt hatte.

Sie lief durch den von Kerzen beleuchteten Gang in Richtung Aufenthaltsraum, in der Hoffnung, daß niemand ihre Abwesenheit bemerkt hatte. Zu ihrer Überraschung sah sie auf dem Tisch ein Tuch, und sie ahnte fast schon, was sich darunter verbarg, als sie es aufdeckte – Essen für sie.

Schwester Brónach!

Der *doirseór* der Abtei entging aber auch gar nichts, dachte Fidelma, und das bereitete ihr Kopfzerbrechen. Schwester Brónach wußte also, daß sie in der vergangenen Nacht unterwegs gewesen war, und wußte folglich auch, daß sie einen Großteil des Tages in tiefem Erschöpfungsschlaf gelegen hatte, um sich zu erholen. Wenn Schwester Brónach nicht an der Planung des Aufstandes gegen Cashel beteiligt, wenn sie dem König von Cashel also treu ergeben war, dann gab es keinen Grund zur Besorgnis. Doch Schwester Fidelma wußte nicht, wem sie hier im Land der Beara noch wirklich trauen konnte. Letztendlich würden doch alle ihren Häuptling Gulban unterstützen.

Sie setzte sich und stillte ihren Hunger mit den Speisen, die Schwester Brónach für sie aufgehoben hatte. Erfrischt und gestärkt verließ sie das Gästehaus, gerade als der Gong die volle Stunde schlug und die Glocke die Gemeinschaft zum Abendgebet rief. Man hatte nicht lange gebraucht, um die Klepsydra wieder richtig einzustellen – zweifellos Schwester Brónachs Verdienst. Nach der Ermordung von Schwester Síomha bedurfte es jetzt sicher einer mutigen Seele, um die langen Stunden der Nachtwache oben im Turm durchzustehen.

Fidelma drückte sich in eine dunkle Ecke, als die Schwestern in Gruppen, gelegentlich auch einzeln, dem Ruf der Glocke folgten und eilig in die *duirthech* strebten. Sie hatte sich ganz automatisch im Halbdunkel verborgen, aber im selben Augenblick schoß ihr ein Gedanke durch den Kopf. Sie wollte die Zeit nutzen, um sich auf das gallische Schiff zu stehlen und Eadulf um Hilfe zu bitten. In ihrem Geiste begann der nächste Schritt der Untersuchung bereits Gestalt anzunehmen.

Fidelma wartete, bis sich die Stimmen der Andächtigen gemeinsam zum Confiteor erhoben, dem allgemeinen Schuldbekenntnis, das dem Abendgebet stets vorausging. Der Name war vom Anfangswort des Textes abgeleitet. Dann schlich sie zwischen den Gebäuden der Abtei zum Kai hinunter.

Auf dem gallischen Schiff, weit draußen in der Bucht, blinkten zwei Laternen. Es war ziemlich dunkel, doch das störte Fidelma nicht. Sie fand das kleine Ruderboot, kletterte hinein, löste die Vertäuung und stieß sich an der Seite des hölzernen Anlegestegs ab. Kurz darauf hatte sie die Ruder ins Wasser getaucht und glitt mit regelmäßigen Schlägen hinaus zum Schiff.

Es war ein stiller Abend, und durch die tiefhängenden Wolken wirkte die Dunkelheit noch schwärzer. Nicht einmal die Geräusche der Nachtvögel oder das Plätschern eines Meeresbewohners drangen an ihr Ohr. Nur ihre Ruderschläge durchbrachen die Stille.

»Ahoi!«

Das war Odar, der sie anrief, als sie sich dem Schiff näherte.

»Ich bin's! Fidelma!« antwortete sie und kam mit ihrem Boot längsseits.

Hilfsbereite Hände streckten sich ihr entgegen, um ihr an Bord zu helfen und ihr Boot zu vertäuen.

An Deck hießen Odar und Eadulf sie willkommen.

»Wir haben uns Sorgen um Euch gemacht«, sagte Eadulf mit belegter Stimme. »Wir hatten heute nachmittag Besuch.«

»Olcán?« fragte Fidelma neugierig.

Odar nickte. »Woher wußtet Ihr das?«

»Er war auch in der Abtei, um herumzuschnüffeln. Ich glaube, er weiß bereits, daß Eadulf und Comnat entflohen sind. Ganz besonders interessierte ihn, wohin Ross gefahren war.«

»Ich habe ihm von Anfang an nicht getraut«, bestätigte Odar. »Wir haben Bruder Eadulf unten versteckt, solange er an Bord war.«

»Hat er Verdacht geschöpft?«

»Nein«, antwortete der Steuermann. »Er tat so, als wolle er nachprüfen, ob Ross' Anspruch auf dieses Schiff als Bergegut rechtmäßig ist. Ich habe ihm erzählt, Ross sei geschäftlich unterwegs.«

»Ausgezeichnet«, bemerkte Fidelma anerkennend. »Das stimmt mit dem überein, was ich ihm gesagt habe. Ich glaube, unsere Verschwörer sind äußerst besorgt, daß Eadulf oder Comnat Alarm schlagen könnten, bevor ihr Plan zur Ausführung gelangt.«

Odar geleitete sie zur Kapitänskajüte, und Eadulf folgte den beiden.

»Wäre es in diesem Fall nicht klüger, sofort von hier zu verschwinden?« fragte er.

Fidelma schüttelte den Kopf.

»Zuerst muß ich meinen Pflichten in der Abtei nachkommen. Und ich glaube, ich bin nahe daran, das Rätsel zu lösen.«

»Aber wir wissen doch, wer für den Mord an Almu verantwortlich ist«, warf Eadulf ein. »Odar hat mir von den Ereignissen in der Abtei berichtet, und daraus folgt logischerweise, daß Almu von dem jungen Mann getötet wurde, der ihr zur Flucht aus den Kupferminen verholfen hat. Daß er dazu in der Lage war und außerdem noch das Aussenden von Suchtrupps verhindern konnte, deutet darauf hin, daß es sich um eine hochgestellte Persönlichkeit handelt, vielleicht um einen Häuptling. Aller Wahrscheinlichkeit nach ist Olcán der Täter.«

»Habt Ihr Olcán denn gesehen und wiedererkannt?«

»Nein«, gab Eadulf zu. »Aber es scheint alles zu passen.«

Fidelma bedachte ihn mit einem schelmischen Grinsen.

»Ihr seid wahrlich nicht untätig gewesen«, stellte sie belustigt fest. »Das einzige Problem bei Eurer Theorie, Eadulf, ist, daß wir kein Motiv haben. Warum sollte der Täter Almu erst die Flucht ermöglichen und sie dann umbringen? Für jede Tat gibt es ein Motiv, selbst wenn es uns noch so verrückt erscheint. Olcán kommt mir nicht vor wie ein Wahnsinniger. Und außerdem, wie würdet Ihr dann Schwester Síomhas Tod erklären?«

Eadulf zuckte die Achseln.

»Ich muß zugeben, daß ich in diesem Fall noch zu keinem Ergebnis gekommen bin.«

Fidelma lächelte.

»Dann kann ich vielleicht etwas Licht ins Dunkel bringen, Eadulf. Morgen früh brauche ich Eure Hilfe. Unter der Abtei liegt ein geheimnisvoller Ort, an den ich vordringen muß, aber das schaffe ich nicht allein. Ihr kennt meine Vorgehensweise, wir haben schließlich schon zusammengearbeitet. Eure Hilfe ist unbezahlbar.«

Eadulf musterte Fidelma eingehend. Er konnte ihre Mimik deuten und wußte, daß er nichts weiter von ihr erfahren würde, bevor es soweit war. »Wäre es nicht besser, Ross' Rückkehr abzuwarten, bevor wir in dieser Sache etwas unternehmen?« fragte er seufzend.

»Je länger wir warten, desto leichter könnte Almus und Síomhas Mörder entkommen. Nein, morgen früh vor Tagesanbruch treffen wir uns unterhalb des Turmes der Abtei. Und seid vorsichtig. Kommt, bevor es hell wird, denn oben im Turm wacht immer eine Schwester, die die Wasseruhr beaufsichtigt.«

»Warum gehen wir nicht heute nacht?«

»Weil ich mich vor Schwester Brónach hüten muß, der *doirseór* der Abtei. Sie weiß, daß ich die ganze letzte Nacht unterwegs war, und sie hat wahrscheinlich längst Verdacht geschöpft und beobachtet mich ganz genau.«

»Glaubt Ihr, sie hat etwas mit der Sache zu tun?«

»Vielleicht. Aber mit welcher Sache, das kann ich noch nicht sagen. Mit der Verschwörung der Aufständischen? Oder mit den Morden? Ich weiß es einfach nicht.«

»Ihr scheint immerhin sicher zu sein, daß es sich dabei um zwei voneinander unabhängige Angelegenheiten handelt«, bemerkte Eadulf.

»Das nehme ich stark an. Ich hoffe, morgen kommen wir der Wahrheit ein Stück näher.«

Es war noch dunkel, als Fidelma aufstand, sich das Gesicht wusch und sich rasch ankleidete, bevor sie ihren schweren Umhang überwarf, der sie in der eisigen Kälte wärmen sollte. Draußen, zwischen den Abteigebäuden und im Innenhof, war alles weiß, und Fidelma nahm an, es hätte wieder geschneit. Es war jedoch Rauhreif, wie sie an dem funkelnden Glitzern, das sie umfing, erkennen konnte. Aber auf den Gipfeln der Berge war Schnee gefallen. Sein Widerschein in der herannahenden Morgendämmerung tauchte die Landschaft in ein unwirkliches Licht. Durch das Fenster betrachtete sie den Himmel, um an der Helligkeit der Sterne – die Schneewolken hatten sich verzogen – die Uhrzeit abzuschätzen, da erspähte sie am Berghang zwei dunkle Punkte, die sich bewegten. Sie kniff die Augen zusammen, um besser sehen zu können, und erkannte, daß sich dort zwei Berittene auf ihren Pferden in gefährlichem Tempo einen Weg durch den Schnee bahnten. Die Reiter trieben ihre Pferde zu so rasantem und waghalsigem Ritt an, daß sie sie eine Weile fasziniert beobachtete. Sie waren auf dem Weg zu Adnárs Festung, und Fidelma fragte sich, was die frühmorgendlichen Besucher wohl zu solcher Eile veranlaßte.

Sie wendete sich nun der bevorstehenden Aufgabe zu, verließ das Gästehaus so leise wie möglich und überquerte den verharschten weißen Teppich aus Rauhreif, der den Hof wie eine glatte Eisfläche überzog. Das Knirschen unter ihren Füßen erschien ihr ungeheuer laut. Sie erreichte den Turm, doch in seinem Schatten war kein Eadulf zu sehen, und sie blieb stehen.

Fast im selben Augenblick drang das Geräusch von Holz, das auf Wasser schlägt, an ihr Ohr, und gleich darauf kam die hochgewachsene Gestalt Bruder Eadulfs auf sie zugestolpert. Auch er war in einen schweren Umhang gehüllt.

»Ganz schön kalt, Fidelma«, begrüßte er sie.

Fidelma legte einen Finger auf ihre Lippen.

»Folgt mir und seid leise!« zischte sie.

Sie führte ihn am Eingang zum Turm vorbei und betrat geräuschlos das steinerne Lagerhaus, wo sie stehenblieb und im Dunkeln herumhantierte. Eadulf hörte das Anschlagen des Feuersteins, und im nächsten Augenblick hatte Fidelma eine Laterne angezündet, die den Raum erleuchtete.

»Was machen wir jetzt?« fragte der Sachse flüsternd.

»Wir untersuchen eine Höhle«, flüsterte Fidelma zurück.

Sie begann, die Stufen aus roh behauenen Steinen in den unterirdischen Vorratsraum hinunterzusteigen, und Eadulf folgte ihr vorsichtig.

»Hier kann man nicht viel verstecken«, bemerkte er mit einem Blick über ihre Schulter. »Wohin führt die andere Treppe?«

»Die? Hinauf in den Turm. Aber kommt hier herüber. Hier brauche ich Eure Hilfe.«

Sie ging voraus zu den Kisten, die sich am Vortag ihren Bemühungen widersetzt hatten, und stellte umsichtig die Lampe ab.

»So leise wie möglich«, mahnte sie und bedeutete ihm, ihr beim Herunterheben der Kisten behilflich zu sein. Zu ihrer Überraschung waren nur die beiden oberen schwer. Neugierig riß Eadulf eine der verrottenden Holzlatten ab, um ihren Inhalt in Augenschein zu nehmen. Fassungslos starrte er hinein.

»Erde? Nichts als Erde und Geröll. Wer bewahrt schon Erde in einer Kiste auf?«

Fidelma sah sich bestätigt, daß sie der richtigen Fährte folgte, doch sie gab keine weitere Erklärung ab, sondern wies ihn an, ihr beim Wegräumen der anderen Kisten zu helfen. Die waren leer und leicht zu bewegen. Als Eadulf eine der unteren Kisten beiseiteschob, lächelte Fidelma voll finsterer Genugtuung.

In der Höhlenwand hinter der Kiste klaffte ein Loch, eine dunkle Öffnung, gut einen halben Meter breit und einen Meter hoch. Sie bückte sich und untersuchte den schmalen Durchgang zu einem Tunnel, der sich nach wenigen Metern etwas zu vergrößern schien. Die Spuren am Eingang zeigten deutlich, daß hier erst kürzlich gegraben worden war; die dabei anfallende Erde und das Geröll hatte man in die Kisten getan. Es war aber auch unverkennbar, daß nur der Eingang zum Tunnel mit Schutt aufgefüllt worden und der Tunnel selbst schon wesentlich älter war. Irgendwann vor längerer Zeit hatte also jemand den vorderen Teil des Ganges zugeschüttet, und vor kurzem hatte ihn jemand wieder freigelegt.

Fidelma hielt die Laterne so tief wie möglich in den Tunnel hinein, konnte jedoch nicht besonders weit sehen, denn der enge Durchgang machte einen Knick und verlor sich im Dunkeln. Immerhin konnte sie erkennen, daß der Tunnel nach wenigen Schritten etwa einen halben Meter höher wurde, ohne sich allerdings zu verbreitern. Sie überlegte einen Moment. Aus dem Durchgang drang kalte, modrigfeuchte Luft und der Gestank von fauligem Wasser. Aber irgendwohin mußte der Gang schließlich führen, und irgend jemand hatte es eilig gehabt, ihn freizulegen.

»Mir wird nichts anderes übrigbleiben, als mich da durchzuzwängen.«

Eadulf sah sie zweifelnd an.

»Ich weiß nicht, ob Ihr das schafft. Was ist, wenn Ihr steckenbleibt?«

Fidelma blickte ihn spöttisch an.

»Ihr könnt ja hier auf mich warten, wenn Ihr wollt.«

Es war kalt, eisig kalt, als sie sich in den Tunnel zwängte. Die Wände waren feucht und die Steine stellenweise so scharfkantig, daß sie ihr die Kleider zerrissen und die Haut aufschürften. Auch nach den ersten Metern wurde es kaum besser. Plötzlich machte der Gang einen Knick, und dann noch einen, und dann stand sie, von dem unerwarteten Anblick völlig verwirrt, in einer kleineren, niedrigen Höhle. Sie war nicht einmal zwei Meter hoch und ebenfalls dunkel und eiskalt, und die Luft war geschwängert von abscheulichstem Verwesungsgestank.

Fidelma hob die Laterne höher und streckte eine Hand aus, um sich abzustützen.

Die Oberfläche, die sie berührte, fühlte sich merkwürdig an, kalt und weich, wie nasses Fell.

Augenblicklich zog sie die Hand zurück und holte die Laterne näher heran.

Übelkeit stieg in ihr auf, und sie bemühte sich, nicht vor Ekel laut aufzuschreien.

Sie hatte ihre Hand auf einen Kopf gelegt. Einen abgeschnittenen Kopf, der auf einem Felsvorsprung in der Höhlenwand ruhte. Es war der Kopf einer Frau, deren langes, dunkles Haar in feuchten Strähnen daran klebte. Daneben lag ein zweiter Frauenkopf. Einer der Köpfe war bereits in Verwesung übergegangen, das Fleisch war weiß und von Fäulnis zerfressen, der Gestank unerträglich.

Fidelma brauchte keine hellseherischen Fähigkeiten, um zu erraten, daß es sich um die verschwundenen Köpfe von Schwester Almu und Schwester Síomha handelte. Síomhas Gesichtszüge waren noch deutlich zu erkennen.

Fidelma spürte, wie sich eine Hand auf ihre Schulter legte, und diesmal entfuhr ihr vor Schreck ein angstvolles Stöhnen. Fast wäre ihr die Laterne aus der Hand gefallen. Sie wirbelte herum und erblickte Eadulf, der sie fragend anstarrte.

»Einen Fuchs an Euern Angelhaken!« fauchte sie ihn wütend an, seufzte dann jedoch vor Erleichterung auf.

Eadulf zuckte zusammen. An irische Flüche aus dem Munde von Fidelma war er nicht gewöhnt.

»Tut mir leid. Ich dachte, Ihr wüßtet, daß ich dicht hinter Euch bin.«

Er verstummte, als sein Blick im flackernden Licht der Laterne auf Fidelmas grausige Entdeckung fiel. Würgend stieß er hervor: »Sind das…?«

Fidelma bemühte sich immer noch, ihr wild hämmerndes Herz zu beruhigen.

»Ja. Der eine stammt von Schwester Síomha, der andere vermutlich von Schwester Almu.«

»Ich verstehe das nicht. Warum hat man ihre Köpfe hierhergebracht?«

»Zur Zeit ist noch vieles schwer zu verstehen«, erwiderte Fidelma. »Wir sollten uns mal gründlich hier umsehen.«

In der niedrigen Höhle mußte Fidelma den Kopf einziehen. Mit der Laterne in der Hand schob sie sich tastend in die Dunkelheit.

Plötzlich packte Eadulf sie am Handgelenk und riß sie so heftig zurück, daß sie nach Luft rang.

»Einen Schritt weiter, und Ihr wäret hineingefallen!« erklärte er, als sie ihn verwundert anstarrte.

Fidelma schaute nach unten.

Vor ihr erstreckte sich eine dunkle Fläche, von der das Licht der Laterne wie von einem Spiegel zurückgeworfen wurde: Wasser. Ein unterirdisches Becken, das den größten Teil der Höhle einnahm. Auf dem Wasser trieben mehrere, offensichtlich leere Holzfässer. Hin und wieder entstand eine leichte Wellenbewegung, und die Fässer schwammen gefährlich nah aneinander vorbei. Wenn sie sich berührten, überlegte Fidelma, entstand das dumpfe, klopfende Geräusch, das zweifellos – da die Höhle es verstärkte – weithin zu hören war.

Von dem Wasserbecken und den Fässern abgesehen schien der Raum allerdings leer zu sein. Das Becken mußte durch einen unterirdischen Zufluß aus der Meerenge gespeist werden. Das erklärte auch die kleinen Wellen, die dann und wann die Wasseroberfläche kräuselten. Es handelte sich jedoch im großen und ganzen um ein stehendes Gewässer, das nicht mit den Gezeiten stieg und fiel. Fidelma war dennoch enttäuscht: sehr ergiebig war die Höhle nicht. Sie hatte erwartet, mehr zu finden, wesentlich mehr als nur ein trostloses Wasserbecken und leere Holzfässer. Zwischen den Felsen und Steinplatten, die den Boden der Höhle bildeten, war die Erde aufgewühlt – überall war rotbrauner Schlamm.

Sie leuchtete mit der Laterne die Felswände ab. Hier und

dort zeigten Spuren eines grünlichen Films auf der Oberfläche an, wo sich Metalladern durchs Gestein zogen.

Schließlich fragte Eadulf: »Was ist das da? Leuchtet doch mal in diese Richtung.«

Er deutete auf eine Stelle am Rande des Lichtkreises, den die Laterne warf, auf eine Stelle an der Höhlenwand, genau in Augenhöhe. Fidelma trat näher.

Die Einritzungen in der Wand erinnerten sie an jene, die sie oben an der Treppe über dem gewölbten Eingang zum Vorratsraum gesehen hatte.

»Der Wachhund von Dedel«, sagte Fidelma leise.

Eadulf war skeptisch.

»Ein Wachhund? Für mich sieht das eher aus wie eine Kuh.«

»Dedelchú«, sagte Fidelma, fast wie zu sich selbst. »Das Zeichen des Wachhundes von Dedel. Ein heidnischer Priester, der...«

Plötzlich stöhnte Eadulf auf, als habe er Schmerzen.

Fidelma hatte kaum Zeit, sich umzudrehen, da brach der sächsische Mönch auf einmal zusammen und fiel gegen sie, so daß sie an die Höhlenwand taumelte. Einen Augenblick fürchtete sie, die überaus nützliche Laterne könnte ihr entgleiten, doch dann hatte sie ihr Gleichgewicht wiedergefunden. Sie wußte nicht, was mit Eadulf geschehen war, und beugte sich, einer Eingebung folgend, zu ihm hinunter, um nachzusehen, weshalb er gestürzt war. Ungläubig starrte sie auf das Blut an seinem Kopf, doch irgend etwas veranlaßte sie, nach oben zu schauen.

Wenige Schritte entfernt, gerade noch im fahlen Lichtkreis der Laterne, stand eine Gestalt. Die Lichtstrahlen ließen die polierte, blanke Klinge des Schwertes, das sie drohend in der Hand hielt, heimtückisch funkeln.

Fidelma fühlte, wie ihr ein Schauer über den Rücken lief.

»Ihr seid es also, Torcán!« sagte sie laut und deutlich und hoffte, das angstvolle Zittern in ihrer Stimme vor ihm verbergen zu können.

Der junge Prinz der Uí Fidgenti sah sie ausdruckslos an.

»Ich bin gekommen, um...«, begann er und hob sein Schwert.

Was dann geschah, konnte sie nur undeutlich erkennen.

In der niedrigen Höhle stand Torcán, der Sohn des Prinzen der Uí Fidgenti. Er hatte das Schwert etwa in Höhe ihrer Kehle gehoben und es zu sich herangezogen, als wolle er sein ganzes Gewicht in den bevorstehenden Stoß legen, und dann... Dann hielt er inne und sah sie mit überraschter Miene an. Er taumelte und öffnete den Mund, aus dem jetzt eine dunkle Flüssigkeit sickerte. Schwankend blieb er stehen, einen merkwürdig wehleidigen, fast komischen Ausdruck im Gesicht. Das Schwert fiel ihm aus der Hand und landete mit lautem Klirren auf dem Steinboden der Höhle.

Torcán sank ganz langsam auf die Knie und stürzte dann jählings nach vorne aufs Gesicht.

Erst da sah Fidelma die zweite Gestalt, die hinter ihm im Schatten gestanden hatte.

Sie hielt die Laterne so fest umklammert, daß es in diesem Augenblick unmöglich gewesen wäre, sie ihr zu entwinden.

Die schattenhafte Gestalt trat auf sie zu, ein Schwert in der Hand. Das Licht fiel auf die dunklen Flecken an der Klinge – Torcáns Blut.

Es war totenstill. Da begann Eadulf zu stöhnen. Er rappelte sich auf die Knie und schüttelte den Kopf.

»Jemand hat mich niedergeschlagen«, ächzte er.

»Das ist nicht zu übersehen«, murmelte Fidelma mit

freundschaftlichem Spott und versuchte, ihre alte Selbstsicherheit wiederzugewinnen. Dabei ließ sie den Neuankömmling nicht aus den Augen.

Adnár von Dún Boí trat noch einen Schritt vor und stand nun mitten im Lichtkreis.

»Seid Ihr schwer verletzt?« fragte er und steckte sein Schwert in die Scheide.

Eadulf kam allmählich wieder zu sich und richtete sich erschrocken auf. Sein Kopf blutete noch immer, doch verfügte er offenbar über ungeahnte Kraftreserven. Er starrte auf Torcáns zusammengesunkenen Körper. Seine Augen weiteten sich, als er den Toten erkannte, doch bevor er etwas sagen konnte, packte ihn Fidelma am Arm, um ihn am Reden zu hindern.

»Nicht ich bin verletzt, sondern mein Gefährte hier – ihm muß dringend geholfen werden«, antwortete sie. Dann beugte sie sich zu Torcán hinunter und untersuchte ihn, doch man sah schon auf den ersten Blick, daß Adnárs Schwerthieb ihn tödlich getroffen hatte. Fidelma wandte sich an den Häuptling von Dún Boí: »Sieht ganz so aus, als hättet Ihr mir das Leben gerettet, Adnár.«

Adnár wirkte besorgt, während er auf den Sohn des Prinzen der Uí Fidgenti hinunterstarrte.

»Ich wollte niemanden töten«, beteuerte er. »Ich hatte gehofft, von Torcán wichtige Dinge zu erfahren.«

»Was für Dinge?«

»Ich habe schwerwiegende Neuigkeiten, Fidelma«. Adnár unterbrach sich und warf dem stattlichen Sachsen einen kurzen Blick zu. »Das hier ist sicher Bruder Eadulf? Ihr seid verletzt, Bruder. Vielleicht ist es das Beste, wenn wir diesen unseligen Ort verlassen und zuallererst Eure Wunde versorgen.«

Fidelma sah sich Eadulfs Kopf im Licht der Laterne genauer an.

»Nur eine Fleischwunde«, stellte sie fest. »Aber sie sollte verbunden werden. Ich glaube, Torcán hat Euch mit einem gut gezielten Stein verletzt, nicht mit seinem Schwert. Kommt, wir müssen die Wunde unverzüglich reinigen. Geht in die andere Höhle voraus, Adnár.«

Der Häuptling zwängte sich durch den gewundenen Gang, gefolgt von Eadulf und Fidelma.

Im *subterraneus* der Abtei, wo Torcán oder Adnár eine zweite Laterne zurückgelassen hatten, bat Fidelma Eadulf, sich auf eine Holzkiste zu setzen, und bedeutete dem *bóaire*, ihr einen der Krüge zu reichen, die an einer Seite der Höhle aufgereiht standen und, dem unverkennbaren Geruch nach zu urteilen, *cuirm* enthielten. Dann nahm sie ein Stück Tuch, tauchte es in den Alkohol und begann, Eadulfs Wunde damit abzutupfen.

»Was sind das für schwerwiegende Neuigkeiten, die Ihr erfahren habt, Adnár?« fragte sie unterdessen und ignorierte Eadulfs leises Stöhnen und Protestieren, als der Alkohol an den abgeschürften Hautstellen zu brennen begann.

»Ihr müßt Euren Bruder Colgú benachrichtigen. Er schwebt in größter Gefahr. Torcáns Vater, Eoganán von den Uí Fidgenti, bereitet einen Aufstand gegen Euern Bruder in Cashel vor, und Torcán war an dem Komplott beteiligt – ich habe gehört, wie er darüber gesprochen hat. Vermutlich steckt auch Olcán mit ihnen unter einer Decke, denn sein Vater, Gulban, das Falkenauge, gehört ebenfalls zu den Verschwörern. Zur Belohnung würde ihn Eoganán zum Häuptling der Loígde machen. Ich habe Olcán festnehmen lassen und bin Torcán anschließend hierher gefolgt – ich dachte, er würde sich mit anderen Verschwörern treffen. Ich kam hinzu, als er Euch gerade töten wollte, und stieß als erster zu, aber ich wollte ihn nur verwunden. Er hätte uns noch mehr über das Komplott erzählen können.«

Fidelmas Überraschung war nicht geheuchelt. Sie hatte angenommen, daß auch Adnár an der Verschwörung der Uí Fidgenti beteiligt war, aber Adnárs Darstellung warf ihren Verdacht von einem Moment auf den anderen über den Haufen.

»Gulban ist Euer Häuptling, Adnár«, wandte sie ein. »Seid Ihr ihm denn nicht treu ergeben?«

»Nicht, wenn er ein Komplott gegen die Loígde und den rechtmäßigen König schmiedet. Warum?« fragte er plötzlich stirnrunzelnd. »Zweifelt Ihr etwa an meiner Loyalität gegenüber den Loígde und Cashel?«

Fidelma schüttelte den Kopf.

Adnár fuhr fort: »Ich verstehe nicht, was Torcán damit erreichen wollte, Euch zu töten. Es wäre für ihn und seine Mitverschwörer doch viel vorteilhafter gewesen, Euch als Geisel zu nehmen – falls ihr Angriff gegen Cashel gescheitert und es zu Verhandlungen gekommen wäre.«

»Hinter dieser Sache steckt noch viel mehr«, bemerkte Fidelma leise. »In der Höhle dort drüben liegen zwei Köpfe – der von Schwester Almu, die aus Gulbans Kupferminen flüchtete und, wie ich glaube, die Abtei von dem geplanten Aufstand unterrichten wollte, und noch ein anderer – der von Schwester Síomha.«

Adnár sah sie erstaunt an.

»Ich verstehe nicht. Wollt Ihr damit sagen, daß Torcán die beiden getötet hat? Aber warum? Vielleicht, damit sie die Verschwörung nicht verraten?«

Fidelma hatte die Reinigung von Eadulfs Wunde beendet. Es handelte sich lediglich um eine Hautabschürfung, was ihre Vermutung, daß sie ihm mit einem Stein beigebracht worden war, bestätigte. Torcán mußte ihn entweder geworfen oder dem sächsischen Mönch damit gegen die Schläfe geschlagen haben.

»Wenn es stimmt, was Ihr sagt, dann muß ich als Friedensrichter dieses Bezirkes Euren Fund bezeugen.«

Da Fidelma ihm nicht widersprach, verschwand Adnár erneut durch die Öffnung zur Nachbarhöhle.

»Ihr solltet mir lieber erklären, was hier eigentlich los ist«, stöhnte Eadulf und preßte eine Hand gegen die Schläfe.

»Was hier los ist«, flüsterte Fidelma, »ist, daß sich die Nebel der Verwirrung allmählich zu lichten beginnen.«

»Nicht für mich«, seufzte Eadulf mit verständnislosem Gesichtsausdruck. »Aber der junge Mann, der gerade getötet wurde, war der Häuptling, der uns bei den Kupferminen zu seinen Gefangenen erklärt hat.«

»Ach, ich dachte mir schon, daß Ihr das gleich enthüllen würdet«, sagte Fidelma. »Haltet lieber mal ein Weilchen den Mund.«

»Wer ist er?«

Fidelma gab nach und erklärte es ihm. Inzwischen war Adnár zurück. Er machte ein grimmiges Gesicht.

»Ich habe sie gesehen, Schwester. Wirklich eine schlimme Sache. Als *dálaigh* vertretet Ihr eine höhere Instanz als ich. Was gedenkt Ihr in dieser Angelegenheit zu unternehmen?«

Fidelma antwortete nicht gleich, sondern half zunächst Eadulf, aufzustehen.

»Als erstes könnt Ihr mir behilflich sein, Bruder Eadulf ins Gästehaus zu bringen«, bat sie Adnár. »Man hat ihm einen heftigen Schlag versetzt. Er braucht Umschläge mit Heilkräutern und vor allem Ruhe. Dann, Adnár, können wir reden.«

Später an jenem Vormittag führten Fidelma und Eadulf eine kleine Gruppe zu der unterirdischen Höhle: Äbtissin Draigen, ihren Bruder, den sie mit einstudierter Kälte geflissentlich übersah, und Schwester Brónach. Alle drei identifizierten die grauenvollen Überreste von Schwester Almu und Schwester Síomha. Dann steckten zwei Nonnen die Köpfe in einen Beutel und brachten sie unter Anleitung von Schwester Brónach zum Friedhof, wo sie bei den dazugehörigen Leichen begraben werden sollten.

Draigen starrte voller Hochmut auf Torcáns Leichnam herab, der noch so dalag, wie er hingestürzt war.

»Vielleicht kann Euer Gefährte«, sagte die Äbtissin und deutete auf Eadulf, der sich mittlerweile weitgehend erholt hatte, »Adnár helfen, den Toten wegzuschaffen. Er hat auf dem Abteigelände nichts zu suchen.«

»Selbstverständlich, Mutter Oberin«, stimmte Eadulf, der die Feindseligkeit in Draigens Stimme nicht bemerkte, bereitwillig zu. Doch Fidelma hielt ihn zurück. Stirnrunzelnd beugte sie sich noch einmal über den Toten und betastete sein Wams, unter dem ihr scharfes Auge eine Ausbuchtung entdeckt hatte. »Interessant«, murmelte sie und zog mehrere Pergamentseiten darunter hervor. Im Licht der Laterne waren die rotbraunen Schlammflecken darauf deutlich zu erkennen.

»Nun?« fragte Äbtissin Draigen erwartungsvoll.

Schweigend faltete Fidelma die Blätter zusammen und steckte sie in ihre *crumena*. Dann lächelte sie die Äbtissin an.

»Jetzt kann der Leichnam fortgebracht werden. Aber vielleicht sollte Adnár besser nach Torcáns Gefolgsleuten schicken, um ihn wegschaffen zu lassen? Eine solche Aufgabe ist doch für einen *bó-aire* und ein Mitglied der Geistlichkeit ausgesprochen unschicklich.«

Die Äbtissin schnaubte verärgert und wandte sich mit der Bemerkung: »Wie Ihr wünscht. Hauptsache, er kommt hier weg« zum Gehen. Dann war sie verschwunden. Adnár zuckte die Achseln.

»Ich werde tun, was Ihr gesagt habt, und Torcáns Gefolgsleute herschicken, damit sie seinen Leichnam bergen.«

Da Fidelma nicht antwortete, verließ auch er den *subterraneus*.

Später, als Fidelma in ihrer Kammer im Gästehaus Eadulf gegenübersaß, strich sie die Pergamentseiten glatt, die sie bei Torcáns Leichnam gefunden hatte.

»Was sind das für Blätter?« fragte der sächsische Mönch und beugte sich vor. »Es hat der Äbtissin gar nicht gefallen, daß Ihr sie darüber im Unklaren gelassen habt.«

Fidelma hatte sie sofort erkannt.

Es handelte sich um die fehlenden Seiten aus dem Buch *Teagasg Rí*, aus dem biographischen Anhang zu Cormac Mac Arts philosophischen Anleitungen. Sie blätterte sie rasch durch und fand ihre Vermutung bestätigt: Da stand sie, die Geschichte von Cormac und dem goldenen Kalb. Es ging um die Rache des Priesters vom Kult des goldenen Kalbes und darum, wie er Cormac angeblich getötet hatte, indem er dafür sorgte, daß drei Lachsgräten in des Königs Hals steckenblieben.

»Nach dieser niederträchtigen Tat«, las Fidelma laut weiter, »setzte sich der gottlose Priester zur Ruhe und nahm das sagenhafte Götzenbild mit, das so viel wert war wie alle Ehrenpreise der Könige von Éireann zusammen, den des Oberkönigs mit eingeschlossen. Er kehrte in seine Heimat an der äußersten Spitze des Königreiches zurück, an den Ort der Drei Lachse, und versteckte das goldene Kalb dort in den urzeitlichen Höhlen, um den Zeitpunkt abzuwarten, da der Neue Glaube besiegt werden konnte. Und noch viele Generationen danach trugen alle Priester vom Kult des goldenen Kalbes, die auf den Tag der Abrechnung warteten, den Namen Dedelchú.«

Eadulf runzelte die Stirn.

»Der Wachhund von Dedel? Den habt Ihr doch schon mal erwähnt?«

Fidelma lächelte.

»Der Wachhund des Kalbes. Ich habe in Longarads *Wörterbuch* nachgeschlagen: Dedel ist ein altes Wort, das heute kaum noch gebräuchlich ist, und es bezeichnet ausdrücklich das Kalb einer Kuh.«

»Ach, habe ich nicht gesagt, daß die Höhlenmalerei eher einem Kalb gleicht als einem Hund?« bemerkte Eadulf stolz.

Fidelma unterdrückte einen mißmutigen Seufzer.

Am nächsten Tag hörte Fidelma Trompetenstöße von Adnárs Festung. Sie trat aus dem Gästehaus und blickte über die Meerenge. Zwei Schiffe liefen in den geschützten Hafen ein. Ross' *barc* erkannte sie sofort. In ihrem Kielwasser folgte ein schnittiges Kriegsschiff, an dessen Masten das Banner des Königs von Cashel wehte. Fidelma entfuhr ein Seufzer der Erleichterung. Das Warten hatte ein Ende, und zum ersten Mal seit Ross' Abreise fühlte sie sich nicht mehr in Gefahr.

Kapitel 18

Sie waren zum Anlegesteg hinuntergegangen, um die Neuankömmlinge zu empfangen: Fidelma und Eadulf, Äbtissin Draigen und Schwester Lerben, die von Draigen – entgegen Fidelmas Rat – in ihrem Amt als *rechtaire* der Abtei bestätigt worden war. Sie sahen zu, wie das kleine Boot von Ross' *barc* am Kai festmachte.

Ross wurde von einem großen, fast weißhaarigen Mann von imposanter Erscheinung begleitet. Trotz seines Alters sah er noch immer gut aus und strotzte nur so vor Energie. Über seinem Umhang trug er eine goldene Amtskette. Hätte ihn nicht schon seine auffällige Erscheinung aus der Masse hervorgehoben, so hätte man ihn spätestens an seiner Kette als hochrangige Persönlichkeit erkannt.

Ross strahlte vor Erleichterung, als er Fidelma unter den Wartenden erspähte. Er vergaß das Protokoll, überging die Äbtissin und begrüßte die *dálaigh* als erste.

»Gott sei Dank seid Ihr in Sicherheit und wohlauf, Schwester. Seit meiner Abreise habe ich nur schlaflose Nächte verbracht.« Bruder Eadulf begrüßte er mit einem kurzen Lächeln.

»Wir sind wohlauf und in Sicherheit, Ross«, erwiderte Fidelma seinen Gruß.

»*Deo adjuvante!*« murmelte der ältere Beamte. »*Deo adjuvante!* Euer Bruder würde mir niemals verzeihen, wenn Euch etwas zugestoßen wäre.«

Ross beantwortete die Frage, die er Fidelma von den Augen ablas.

»Das ist Beccan, oberster Brehon und Richter vom Stamm der Loígde.«

Der betagte Brehon streckte Fidelma beide Hände entgegen. Seine Miene war ernst, doch seine Augen funkelten humorvoll.

»Schwester Fidelma! Ich habe schon viel von Euch gehört. Man hat mich gebeten, an Stelle von Bran Finn, dem Häuptling der Loígde, hierherzukommen und darüber zu befinden, wer sich im Zusammenhang mit dieser Verschwörung welcher Verbrechen schuldig gemacht hat.«

Fidelma begrüßte den Brehon. Sie hatte schon damit gerechnet, daß Bran Finn seinen höchsten Beamten der Gerichtsbarkeit entsenden würde, um in diesem Fall als Richter zu fungieren. Dann stellte sie ihm Eadulf vor.

Beccan sprach mit großem Ernst: »Selbst wenn außer Eurer Gefangennahme kein weiteres Verbrechen begangen worden wäre, Bruder, hätten wir es mit einer schwerwiegenden Angelegenheit zu tun. In unserem Königreich sind wir der Ansicht, daß die Nichtbeachtung des Gastrechts gegenüber Fremden ein schlechtes Licht auf uns alle wirft, vom Oberkönig angefangen bis zum Geringsten in unserem Land. Deshalb möchte ich mich bei Euch in aller Form entschuldigen und verspreche, daß Ihr angemessen entschädigt werdet.«

»Die einzige Entschädigung, die ich verlange«, erwiderte Eadulf genauso ernst, »ist, daß die Gerechtigkeit obsiegt und die Wahrheit sich durchsetzt.«

»Wohl gesprochen, Sachse«, erwiderte Beccan, dessen Augen sich vor Staunen weiteten, da Eadulf die irische Sprache so fließend beherrschte. »Eurer Redegewandtheit nach zu urteilen müßt Ihr an unseren Hochschulen studiert haben. Ihr sprecht unsere Sprache ausgezeichnet.«

»Ja, ich habe einige Jahre in Durrow und Tuam Brecain verbracht«, bestätigte Eadulf.

Äbtissin Draigen war verärgert, daß niemand sie beachtete, und schaltete sich ein. Unter normalen Umständen hätte sie – so wollte es das Protokoll – den Brehon als erste begrüßt.

»Ich bin froh, daß Ihr gekommen seid, Beccan. Hier gibt es vieles aufzuklären. Bedauerlicherweise scheint die junge *dálaigh*, die uns Brocc geschickt hat, dazu nicht in der Lage zu sein.«

Beccan hob fragend die Augenbrauen.

»Das ist die Äbtissin der Gemeinschaft«, stellte Fidelma Draigen vor, »und das ist ihre *rechtaire*.«

Der Brehon begrüßte sie höflich, ohne jedoch die Enttäuschung zu beachten, die sich auf Draigens Miene widerspiegelte, weil man sie Beccan erst vorstellen mußte.

»Kommt, Äbtissin, laßt uns zusammen mit Eurer jungen Verwalterin ein Stück gehen und dabei besprechen, was als nächstes zu tun ist.«

Er nickte Fidelma lächelnd zu und führte die Äbtissin und ihre Untergebene davon.

»Ein kluger Mann«, bemerkte Ross. »Er weiß, daß wir Zeit brauchen, um miteinander zu reden, ohne daß Draigen uns zuhört.« Kopfschüttelnd fuhr er fort: »Ehrlich, Fidelma, ich habe mir große Sorgen um Eure Sicherheit gemacht. Ich fürchtete, Ihr könntet in den Aufstand verwickelt worden sein.«

»Was gibt's darüber Neues? Was ist passiert?« fragte Fidelma mit banger Ungeduld.

»Ich bin mit Schwester Comnat nach Ros Ailithir gesegelt. Nur etwa eine halbe Tagesreise von hier entfernt trafen wir, wie es der Zufall wollte, auf ein Kriegsschiff der Loígde. Der Kapitän, ein guter Bekannter, entschloß sich, unverzüglich Gulbans Kupferminen anzusteuern. Wir setzten unsere

Reise fort und begaben uns in Ros Ailithir auf schnellstem Wege zu Abt Brocc und Bran Finn. Dieser wiederum versetzte seinen Stamm sofort in Alarmbereitschaft und schickte Boten zu Euerm Bruder nach Cashel. Außerdem stellte er mir ein Kriegsschiff als Geleitschutz zur Verfügung, und wir kehrten mit dem Brehon hierher zurück, so schnell wir konnten. Schwester Comnat bestand darauf, ebenfalls mitzukommen.«

»Haben die Aufständischen Cashel denn schon angegriffen?« unterbrach Eadulf, der wußte, wieviel Sorgen sich Fidelma um ihren Bruder machte.

»Das wissen wir nicht«, erwiderte Ross. »Beccan hat den Auftrag, Adnár und alle, die Gulban unterstützen, einzusperren. Er wird die Abtei beschützen, bis er neue Anweisungen von Bran Finn erhält. Sobald wir erfahren, wie es um Cashel steht, kann Beccan über die Morde in der Abtei zu Gericht sitzen.«

Fidelma überlegte.

»Das ist ganz in meinem Sinne«, stimmte sie zu. »Tatsächlich ist die Verzögerung sogar von Vorteil, denn ich möchte noch einige Dinge klären, bevor ich in dem Fall die Anklage vorbringe. Aber sind wir hier denn sicher vor Gulbans Männern?«

Ross deutete wortlos auf das Kriegsschiff, das unter der Flagge von Cashel in der Meerenge vor Anker lag.

»Keine schlechte Garantie«, brummte Eadulf. Dann wurden seine Augen schmal. »Hier kommt Adnár, der hiesige Häuptling, um sich mit dem Brehon bekannt zu machen.«

Vom Kai vor Dún Boí legte ein Boot ab und überquerte die Bucht. Im Heck war die schwarzhaarige Gestalt des *bó-aire* zu erkennen.

»Ich glaube, ich würde gern mit auf Eure *barc* kommen und noch einmal mit Schwester Comnat sprechen, Ross«, sagte Fidelma, der ein erneutes Zusammentreffen mit Adnár im Augenblick nicht sehr gelegen kam.

Ross half Fidelma ohne Zögern in sein Boot, und zusammen mit Eadulf fuhren sie los, bevor Adnárs Gefährt am Kai anlegte.

Schwester Comnat saß in der Kajüte. Sie wirkte etwas abgespannt, schien jedoch bei wesentlich besserer Gesundheit zu sein als beim letzten Mal, da Fidelma sie gesehen hatte.

»Ist alles in Ordnung?« fragte sie sofort, kaum daß Fidelma und Eadulf die Kajüte betreten hatten.

»Wahrscheinlich erfahren wir das erst in ein bis zwei Tagen, Schwester«, erwiderte Fidelma. »Jedenfalls können wir die Liste der Todesfälle in der Abtei um einen Namen ergänzen – Torcán von den Uí Fidgenti.«

»Der Sohn von Eoganán? Er war in der Abtei?« fragte die Bibliothekarin besorgt.

Fidelma nahm auf der Koje Platz und bedeutete Comnat, sich wieder zu setzen.

»Ihr habt erzählt, daß Ihr beobachten konntet, wie er Gulbans Männer trainierte, bevor Ihr zusammen mit Schwester Almu gefangengenommen wurdet?«

»Ja.«

»Und Bruder Eadulf hat in ihm den jungen Häuptling wiedererkannt, der in den Kupferminen das Kommando hatte.«

»Ja, dort war er auch.«

»Schwester Comnat, Ihr seid doch sehr gebildet – sagt, kennt Ihr die Bedeutung des Namens Torcán?«

Schwester Comnat war sprachlos.

»Was hat das damit zu tun?«

»Bitte.«

»Na schön, laßt mich überlegen… wahrscheinlich handelt es sich um eine Ableitung von *torcc*, einem wilden Eber.«

»Habt Ihr nicht erwähnt, daß Schwester Almu vor ihrer Flucht etwas zu Euch sagte, worauf Ihr Euch keinen Reim machen konntet?«

»Ja, sie sagte…« Comnat verstummte, als sie den Zusammenhang begriff. »Vielleicht habe ich ihre Bemerkung auch falsch verstanden. Almu sagte etwas über einen wilden Eber, zumindest glaube ich das… Wollt Ihr behaupten, daß Torcán ihr zur Flucht verhalf und sie dann ermordete? Aber warum? Das ergibt doch gar keinen Sinn.«

»Ihr habt auch erwähnt, daß Almu mit Síomha befreundet war, richtig?«

»Sehr sogar.«

»Falls Almu die Abtei wohlbehalten erreicht hätte, wäre es für sie doch naheliegend gewesen, zuallererst Schwester Síomha aufzusuchen, vielleicht sogar noch, bevor sie mit Äbtissin Draigen gesprochen hätte, nicht wahr?«

»Möglich.«

»Versetzt Euch mit mir noch einmal zurück an jenen Tag, an dem der alte Bettler Euch die Abschrift von *Teagasg Rí* verkaufte, des Werkes, das Oberkönig Cormac verfaßt hat. Erinnert Ihr Euch?«

Schwester Comnat sah sie verdutzt an. Am liebsten hätte sie gefragt, warum die Rechtsgelehrte so sprunghaft das Thema wechselte, doch sie wußte das Funkeln in Fidelmas Augen richtig zu deuten.

»Ja«, antwortete sie. »Das war in der Woche, bevor Schwester Almu und ich nach Ard Fhearta aufbrachen.«

»Kam der Bettler direkt in die Bibliothek?«

»Nein. Er ging zuerst zur Äbtissin und gab ihr das Buch. Sie schickte nach mir und fragte mich, ob es sich lohnte, den Band zu kaufen. Äbtissin Draigen hat zwar viele Stärken, aber ein Verständnis für Bücher und Bibliotheken gehören nicht dazu. Ich sah sofort, daß die Abschrift gut war.«

»Waren irgendwelche Seiten des Buches beschädigt oder herausgetrennt?«

»Nein. Für ein so altes Buch war es in einem ausgezeichneten Zustand. Es hatte sogar noch einen besonderen Wert, denn im Anhang war eine Kurzbiographie des Oberkönigs hinzugefügt. Also stimmte ich zu, daß die Abtei das Buch kaufen oder von dem Alten gegen Nahrungsmittel eintauschen sollte.«

»Ich verstehe. Hat die Äbtissin das Buch behalten?«

»Nein, ich kümmerte mich darum und brachte es sofort in die Bibliothek. Dort bat ich Schwester Almu, es durchzusehen und in den Bestand einzuordnen.«

»War Schwester Almu trotz ihrer Jugend eine gelehrige Schülerin?«

»Sie war sehr gelehrig. Sie hatte eine sehr schöne Handschrift und konnte Griechisch, Latein und Hebräisch.«

»Kannte sie auch die Oghamschrift und die Sprache der Féine?«

»Selbstverständlich. Ich selbst habe sie darin unterrichtet. Sie hatte eine rasche Auffassungsgabe. Bei allem Respekt für die Verblichene – Almu hatte sich zwar nicht mit Leib und Seele der Verbreitung des Glaubens verschrieben, doch sie war eine begeisterte Büchernärrin und interessierte sich besonders für alte Chroniken.«

»Also hat Almu das Buch durchgesehen?«

»Ja.«

»Wenn ihr irgend etwas Ungewöhnliches an dem Buch aufgefallen wäre, mit wem hätte sie darüber gesprochen?«

Schwester Comnat runzelte die Stirn.

»Ich bin die Bibliothekarin.«

»Aber«, Fidelma wählte ihre Worte mit Bedacht, »falls sie Euch nicht damit behelligen wollte, könnte sie sich dann auch ihrer Freundin, Schwester Síomha, anvertraut haben?«

»Schon möglich. Ich wüßte aber nicht, warum sie das hätte tun sollen.«

Unvermittelt erhob sich Fidelma und lächelte.

»Macht Euch keine Gedanken, Schwester Comnat. Ich glaube, so langsam wird mir alles klar.«

Draußen an Deck fragte sie Ross, ob einer seiner Matrosen sie unverzüglich zu Adnárs Festung rudern könnte. Auf dem Weg dorthin gestand ihr Eadulf, daß ihm die Lage höchst verworren erschien, obwohl Fidelma mit ihm alles besprochen hatte, was seit ihrer Ankunft in der Abtei Der Lachs aus den Drei Quellen passiert war. Eadulf kannte Fidelmas entrückten Blick bereits und wußte, was ihr undurchdringlicher, gelassener Gesichtsausdruck zu bedeuten hatte. Je dichter Fidelma ihrer Beute auf den Fersen war, desto weniger war sie geneigt, ihre Gedanken preiszugeben.

Fidelma legte beruhigend eine Hand auf seinen Arm.

»Die Voruntersuchung kann erst stattfinden, wenn Beccan so weit ist«, sagte sie. »Das gibt Euch reichlich Zeit, Euch Klarheit zu verschaffen.«

»Wollt Ihr behaupten, Almu und Síomha wußten von einem Geheimnis, hinter dem Torcán her war? Von einem Geheimnis, dessentwegen er sie ermordete und auch uns getötet hätte?«

»Ihr habt eine rasche Auffassungsgabe, Eadulf«, erwiderte

Fidelma lächelnd. Da legte das Boot auch schon am Kai von Dún Boí an.

Ein Krieger wollte ihnen den Zutritt zur Festung verwehren.

»Adnár weilt drüben in der Abtei, Schwester. Er ist nicht hier.«

»Ich möchte auch nicht Adnár sprechen, sondern Olcán.«

»Olcán ist unser Gefangener. Ich habe nicht die Befugnis, Euch zu ihm vorzulassen.«

Fidelma blickte ihn finster an.

»Als *dálaigh* der Gerichtsbarkeit habe ich die Befugnis, mit ihm zu sprechen, das werdet Ihr doch wohl einsehen.«

Der Krieger zögerte, doch da er sah, daß sich auf ihrer Stirn ein Gewitter zusammenbraute, trat er hastig den Rückzug an.

»Hier entlang, Schwester«, murmelte er eilfertig.

Olcán war in einer Zelle im Kellergewölbe eingesperrt. Er wirkte ungepflegt und wütend.

»Schwester Fidelma! Was geht hier eigentlich vor?« rief er und sprang von seinem Strohsack auf. »Warum hält man mich hier gefangen?«

Fidelma wartete, bis der Krieger die Zelle verlassen und die Tür hinter sich geschlossen hatte, bevor sie dem jungen Mann antwortete.

»Hat Adnár Euch das nicht gesagt?«

Gulbans Sohn blickte von Fidelma zu Eadulf und breitete hilflos die Arme aus.

»Er beschuldigt mich irgendeiner Verschwörung.«

»Euer Vater Gulban hat sich heimlich mit den Uí Fidgenti verbündet, um Cashel zu stürzen.«

»Mein Vater?« stieß Olcán verbittert hervor. »Mein Vater

pflegt mich nicht in seine Pläne einzuweihen. Werde ich beschuldigt, nur weil ich der Sohn meines Vaters bin?«

»Nicht deshalb. Adnár behauptet, daß Ihr und Torcán in die Verschwörung verwickelt wart. Wollt Ihr bestreiten, von dem Komplott gewußt zu haben? Obwohl Euer Freund Torcán daran beteiligt war?«

Olcáns Gesicht war von Wut verzerrt.

»Torcán weilte zu Gast bei meinem Vater. Nur auf seinen ausdrücklichen Wunsch hin habe ich ihn zum Jagen und Fischen begleitet, ihm Gesellschaft geleistet und ihm jede erdenkliche Gefälligkeit erwiesen.«

»Warum seid Ihr neulich in die Abtei gekommen und habt mich ausgefragt, und warum habt Ihr danach Odar auf dem gallischen Schiff aufgesucht und auch ihm all diese Fragen gestellt?«

»Weil Torcán mich darum gebeten hat.«

Die Antwort überraschte Fidelma.

»Pflegt Ihr Torcán immer zu gehorchen, ohne eine Erklärung dafür zu verlangen, warum Ihr ihm als Laufbursche dienen sollt?«

»Nein, so war es nicht. Torcán sagte, er habe den Verdacht, daß Ihr und Ross etwas im Schilde führt… Er meinte, Ihr hättet verhindert, daß Adnár bei der Bergung des gallischen Schiffes seinen rechtmäßigen Anteil erhielt.«

»Und das habt Ihr geglaubt?«

»Ich wußte, daß hier etwas Merkwürdiges im Gange ist, und ich wußte, daß Ihr und Ross daran beteiligt wart.«

»Wollt Ihr damit sagen, daß Ihr nichts von dem geplanten Aufstand wußtet, bevor Adnár Euch hier einsperren ließ?«

»Wirklich nicht. Ich lag gestern morgen noch im Bett und schlief, als mich Adnárs Männer weckten und hierherbrachten. Später tauchte er bei mir auf und erzählte, er habe Torcán getötet. Er sagte, mein Vater sowie Torcán und Eoganán von den Uí Fidgenti hätten gemeinsam ein Komplott geschmiedet, um die Macht in Cashel an sich zu reißen. Beim heiligen Kruzifix, Schwester, ich interessiere mich nicht für Machtspielchen und Herrschaftsbereiche. Ich habe nichts davon gewußt.«

Fidelma schüttelte verwundert den Kopf.

»Eure Geschichte klingt dermaßen unglaubwürdig, Olcán, daß Ihr womöglich tatsächlich die Wahrheit sagt. Ein Verschwörer, der obendrein noch zum Mörder wurde, würde sich eine sorgfältiger durchdachte Geschichte zurechtlegen.«

Eadulf sah Fidelma überrascht an. Er hatte gerade darüber sinniert, wie verdächtig sich Olcán durch seine Darstellung machte.

»Fidelma«, unterbrach er sie, »wir haben von Schwester Comnat erfahren, daß Torcán Gulbans Hauptstadt in ein Heerlager verwandelte und dort seine Männer trainierte. Wie kann es sein, daß Olcán nichts davon gewußt hat?«

»Ich habe meinen Vater seit Monaten nicht gesehen. Wir verstehen uns nicht besonders gut, das habe ich Euch doch längst erklärt.«

»Wie lange seid Ihr schon bei Adnár zu Gast?« fragte Fidelma.

»Ich bin zwei Tage vor Euch hier angekommen. Ich glaube, das habe ich Euch gegenüber bereits erwähnt.«

»Ihr wart also gar nicht hier, als die Leiche ohne Kopf gefunden wurde?«

»Nein. Auch das habe ich Euch bereits gesagt.«

»Wo wart Ihr vorher?«

»Ich weilte als Gast beim Häuptling der Duibhne.«

»Wie lange?«

»Drei Monate.«

»Wir brauchen nur jemanden zu diesem Häuptling zu schicken, um das zu überprüfen.«

»Dann schickt doch jemanden hin. Ich habe nichts zu verbergen.«

»Wann seid Ihr also in das Gebiet der Beara zurückgekehrt?«

»Einige Tage, bevor ich bei Adnár eintraf. Ich bin auf mehr oder weniger direktem Wege hierhergekommen, denn ich wußte, daß Adnár mich wesentlich freundlicher empfangen würde als mein Vater. Der hat bereits einen meiner Cousins als *tánaiste* adoptiert, als seinen auserwählten Thronfolger. Ich habe keinerlei Ambitionen, in die Fußstapfen meines Vaters zu treten.«

»Wie konnte Gulban Euch dann bitten, für Torcán den Gastgeber zu spielen?« wollte Eadulf wissen.

»Am Morgen nach Schwester Fidelmas Ankunft in der Abtei traf Torcán hier ein. Er überbrachte mir ein Schreiben meines Vaters, in dem dieser mich bat, Torcán bei der Jagd zu begleiten. Mein Vater weiß, daß Jagen meine Lieblingsbeschäftigung ist. Wahrscheinlich habe ich den Brief noch in meinem Gepäck.«

»Und Ihr habt weder Gespräche noch Gerüchte über eine Verschwörung oder einen Aufstand gehört?«

»Nein! Das kann ich beschwören!«

»Wie hat Adnár von dem Komplott gegen Cashel erfahren?« fragte Eadulf.

»Vermutlich von Torcán oder einem seiner Männer. Ich weiß es nicht.«

»Aber er hat gesagt...« begann Eadulf.

Von der Zellentür her hörten sie ein Geräusch. Bruder Febal stand plötzlich im Eingang. Seine sonst so ebenmäßigen Gesichtszüge waren wutverzerrt.

»Was hat das zu bedeuten? Mit welchem Recht seid Ihr hier eingedrungen, Schwester?« fragte er, als er Fidelma erkannte. »Dieser junge Mann hier ist Adnárs Gefangener. Ihm wird vorgeworfen, sich an einer Verschwörung gegen Cashel beteiligt zu haben.«

»Aufgrund meiner Stellung und Machtbefugnisse habe ich das Recht, ihn zu verhören«, erwiderte Fidelma ruhig. »Ihr solltet das eigentlich wissen, Febal.«

»Ohne Adnárs Zustimmung kann ich das nicht gestatten.«

»Das braucht Ihr auch nicht.« Fidelma warf einen langen, nachdenklichen Blick auf Gulbans Sohn. »Ich habe keine weiteren Fragen mehr, Olcán. Demnächst wird der Fall vor dem obersten Brehon der Loígde verhandelt. Bis dahin müßt Ihr Euch mit Eurer neuen Unterkunft abfinden.«

»Aber ich bin unschuldig!« protestierte Olcán.

»Dann betrachtet diese vorübergehende Unbill als eine Art Prüfung«, empfahl ihm Fidelma mit einem Lächeln. »In seinem Werk *De Providentia* warnt uns Seneca mit den Worten: *Ignis aurum probat, miseria fortes viros* – Feuer prüft Gold, Unglück tapfere Männer. Möget Ihr Euch als tapfer erweisen.«

Mit diesen Worten verließ sie die Zelle, Eadulf im Schlepptau.

Bruder Febal bedeutete einer Wache, die Tür zu schließen, und folgte den beiden.

»Ich werde Adnár darüber berichten müssen.«

»Ab sofort unterstehen alle Bewohner dieser Festung den Weisungen der Loígde, die entweder von ihrem Kriegsschiff, das in der Meerenge vor Anker liegt, erteilt werden, oder von

Beccan, ihrem obersten Richter, der im Auftrag Eures Häuptlings Bran Finn handelt. Folglich obliegt es nicht mehr Adnár, seine Zustimmung zu geben oder nicht. Bei der Vorverhandlung werden wir die Wahrheit über die tragischen Ereignisse erfahren.«

Bruder Febal sah sie böse an.

»Auf diesen Augenblick wartet niemand sehnlicher als ich. Dann wird endlich alles, was ich über Draigen gesagt habe, ans Licht kommen.«

Bevor er weiterreden konnte, hatte Fidelma Eadulf schon zu dem kleinen Anlegesteg außerhalb der Festung geführt. Der Mönch war überrascht, als sie den wartenden Bootsführer bat, sie zu dem gallischen Handelsschiff zurückzurudern, und noch überraschter, als sie, dort angekommen, Odar aufforderte, sie unverzüglich zu begleiten.

»Ich möchte, daß Ihr mich zu dem Bauern bringt, bei dem Ihr die Pferde ausgeliehen habt«, erklärte sie ihm.

»Barr?«

»Ja, das ist der Mann. Wohnt er weit von hier?«

»Ein kleiner Spaziergang über den Berg, aber leicht zu bewerkstelligen, wenn wir ein gleichmäßiges Tempo vorlegen«, antwortete der Seemann.

Barr war ein untersetzter Mann mit einem buschigen braunen Bart und machte den Eindruck, als könne er ein Bad gebrauchen. Seine Kleider waren ebenso schmutzig wie sein Gesicht. Als sie eintrafen, arbeitete er gerade mit der Hacke auf einem Acker. Sein feistes Gesicht und die Art, wie er sie aus seinen kleinen, dunklen Augen ansah, brachte Fidelma auf den Gedanken, daß ein Schwein doch vergleichsweise ansehnlich war.

»Odar«, begrüßte sie der Bauer barsch, »falls Ihr wieder einmal gekommen seid, um Pferde zu mieten, die habe ich verkauft. In diesem eisigen Winter ist *cuirm* ein weitaus besserer Trost für mich.«

»Wir sind nicht wegen der Pferde gekommen, Barr«, mischte sich Fidelma ein.

Der Mann sah sie fragend an und wartete.

»Habt Ihr Eure Tochter schon wiedergefunden?«

Barr stieß ein bellendes Lachen hervor.

»Ich habe gar keine Tochter. Was…«

Dann weiteten sich seine Augen, und Schamesröte stieg ihm ins Gesicht. Barr war kein guter Lügner.

»Warum habt Ihr der Äbtissin erzählt, daß Eure Tochter verschwunden ist?«

Barr schwieg verwirrt.

»Man hat Euch aufgetragen, in die Abtei zu gehen, nicht wahr?«

»Das war doch nichts Verbotenes«, protestierte der Bauer. »Der junge Herr befahl mir, hinzugehen und zu behaupten, daß meine Tochter verschwunden ist und daß ich den Leichnam sehen will, um festzustellen, ob sie es ist oder nicht.«

»Selbstverständlich. Hat er Euch Geld geboten?«

»Genug, um drei gute Pferde zu kaufen.« Der Mann verzog das Gesicht. »Ich habe mit ihm gehandelt, versteht Ihr. Er war sehr an meinen Diensten interessiert.«

»Und was genau solltet Ihr tun?«

»Ich sollte mir nur die Leiche ansehen, allerdings sehr sorgfältig, und dem jungen Herrn dann eine genaue Beschreibung liefern.«

»Eine Beschreibung?« hakte Fidelma nach. »Und das war alles?«

»Ja. Es war leicht verdientes Geld.«

»Das Ihr bekamt, nachdem Ihr die Äbtissin und ihre Gemeinschaft belogen hattet«, betonte Fidelma. »Hattet Ihr den jungen Mann schon mal gesehen?«

»Nein. Nur einmal, als er über Nacht blieb und auf die Frau wartete.«

»Er blieb eine Nacht? Und wartete auf eine Frau?«

»Sie sollte ihn hier auf meinem Hof treffen, tauchte aber nicht auf. Am nächsten Morgen ritt er davon, kehrte jedoch tags darauf wieder zurück und gab mir diesen Auftrag.«

»Könnt Ihr den Mann beschreiben?«

»Nicht nur das. Er hatte Diener bei sich, und ich hörte, wie einer seiner Männer ihn rief. Es war der werte Torcán.«

Zwei Tage später, als die Schwestern der Abtei Der Lachs aus den Drei Quellen gerade aus dem Refektorium strömten, wo sie ihre Morgenmahlzeit eingenommen hatten, segelte ein zweites Kriegsschiff in die Bucht und bezog zwischen Ross' *barc*, dem gallischen Handelsschiff und dem Kriegsschiff der Loígde Position. Auch an seinen Masten wehten die Banner der Loígde und des Königs von Cashel.

Fidelma und Eadulf folgten Äbtissin Draigen, Beccan und Ross hinunter zum Anlegesteg und sahen, wie sich ein Boot von dem gerade eingelaufenen Schiff löste. Ein junger, muskulöser Matrose legte sich in die Riemen, und im Heck saß ein in sein Habit gehüllter Mönch ganz unpassend neben einem hageren Krieger. Als das Boot am Kai festmachte, sprang der behende Krieger als erster an Land, während der Matrose dem Mönch beim Aussteigen behilflich sein mußte.

Der Krieger trat auf Beccan zu, den er ganz offensichtlich kannte, und salutierte vor ihm.

»Das ist Máil vom Stamm der Loígde«, stellte Beccan ihn vor. Dann wartete er, bis sein Begleiter, ein junger Mönch mit unschuldigem, rosigem Gesicht, sich zu ihnen gesellte und sie alle mit einer ausladenden Geste begrüßte. Der Mönch hatte ein angenehmes Äußeres und trotz der geröteten Wangen und der weichen, kindlichen Züge eine gebieterische Ausstrahlung.

»Ich bin Bruder Cillín von Mullach«, verkündete er.

Máil, der Krieger, erachtete eine weitere Vorstellung für notwendig.

»Bruder Cillín war uns unlängst in Ros Ailithir sehr nützlich. Abt Brocc und Bran Finn haben ihn hierhergeschickt, als sie von der bedenklichen Lage der Dinge erfuhren.«

Bruder Cillín musterte sie ernst.

»Man hat mir die Aufsicht über alle Nonnen und Mönche auf dieser Halbinsel übertragen.«

Äbtissin Draigen stieß ein hörbares Keuchen hervor, das Cillín keineswegs entging. Lächelnd warf er einen Blick in ihre Richtung.

»Abt Brocc hat mich außerdem beauftragt, die Gemeinschaft neu zu organisieren und sie wieder auf den Weg des Glaubens und des Gehorsams gegenüber ihren rechtmäßigen Führern zu bringen. Ich werde allerdings nur ein, zwei Tage hierbleiben und mich dann nach Norden aufmachen, in Gulbans Hauptstadt.«

Fidelma entnahm Äbtissin Draigens Gesichtsausdruck, daß Cillín ihr alles andere als willkommen war.

»Bruder Cillín«, begrüßte Fidelma den Mönch, trat auf ihn zu und machte ihn mit den Anwesenden bekannt. »Bringt Ihr Neuigkeiten aus Ros Ailithir?«

»O ja, Schwester. Die bringe ich wahrhaftig. Eoganán und

seine Aufständischen haben ihren Plan in die Tat umgesetzt. Habt Ihr etwa noch nichts davon gehört?«

Angst schnürte Fidelma die Kehle zu.

»Hat sich Eoganán tatsächlich gegen Cashel erhoben? Was gibts es Neues von meinem Bruder Colgú?« Sie versuchte, sich ihre Angst beim Sprechen nicht anmerken zu lassen.

»Macht Euch keine Sorgen«, erwiderte Máil, der Krieger, sofort. »Colgú ist in Sicherheit. Der Aufstand ist vorüber. Eigentlich war er vorbei, noch bevor er begonnen hatte.«

»Wißt Ihr nähere Einzelheiten?« fragte Beccan. Fidelma brachte vor Erleichterung kein Wort heraus.

»Allem Anschein nach hat Colgú seine Krieger ausgeschickt, um gegen Eoganán und die Uí Fidgenti vorzugehen, bevor diese ihre Vorbereitungen abgeschlossen hatten. Der Aufstand sollte eigentlich erst im Frühjahr stattfinden, sobald der Boden fest genug wäre, um die Vernichtungsvorrichtungen aus Franken, die Gulban hat kommen lassen, transportieren zu können. Der Stamm der Arada führte Colgús Angriff direkt in das Gebiet der Uí Fidgenti.«

»Weiter«, drängte Fidelma. Sie wußte, daß das Land der Arada Cliach westlich von Cashel lag, genau zwischen der alten Hauptstadt und dem Gebiet der Uí Fidgenti. Die Arada waren für ihre Reitkunst bekannt und in früheren Zeiten als Streitwagenlenker in ganz Irland berühmt.

Máil redete weiter – offenbar gefiel ihm seine Rolle als Überbringer von Neuigkeiten.

»Eoganán erkannte, daß er nicht auf Gulbans Hilfe warten konnte, sondern die Männer seines Stammes zusammentrommeln mußte, um sich zu verteidigen. Die beiden Streitmächte trafen am Fuß des Hügels von Áine aufeinander.«

Fidelma kannte den Hügel von Áine von ihren Reisen. Es

war ein niedriger, einzeln stehender Berg, von dessen Gipfel aus eine alte Bergfestung die umliegende Ebene beherrschte. Es hieß, dort stehe auch der Thron der Göttin, deren Namen er trug.

»Es gab nur wenige Tote…«

»*Deo gratias!*« warf Beccan ein.

»Die Arada und Cashel gingen als Sieger aus der Schlacht hervor. Die Uí Fidgenti flohen vom Schlachtfeld und ließen – neben anderen toten Aufständischen – Eoganán, ihren Prinzen und selbsternannten König, zurück. Cashel droht jetzt keine Gefahr mehr, und Euer Bruder ist wohlauf.«

Fidelma stand lange mit gesenktem Kopf da und schwieg.

»Und welche Neuigkeiten habt Ihr von Gulban und seinen fränkischen Söldnern?« wollte Eadulf wissen.

Dieses Mal war es Cillín, der junge Mönch, der auf die Frage antwortete.

»Eines unserer Kriegsschiffe ist schon vor Tagen von Ross alarmiert worden und segelte unverzüglich zu Gulbans Kupferminen – gerade rechtzeitig, denn Gulban befehligte höchstpersönlich den Abtransport seiner verfluchten, unglückseligen Vernichtungsvorrichtungen. Wie heißen sie doch gleich? *Tormenta*? Die Krieger der Loígde griffen an, bevor Gulban eine Verteidigung organisieren konnte, und die *tormenta* wurden ausnahmslos verbrannt und zerstört. Die Franken – das heißt, die, die dabei nicht den Tod fanden – wurden gefangengenommen. Alle gallischen und sonstigen Gefangenen, auf die man dort stieß, sind inzwischen freigelassen.«

»Und wann war das?« fagte Fidelma.

»Vor vier Tagen«, erwiderte Máil mit gerunzelter Stirn. »Warum ist es Euch so wichtig, die genauen Daten zu erfahren? Schreibt Ihr etwa eine Chronik, Schwester?«

»Eine Chronik?« Fidelma war darüber so erheitert, daß sie laut lachte, und die anderen starrten sie an, als hätte sie den Verstand verloren. »Ach, mein Freund, Ihr seid der Wahrheit näher, als Ihr denkt. Vor vier Tagen?« Fidelma wirkte zufrieden. »Dann, Beccan«, wandte sie sich an den betagten Richter, »brauchen wir meiner Ansicht nach nicht länger zu warten. Ich bin in der Lage, den Fall darzulegen und zu beweisen, wer die schrecklichen Morde in der Abtei begangen hat, sobald Ihr das wünscht.«

»Was?« stieß Äbtissin Draigen hervor. »Die Angelegenheit ist doch längst geklärt, oder nicht? Der Sohn von Eoganán, Torcán von den Uí Fidgenti, ist der Mörder. Beccan ist einfach nur gleichzeitig...«

»Ist denn Torcán, der Sohn von Eoganán, hier?« unterbrach Máil die Äbtissin mit eifriger Miene. »Ich habe Befehl, ihn nach Cashel zu bringen. Er ist unverzüglich gefangenzunehmen – wegen Beteiligung an der Verschwörung seines Vaters.«

»Er ist tot«, erklärte Fidelma. »Adnár, der hiesige Häuptling, hat Torcán getötet, als dieser mich umbringen wollte. Olcán, der Sohn von Gulban, hält sich ebenfalls hier auf und wurde von Adnár wegen seiner Verstrickung in den Aufstand gefangengenommen.«

»Ich verstehe.« Damit meinte Máil zweifellos, daß er nun überhaupt nichts mehr verstand.

»Ihr *werdet* noch verstehen«, bemerkte Fidelma mit einem Lächeln. »Zumindest hoffe ich das, wenn ich Beccan den Fall vortrage. Ich bin jetzt so weit.«

»Sehr schön«, willigte der Richter ein. »Heute nachmittag tritt das Gericht in der Abtei zusammen. Gebt mir eine Liste mit all denen, deren Anwesenheit Ihr wünscht, Schwester, und wir werden ihr Erscheinen sicherstellen.«

Kapitel 19

Beccan entschied, daß die Vorverhandlung in der *duirthech*, der hölzernen Kapelle der Abtei Der Lachs aus den Drei Quellen, stattfinden sollte. Man hatte den kunstvoll geschnitzten Eichenstuhl der Äbtissin vor den Altar gestellt, direkt vor das hohe goldene Kreuz. Hier war Beccans Platz. Auf einem Hokker rechts von ihm saß sein persönlicher Schreiber, der die Tatsachen und Beweise, die Fidelma vortrug, zu protokollieren hatte. Fidelma selbst saß mit Eadulf in der vordersten Bankreihe rechts des Ganges. Hinter ihnen hatten Ross und Bruder Cillín von Mullach als Zuhörer Platz genommen, und dahinter wiederum Adnár und Bruder Febal. Daneben hockte der alte Bauer, Barr, der von Fidelma in die Abtei bestellt worden war. Eine Reihe weiter hinten hatte, flankiert von zwei Kriegern der Loígde, der Gefangene Olcán Platz gefunden.

Auf den Bänken auf der anderen Seite des Ganges saßen neben der selbstzufriedenen Äbtissin Draigen Schwester Lerben und Schwester Comnat und hinter ihnen Schwester Brónach und die schüchterne Schwester Berrach. Die hinteren Bankreihen waren vollbesetzt, dort drängten sich all jene Mitglieder der Gemeinschaft, denen es gelungen war, in die Kapelle hineinzukommen. Am Eingang hatte sich Máil mit zwei Kriegern postiert.

In der *duirthech* brannten Laternen, deren flackerndes Licht von dem goldenen Altarkreuz und den zahlreichen Ikonen und Kunstwerken an den Wänden zurückgeworfen wurde. Die Laternen sorgten nicht nur für Licht, sondern strahlten auch so viel Hitze ab, daß es trotz der kalten Witterung draußen nicht nötig gewesen war, ein Feuer im Kohlenbecken anzuzünden.

Beccan eröffnete die Vorverhandlung und verkündete, daß er hier zu Gericht sitze, um zu hören, welche Beweise Fidelma in ihrer Eigenschaft als *dálaigh* der Gerichtsbarkeit im Zusammenhang mit den Morden an zwei Schwestern der Gemeinschaft gesammelt hatte. Anhand der von ihr vorgetragenen Beweise werde er dann beurteilen, ob gegen den oder die von ihr Beschuldigten Anklage zu erheben sei. Wenn ja, würde man zu einem späteren Zeitpunkt die Gerichtsverhandlung in Cashel abhalten und die Angeklagten dorthin überstellen.

Nach Abschluß der Formalitäten übergab Beccan Fidelma das Wort.

Sie erhob sich und sprach, wie es Brauch war, die Formel »Pace tua«, »mit Eurer Erlaubnis«. Dann schwieg sie eine Weile mit gefalteten Händen und gesenktem Blick, als betrachte sie den Fußboden, und ordnete ihre Gedanken.

»Selten habe ich an einem Ort so viel Elend vorgefunden wie in dieser Abtei.« Fidelmas Eröffnungsworte hallten laut und deutlich von den Wänden der Kapelle wider und lösten bei den Schwestern in den hinteren Bankreihen Unruhe aus. »Dieser Ort ist durchdrungen von Haß, und das ist unvereinbar mit den Prinzipien eines Klosters, das sich der Lehre Christi verschrieben hat. Was ich in dieser Gemeinschaft vorgefunden habe, bestätigt voll und ganz die Richtigkeit der Worte des 55. Psalms: Ihr Mund ist glätter denn Butter, / und haben doch Krieg im Sinn; ihre Worte sind gelinder denn Öl / und sind doch bloße Schwerter.«

Äbtissin Draigen machte Anstalten, etwas zu sagen, doch Brehon Beccan bedeutete ihr mit einer energischen Geste zu schweigen.

»Wir sitzen jetzt hier in einem Gerichtshof und nicht in

einer Kapelle, und hier entscheide ich, wer das Wort ergreifen darf«, belehrte er sie. »Die *dálaigh* ist noch bei ihren einführenden Bemerkungen. Einwände gegen ihre Darstellung sind zu gegebener Zeit zulässig, worauf ich Euch noch hinweisen werde.«

Fidelma nahm den Faden wieder auf, als sei sie nicht unterbrochen worden.

»Äbtissin Draigen wandte sich an ihren kirchlichen Vorgesetzten, Abt Brocc von Ros Ailithir, und bat um die Entsendung eines *dálaigh*. Im Hauptbrunnen der Abtei hatte man einen Leichnam ohne Kopf entdeckt. Man fand bei der Leiche gewisse Dinge, denen besondere Bedeutung zukam: in der rechten Hand hielt sie ein Kruzifix, und an den linken Arm war ein Espenholzstab gebunden mit einer Inschrift in Ogham, mit anderen Worten, ein *fé*, eine Meßlatte für Gräber. Die Ogham-Inschrift bezog sich auf Morrígan, die heidnische Göttin des Todes und der Kriege. Wie ich von Schwester Brónach erfuhr, kennzeichnet man mit diesem Symbol Mörder oder Selbstmörder.

Wenige Tage später wurde die Verwalterin der Abtei, Schwester Síomha, in gleicher Weise enthauptet und mit den gleichen Symbolen versehen aufgefunden. Schon zu Beginn meiner Untersuchungen wurde mir mitgeteilt, daß die einzige Person, die ein Tatmotiv haben könnte, Äbtissin Draigen sei. Man erzählte mir, ihre Vorliebe für Novizinnen sei allgemein bekannt…«

Diesmal sprang Draigen auf und begann lautstark zu protestieren, doch Beccans strenger Tonfall brachte sie zum Schweigen.

»Ich sagte bereits, daß Ihr später Gelegenheit haben werdet, etwas zu entgegnen. Unterlaßt fortan weitere Unterbrechungen. Andernfalls steht es in meinem Ermessen, wegen Mißachtung des Gerichtes eine Geldstrafe gegen Euch zu verhängen.«

Entrüstet setzte sich Äbtissin Draigen wieder auf ihren Platz, und Fidelma ergriff mit einer gebieterischen Handbewegung erneut das Wort. »Es waren viele Geschichten in Umlauf, die meist aus Gehässigkeit oder, wie ich herausfand, aus anderen finsteren Motiven erfunden wurden. Hätte sich Draigen eines solchen Verbrechens schuldig gemacht, so hätte sie wohl kaum Abt Brocc gebeten, einen *dálaigh* zu entsenden, um den Mordfall aufzuklären. Andererseits stellte sich heraus, daß die Äbtissin die Bußvorschriften Roms unseren weltlichen Gesetzen vorzieht. Dieser Widerspruch beschäftigte mich von Anfang an, bis ich begriff, daß die Lösung ganz einfach war und Draigen selbst ganz offen dazu stand: sie hatte Brocc nur deshalb um die Entsendung eines *dálaigh* gebeten, weil sie verhindern wollte, daß ihr Bruder Adnár, der örtliche Friedensrichter, kraft seines Amtes Vollmachten in der Abtei erhielt.«

Die Äbtissin warf Fidelma einen finsteren Blick zu, enthielt sich jedoch jeden Kommentars. Die *dálaigh* fuhr fort.

»Meine Ermittlungen konzentrierten sich zunächst darauf, die Identität der ersten Toten festzustellen. Es handelte sich um den Leichnam eines jungen Mädchens, dessen Daumen, Zeigefinger und kleiner Finger eine blaue Färbung aufwiesen – ein typisches Merkmal bei jemandem, der sich mit der Kunst des Schreibens beschäftigt. Als ich erfuhr, daß zwei Schwestern aus der Abtei, Schwester Comnat, die Bibliothekarin, und Schwester Almu, ihre junge Gehilfin, vermißt wurden, vermutete ich sofort, die letztere könnte die Tote sein. Die beiden waren drei Wochen zuvor zu einem

Kloster in Ard Fhearta aufgebrochen und noch nicht zurückgekehrt. Kurz und gut, mein Verdacht erwies sich als zutreffend: Es handelte sich tatsächlich um Almus Leichnam.

Nachdem die Identität der Toten geklärt war, mußte die nächste Frage lauten: Welches Motiv gab es für den Mord? Warum und wie war Schwester Almu in die Abtei zurückgekehrt? Warum hatte man ihr, nachdem sie ermordet wurde, den Kopf abgeschnitten? Und was hatten die heidnischen Symbole zu bedeuten? Am Körper der Toten fand ich drei weitere Hinweise: Sie war vor ihrem Tod in Ketten gelegt worden, man hatte sie offensichtlich mißhandelt, und an ihren Füßen sowie unter den Fingernägeln entdeckte ich rotbraunen Schlamm. Schwester Brónach erklärte mir, dieser Schlamm sei typisch für die kupferreiche Gegend hier. Nicht wahr, Schwester Brónach?«

Die Schwester mit der mürrischen Miene erhob sich von ihrem Sitz, nickte zur Bestätigung und nahm wieder Platz.

»Noch rätselhafter und verwirrender war der Mord an Schwester Síomha. Ihr Leichnam wurde im Turm gefunden, ebenfalls enthauptet und mit den gleichen Symbolen versehen. Diesmal war die Tote nicht entkleidet. Der Mörder wußte, daß wir sie erkennen würden, und vielleicht wollte er das ja auch. Wozu die Symbole? Wozu das Abschneiden der Köpfe? Was mich jedoch am meisten beschäftigte, war die Tatsache, daß sich unter ihren Fingernägeln der gleiche rötlich-braune Schlamm befand. Wenige Stunden zuvor, als ich Schwester Síomha zum letzten Mal lebend gesehen hatte, war er noch nicht dort gewesen.

Auf der Treppe, die aus dem Turm in den *subterraneus* hinunterführt, fand ich Spuren von Blut – Síomhas Blut. Ihr

Mörder hatte ihr oben im Turm den Kopf abgeschnitten und ihn nach unten in die Höhle gebracht. Warum?

War hier ein Wahnsinniger am Werk? War das Tatmotiv Haß – Haß auf die Schwestern, die Abtei, die Äbtissin? Bruder Febal verspürt mit Sicherheit Haß auf das alles, besonders auf Äbtissin Draigen, seine frühere Ehefrau. Er war es auch, der mich davon zu überzeugen suchte, daß Draigen widernatürliche Beziehungen zu Novizinnen unterhielt. Febal trägt mehr als genug Haß in sich, um ihn zu so schrecklichen Morden zu treiben.«

Fidelma blickte über die Schulter zu Bruder Febal, der sie mit einem feindseligen Ausdruck auf seinem anziehenden Gesicht anstarrte.

»Febals Anschuldigungen gegen Draigen waren frei erfunden.«

Zum ersten Mal zeigte sich eine Spur von Genugtuung auf Äbtissin Draigens Miene.

»Aber«, fuhr Fidelma nach kurzer Pause fort, »gibt es denn einen heimtückischeren Plan als den von Bruder Febal?«

Beccan räusperte sich.

»Seid Ihr zu irgendeinem Schluß gekommen?«

Fidelma hob den Kopf und antwortete: »Ja. Ich vertraue darauf, daß Ihr mich gewähren laßt und Euch geduldig die ganze Geschichte anhört, denn um zur Wahrheit über diese Morde vorzudringen, muß man unbedingt die Zusammenhänge kennen. Alles, was ich behaupte, kann ich inzwischen auch beweisen.«

»Dann fahrt fort, Schwester.«

»In den Chroniken wird berichtet, daß vor vierhundert Jahren in dieser Gegend ein sagenhaftes goldenes Kalb aufgestellt und angebetet wurde. Cormac Mac Art, der damalige

Oberkönig, weigerte sich jedoch, sich an dessen Anbetung zu beteiligen. In der Geschichte heißt es weiter, der Priester des goldenen Kalbes sei darüber so erbost gewesen, daß er ihn ermordete: er sorgte dafür, daß drei Gräten eines Lachses in Cormacs Hals steckenblieben und er daran erstickte. Hier begegnen wir wieder der Symbolik. Drei Lachsgräten. Sie waren lediglich ein Erkennungszeichen.

Kurz bevor Schwester Comnat und Schwester Almu nach Ard Fhearta aufbrachen, erschien hier in der Abtei ein Mann mit einem Buch, einer Abschrift von Cormacs *Teagasg Rí*, dem Handbuch des Königs. Der Mann war in Not geraten und wollte das Buch gegen Lebensmittel eintauschen. Wahrscheinlich kannte er nicht einmal seinen Inhalt. Er brachte es zur Äbtissin, die wiederum Schwester Comnat, die Bibliothekarin, zu Rate zog. Schwester Comnat hielt das Tauschgeschäft für lohnend, vor allem, da ihr aufgefallen war, daß das Buch am Ende noch eine Kurzbiographie von Cormac enthielt. Dann bat sie Schwester Almu, ihre Gehilfin, die Neuerwerbung durchzusehen und in den Bestand einzuordnen.

Das tat Schwester Almu auch. Stellt Euch ihre Aufregung vor, als sie unverhofft eine Fortsetzung der Geschichte vom goldenen Kalb in Händen hielt. Glaubte man diesem Text, dann hatte das sagenhafte Wesen aus massivem Gold tatsächlich existiert. Und was noch weitaus spannender war: der Priester, der dem Kult des goldenen Kalbes gehuldigt hatte, stammte genau aus dieser Gegend. Wahrhaftig, ist nicht das Symbol der Göttin, die man die Alte von Beara nennt, eine Kuh? Heißt nicht Adnárs Festung Dún Boí, die Festung der Kuhgöttin? Und das Junge der Kuh ist das Kalb.«

»Wir haben diese alte Volkssage schon oft genug gehört!«

unterbrach Äbtissin Draigen voller Ungeduld. »Wann kommen wir endlich zum Kern der Geschichte?«

Beccan ärgerte sich über ihre ständigen Einwürfe.

»Ich habe Euch gewarnt, Mutter Oberin. Ich dulde keine Zwischenrufe. Eine Geldstrafe von einem *sét* wegen Unterbrechung des Gerichts. Auch ich finde jedoch, Schwester Fidelma, daß Eure Erzählweise immer weitschweifiger wird. Was hat das alles mit den beiden Morden zu tun?«

»Die Symbolik der drei Lachsgräten!« erwiderte Fidelma. »Wir wissen, daß die Stelle, an der heute die Abtei steht, früher eine heidnische Kultstätte war. Wir wissen auch, daß man die Abtei heute Der Lachs aus den Drei Quellen nennt. Das ist nicht nur eine Umschreibung für Christus, sondern auch ein Hinweis auf die heidnische Vergangenheit. Das sagenhafte goldene Kalb war genau hier versteckt, in den Höhlen unterhalb des Klosters. Die meisten kennen sicher das primitive Bildnis eines Kalbes, das in die Wand des unterirdischen Vorratsraumes eingemeißelt ist. Eine ähnliche Abbildung befindet sich in der Nachbarhöhle.«

Unter den Schwestern erhob sich aufgeregtes Murmeln.

»Schwester Almu las den Text – und verstand sofort. In der Geschichte wird überliefert, daß die Priester des goldenen Kalbes den Namen Dedelchú trugen – Wachhund des Kalbes – und hier völlig abgeschieden lebten. Dann kam Necht, die Reine, um das Land zum Christentum zu bekehren. Es gelang ihr, die heidnischen Priester zu vertreiben. Dem Text zufolge war das goldene Kalb seit damals, seit über hundert Jahren, seit Necht die Reine die Heiden verjagte und diese Gemeinschaft gründete, unter der Abtei versteckt und wahrscheinlich längst vergessen – abgesehen von dieser einen Erwähnung in einem Buch über die Gegend. Stellt Euch vor, wie aufgeregt Almu reagiert haben muß, ganz besonders, wenn man an das Vermögen denkt, das eine so sagenhafte Statue einbringen würde. Im wahrsten Sinne des Wortes, sie war ihr Gewicht in Gold wert, denn der Überlieferung zufolge bestand sie ja aus reinem Gold.«

»Könnt Ihr das beweisen?« fragte Beccan.

Fidelma wandte sich zu Eadulf um, der ihr die zwei verschmutzten Pergamentseiten reichte.

»Auf diesen beiden Blättern steht Cormacs Biographie. Sie wurden erst kürzlich aus dem Buch herausgetrennt. Ich habe sie bei Torcáns Leichnam gefunden.«

»Fahrt fort«, brummte Beccan und warf einen Blick darauf.

»Ich fand heraus, daß Schwester Almu eng mit Schwester Síomha befreundet war. Sehr eng. Also war Síomha natürlich die erste, der sie von ihrer Entdeckung berichten würde. Aus diesem Gespräch heraus entwickelte sich bei den beiden der Wunsch, das goldene Kalb zu finden und in ihren Besitz zu bringen. Eines haben all die traurigen Ereignisse in dieser Abtei gemeinsam: das Tatmotiv – Habgier. Hat nicht Lukan, der Dichter, gesagt, Habgier sei ein verfluchtes Laster, und für eine genügend große Menge Gold würde jeder – auch wenn er am Verhungern wäre – seine letzten Nahrungsmittel eintauschen, nur um das Gold zu besitzen? Im vorliegenden Fall war es Schwester Síomha, die dem Verhungern nahe war, allerdings eher auf moralischer und geistlicher Ebene.

Schwester Síomha war so überaus habgierig, daß sie sogar ihre Freundin betrog. Sie überredete sie, niemandem von der Geschichte zu erzählen – vielleicht vereinbarten sie, die Sache nach Almus Rückkehr aus Ard Fhearta weiter zu verfolgen. Sobald Schwester Almu abgereist war, zog Síomha einen Dritten ins Vertrauen und erzählte ihm alles. Anhand der

Angaben auf den herausgetrennten Seiten des Buches entdeckten Síomha und ihr Komplize die Höhle, in der das sagenumwobene goldene Kalb ihrer Meinung nach versteckt sein mußte, aber ihr Eingang, der sich im *subterraneus* der Abtei befand, war mit Steinen und Erde zugeschüttet.

Síomha mußte ihrem Komplizen Zeit und Gelegenheit verschaffen, damit er den Zugang zu der vermeintlichen Schatzhöhle freischaufeln konnte. Deshalb übernahm sie freiwillig so viele Nachtwachen wie möglich im Turm der Abtei. Nur eine Person hörte die klopfenden Geräusche, die beim Freilegen des Durchgangs entstanden, und das war Schwester Berrach. Schwester Berrach, eine intelligente junge Frau, die sich aufgrund von Vorurteilen verstellen und die Schwachsinnige spielen mußte, hatte die Angewohnheit entwickelt, sich jeden Morgen, lange vor Sonnenaufgang, heimlich in die Bibliothek zu stehlen, um dort zu lesen – sie wollte ihren Mitschwestern gegenüber nicht offenbaren, wie klug sie in Wirklichkeit war. Doch selbst Schwester Berrach hielt das Dröhnen lediglich für ein Echo der Geräusche, die häufig aus der geheimnisvollen Höhle unter der Abtei zu vernehmen waren. Das Dröhnen entsteht übrigens durch zwei alte Holzfässer, die in einem unterirdischen Wasserbecken, das sich in der Höhle befindet, umhertreiben und vom Meerwasser aus der Bucht, das die Höhle hin und wieder überflutet, in Bewegung versetzt werden. Was diese Vermutung betrifft, hatte Äbtissin Draigen durchaus recht.«

Fidelma legte eine kurze Pause ein, da sie merkte, daß Beccans Schreiber Schwierigkeiten hatte, mitzukommen.

»Schwester Síomhas Komplize hatte gerade den Durchbruch zu der zweiten Höhle gegraben, als eine unvorhergesehene Komplikation eintrat: Schwester Almu kehrte unerwartet in die Abtei zurück. Das Schicksal hatte eine schreckliche Wendung genommen. Schwester Comnat und Schwester Almu gerieten in Gefangenschaft, weil sie herausgefunden hatten, daß eine Verschwörung im Gange war und daß Gulban, der Häuptling der Beara, gemeinsam mit den Uí Fidgenti einen Aufstand gegen Cashel plante. Die beiden Ketten von Ereignissen hatten übrigens ursprünglich nicht das Geringste miteinander zu tun.

Schwester Almu versuchte zu fliehen, wurde jedoch wieder eingefangen und zur Strafe ausgepeitscht. Sie wußte, daß sie kaum eine Chance hatte, aus dem Gebiet in der Nähe der Kupferminen zu entkommen – es sei denn, jemand würde ihr helfen. Nun weilte in der Ortschaft, wo man die Schwestern gefangenhielt, ein junger Prinz der Uí Fidgenti. Schwester Almu begann, sich bei dem jungen Mann einzuschmeicheln. Ich habe Almu zwar nicht gekannt, doch muß sie meiner Meinung nach eine ausgezeichnete Menschenkennerin gewesen sein. Sie begriff, daß Habgier eine der wichtigsten Triebfedern im Denken des Prinzen war. Also erzählte sie ihm die Geschichte vom goldenen Kalb und versprach ihm, das Geheimnis der Statue niemandem sonst zu verraten. Sie konnte ja nicht wissen, daß ihre Freundin ihr Vertrauen schon längst mißbraucht hatte.«

»Ich vermute, dieser Prinz war Torcán?« warf Beccan ein.

»Richtig«, bestätigte Fidelma. »Torcán half Almu, in die Abtei zu fliehen – aus purer Habgier. Er verabredete mit ihr ein Treffen auf dem Hof des Bauern Barr. Ahnungslos kehrte Almu in die Abtei zurück. Was sollten Síomha und ihr Komplize tun, als sie unversehens auftauchte? Wir wissen, welches Schicksal sie ereilte. Torcán wartete unterdessen bei Barr auf sie. Ihr könnt Euch vorstellen, wie wütend er war, als sie nicht erschien. Wahrscheinlich dachte er, Almu hätte ihn hintergangen. Er wartete die ganze Nacht.

Als er tags darauf nichts von ihr hörte, verließ er Barr, kehrte jedoch kurze Zeit später wieder zurück. Er hatte erfahren, daß in der Abtei eine Tote entdeckt worden war. Torcán gab dem Bauern Geld, damit er hierher kam und vorgab, seine Tochter sei verschwunden und er wolle deshalb die Leiche sehen und sich vergewissern, ob sie womöglich die Tote war. Barr hatte gar keine Tochter, weder eine verschwundene noch sonst irgendeine. Er beschrieb Torcán die Leiche, und dieser erkannte sie anhand der Beschreibung – trotz des fehlenden Kopfes. Übrigens kann Barr das alles bestätigen.«

Alle reckten die Hälse und schielten zu dem Bauern, der gesenkten Hauptes dasaß und mit den Füßen scharrte.

»Torcán soll die Leiche anhand der Beschreibung erkannt haben und wir nicht?« höhnte Äbtissin Draigen. »Das kann ich nicht glauben.«

»Dennoch ist es wahr. Ihr habt Euch alle davon beirren lassen, daß Schwester Síomha steif und fest behauptete, die Tote sei auf gar keinen Fall ihre Freundin Almu. Zweifellos hatte Almu Torcán erzählt, daß ihre Freundin Síomha von dem Geheimnis wußte. Als er erfuhr, daß Síomha Almu nicht identifiziert hatte, kam ihm der Verdacht, daß sie versuchen könnte, den Schatz ganz allein zu finden.«

»Wollt Ihr damit sagen, daß Schwester Síomha Almu ermordet hat?« Äbtissin Draigen war erneut aufgesprungen – Beccans Ermahnungen schien sie vergessen zu haben.

»Wenn sie die Tat auch nicht eigenhändig ausführte, so war sie doch daran beteiligt. Mein Verdacht, Síomha könnte in die Sache verwickelt sein, gründete sich auf folgende Tatsachen: erstens war sie mit Almu sehr eng befreundet, behauptete jedoch, der Leichnam sei auf keinen Fall der ihrer Freundin. Es ist zwar möglich, daß sie die Leiche wirklich nicht erkannte, aber doch so unwahrscheinlich, daß wir es vernachlässigen können. Zweitens hat sie eindeutig gelogen, als sie Schwester Brónach erzählte, sie hätte kurz vor der Entdeckung der Toten Wasser aus dem Brunnen geschöpft. Almus Leichnam muß von Síomha und ihrem Komplizen noch vor Tagesanbruch im Brunnen versteckt worden sein, sonst wäre das Risiko viel zu groß gewesen. Der dritte Hinweis darauf, daß Síomha irgend etwas mit der Sache zu tun hatte, waren ihre falschen Zeitberechnungen während ihres Dienstes an der Wasseruhr – genau in jener Nacht.«

»Falsche Berechnungen?« fragte Draigen mit schneidender Stimme.

»Síomha galt als ausgesprochen pedantisch. In der Nacht, in der Almu ermordet wurde, stellte sie mehrere falsche Berechnungen an, die Schwester Brónach mir gegenüber einmal nebenbei erwähnte. Mit anderen Worten, irgendwann muß Síomha die Wasseruhr und den Turm verlassen und ihrem Komplizen bei der Beseitigung Almus geholfen haben. Almu stieg hinunter in die freigelegte Höhle – oder wurde dorthin gelockt. Sie hatte roten Schlamm unter den Fingernägeln, den gleichen Schlamm, der – wie man mir versicherte – auch ihren Körper bedeckte, bevor sie für das Begräbnis vorbereitet und gewaschen wurde. Síomha hatte die entscheidenden Zeitabschnitte verpaßt und mußte sie später irgendwie nachtragen. Schwester Brónach wurde auf diese Fehler aufmerksam, als sie am nächsten Morgen ihren Dienst antrat.«

»Warum kam Torcán nicht sofort in die Abtei, um nach dem goldenen Kalb zu suchen?« fragte Beccan.

»Wegen seiner Beteiligung an der Verschwörung mußte er

für einige Tage zu den Kupferminen zurück. Als er dann wieder in Adnárs Festung eintraf und mit Schwester Síomha Kontakt aufnahm, glaubte er zunächst, er hätte es nur mit ihr zu tun, und verlangte von ihr eine Kopie des Buches mit allen erforderlichen Angaben. Er wußte allerdings nicht, um welches Buch es sich handelte. Síomha nutzte diesen Vorteil und schickte ihm eine Kopie der Chroniken von Clonmacnoise. Da sie außerdem befürchtete, er könnte sie hintergehen, ließ sie ihm das Buch durch Schwester Lerben überbringen. Als weitere Vorsichtsmaßnahme trennte sie die entscheidenden Seiten aus dem richtigen Werk, dem *Teagasg Rí*, das nach wie vor in der Bibliothek steht, heraus und übergab sie ihrem Komplizen.

Zufällig befand ich mich gerade auf dem Weg zu Adnárs Festung, als Torcán auf Síomha wartete, die bald mit der gewünschten Abschrift den Pfad entlang durch den Wald kommen mußte. Er hielt mich für Síomha und schoß auf mich. Ich bin dem Pfeil, der für sie bestimmt war, nur mit knapper Not entkommen. Als Torcán und seine Männer ihren Irrtum bemerkten, versuchten sie, alles zu vertuschen, und behaupteten, sie seien auf der Jagd und hätten mich mit einem Hirsch verwechselt – eine äußerst schwache Ausrede. Mein Verdacht bestätigte sich, da kurze Zeit später Schwester Lerben den Waldweg daherkam und ein Buch bei sich trug, das sie Torcán überbringen sollte.«

Schwester Lerbens Gesicht wurde kreidebleich.

»Ich hätte getötet werden können«, platzte sie heraus.

Fidelma achtete nicht auf sie und fügte hinzu: »Torcán kam schnell dahinter, daß er überlistet worden war. Er machte sich auf die Suche nach Síomha.«

»Und tötete sie?« fragte Beccan.

»Nein. Das war Síomhas Komplize in diesem Ränkespiel – er hatte inzwischen erkannt, daß sie nur eine Belastung für ihn darstellte.«

»Ah ja, der Komplize«, schnaufte Beccan. »Diesen geheimnisvollen Unbekannten habe ich ganz aus den Augen verloren.«

»Schwester Síomha war nun das einzige Bindeglied zwischen Torcán und dem Komplizen. Also mußte sie sterben – um zu verhindern, daß Torcán die Wahrheit herausfand.«

»Und wer war nun dieser Komplize?« wollte Draigen wissen. »Ihr habt schon so viel über ihn geredet, uns seine Identität jedoch immer noch nicht verraten.«

»Síomhas Komplize war gleichzeitig ihr Liebhaber. Er hat die beiden Morde auf dem Gewissen.«

In der Kapelle knisterte es vor gespannter Erwartung.

»Bei beiden Morden ließ der Täter sein Opfer – mit symbolträchtigen Gegenständen ausgestattet – absichtlich so zurück, daß er damit eine doppelte Wirkung erzielte: erstens lockte er jeden, der möglicherweise Nachforschungen anstellte, auf die falsche Fährte, und zweitens verbreitete er unter den Mitgliedern der Gemeinschaft Angst und Schrecken. Vielleicht hoffte er sogar, einige Nonnen würden die Abtei vor lauter Angst verlassen, da sie zu der Überzeugung gelangt waren, sie sei mit einem heidnischen Fluch belegt. Deshalb hat er die Opfer enthauptet und ihnen ein *fé* an einen Arm gebunden und ein Kruzifix in die rechte Hand gesteckt.

Mittlerweile interessierte sich Torcán natürlich nicht mehr so sehr für den Aufstand seines Vaters gegen Cashel. Vielleicht war das auch vorher nicht der Fall. Ihm ging es hauptsächlich darum, persönlichen Reichtum zu erlangen und dadurch letztendlich auch Macht und Einfluß. Seine Habgier übertönte die

Stimme der Vernunft. Er wußte, daß ich dem Geheimnis auf der Spur war, und versuchte deshalb, den Verdacht auf Olcán zu lenken, indem er ihn in die Abtei und auf das gallische Schiff schickte und ihm auftrug, gewisse Fragen zu stellen.

Torcán beobachtete mich ganz genau. Ich muß zugeben, daß ich nicht merkte, wie genau. Er folgte Eadulf und mir in die Höhle, als wir den Eingang zu der vermeintlichen Schatzkammer entdeckten. Er schlich sich hinter uns hinein und schlug Eadulf vorübergehend bewußtlos. Vermutlich dachte er, wir hätten das goldene Kalb schon gefunden, und wollte mir Angst einjagen, damit ich alles preisgab, was ich seiner Meinung nach wußte.«

»Adnár sagte aus, daß Torcán Euch gerade töten wollte, als er einschritt und Euch das Leben rettete«, betonte Beccan.

»Adnár irrt sich. Man kann Torcán in diesem Fall für keinen Mord verantwortlich machen, lediglich für einen Mordversuch, als er mich im Wald für Síomha hielt. Torcán hätte mich dort unten in der Höhle niemals getötet, bevor er nicht alles erfahren hatte, was ich, wie er glaubte, über das goldene Kalb wußte.«

»Ihr habt gesagt, Síomhas geheimnisvoller Komplize war gleichzeitig ihr Liebhaber. Dann kann es sich doch nur um Adnár handeln.«

»Síomhas Liebhaber!« Äbtissin Draigen hatte sich wutentbrannt halb umgedreht und starrte ihren Bruder voller Abscheu an. »Das hätte ich mir denken können.«

»Das ist nicht wahr!« rief Adnár. »Ich war niemals Síomhas Liebhaber.«

»Und doch verbrachte Síomha reichlich Zeit in Eurer Festung, besonders in den letzten drei Wochen«, warf Schwester Lerben ein. »Ich habe Schwester Fidelma davon erzählt.«

Unter den Zuhörern erhob sich erregtes Gemurmel.

»Ihr irrt Euch«, sagte Fidelma. »Síomhas Liebhaber war nicht Adnár.«

Gespanntes Schweigen breitete sich aus.

»Ich kann Euch wirklich nicht mehr folgen, Schwester Fidelma«, erklärte Beccan bedächtig. »Von wem redet Ihr denn dann?«

»Zufällig hat Schwester Berrach ihn gesehen, gleich nachdem er Schwester Síomha getötet hatte. Wahrscheinlich war er da gerade mit Síomhas abgetrenntem Kopf auf dem Weg hinunter in den *subterraneus*. Berrach sah eine Gestalt mit einer Kapuze. Vergeßt nicht: nur einer fütterte Adnár mit Lügengeschichten über Draigen. Nur einer versuchte, mich mit den gleichen Geschichten hinters Licht zu führen. Nur einer verhielt sich wie die listige Schlange, setzte hier und dort Gerüchte in Umlauf und zog die Fäden in dieser Tragödie. Nur einer, der nicht zu dieser Gemeinschaft gehörte und dennoch eine Kapuze trug.«

Bruder Febal war aufgesprungen und drängte sich durch die Zuschauer zum Fenster der *duirthech*.

Máil und seine Männer waren vor ihm dort und hielten ihn zurück, als er hinauszuklettern versuchte.

Nicht wenige Zuhörer schnappten vor Überraschung oder vor Schreck nach Luft.

Adnár wurde kreidebleich und zitterte, als er zusehen mußte, wie man Febal in Fesseln legte.

»Bruder Febal hat Euch erzählt, daß Torcán hinter allem steckt, nicht wahr?« fragte Fidelma den *bó-aire*. »Febal hat ein Talent dafür, Geschichten zu verbreiten. Er gab Euch die beiden Seiten, die aus dem *Teagasg Rí* entfernt worden waren…«

»Sagtet Ihr nicht, Ihr hättet die zwei Blätter bei Torcáns Leichnam gefunden?« schaltete sich Beccan ein.

»Das habe ich auch. Aber wie sind sie dorthin gekommen? Bruder Febal gab sie Adnár…«

»Er sagte, er hätte sie in Torcáns Satteltaschen gefunden«, gestand Adnár.

»Hat er vorgeschlagen, sie Torcáns Leichnam unterzuschieben?«

Adnár senkte den Kopf.

»Ich habe wirklich gedacht, daß er Euch umbringen will. Ich glaubte alles, was Febal mir erzählte. Aber es war meine Idee, die Seiten Torcán unterzuschieben. Als wir in die größere Höhle zurückgingen, dachte ich, Ihr hättet vielleicht nicht genügend Beweismaterial, um Torcáns Schuld nachzuweisen. Febal hatte behauptet, die Seiten in Torcáns Satteltaschen entdeckt zu haben, und deshalb beschloß ich, sie bei dem Toten zurückzulassen, damit Ihr sie entdeckt.«

»Ich weiß. Ihr erfandet eine Ausrede, um noch einmal zurückzugehen und die Blätter Torcáns Leiche unterzuschieben, während ich mich um Bruder Eadulf kümmerte.«

Adnár wirkte überrascht.

»Woher wißt Ihr das?«

»Das ist kein Geheimnis. Ihr erinnert Euch sicher, daß ich Torcán untersuchte – und nur noch seinen Tod feststellen konnte –, bevor wir Bruder Eadulf in die andere Höhle brachten. Als ich später mit Eadulf zurückkam, fielen mir sofort die unförmigen Seiten unter Torcáns Hemd ins Auge. Ich wußte, daß sie vorher noch nicht dort gewesen waren. Es lag auf der Hand, daß nur Ihr sie dort hingesteckt haben konntet.«

»Also«, unterbrach Beccan seufzend ihre Ausführungen,

»wollt Ihr damit sagen, daß Adnár an diesem Verbrechen völlig unschuldig ist? Daß er von Bruder Febal manipuliert und in die Irre geführt wurde?«

»Adnár trifft keinerlei Schuld an den Morden an Almu und Síomha, und er wußte auch nichts von der Jagd nach dem goldenen Kalb. Ihn trifft jedoch eine Mitschuld an der Verschwörung zum Aufstand gegen Cashel.«

Adnár erhob sich und blickte verzweifelt umher.

»Aber ich habe Euch doch davor gewarnt!« protestierte er. »Ich habe Euch vor dem Aufstand gewarnt, bevor irgend etwas davon durchsickerte.«

»Das stimmt«, flüsterte Bruder Eadulf. »Er hat uns gewarnt.« Fidelma beachtete ihn nicht.

»Ja, Adnár«, entgegnete sie. »Ihr habt mich gewarnt, als der Aufstand bereits niedergeschlagen war. Ganz früh am Morgen trafen Boten auf Eurer Festung ein – ich habe sie gesehen, ich war gerade unterwegs zu Bruder Eadulf. Das war genau an jenem Morgen, als Ihr beschlossen habt, Olcán gefangenzunehmen und Torcán in die Höhle zu folgen. Die Boten brachten Euch und Torcán die Kunde, daß Gulban tot und die fränkischen Söldner und ihre Waffen vernichtet waren. Vielleicht war es diese Nachricht, die Torcán dazu trieb, das Versteckspiel zu beenden und sich zu einer letzten, verzweifelten Suchaktion nach dem goldenen Kalb in die Abtei zu wagen.«

Adnárs Miene verriet, daß Fidelma ins Schwarze getroffen hatte.

»Ihr wußtet, Ihr würdet Euch bald gegen den Vorwurf, an der Verschwörung beteiligt gewesen zu sein, verteidigen müssen. Um Eure Loyalität zu beweisen, nahmt Ihr als erstes Gulbans Sohn Olcán gefangen, der in Wirklichkeit nicht das Geringste mit dem Komplott der Aufständischen zu tun hatte. Dann folgtet Ihr Torcán hierher und konntet mich so vor dem Aufstand warnen – obgleich Ihr bereits wußtet, daß Gulbans Angriff gescheitert war.«

Beccan flüsterte seinem Schreiber etwas zu, bevor er das Wort an Fidelma richtete.

»Laßt mich das noch einmal klarstellen. Adnár ist unschuldig, was die Morde an Almu und Síomha betrifft. Ihr deutet jedoch an, daß er Torcán tötete, allerdings in der Überzeugung, dazu berechtigt zu sein?«

»Es ist verwirrend«, gab Fidelma zu, »aber man darf eines nicht vergessen: Adnár hielt Torcán zwar für schuldig an der Ermordung von Almu und Síomha. Er tötete ihn allerdings vorsätzlich, um zu verhindern, daß er seine Beteiligung an der Verschwörung verraten könnte. Er hat sich daher trotzdem des Mordes schuldig gemacht.«

Einen Augenblick herrschte Schweigen, dann begann Adnár zu protestieren.

»Ihr könnt nicht beweisen, daß ich von dem Komplott wußte und von den Vorfällen bei den Kupferminen.«

»Ich glaube doch«, versicherte ihm Fidelma. »Erinnert Euch: Als Ihr die Höhle betreten und Torcán getötet hattet, spracht Ihr Bruder Eadulf mit seinem Namen an. Woher konntet Ihr wissen, wer er war, wenn Ihr keine Ahnung davon hattet, was bei den Kupferminen vor sich ging und daß er gerade von dort entflohen war?«

Adnár wollte etwas erwidern, zögerte jedoch, und seine Schuld stand ihm deutlich ins Gesicht geschrieben. Plötzlich ließ er sich auf seinen Platz sinken, als hätte ihn alle Kraft verlassen.

Beccan konnte seine Genugtuung nicht verbergen. Er wandte sich an Fidelma.

»Dann bleibt also Bruder Febal als Mörder von Schwester Almu und Schwester Síomha?«

»Richtig. Er tötete Almu und legte die falsche Fährte. Als Torcán ihm auf die Schliche kam, opferte er Síomha – seine Geliebte.« Sie schaute Schwester Lerben an. »Síomha besuchte in Dún Boí nicht Adnár, wie Ihr vermutet habt, sondern Febal.«

Bruder Febal stand mit gefesselten Händen zwischen den beiden Kriegern. Nun fing er an zu lachen und rief mit hysterischer Stimme: »Sehr schlau das alles, *dálaigh*! Habe ich nicht gesagt, daß Ihr Frauen immer zusammenhaltet? Aber eines müßt Ihr mir noch verraten, *dálaigh*: Wo befindet sich das goldene Kalb denn jetzt? Wenn ich soviel darangesetzt haben soll, es zu finden, wo ist es denn nun?«

Brehon Beccan richtete den Blick auf Fidelma.

»Obzwar wir offenbar genügend Beweise und Geständnisse haben, wirft Febal da eine durchaus interessante Frage auf. Wo befindet sich das sagenumwobene goldene Kalb, um dessentwillen so viel Blut geflossen ist?«

Fidelma zuckte die Achseln.

»Tja, das ist leider ein Rätsel, das niemals gelöst wird.«

Ungläubiges Schnauben war zu hören.

»Wollt Ihr damit etwa sagen, daß mein Opfer völlig sinnlos war?« Febals Stimme überschlug sich.

»Euer Opfer?« rief Beccan mit Donnerstimme. »Ihr habt zwei Mitglieder dieser Gemeinschaft getötet und mit Euern Ränken auch Torcáns Tod auf dem Gewissen. Schafft ihn hier raus!« befahl er den Kriegern. »An Bord meines Schiffes. Adnár ebenfalls. Wir nehmen die beiden mit nach Cashel.«

Máil und seine Krieger stießen Adnár und Febal aus der Kapelle hinaus.

Beccan warf Fidelma einen fragenden Blick zu.

»Wollt Ihr behaupten, daß das goldene Kalb in Wirklichkeit nie existiert hat?«

Fidelma verzog das Gesicht.

»Wahrscheinlich schon. Wer sind wir, daß wir die Worte der alten Chroniken anzweifeln können? Doch es befindet sich mit Sicherheit nicht mehr in der Höhle. Vielleicht wurde es vor vielen Jahren von dort fortgeschafft. Und vielleicht war das auch der Grund, warum der Eingang zur Höhle zugeschüttet wurde. Vielleicht konnte man vor Jahren von der Meerseite her in die hintereinanderliegenden Höhlen gelangen, vielleicht lag dort der ursprüngliche Eingang.«

»Wie kommt Ihr darauf?«

»Durch die zwei Fässer – die beiden Holzfässer, die auf dem unterirdischen Becken trieben und aneinanderstießen.«

»Ich verstehe nicht.«

»Ganz einfach. Wie sind die Fässer in die Höhle gelangt? Wie konnte das goldene Kalb in die Höhle hinein- oder von dort wieder hinausgebracht werden? Der Eingang, durch den sich Febal und Síomha Zutritt verschafften, war, wie Eadulf und ich herausfanden, nur gut einen halben Meter breit. Folglich müssen die Fässer durch einen anderen Zugang hineingelangt sein, durch den auch das goldene Kalb hinein- und hinausgeschafft wurde. Und noch etwas: die Fässer sind, ihrem Aussehen nach zu urteilen, noch keine hundert Jahre alt. Mit Sicherheit nicht älter, denn das Holz ist nicht verfault, innen noch recht trocken und hart genug, um bei jedem Zusammenstoß ein dumpfes Dröhnen hervorzurufen. Ich möchte eine gewagte Behauptung aufstellen: Derjenige, der die Fässer in die Höhle hineinbrachte, nahm das goldene Kalb mit hinaus.«

»Dann werden wir also nie erfahren, wer das goldene Kalb an sich nahm und wo es sich heute befindet?«

Fidelma schürzte die Lippen. Bevor sie antwortete, ließ sie den Blick bedächtig umherschweifen – von dem mächtigen Altarkreuz aus Gold zu den goldenen Ikonen, die an den Wänden der *duirthech* hingen. Dann wandte sie ihre spöttischen blauen Augen wieder dem Richter zu.

»Als Necht, die Reine, den Heiden Dedelchú und seine Gefolgschaft von hier verjagte und diesen Ort dem Neuen Glauben weihte, verschwand das goldene Kalb möglicherweise mit ihnen.«

Nach einer Pause erhob sich der Brehon von seinem Sitz.

»Die Vorverhandlung ist geschlossen. Wir sind heute Zeugen Eurer großen Klugheit geworden, Fidelma von Kildare«, bemerkte er anerkennend.

Fidelma zuckte bescheiden die Achseln.

»*Vitam regit fortuna non sapientia*«, antwortete sie.

»Wenn Glück und nicht Weisheit das menschliche Leben regiert«, erwiderte Beccan trocken, »dann ist Euch das Glück wirklich ausgesprochen hold.«

Epilog

Am Ausgang der Kapelle traf Fidelma auf Bruder Cillín.

»Herzlichen Glückwunsch, Schwester. Ihr habt einen komplizierten Fall großartig gelöst.«

»Febal ist anscheinend nicht der einzige hier, der vom Glauben abgefallen ist«, bemerkte Fidelma spitzfindig.

Bruder Cillín folgte Fidelmas Blick und sah Äbtissin Draigen, die heftig auf Schwester Lerben einredete.

»Ach ja. Die Eitelkeit der Äbtissin. *Vanitas vanitatum, omnis vanitas*. Abt Brocc hat mich ermächtigt, Äbtissin Draigen auf eine Pilgerreise zu schicken, damit sie wieder lernt, was wahre Demut ist. Unter meiner Führung wird Schwester Brónach die Leitung der Abtei übernehmen.«

»Ich hatte verstanden, daß Ihr in Gulbans Hauptstadt jenseits der Berge zu reisen gedenkt?«

»Richtig. Ich habe die Absicht, dort ein neues Kloster aufzubauen, und diese Abtei wird, wenn sie erst einmal von der Sünde des Stolzes befreit ist, von dort Anweisungen erhalten. Laßt uns beten, daß Äbtissin Draigen die Lektion annimmt und daraus lernt.«

»War es nicht Syrus, der sagte: *Vincit qui se vincit* – der siegt, der sich selbst besiegt?«

Bruder Cillín lachte.

»Wer sich selbst kennt und seine Probleme überwindet, kann im Leben viel erreichen. Das ist ein schöner Gedanke. Ich hoffe, es ist noch nicht zu spät und Draigen ist nicht so eitel, daß sie die Absicht mißdeutet.«

»Werdet Ihr darauf bestehen, daß sie gehorcht? Man kann schließlich nicht davon ausgehen, daß sie lammfromm Eure Anweisungen befolgt.«

»Da ist noch die Sache, von der Ihr mir erzählt habt – wie sie Schwester Lerben zum Mord anstiftete. Womöglich wäre es sogar zu dem Verbrechen gekommen, hättet Ihr nicht beherzt eingegriffen und Schwester Berrach beschützt. Ich werde Draigen klarmachen, daß sie die Wahl hat, entweder in Demut zu gehorchen oder sich in Ros Ailithir vor einer Versammlung von Kirchenvertretern für ihr Verhalten zu verantworten.«

»In diesem Fall wird sie mit Sicherheit die Pilgerfahrt vorziehen. Draigen ist zwar eitel, doch hinter ihrem Hochmut verbirgt sie ein Leben, das zerstört wurde, bevor es richtig begann. Eitelkeit ist nur die Rüstung, die sie trägt, um sich vor dem Leben zu schützen.«

Cillín warf Fidelma einen schiefen Blick zu.

»Soll ich etwa Mitleid mit ihr haben? Sicher ist ihre Eitelkeit ihr Trost genug?«

»Es wäre traurig, wenn wir für Menschen, die Schiffbruch erlitten haben, kein Mitleid mehr empfinden würden.«

»Ich empfinde eher Mitleid mit ihrer Tochter, Schwester Lerben. Ihre Mutter wurde ihr zum Verhängnis, und das Verhalten ihres Vaters brachte ihr auch nur tiefes Leid. Welche Hoffnung gibt es denn für sie?«

»Das wird von Euch abhängen, Cillín«, erwiderte Fidelma. »Von jetzt an wird Eure Hand die Geschicke dieser Menschen lenken.«

»Das ist eine große Verantwortung«, stimmte der Mönch ihr zu. »Ich würde lieber zu den Barbaren pilgern, die das Wort Christi noch nicht vernommen haben, als die geistigen und seelischen Konflikte dieser Menschen hier zu lösen. Ich werde Schwester Lerben nach Ard Fhearta schicken, wo sie mit Älteren zusammensein und von ihnen lernen kann.«

»Arme Lerben. Sie war so stolz darauf, *rechtaire* zu sein.«

»Sie muß noch viel lernen, bevor sie andere anleiten oder über sie bestimmen darf.« Bruder Cillín streckte die Hand aus. »*Vade in pace*, Fidelma von Kildare.«

»*Vale*, Cillín von Mullach.«

Im Innenhof der Abtei gesellte sich Fidelma zu Eadulf.

»Was jetzt?« fragte der sächsische Mönch besorgt.

»Jetzt? Ich habe kein Verlangen, noch länger an diesem traurigen Ort zu verweilen. Ich kehre nach Cashel zurück.«

»Dann reisen wir zusammen«, stellte Eadulf hocherfreut

fest. »Bin ich nicht als Emmissär im Auftrag des Theodor von Canterbury zu Euerm Bruder in Cashel unterwegs?«

Am Kai wurden sie von Ross bereits erwartet. Etwas abseits standen Schwester Brónach und Schwester Berrach, die sich auf ihren schweren Stecken stützte. Ganz offensichtlich wollten die beiden mit ihr sprechen. Fidelma entschuldigte sich bei Eadulf und Ross, ging hinüber und begrüßte sie.

»Ich wollte nicht, daß Ihr abreist, bevor ich mit Euch reden konnte«, begann Schwester Brónach zögernd. »Ich wollte Euch danken...«

»Es gibt nichts, wofür Ihr mir danken müßtet«, protestierte Fidelma.

»Außerdem wollte ich mich entschuldigen«, fuhr die Nonne mit der ernsten Miene fort. »Ich dachte, irgendwie hättet Ihr mich im Verdacht...«

»Es gehört zu meinem Beruf, jeden zu verdächtigen, Schwester, aber heißt es nicht: *Vincit omnia veritas* – Die Wahrheit besiegt alles?« antwortete sie.

Schwester Berrach schnaubte verächtlich und deutete hinüber zu den Gebäuden der Abtei.

»Solltet Ihr als Schlußwort nicht besser den Ausspruch des römischen Dichters Terenz wählen – *veritas odium parit*?«

Fidelmas Augen blitzten auf.

»Wahrheit zeugt Haß?« Sie warf einen Blick in Richtung Abtei. Dort war die Äbtissin in eine hitzige Debatte mit Bruder Cillín vertieft. »O ja. Ich fürchte, das liegt in der Natur der Sache: Viele Menschen versuchen, die Wahrheit voreinander zu verbergen, doch der weitaus schlimmere Haß entsteht, wenn jemand die Wahrheit vor sich selbst nicht mehr zugibt.«

Schwester Berrach beugte den Kopf. Das war ihre Art, Fidelmas Weisheit anzuerkennen.

»Ich möchte Euch danken, Fidelma. Wäret Ihr nicht gewesen, hätte man mich zu Unrecht beschuldigt und aus purer Voreingenommenheit verurteilt.«

»Heraklit sagte, daß Hunde die Menschen anbellen, die sie nicht kennen. In der Tat, Vorurteile entstehen aus Unwissen. Oft hassen die Menschen einander, weil sie sich nicht kennen. Ich kann Euch keinen Vorwurf daraus machen, aber Ihr habt selbst zu diesem Unwissen beigetragen, indem Ihr die Rolle, die die anderen Euch zugedacht hatten, brav gespielt habt, anstatt unerschütterlich Ihr selbst zu bleiben. Ihr gabt vor, einfältig zu sein, zu stottern und weder lesen noch schreiben zu können, und habt Euch nur in den wenigen Stunden, da niemand Euch beobachten konnte, den Büchern gewidmet.«

»Wir können Vorurteile nicht ausmerzen«, verteidigte sich Schwester Berrach.

»Wissen ist das einzige, was den Menschen vom Tier unterscheidet. Schwester Comnat wird sich nach einer neuen Bibliotheksgehilfin umsehen. Wenn sie von Eurer Beschlagenheit wüßte, Schwester Berrach, würde sie Euch diesen Posten mit Sicherheit anbieten.«

Berrach antwortete mit einem breiten Lächeln.

»Dann will ich dafür sorgen, daß sie davon erfährt.«

Fidelma nickte und sagte dann mit einem Blick auf Brónach leise: »Eure Mutter kann stolz darauf sein, eine solche Tochter zu haben, Schwester Berrach.«

Über Schwester Brónachs ernste Miene huschte ein Ausdruck ehrfürchtigen Staunens.

»Ihr wißt sogar das?«

»Wenn Ihr Eure Mütterlichkeit nicht schon durch Eure Art, in Berrachs Nähe zu bleiben und ihr beizustehen, bewiesen hättet, dann wäre ich spätestens durch die Geschichten, die Ihr beide mir erzählt habt, darauf gekommen. Ihr spracht davon, daß Suanach Eure Mutter war und daß Ihr dieser Gemeinschaft beigetreten seid, während Suanach weiterhin den alten Traditionen anhing. Ihr seid in die Abtei gekommen, habt einen Mann kennengelernt und ein Kind bekommen. Doch Ihr konntet Euch hier nicht richtig um Eure Tochter kümmern und brachtet sie zu Eurer Mutter, die sie aufzog. Warum war es für Euch so schwierig, in dieser Gemeinschaft ein Kind zu erziehen? Weil das Kind eine körperliche Behinderung hatte und deshalb ständiger Fürsorge bedurfte.«

Schwester Brónach war blaß geworden, stand jedoch hocherhobenen Hauptes da.

»Das stimmt«, gab sie zu. »Erzählt mir bloß nicht noch mehr Wahrheiten.«

Berrach klammerte sich an den Arm ihrer Mutter.

»Ich weiß schon seit einiger Zeit Bescheid. Ihr habt recht, Schwester Fidelma. Mein Vater wollte meiner Mutter nicht helfen, mich zu versorgen. Nur meine Großmutter unterstützte uns, bis ich drei Jahre alt war. Sie hatte damals noch ein Kind in Pflege, ein älteres Kind. Dieses Kind steckte voller Bosheit und Eifersucht und tötete meine Großmutter in einem Wutanfall, so daß ich gänzlich hilflos zurückblieb. Da beschloß Brónach, sich über die Wünsche meines Vaters hinwegzusetzen. Sie nahm mich mit in die Gemeinschaft und zog mich auf – trotz der Behinderung.«

Schwester Brónach verzog das Gesicht.

»Allerdings unter der Bedingung, daß ich niemals verraten würde, wer ihr Vater war. Ich habe mich an diese Bedingung gehalten. Wenn Berrach es wüßte, würde es ihr nicht gerade zur Freude gereichen.«

»Ich bin froh, nichts darüber zu wissen«, versicherte Berrach. »Das ist kein großer Verlust.«

»Es ist jedoch eine Ironie des Schicksals, daß das Kind, das meine Mutter tötete, ebenfalls in die Gemeinschaft eintreten durfte und schließlich unsere Äbtissin wurde.«

»Sie wird nicht mehr lange hier sein. Ebensowenig wie Schwester Lerben.«

Schwester Berrach umklammerte Fidelmas Hand.

»Aber Ihr erzählt unsere Geschichte doch nicht weiter?«

»Nein«, versicherte Fidelma dem Mädchen. »Was mich betrifft, ist Euer Geheimnis begraben und vergessen.«

Schwester Brónach wischte sich eine Träne aus den Augenwinkeln.

»Vielen Dank, Schwester.«

Fidelma nahm die Hände der beiden Frauen in die ihren.

»Sorgt in Zukunft ebensogut füreinander, Schwestern, wie in der Vergangenheit.«

Das Segel aus schwerer Leinwand fiel krachend am Mast herunter, bis es richtig hing. Ross beobachtete seine Männer mit kritischen Blicken, während sie hinaufkletterten und es ordnungsgemäß festzurrten. Ein scharfer, kalter Wind brauste über die Meerenge und trieb Schneeböen vor sich her. Der Himmel war fast schwarz, die Luft feucht und eisig kalt, doch Ross hatte keinerlei Bedenken, in See zu stechen, obwohl der Wellengang selbst in der Meerenge heftig war und die *barc* besorgniserregend auf dem Wasser schaukelte. Als die Segel schließlich gesetzt waren, nahm das Schiff, mit Odar am Steuer, rasch Fahrt auf.

Schwester Fidelma und Bruder Eadulf standen zusammen mit Ross auf dem Achterdeck. Die Nonne und der Mönch umklammerten die Reling, um das Gleichgewicht nicht zu verlieren, und beneideten Ross um die Leichtigkeit, mit der er neben dem Ruder stand und mit gespreizten Beinen jede Neigung des Schiffsdecks auszugleichen vermochte. Der stämmige Seemann drehte sich zu ihnen um, sah sie beinahe entschuldigend an und schrie gegen den tosenden Wind: »Es wird wohl eine Weile so unruhig bleiben, aber sobald wir das offene Meer erreichen, wird es besser.«

Fidelma grinste den besorgt dreinblickenden Eadulf an. »Ich bin lieber auf See, als noch länger in der schrecklichen Atmosphäre dieser Abtei eingesperrt zu sein«, erwiderte sie. Dann wandte sich Ross anderen Aufgaben zu.

»Mir fällt es auch nicht sonderlich schwer, hier abzureisen«, gestand Eadulf. »Es war nicht gerade meine beste Zeit.«

Fidelma blickte mitfühlend zu ihm auf. Dann fiel ihr Blick auf das große gallische Handelsschiff, das noch immer in der Meerenge vor Anker lag und allmählich hinter ihnen verschwand.

»Es war wirklich eine großzügige Geste, daß Ross auf das Schiff, das ihm als Bergungsgut zustand, verzichtet und es der gallischen Besatzung zurückgegeben hat, damit sie sicher nach Hause fahren kann.«

»Schade, daß Waroc das nicht mehr erleben konnte. Er war ein tapferer Mann.«

»Was glaubt Ihr, wie lange werdet Ihr in Cashel bleiben?« Fidelma wechselte unvermittelt das Thema.

»Ich weiß es nicht genau. Wahrscheinlich, bis ich Nachricht von Theodor von Canterbury erhalte.«

»Ich selbst habe vor, eine Weile dort zu bleiben«, bemerkte

Fidelma beiläufig. »Es ist schon lange her, seit mein Bruder und ich ein wenig Zeit miteinander verbringen konnten.«

»Nach dieser Sache braucht Ihr sicher erst mal Erholung«, stimmte Eadulf zu. »Von Komplotten und Aufständen einmal abgesehen, wimmelte es in der Abtei Der Lachs aus den Drei Quellen geradezu von eitlen, habgierigen und verschrobenen Menschen. Es ist bestimmt angenehm, wieder unter Freunden zu weilen.«

»Ihr beurteilt sie zu streng. Schwester Comnat ist eine aufrechte und vernünftige Frau. Und was Brónach und Berrach angeht... sie wissen zumindest, was Liebe und Fürsorge bedeuten.«

»Ja. Die beiden tun mir besonders leid.«

»Mitleid? Ich würde eher sagen, man sollte neidisch auf sie sein. Es ist schließlich nicht vielen vergönnt, die selbstlose Liebe einer Mutter zu geben oder zu empfangen.«

Plötzlich runzelte Fidelma die Stirn, lehnte sich gegen die Reling und richtete den Blick hinaus aufs Meer.

»Ich frage mich, ob Brónach ihrer Tochter je den Namen ihres Vaters verraten wird.« Sie hatte Brónachs flehenden Blick gesehen und ihr stummes Gebet erhört, den Namen Febal nicht auszusprechen. Vielleicht war es tatsächlich besser so.

Eadulf hatte ihre Worte nicht verstanden.

»Was sagtet Ihr?«

Fidelma blickte zu dem hochgewachsenen sächsischen Mönch auf, und ihr Gesicht wirkte plötzlich entspannt und zufrieden.

»Ich freue mich, daß Ihr mit nach Cashel kommt, Eadulf«, antwortete sie.

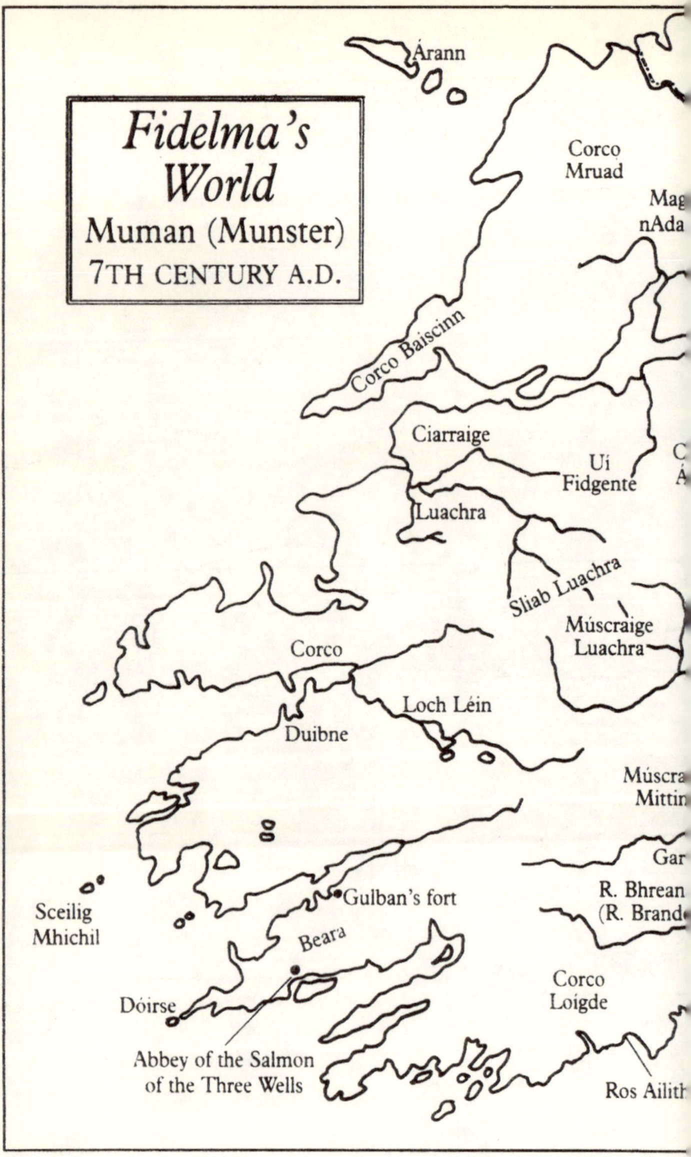

Fidelma's World
Muman (Munster)
7TH CENTURY A.D.
Árann
Corco Mruad
Mag nAda
Corco Baiscinn
Ciarraige
Uí Fidgente
Luachra
Sliab Luachra
Múscraige Luachra
Corco Duibne
Loch Léin
Gulban's fort
Sceilig Mhichil
Beara
Dóirse
Abbey of the Salmon of the Three Wells
R. Bhrean
Corco Loígde
Ros Ailith

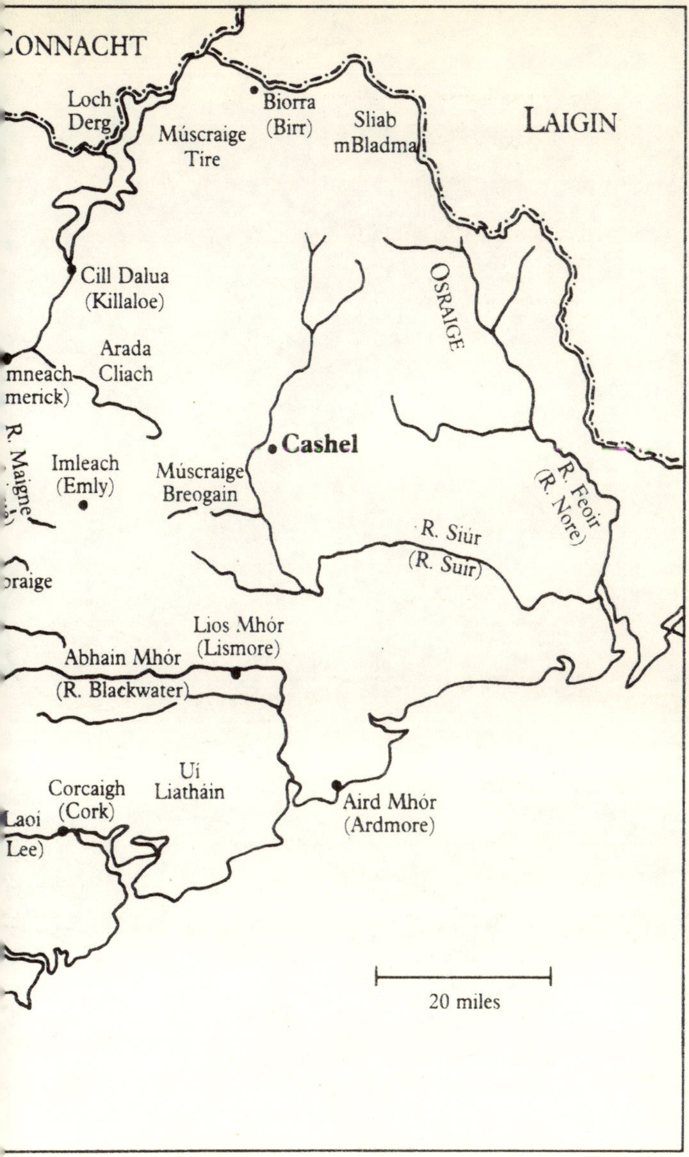

ONNACHT
Loch Derg
Biorra (Birr)
Múscraige Tire
Sliab mBladma
LAIGIN
Cill Dalua (Killaloe)
OSRAIGE
Arada Cliach
mneach merick)
R. Maigne
Imleach (Emly)
Cashel
Múscraige Breogain
R. Feoir (R. Nore)
R. Siúr (R. Suir)
raige
Lios Mhór (Lismore)
Abhain Mhór (R. Blackwater)
Uí Liatháin
Corcaigh (Cork)
Laoi Lee)
Aird Mhór (Ardmore)
20 miles

Äbtissin Helewise setzt Himmel und Hölle in Bewegung

ALYS CLARE
Sei geweiht der Hölle
England 1189: In der Nähe der Abtei Hawkenlye wird die Leiche einer jungen Nonne gefunden. König Richard I. schickt seinen treuen Ritter Josse d'Acquin in die Abtei, um den Vorfall aufzuklären. Dort lernt d'Acquin die charismatische Äbtissin Helewise kennen, die ihn sofort durch ihre einfühlsame Klugheit beeindruckt. Ein ungewöhnlicher Historienkrimi, spannend und modern erzählt.
Historischer Kriminalroman. Aus dem Englischen von Ana Maria Brock. 284 Seiten. AtV 1621

ALYS CLARE
Der Fluch komme über euch
An einem Sommermorgen entdeckt Äbtissin Helewise in der Nähe ihrer Abtei eine Leiche. Verstört und ratlos über diesen Mord, ruft sie Ritter Josse d'Aquin zu Hilfe. Die Äbtissin und der Ritter, das ungewöhnliche, sympathische Detektivpaar, ahnt nicht im geringsten, welche lebensgefährlichen Abenteuer es bei der Aufklärung dieses Todesfalles erwarten.
Historischer Kriminalroman. Aus dem Englischen von Ana Maria Brock. 275 Seiten. AtV 1622

ALYS CLARE
Der Himmel strafe euch
Im Gasthaus zu Tonbridge wird ein Mann vergiftet. Als Ritter Josse d'Acquin einen Tatverdächtigen in den Großen Wealdenwald verfolgt, wird er durch einen Schlag auf den Kopf außer Gefecht gesetzt. Eine schwere Zeit bricht an für ihn, den Ritter ohne Furcht, aber nicht immer ohne Tadel.
Historischer Kriminalroman. Aus dem Englischen von Ana Maria Brock. 275 Seiten. AtV 1623

ALYS CLARE
Und richte mit Gerechtigkeit
Äbtissin Helewise hat eine neue Nonne in ihr Kloster aufgenommen, doch die zeigt Charaktereigenschaften, die das Klima in der Gemeinschaft äußerst ungünstig beeinflussen. Im Tal beim heiligen Schrein wird ein Pilger ermordet, und eine der Schwestern verschwindet spurlos. Der vierte Fall, den die kluge und tatkräftige Äbtissin von Hawkenlye und ihr Nachbar, der Ritter gemeinsam lösen.
Historischer Kriminalroman. Aus dem Englischen von Ana Maria Brock. 258 Seiten. AtV 1865

Mehr Informationen über Alys Clare erhalten Sie unter www.aufbau-verlag.de oder bei Ihrem Buchhändler

AtV

Mordsfrauen: Krimis bei AtV

POLINA DASCHKOWA
Die leichten Schritte des Wahnsinns
Keine beschreibt das moderne Rußland so packend wie sie: Autorin Polina Daschkowa ist mit mehr als 16 Millionen verkauften Büchern in Rußland ein Star. Mit den »Leichten Schritten des Wahnsinns« gab sie ihr Deutschlanddebüt.
»Unglaublich dicht und spannend.« BRIGITTE
Roman. Aus dem Russischen von Margret Fieseler. 454 Seiten. AtV 1884

VIKTORIA PLATOWA
Die Frau mit dem Engelsgesicht
Sie wollten die Welt umkrempeln: der begabte Iwan, der angehende Regisseur Nimotsi und ihre Freundin »Maus«. Aber dann stürzt sich Iwan im Suff zu Tode, die beiden anderen lassen sich auf ein gefährliches Filmprojekt ein. Nimotsi wird ermordet. Maus unterzieht sich einer Gesichtsoperation, um besser abtauchen zu können. Als rothaarige Schönheit will sie den Tod ihrer Freunde rächen. Ein schonungsloser, rasanter Krimi über das neue Rußland.
Roman. Aus dem Russischen von Olga Kouvchinnikova und Ingolf Hoppmann. 404 Seiten. AtV 1875

DANIELLE THIÉRY
Der tödliche Charme des Doktor Martin
Nach Fred Vargas, Polina Daschkowa und Liza Marklund ein neuer Star unter den Krimiautorinnen. Thiérys Kommissarin Edwige Marion ist energisch und zerbrechlich, scharfsinnig und emotional, in der Liebe vom Pech verfolgt, außerdem schwanger, von Léo oder Sam, und sie steckt in einer existentiellen Krise. Da hinterläßt ein Unbekannter ein Paar roter Kinderschuhe auf ihrem Briefkasten, Indiz ihres ersten, einige Jahre zurückliegenden Falls, der nie aufgeklärt wurde.
Roman. Aus dem Französischen von Sabine Schwenk. 422 Seiten. AtV 1878

FRED VARGAS
Bei Einbruch der Nacht
Ein Wolfsmensch, so sagen die Leute, zieht nach Einbruch der Dunkelheit mordend durch die Dörfer der provenzalischen Alpen. Der halbwüchsige Sohn eines Opfers und ein wortkarger Schäfer nehmen die aussichtslose Verfolgung auf. Ein urkomisches Roadmovie und eine zarte Liebesgeschichte um die schöne Camille und Kommissar Adamsberg aus Paris.
»Prädikat: hin und weg.« WDR
Roman. Aus dem Französischen von Tobias Scheffel. 336 Seiten. AtV 1513

Mehr Informationen erhalten Sie unter www.aufbau-verlag.de oder bei Ihrem Buchhändler

AtV